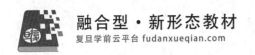

普通高等学校学前教育专业系列教材

世界童话史

（第三版）

韦苇 著

复旦大学出版社

内容提要

《世界童话史》（第三版）为童话文体的专史，史述和评介包括中国在内的世界各重要国家和地区的童话发展进程，以具有里程碑意义的作家和童话作品相贯穿，点面结合、主次分明、详略有度、观点鲜明，首创以童话史上具有划时代地位的作家和作品截分童话发展时段并命名章节，构成自成一格的童话史系统。

本童话史首版为台北天卫图书出版有限公司撰写，数年后由福建教育出版社印行修订版，此次出版前据新的相关资讯进行了大幅度修订，还加上了几个特别有参考和研究价值的附录，并加上"中国童话简史"一章，作为本书第三版，由复旦大学出版社出版。

目 录

序　西方艺术童话及其研究 ················· 玛丽娅·尼古拉叶娃　1

绪论 ··· 1

第一章　史前时期：童话发生于民间 ··· 6
　第一节　概说 ·· 7
　第二节　穆格发及其《卡里莱和笛木乃》 ·· 9
　第三节　《列那狐的故事》 ·· 10

第二章　贝洛时期：童话从民间走向文坛 ···································· 13
　第一节　概说 ·· 13
　第二节　贝洛及其《鹅妈妈故事集》 ·· 15
　第三节　班扬的《天路历程》与斯威夫特的《大人国和小人国》 ········ 16

第三章　格林时期：童话开始被确认 ·· 18
　第一节　概说 ·· 19
　第二节　拉斯培、毕尔格的《吹牛大王历险记》 ···························· 24
　第三节　格林兄弟童话 ·· 25
　第四节　夏米索及其《彼得·施莱密奇遇记》 ······························· 27
　第五节　豪夫及其童话 ·· 27

第四章　安徒生时期：童话的现代自觉 ·· 29
　第一节　概说 ·· 30
　第二节　安徒生童话 ··· 32

1

第五章　爱丽丝时期：童话往童趣化方向探求新路 …… 44
　　第一节　概说 …… 45
　　第二节　卡洛尔及其《爱丽丝漫游奇境记》 …… 51
　　第三节　塞居尔夫人及其《毛驴回忆录》 …… 53

第六章　皮诺乔时期：童话走向平民 …… 55
　　第一节　概说 …… 56
　　第二节　科洛狄及其《木偶奇遇记》 …… 61
　　第三节　王尔德及其童话 …… 63

第七章　彼得·潘时期：童话崛立为文学体式 …… 65
　　第一节　概说 …… 66
　　第二节　巴里及其《彼得·潘》 …… 69
　　第三节　格雷厄姆及其《柳林风声》 …… 71
　　第四节　洛夫廷及其《杜立特医生》系列 …… 72

第八章　温尼·菩时期：童话在游乐儿童 …… 75
　　第一节　概说 …… 76
　　第二节　米尔恩及其《小熊温尼·菩》 …… 87
　　第三节　特莱弗丝及《玛丽·包萍丝阿姨》系列 …… 89
　　第四节　埃梅及其童话 …… 90
　　第五节　萨尔登及其《小鹿班比》 …… 92
　　第六节　恰佩克及其童话 …… 94
　　第七节　小川未明和新美南吉的童话 …… 95

第九章　林格伦时期：童话在繁荣中多元发展 …… 99
　　第一节　西方童话在繁荣中多元发展 …… 100
　　第二节　童话在包括俄罗斯在内的苏联 …… 140
　　第三节　童话在日本 …… 147

第十章　中国童话简史：童话从纵向积累到横向借鉴 …… 153
　　第一节　史前史简说 …… 153
　　第二节　20世纪前半期的中国童话 …… 163
　　第三节　20世纪后半期的中国童话 …… 170

首版后记 …… 180
二版后记 …… 181
三版后记 …… 183

序

西方艺术童话及其研究

国际儿童文学研究会理事长
瑞典斯德哥尔摩大学教授　玛丽娅·尼古拉叶娃

美国卓越的儿童文学作家劳埃德·亚历山大（Lloyd Alexander）曾经说，所谓写实主义作品看上去似乎真实可信，其实是虚假的，而童话幻象看上去似乎满纸荒唐言，其实是真实的。另一位俄罗斯的杰出作家亚历山大·塞尔盖耶维奇·普希金早在一百多年前就说过类似的话："童话是假的，但其中有深意！它可以指引善良的少年。"难道不是因为童话朴素的外表下，隐藏着某种高度的真实——两三千年来人类所企图了解的那种真实，才会如此强有力地吸引着读者和研究者吗？写实主义作品就一般的本意而言，当可以理解为客观现实生活的反映。文学史中这种完全用写实主义笔触写成的作品，我们今天读起来仍如蜂附蜜的已经为数寥寥。这是因为：第一，现实是在不断变化的；第二，主要是我们人类看待生活的观点在不断变化；第三，我们人类对表现生活的艺术手段的趣味在不断变化。而童话文学是由幻象构成的，那些从幻想中产生的神奇形象却不会因为时过境迁而丧失其真实感。由于童话不与特定现实、特定国家、特定时代紧密联系，所以它有极强的历时适应性，能以不变应万变。作为展现人类思想结晶的童话，是能永葆其生命力的。

西方诸国对童话的研究开始得很早，可以说从有计划地采录搜集整理民间童话传说那时起，就不同程度地在对童话进行研究了，也就是说，从19世纪就开始有童话研究了。但对童话展开认真细致的系统研究则要到20世纪，不言而喻，童话的研究须取决于文艺理论研究的发达程度。作为儿童文学的一种文学体式的研究，则才不过进行了20多年。

说到当今西方童话研究，首先要对笼统称之为"童话"的几种文学体式做个界说。我们在儿童文学出版物、儿童文学教科书里所标明的"童话"，是为了与其他的叙事文学作品一目了然地区分开来。这样的"童话"是范围相对狭小的文学体式。

细致的研究者首先区分出民间童话，即本来没有特定作者的那部分童话，也就是把往昔代代口耳相传的童话和署有作者名字的童话相区分。说得更明白些，从外在标志上看，民间童话有两种：一种是无名氏民间童话；一种是经过作家转述整理而署了作家名字的民间童话。民间童话经作家采录、复述、加工的不妨叫"作家童话"。这种"作家童话"从19世纪开始出现，它是对民间文学怀有高度兴趣的浪漫主义文学的首批成果，在欧洲大陆广为传布。

然而，这一区分并不够明确。譬如，习惯上把格林兄弟和挪威童话家阿斯彪昂生和莫埃叫作

"民间童话加工者",而把安徒生童话叫作"作家童话",虽然安徒生童话中有许多是在民间童话的情节框架基础上写成的。近些年,研究者们指出,格林童话比起原始形态的那些童话材料来要完善多了,经过他们加工整理的才可以认真地算作民间童话。有些研究者甚至给这种童话起了专用名词,叫"中间状态童话",用以指称加工幅度较大,却基本上没有脱离民间童话范畴的那些童话。而安徒生或威廉·豪夫的童话比格林兄弟童话脱离民间童话原始形态更远的,就叫"作家童话"。多数西方研究专家还分出"作家童话"与 fantasy("纯幻想故事""以纯幻想为重点的小说性童话",以下用"儿童幻想故事")。这种近代兴起的"儿童幻想故事"和刘易斯·卡洛尔、詹姆斯·巴里、米尔恩、休·洛夫廷、特拉弗丝、C·S·刘易斯的名字连在一起。从这串名单中可以一目了然,英国文学稳稳占据了冠军宝座(其实清一色是英国作家——译者按)。但也容易让人产生一种误解,以为这种区分与童话长短有直接关系,似乎"作家童话"是短篇的,"儿童幻想故事"是中篇和长篇的。其实这两种文学样式的区分不在长短,而首先在于作品艺术空间的建构。最先指出"儿童幻想故事"同一般童话的区别的是英国作家、哲学教授约翰·托尔金,他为研究者引进了"第二世界"(Secondary World)这样一个概念,所指的是氤氲着奇幻色彩的童话世界。我们自然会想起最早产生的那部小说童话,就是那常被叫作专为孩子而写的头一部真正的 fantasy,那霍夫曼的《咬核桃小人和老鼠国王》,童话故事起始于现实世界,起始于儿童读者都十分熟悉的小女孩住的一个普通房间。但是渐渐地,故事进入了幻想的童话世界,这个童话世界之奇妙已使人感到非同寻常,自然而然地,故事就都成了童话世界的组成部分。像这样的现实世界和童话世界同时并行或交错存在的双线结构,是所有以纯幻想为特点的小说性童话的表征。爱丽丝所梦游的荒诞地下奇境、彼得·潘所在的梦幻岛、C·S·刘易斯系列童话中的纳尼亚王国等等都是。

两个、三个世界平行或交错于童话之始终,其中一个世界是我们日常生活的世界,这个世界全然没有奇幻成分存在;在另一世界里,就是托尔金所说的"第二世界"了,在这里,童话人物可以借助魔幻事物随心所欲地变来变去。这"第二世界"也可能是从神话、民间童话中的"另一世界"演化而来的,更深一层推想,是从先民的宗教思维的冥幻世界中演化而来的。

传统童话,并没有民间童话和作家童话的分别,多半是从头至尾都沉浸在魔幻世界中,《驶过三个大海,翻过三座高山》《在一个王国里》《太阳之东和月亮之西》等等,一种语言有一种模式。传统童话中没有现实世界,没有像"儿童幻想故事"中那样的现实感分明而又强烈的世界。

"第二世界"的特征在于它能容纳任何一种形式,其中包括以魔幻事物形式出现的第二世界。也就是说,包括以魔幻形式出现的我们自己生活于其中的现实世界——例如《玛丽·包萍丝阿姨》;包括以魔幻事物和变形的形式出现的第二世界——例如塞尔玛·拉格勒芙的《骑鹅旅行记》。第二世界的这种内涵也适用于所有作家创作的纯幻想童话故事作品,适用于那些从一个世界到另一个世界没有形态变幻过程的作品——例如《小熊温尼·菩》中的动物玩具世界,又如《柳林风声》的拟人动物世界。

作为儿童文学体式之一的"儿童幻想故事"文学现象,它的这种当代性理解带有很强的文体特征。这种理解也是托尔金所说的"第二世界"的一个中心涵义,也就是小说性童话的艺术空间建构。第二时间也是第二世界的一个特征。在第二时间里,童话人物能够看到许多奇妙的东西,而当他回到第一世界,他发现时间僵冻在他离开的那个时间。时间的现实性和时间的魔幻性各有自己独特的需要。

从民间童话到作家童话和儿童幻想故事,其间发生过许多重要的变化。第一个大变化是,作家童话和儿童幻想故事没有像民间童话那样一成不变的僵硬结构。在民间童话里有一套叙述的固定套路,例如善恶相斗、追逐、寻觅等等。当然,在多数儿童幻想故事中,这些成分还会存在,特别是善恶相斗这一点还会存在。可是它已经与原初的民间童话多有不同。儿童幻想故事作者可以把这些成分随意调遣,可以对它们适当改造,只用其中的一部分,而将另一部分扬弃。好些以讽喻为基调的童话作品就把民间童话中的情节颠倒过来,例如,善龙不想同骑士斗,就让善龙变为公主的好友。善恶相斗的主题在有些娱乐性童话中已经被消解,例如《玛丽·包萍丝阿姨》,就只是一部注重欢闹、幽默、历险的童话。还有一个明显特征是,儿童幻想故事很少有"大团圆"结尾。譬如C·S·刘易斯的纳尼亚王国系列的最后一部,以及阿斯特丽·林格伦的《米欧,我的米欧》和《狮心兄弟》的主人公在完成使命后,就留在第二世界中,没有回到日常世界中来。

第二个大变化是,作家童话和小说性童话与民间童话相比,故事中活动的人物发生了演进性的变化。民间童话的主人公多半是即将成年的小伙子(很少有少女),而故事总是以完婚而告终。作家童话和小说性童话中的主人公一般是孩子。因为作者的意图通常是让童话主人公们能够团结以克服险难、战胜困苦,所以大多数作品写的都是集体主人公,即一帮性格不一的孩子,不是兄弟姊妹,就是几个年龄相差不多的孩子伙伴。这样的集体主人公容易获得小读者的认同,容易打入儿童心中。可是到了20世纪70年代中期,这种趋势已经有所变化,作家们此时更注意个性鲜明突出的主人公,主人公的心理描写远比魔幻历险描写显得重要,这种倾向常使作家以第一人称来叙述故事,要求作家在童话形式中进行更细致的心理把握。还有一种更大胆的文学策略,那就是作家用反面人物的名义讲说故事,比如由恶魔法师、奇大怪物出面来讲故事。这种文学叙事方法暂时还没有被广泛采用,但已经有好几位作家这样做了。

第三,童话的发展还体现在风格和语言上。民间童话的语言特点是程序化、公式化的,叙述和对话都形成一定的格式。我们稍加回忆,耳际就会响起"唔,有股子人味!"(英国人说起来就成了Fee—fi—fo—fan, I feel the smell of an Englishman."哼,哼,我闻到了一股英国佬的气味!")还有,民间童话中常用三段式重复,尤其是公式化的开头和结尾("从此他们过着幸福美满的生活",英语故事则为"They lived happily ever after")。丹麦童话大师安徒生向来被认为是最早的童话创作大家之一。他把个人的风格、当时的时代特征和当时日常生活的具体事物、生动谐趣的对话、富有个性的角色携入了童话。童话从安徒生时代发展到今天的儿童幻想故事,我们看到了艺术风格和艺术策略的百花齐放,其中包括种种艺术形式的实验,这种艺术实验性质在20世纪末西方童话创作中存在普泛化的态势。许多作家都喜欢且善于使用一些孩子乐于接受的文化传媒手段进行童话创作:漫画、电视、电动玩具等。

总体上,我们应当看到,20世纪后半期的童话文体在世界动荡剧变的形势下,加速了自己发展演化的进程,较之以往几个时期要快得多,这种发展演化是与社会发展相关联的。科技进步、相对论、宇航理论、原子能、宇宙空间探测理论、数学领域里的模糊理论,所有这些都改变了人类对大自然规律本身的观点和态度。我们迫切感到需要从狭隘的、实证的观点转向更为广阔的视野,从而我感到,作家最好能够有准备地去把握一切可能在童话描写中发生的现象:介于现实和非现实的超验世界,超逻辑时间,超感应概念,以及人类尚不能解释的其他超自然现象。事实证明,今天的科学还不能解释宇宙间存在的所有现象。

当代的哲理性童话在心理描写的深刻性和艺术手段的丰富性上,都触及到了现实主义优秀作品所触及的严肃问题。当今的艺术童话作家对现实性有更多的兴趣,因为从周围现实世界中提出的问题,一旦艺术化而且成为奇妙的冲突,就比民间童话世界更能感染人的心灵。

不难想象,苏联童话之所以在品质上落后于世界,就是因为苏联童话从20世纪20年代起脱离了世界的童话潮流。苏联童话在20年代末至30年代初,还有像尤里·奥廖沙的《三个胖国

王》、拉扎尔·拉庚的《霍塔贝奇老头》这样的童话杰作可供夸耀。此外,尚可一提的还有国外童话的精彩改写,像阿历克赛·托尔斯泰的《金钥匙》(在意大利卡尔洛·科洛狄的《木偶奇遇记》的基础上重新创写),和亚历山大·沃尔科夫的《翡翠魔城》(根据美国作家法兰克·鲍姆的《奥茨国的故事》重新创写)。但这些根据国外作品重新创作的童话,就其艺术和意蕴两种价值而言,就显见其缺乏独创性了。

苏联童话在20世纪80年代渐趋繁荣,这显然是由于文学氛围发生了大变化,可是给人的印象是,苏联(乌克兰亦复如此)许多童话作家不理解童话这种复杂文体的本质。他们只会利用幻想形式来作为表现思想题旨的手段;他们总不能把幻想世界的创造当作目的本身,而且不会利用幻想创造去做些训诫儿童以外的事,而这一点其他国家的作家们早在几十年前就已经做到了。

我无意说蕴有道德教育和扩大认知这两种宗旨的童话本身不好,我也无意说童话可以放弃重要的导引使命。可是前述所说的童话演进总在提醒我们注意:童话最重要的功能不是教育功能和认知功能,而是向童话读者提出我们确实存在的问题。要特别指出:是提出问题,而不是解决问题。当代童话的一个显著特点是具有开放性的结尾,让读者自己动脑筋,就童话所提出的问题去寻找答案,自己去分辨善恶是非,其间最重要的是要让读者领悟世间并不存在绝对的善和绝对的恶的道理。自然,当代童话也不对奇妙的人、事、物做出"合理的"解释,譬如童话读到末尾,读者忽然被告知:童话主人公的种种魔幻历险,只不过是做了一场梦。

在西方有不少童话研究者,民间童话、作家童话都有人研究。他们大体可分成下面三种走向:第一种走向可说是社会拟态学研究。他们通过童话内容来考察特定历史时期的社会制度状况;而通过对童话思想主题和教育内涵的研究,来分析作者的立场观点,实际上,就是研究童话所从属的那个社会的观念形态。这种研究太注重社会政治功利,因为,童话作为一种文学体式,是综合的,他们没有看到童话有功利的一面,也有非功利的一面。苏联教育家们就是这样研究童话的。他们以这样一种研究为基础,把"具有社会进步意义的"童话加工改写,供作培养新一代年轻人的一种手段。

第二种走向可以认为是心理分析学研究。这种研究在西方盛行于20世纪后半期的70年代,在布鲁诺·贝帖尔海因(Bruno Bettelheim)的著名专著《魔幻的功用》(The Uses of Enchantment,1975)中,还有他的追随者玛丽娅·刘易斯·冯·弗兰茨(Malie Leuise von Franz)的研究著作中,展现了代表性的研究成果。后者用心理分析法分析了《爱丽丝漫游奇境记》,认为这个荒诞百出的世界确实让人想起了噩梦和胡言乱语。她还用心理分析法分析了安徒生童话、《彼得·潘》、扬松的中篇系列童话,还分析了其他一些作家的优秀童话,读来让人感到趣味盎然。在西方,童话还被用来治疗心理障碍性疾病,医生让病人(包括儿童和成人)从分析童话中学会分析自己的疾病。

第三种富有成果的研究走向可谓之结构学研究。这种研究最早是由俄罗斯民间文学研究家弗拉吉米尔·普罗普于1928年进行,并发表了有分量的研究著作,普罗普以魔幻童话为分析样品,分析它们叙述成分的相同之处。用这种方法,我们很容易看清传统童话类型化的人物和故事架构。西方学者克·莱维-斯特劳斯(Claude Levy-Strauss)和A·J·格雷玛斯(A.J. Greimas)以fantasy即儿童幻想故事为材料,继普罗普之后出版了不少读来颇有趣味的著作。

但是,这些研究并没有回答我们儿童文学要求回答的问题:童话作为一种文学体式,把它看作是教育手段也好,把它看作医疗手段也好,它如此广受少年儿童青睐的奥秘究竟在哪里?在过去几十年间,教育家和批评家们不厌其烦地、毫不留情地对童话进行攻讦,这种攻讦今天也还在继续。其中最流行的说法是说,童话远离现实,现实问题被童话幻象偷换了。被攻讦的人都是能创造大师级艺术的作家,连当代最著名的童话巨擘——瑞典的女作家阿斯特丽·林格伦也未得幸免。她不断被人攻评,说她告诉孩子的关于世界的概念是有害的,说她的童话从头至尾都在向孩子说谎,用甜蜜的谎言来代替解决问题。我们能拿出些什么有说服力的论据来阐明童话的效用呢?

首先,童话作为一种不可替代的文体,它能激发读者的想象力。在多数童话中都用不同方式谈到善恶斗争,也就是说童话决不远离我们这个善恶反复较量的现实,虽然,恶以巫师和女妖或恶魔的面目出现,而不是以战争、饥饿和暴力的面目出现。在童话中,我们可以频频看到人类最美的品质和最可贵的思想,诸如诚信、友谊、勇敢和名誉,还有恶不可避免要被善战胜。优秀童话也总是描写着主人公精神道德的成长过程,童话主人公对善和人道主义的选择,也等于是童话向少年儿童读者提供了丰富的道德经验和树立了正确的选择标准。优秀童话所反映的现实比许多称之为现实主义文学的作品更丰满、更真切。

各国的童话经过漫长又艰难的道路,终于呈现出了丰富多彩、琳琅满目的景象。那些反对童话的人,那些深信童话文体气数已尽,童话创作只不过是不断重复那些用过千百遍的主题和表现手法而已的人,今天也已经得到了无数个完全相反的证明。

(韦苇译自作者打字稿)

绪论

一

童话发展了几个世纪,纵然是在"现代概念的童话"起步较晚的中国,也到了我可以独立来为童话作界定的时候了。对童话作界定的前提是对存在已久的童话文学现象,首先是对那些源远流长、传播地域宽广的童话,对那些持久赢得共鸣、获得世界性肯定的童话,对那些在本民族具有里程碑意义的童话,必须大体了然于胸。我因研究工作的需要,从原文读,从译文读,从资料读,已勉强可以说做到了上述要求。"童话是什么"的问题,我曾在各种场合、应各种需要试着作过回答,在回答中我力图最大限度地揭示童话文体的本体特征和与其他文体相区别的本质规定性,最大限度地涵盖住各种各类的童话文学现象。

我曾对童话作过如下的界定:

童话是荒诞性与真实性和谐统一的奇妙故事,是特别容易被儿童接受的、最具历史共享性和人类共享性的文学样式之一。

童话是以"幻象"为一岸,以"真实"为另一岸,其间流淌着对孩子充满诱惑力的奇妙故事。

童话是一种通过以幻想为首要特征的荒诞故事来引起儿童共鸣的艺术假定。

童话是特别符合儿童想象方式的、富于幻想色彩的奇妙故事。

童话是以幻想滋养儿童精神的故事家园。

童话是被故事逻辑所严格规范的童梦世界。

童话是粗看离真实很远而细想又是离真实很近、为儿童阅读而存在同时也为童真永存的所有人而存在的荒诞故事。

现代童话是参照儿童思维方式创作的,把成人智慧、体验、思考和愿望熔铸于其中的奇幻故事。

现代童话是作家模仿儿童稚真的、非现实的思维方式而创作的幻想性故事。

现代童话是用幻想沟通现实、超现实和儿童心灵三个世界的一种故事通道。

现代童话是用荒诞手段表现幻想世界的儿童故事作品,也称"童话小说"。

我的界定是努力用一种概括性的理论说法或形象描述说法去逼近童话文学文体的本质。

童话应是大文学圈里的,而不只是儿童文学里的一个故事品种。约翰·托尔金教授的1500页的《指环王》(The Lord of the Rings)是严格按童话规则创造出来的幻想文学作品,是一座幻想文学丰碑,然而很难说作者创作它的本意是为儿童的,更不纯粹是为孩子的。它只是托尔金采取童话体式,以现代神魔故事方式外现他对漫长的人类历史、首先是第二次世界大战历史的感悟、体认和思考。童话创作只不过是托尔金的一种文学行为方式而已。

把童话归于大文学圈想来要更合理。须知童话中有数量相当多的一批精品是成人文学作家创造的,其初衷的阅读目标人群也不一定是儿童,高尔基的《燃烧的心》就绝然不是为孩子写的,却是孩子最应该读的童话。文学巨擘出手创作童话,对于童话艺术品位的提高和童话文学的稳健发展以及对童话品质的引领,具有不容小觑的意义。作家把他们深邃的思想和成熟的艺术带入了童话,同时也给童话带来表现空间的拓展和表现疆域的扩大,带来郁郁葱葱的新颖意味。日本天才童话作家新美南吉就明确说过:"我向来主张童话作家首先必须是成人文学的作家,而成人文学的作家首先必须是一个卓越的、识见上高屋建瓴的人。"反过来,童话作家中佼佼者的作品,也会被主流文学汇入自己的成绩单。比较详细的世界文学史除了为安徒生童话独立建节,应该还说到林格伦和托尔金的文学成就。

本童话史的职志在于纵向系统地论述符合上述定义的童话,而且对大文学文体之一、更作为儿童文学文体之一的童话的源流、演化进程和发展脉络及其所积累的煌煌成果进行理论性的梳理、描述与评介。

二

现在我们所谈论的童话,或童话讨论的重点已多半是现代幻想故事了。现代幻想故事就是modern fantasy。幻想故事的本质要求,是想象力的高度活跃和自由。童话当然需要现实主义的合作,但童话就其生性而言则更喜欢浪漫主义。无论是意味,还是艺术,童话天生喜欢飘逸和自在,它更亲近浪漫主义是必然的。比较起来,小说的自由是在已经发生过和可能发生的人、情、事范围内,而童话的自由则在想象和未知的幻象领域。现代童话作家在童话里给孩子建造的是儿童游戏式的自由乐园,而不是中看不中玩的空中楼阁。

现代作家进行童话创作,是一种对揭示人生真谛和表现人类理想的方法与方式的选择,它主要不是着眼于生理的真实和外部社会的真实,而是以表现孩子心理逻辑方面的真实为指归。第一个对童话叙事另辟蹊径的是19世纪中期丹麦的汉斯·克里斯蒂安·安徒生。他放开想象缰索,从他那里开始,童话趣味、题材、角色和表现手段选择诸方面都被大幅度地解放;也从他那里开始,童话开始站在民间立场上对王公贵胄采取调侃、戏谑、嘲讽、鞭挞的态度,从而促进童话走上人间化、世俗化的道路——即使是采用民间童话的框架,也是取民间童话为我所用,表达的已经是安徒生本人的情感和思想。

幻想故事的缔造者们运思构作现代幻想童话故事,不外乎从故事的三个基本因素上去发挥自己的童话创作才智。

——**地点**。故事地点的wonderland("神奇境域化")往往是创造童话的首要条件。童话发生的地点通常带有相当程度的陌生感,但读者可以理解,也可以接受。童话故事多发生在梦境,发生在镜子、橱门的那一面,发生在种种假定的或有假设成分的环境中。总之,一切方便作家进行想象创造的故事地点,都可能被作家所选择和采用。而如果发生在现实生活中,也必须是虚虚实实、真真假假,水中望月、雾里看花。

——人物。创造超自然、超现实的超验人物角色,是童话的主要手段。一切都处于常态中的人是不可能成为童话人物的,人得有超常的功能,或在外力的催助下具有超常的形态。譬如变得小到可以骑在鹅背上;动物、玩偶都得让它们通人性;作家按照需要,可以创造世间并不存在的东西,它们既非人,亦非动物,可以是机器人,也可以是一只由粉笔生成猫腿的猫,也可以是自己会走路的椅子,等等。

——时间。时间被当作童话的创造手段,是因为时间在童话作家手里是一种富于弹性的东西,可以潜入几百年前,可以进入几百年后,可以像水、像空气似的被抽出、被灌入,可以被买卖,可以被窃取,孩子可以因为失却时间而成为白胡子男孩和白头发女孩。总而言之,时间在童话作家手里具有神奇的魔力。

所有这一切必须求其"似非而是"。"似非而是"既是童话创作必须遵循的规律,又是好童话的标准。要达到这个标准,须得具备下列条件:

童话核心必须由幻想因素构成;

童话情节必须围绕幻想因素展开;

童话细节必须与幻想因素相一致;

童话所采取的幻想因素必须有很强的可信性;

童话角色对孩子必须既陌生又熟悉。

本童话史的重点在论述符合上述条件的现代幻想故事,且认为一个国家、一个民族的童话地位主要是由现代幻想故事的艺术质地,它们的影响力、辐射力所决定,并以上述条件为标准,确定一部童话在童话史坐标系中的位置。

"modern fantasy"的童话作品大致可分三大类型。

第一类是拟人型童话。这类作品几乎占西方当代童话之半,动物或无生命的物体被赋予了人的某些特征,即把动物或无生命物体大幅度人格化了以后来充当童话的角色。这类作品之大量出现和存在是基于这样三个原因:

(1)这类作品虽然叫 modren fantasy,但是与过往流行的民间童话还是有着千丝万缕的联系。

(2)人类和动物的亲缘关系是一个事实存在,两者之间的区别在许多方面并不带有根本的性质,尤其在生存和延续族群方面。

(3)低龄儿童天真无邪,使他们同动物的伙伴关系可以亲密无间;他们以为动物也完全能像自己一样想、说、做。

这种由作家创作的以动物为主人公的幻想文学作品,欧洲 18 世纪末以朵·基尔纳的《一只老鼠的历程》为标志性开端,到 20 世纪上半期已形成了一个童话类别,其气象已蔚为大观。

第二类是虚幻境域型的童话。这类发源于神话传说的童话,可说是现代人创作的深潜着现代人思考和现代人象征意蕴的神话。神话传说故事的阅读价值已无需证明。那么现代人就可以参照神话传说故事来建立一个文学的品类,为儿童营造起适合于他们阅读、为他们所乐于接受的现代神话故事——一个个理想国,开辟出一个个见所未见、闻所未闻的奇幻相生的境域。牛津大学的教授托尔金在这方面一举成功后,这个文学品类的路子于是越拓越宽,遂成了童话文学的一个分支。进行这类童话创作的作家到 20 世纪后半期已形成了一支相当规模的队伍。

第三类是荒诞型的童话。一般说来,现实主义文学的基本要求是按照生活本来的样子来建构作品,荒诞型的幻想作品则往往是一只脚踩着现实生活,一只脚已经悄悄伸进了幻想的域地,

从而突破了现实主义所允许的可能,为儿童的文学寻求到一个更自由的发挥和表现想象的空间。这样的童话虽然荒唐不经,但是它新奇而迷人,有着自己独特的阅读魅力。

三

　　从传统童话过渡到现代童话,主要是作家主体意识的大量渗入,作家的经验、体认、灵智、慧颖的参与,以及幻想因素的现代化所造成的。总之,从童话的形态到童话的内涵,我们都可以据以判别传统童话和现代童话。

　　作家对民间童话所做的工作是搜集、采录、复述、整理。作家对民间童话进行加工,已具有些许创作成分。作家对民间童话不同程度的利用,吸收其营养,则是现代童话形成、发展和繁荣之需要。

　　童话创造和物质生产是很不相同的两件事。童话作品的魅力不一定是与时代俱增的。童话对孩子诱惑力强弱的区分不在"传统"和"现代"。现代童话并非从作家笔下诞生后天生就拥有了进入儿童读者群的通行证,那些过于古怪的奇想,那些不适当的深奥莫测,那些刻意对死亡题材的迷恋,那些与孩子不平等的对话……像那样的现代童话就不容易被孩子所接受。孩子读童话不是凭他们的理智,而是凭他们的感觉。古代或现代,近代或当代,由有名作家著作或无名作者撰写,评论家称赞或指摘,甲出版社出版或乙出版社出版,孩子全不加闻问。这样的意见早已由美国著名犹太作家、1978年诺贝尔文学奖奖主、亦写过少量童话的以撒·辛格明确阐述过。关于民间童话对现代童话的意义,辛格也揭示得十分清楚:"文学如果没有民间的因素,深深植根于某一块特定的土壤,文学就要衰落,就要枯萎。如今,儿童文学比成人文学更加植根于民间。"

　　如果说,民间童话是从古代流淌到今天的"河流",那么,童话作家中那些离民间童话"河流"近些的,民间童话成分就以"涌泉"方式进入作家的童话创作;童话作家中那些离民间童话"河流"远些的,民间童话就以"乳汁"方式进入他们的创作。充满幽默趣味的现代童话其影响之大,莫过于瑞典女作家阿斯特丽·林格伦的幻想作品。如果我们将她的童话和民间童话联系起来考察,那么不难发现,女作家是多么善于从民间童话中汲取养料。林格伦为了艺术创造的需要,对民间童话中可利用的元素、成分从不拒绝利用,并在利用中激活它们。

　　本童话史重点在阐明卓越的现代童话作品对世界童话发展的意义,但同时也珍视传统童话元素,因为它们的存在是童话发展不可缺少的基础性一环,并为现代童话的发展提供了重要的艺术经验。

四

　　就容易进入幻想世界这一特性而言,成人是要以儿童为师的。孩子在现实世界和幻想世界之间自由往还,混淆现实世界和幻想世界,有时甚至就生活在幻象之中,在游戏世界中感受精神狂欢。当他们渐渐长大,感情就不免日趋理性化,幻想世界就逐渐萎缩、退化,到了成人,则往往深陷于现实世俗悲喜忧乐之中,而疏离了幻象世界。所以"第二世界"或"第三空间"的奇妙,成人已经不像孩子那样容易看到。然而童话作家不同,他们是像树一样的人——他们舍不得完全抛弃童年的东西,他们像树保存年轮那样把童年记忆保存在最里面的几圈,他们把童年的体验珍藏在心里,他们能参照儿童的想象方式创造幻想文学,并在童话规则允许的范围里驰骋童真想象。

童话无疑更属于低龄儿童。没有比童话更容易启开小孩心灵和智慧之窗的了,还不能接受判断的小孩却能敏锐地感受童话。孩子的思维是游戏性思维,他们往往会把"乙事物的功能弄到甲事物的功能上去,甲事物的功能弄到乙事物的功能上去"(俄罗斯楚科夫斯基语)能把握住这种儿童思维特点的作家,就能用自己的童话燃起孩子活泼而又温暖的情感,就能让孩子相信那激动人心的一切都是真实的,从而帮助孩子展开想象的翅膀,带引孩子去求索、去创造,去理解生活、理解世界,带引他们以健全的人格走向未来。

本童话史所描述到、论说到的作品,几乎全都是适宜于低龄孩子和童年读者接受而成人也喜欢品赏玩味的典范名著名篇。

本童话史的描述和论说重点在西方童话,而研究西方童话必须注意到它们都产生于基督教文明中(例如注意到安徒生童话里往往把上帝作为终极信仰和最终归宿),即使到20~21世纪,其宗教文化背景仍然影响着西方童话。还有,研究西方童话需对生活在西方世界中的人都对形而上思辨传统有所浸染这一点多加体悟。

第一章

史前时期：童话发生于民间

童话史是从这里开始的：一批融入文人艺术智慧并广为流传的童话已经存在，使读者感觉到一个新的着意于新生人类阅读的幻想文学品种正在出现，人们也对它的出现开始关注和期待。那么，在此以前各种自然形态童话的流传、加工，趋于完善的漫长时期，就姑且称之为"童话史前时期"。在童话的史前时期里，童话不自觉地在人类不同分工的群体里发生、孕育、形成。

在童话史前时期里描述到的各种童话形态，可能明显带有人类先民的、相当原始的生产生活经验和文化思维方式。但也必须注意到：史前时期里已经存在不少思想性和艺术性都不容低估的童话作品，可以与现代童话相映而生辉。

童话史前时期里，人类反映情感的语言符号尚未成熟，但是当时的语言能力已足可以表达当时人类的欢乐、悲哀、恐惧、嫉妒和敬畏，足以把当时的社会历史、文化模式、人类智慧、人生经验，以及初民的世界观、宇宙观都凝结在各种自然形态的荒诞故事中。一则，人类用以解释其所不能理解的自然现象；二则，人类用以安慰自我；三则，人类用以排遣和释放情绪；四则，人类用以警戒自己，更主要是向后代传授种种教训性精神成果。所以，史前期里的童话除了文学价值之外，还有其人类学和民俗学的价值。

童话的渊源可以藉流传至今的神话、传说、童话、寓言的种种资料作推测性研究，不过想溯及绝对的开端是徒劳的。只能笼统地说，童话发生于民间。其后，文人汲取民间童话的成果进行创作；再后来，才是童话作家吸收民间童话的营养，创作出注入了创作者主体精神、具有个性风格的幻想作品。

童话在史前时期里，虽不排斥娱乐人类自己的目的，但主要重视的是训诫功能和教谕功能，因此不自觉地强调辨识性和某种实用性。童话被看做是人类经验和智慧的宝库。人类的精神财富是通过童话这种能激发孩童兴趣的艺术形式传承给后代的。正是"传授"的需要，在驱动着童话的产生、加增、提升，客观上推动着童话的发展，使童话从粗陋到精善，从瘦弱到丰盈，从亏欠到完美。

第一节 概说

一、在东方

世界童话史不能不以西方的童话成果为主体。但是论及童话的发生,则必须首先由东方童话开始说起。早在公元前四五千年,在西亚的底格里斯河和幼发拉底河流域、南亚的恒河流域、东亚的黄河流域、北非的尼罗河流域,已经在泥板、贝叶、桦皮、龟甲、竹简上创造自己的文明。法国启蒙运动的杰出思想家伏尔泰(1694～1778)说得好:"如果你想知道地球上发生了什么事情,你得先把眼睛转向东方——那是一切艺术的摇篮,西方的一切都应该归功于它。"

就童话而论,印度人的《五卷书》,希伯来人的《旧约》,阿拉伯人的《卡里莱和笛木乃》《一千零一夜》,都对西方的神话、传说、寓言和童话有过不同程度的影响。

成书于1～12世纪的印度《五卷书》,现今被认定为是最早向孩童传授经验、启迪智慧的童话故事书。它用五个母故事套78个子故事的方式,串起了许多用形象语言道破的教训。第一卷母故事讲述森林中的两只豺狼如何离间破坏狮子和黄牛的亲密友谊;第二卷母故事讲述的是乌鸦、老鼠和鹿如何团结合作,躲过猎人的捕杀,并救出了好友乌龟;第三卷母故事讲述乌鸦和猫头鹰两族结下冤仇,乌鸦族的一位老大臣施展苦肉计,打入猫头鹰巢穴,里应外合,用火烧巢穴的计谋歼灭了猫头鹰族;第四卷母故事讲述海怪的老婆想吃猴子,就设法把猴子骗到海上,猴子知道自己上当后,立刻机警地说他的心放在岸边树上,没带在身上。他终于用自己的智谋摆脱可能丧命的危险;第五卷母故事则讲述理发师贪图钱财、鲁莽行事,最后犯下死罪。全书的精华部分所表现的是弱者可以战胜强者的思想。

《五卷书》的原始版本惜已失传。但是通过巴列维语、古叙利亚语、阿拉伯语的《卡里莱和笛木乃》而传遍世界。这些故事由一位婆罗门师爷采集自民间,是最早的一部寓言童话故事集成,也是印度最早向世界奉献的故事书之一。

《一千零一夜》是中古阿拉伯人用集体智慧和幻想所建立的一座文学丰碑。16世纪之前,书中的故事已在古波斯、埃及等地口头流传千年之久。长期流传过程中,经无数的市井故事家和文人学士的加工琢磨。这种故事来源不一的实际情形,不难从其色彩驳杂、旨趣各异中看出。它包容有寓言、童话,爱情、冒险故事和轶事等各种文体,以及历史、哲学、天文、地理等各种题材;神魔、精灵、帝王、将相、太子、嫔妃、商贾、渔夫、木匠、脚夫、裁缝、理发师、托钵僧、手艺人、奴婢等各种出场人物,充分展现了古阿拉伯社会五彩斑斓的广阔生活画面。

《一千零一夜》中的134个故事,对于童话史有直接意义的是神话传说、神魔故事、颂扬智慧和勇敢的故事这三种,主要是《乌木马的故事》《渔翁的故事》《阿拉丁和神灯的故事》《阿里巴巴和四十大盗的故事》《巴格达窃贼》《巴索拉银匠哈桑的故事》《商人和魔鬼的故事》《渔夫和雄人鱼的故事》《三个苹果的故事》《脚夫和巴格达三个女人的故事》《鱼和蟹的故事》《猎人和狮子》。故事中特别吸引孩子的是飞毯、木马、神灯、魔戒指、宝鞍袋、隐身帽等等表现古阿拉伯人幻想力的神奇宝物,当它们战胜恶势力时,小读者可以从中分享到许多快感和乐趣,也从中得到各种来自生活经验的教训。世界上许多著名作家的童年都曾得到过它的滋养。在

故事艺术品中,它的语言堪称典范,俄罗斯19世纪末、20世纪初的大文豪马克西姆·高尔基将它誉为民间口头创作中"最壮丽的一座纪念碑",他尤其称赞它的语言:"它流畅自如的语言表现了东方各民族——阿拉伯人、波斯人、印度人——美丽的幻想所具有的力量。这语言的织品产生于远古;由这种光彩夺目的美妙语言编织而成的地毯,覆盖着我们这个广袤的地球。"

二、在西方

西方的古希腊英雄传说本来就被认为是最古老、最优秀、最普及的童话读物。普罗米修斯从奥林帕斯山盗来天火,藏在芦苇管里带到了人间;珀修斯弄到一双飞鞋、一顶隐身帽,借助光亮的盾牌斩掉墨杜莎的蛇发女妖头;大力士海克勒斯幼婴时就扼杀过两条大蛇等等,这些神奇故事早已成为世界童话宝库中的珍藏。

当然,人们总是把思考、感知、信仰和行为方式浓缩在大大小小、长长短短、林林总总超现实的艺术假定里,融化在各式各样的童话空间里。民间童话,尤其是民间童话中的精彩部分,从历史、知识、心理、伦理、情感、美感诸方面诱惑着心中充满浪漫情愫的人们,尤其是天生罗曼蒂克的孩子。辛迪蕾拉灰姑娘的故事、三只小猪的故事、三头熊的故事、杀巨人的杰克的故事、布莱梅镇音乐家的故事、三只比利山羊的故事、人鱼故事、美女与野兽的故事、巨人故事、小矮人故事、拇指仙童故事、棕仙故事、食童妖故事等等,它们被流传着,被加工着,而说故事的人、游方僧人、旅行学者、流浪诗人、水手、士兵、妇女,在传播中不断地滋润和丰满故事,并加强故事的生命力。这些故事到12世纪方开始被记录下来,取得书面形式。有些故事,像《灰姑娘》《小红帽》《白雪公主》《睡美人》《生金蛋的母鸡》《青蛙王子》等,已被欧洲人记录过不下数百遍。而面貌逐渐清晰,并结集成书的是《伊索寓言》和《列那狐的故事》。

《伊索寓言》因其内容包含许多奴隶社会的伦理道德和行为规范,在公元前后的漫长岁月里,被当作教育儿童最适宜的文学读物。在古希腊,《伊索寓言》甚至还是拥有多少知识的标杆。喜剧作家阿里斯托芬有一句名言:"你连伊索寓言也没有熟读,可见你是多么无知和懒散",就是《伊索寓言》对当时人具有特殊重要性的真实证照。因此,它对于外国童话史来说,无疑有着开创的意义。

寓言冠以"伊索"两字,也许是借用了"伊索"这个人的睿智和博学,也许是"伊索"这位道德家每每开口都妙语连珠,警句格言似泉,高山景行,世所仰慕。总之,《伊索寓言》不一定都是伊索的作品,其中包含许多早已流行的涵蕴教训的故事。"伊索"其实是一种文学写作模式的创造者,是寓言文体的假托性始祖。到了14世纪,雅典学者僧侣泼莱纽台斯(Maximus Planudes)选编了150个故事的《伊索寓言》选集,现在的《伊索寓言》主要源于这个本子。公元1484年,英格兰人威廉·卡克斯顿(William Caxton,1422~1491)将《伊索寓言》译成英文出版,从此《伊索寓言》的主干告于定型。

寓言的最高要求和最大目的,就是表现人的精神,改善人的行为。在一个篇幅短小的艺术假定中,往往让人类披上禽鸟畜兽的外衣,去领悟不用劝说者出现的劝告和教诲,使读者通过浑然不觉的引导去共同感受真善美,憎恶假恶丑。《伊索寓言》就是在这样的意义上向人们宣教择友、处世、为人和工作方法的经验。《狼和小羊》说明暴君总是不缺少理由的;《农人和他的孩子们》说明团结的重要性;《驴和骡》说明帮助人家某种程度上也是帮助自己的道理;《龟兔赛跑》说明不能骄傲;《驮盐的驴》说明局部的经验不能绝对化;《好开玩笑的牧人》说明撒谎终将危及自身;

《衔肉的狗》说明贪得无厌的危害;《狐狸和葡萄》说明贬低自己得不到的东西是一种普遍存在的丑陋心态;《乌鸦和狐狸》说明不能听信奸佞的言语;《北风和太阳》说明工作方法和工作成效有着密切的关系,等等。

《伊索寓言》在17世纪初期开始推向世界,从而被公认为是一部世界文学名著。

达·芬奇(1452~1519)留在自己札记中直到20世纪中期才发现的80则寓言故事,简直是一个文学奇迹。他不沿用伊索寓言的旧题,鲜明地表现了文艺复兴时代的精神,并且融入了作者的许多生命体验,如《金翅雀》《天鹅》等都堪称世界文学顶尖品位的稀世文学珍品。

第二节 穆格发及其《卡里莱和笛木乃》

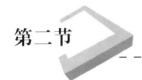

脱胎于古印度文学名著《五卷书》并融汇了更多古印度寓言故事与波斯寓言故事的阿拉伯古文学名著《卡里莱和笛木乃》(公元750年左右)是比《五卷书》流传还要广远、影响更大的作品。因为《五卷书》原始版本失传后,就依靠这部阿拉伯文译写本在世界上传播。由于阿拉伯文译写者伊本·阿里·穆格发(724~759)在译写过程中删除了《五卷书》比较粗糙的部分,并增加阿拉伯人创作的寓言,使这部寓言集远比《五卷书》更优美、隽永、风趣、引人入胜,因此更能吸引儿童的心灵。它被认为是古阿拉伯人向世界儿童所作的珍贵童话奉献。

《卡里莱和笛木乃》的译写者穆格发是阿拉伯作家,波斯人。他从小接受波斯文化,后来成了最地道的波斯文学翻译家。成年后迁居阿拉伯重要的文化名城巴士拉,在那里他获得广博的阿拉伯文化知识。他年轻时思想就显得成熟,出手不凡,在文化界享有声誉,王公贵族竞相邀他担任文书之职。由于他的社会改革观点为当局所不容,终于在阿拔斯王朝哈里发·曼苏尔的默许下,以"伪信教"罪名将他杀害,其时年仅35岁。他一生崇尚理性,其包括《卡里莱和笛木乃》在内的所有作品都贯穿着改良社会、以道德劝诫统治者的思想。他的写作技巧非常娴熟,具有辩证的分析能力,作品结构严谨,文字优雅,为阿拉伯散文艺术的发展奠定了基础。

穆格发是世界上最早声称自己的童话故事是为儿童编写、为少年儿童提供文学读物的作家。他在《卡里莱和笛木乃》的序文中说,他译写这部童话集的第一个目的就是"用没有理智的禽兽间的对话做题材""吸引喜爱诙谐故事的少年人;他们最爱阅读动物世界尔虞我诈的新奇故事"。这就比《五卷书》有明确得多的儿童阅读目的,并强调了对儿童的适应性。

《卡里莱和笛木乃》这部童话集,其作者用心在伦理说教,但是作家在再创作时注入了自己的艺术才情,从而使作品具有少年儿童可以欣赏、接受的哲理意味和美学价值。

这是一部以飞禽走兽为主人公的童话集。"卡里莱"和"笛木乃"分别代表了善恶两种相互对立的观念。卡里莱和笛木乃两只狐狸都很聪明机灵,是狮子国王手下的两名臣子。但卡里莱正直、忠厚、安守本分;而笛木乃逢迎拍马、嫉贤妒能、陷害忠良、排斥异己。笛木乃总想做高人一等的人,卡里莱为规劝自己的朋友曾讲过许多具有警戒意味的故事,可是笛木乃不听劝告,我行我素,终于罪行败露,被狮王判处死刑。

全书共15章,通过狮、猴、牛、狐、狼、鼠、龟、鸽、兔、乌鸦、羚羊、白鹤、猫头鹰等几十种动物活动,组成大小六十多个故事。这些故事归结起来,就是作者用哲学家的思维和智慧,用对贤明君主的殷切期望,用幻想塑造了一个"具有宽容大度、知识丰富、智慧敏锐和意念纯洁的美德,同时又具备和蔼和英勇的气质,遇大事不会胆怯,临大谋不会紧张"的理想国王形象。这理想国王自然是哲学家、政治家们政治理想的集中体现。

童话故事中的飞禽走兽都具有社会人的思想感情和行为方式,并按社会人的逻辑对话,但童话故事的魅力所在恰在于几十种动物都保持了自己的特性,并按其特性展开故事、发展情节。比如鸽子们因爱吃撒在地上的食物,才缠进了猎人的罗网;老鼠因有利牙,能咬断网绳而救出鸽子们;乌鸦能飞,所以能帮助老鼠翻山越岭;乌龟行动缓慢,所以猎人伸手就将他捉住;羚羊擅跑,所以猎人总也追不上他。老鼠、乌鸦、乌龟、羚羊各自发挥其所长,相互关照,团结友爱,所以能够一再逃脱险难。在《鸽子、狐狸和白鹤》一章里,狐狸再能干、再狡猾,终也不会爬树;而白鹤因把头藏到翅膀底下的习惯而葬送了自己的性命。在《教士和鼬鼠》一章中,写了一种特殊的风俗:人们像养狗一样养鼬鼠看家;而鼬鼠果然在蛇向小孩来袭时挺身而出,将黑蛇咬成几截,立下了杀蛇救幼童的奇功。

从《五卷书》到《卡里莱和笛木乃》,许多故事的梗概没有太大的变化,但在《五卷书》第四卷中提到《猴子和海怪》的故事,到《卡里莱和笛木乃》中就成了《猴子和乌龟》;在《五卷书》中一个婆罗门得了一罐麦片,到《卡里莱和笛木乃》中就成了一个教士得了一罐蜂蜜,挂在屋梁上。"一天,教士靠在床榻,手里拿着拐杖,暗暗想道:'蜂蜜的价钱这样好!我这一罐蜂蜜,可以卖得一镑钱。然后用这镑钱去买十只羊;五个月生一胎,一胎生几只,不要多少日子,便可以有一大群羊;大羊生小羊,小羊长大后,又再生小羊,几年后,可以有四百只羊。那时,我便卖了羊,去买牛和田地,种起庄稼来,五年以后,可以雇用仆人,建筑大厦,娶一个美丽的女子当老婆,然后生一个美貌聪明的孩子,给他取个美好的名字,用心地栽培他,尽力地教育他。'当他把手里的拐杖举起教训他的儿子,正巧打中了装蜂蜜的瓦罐。瓦罐打破了,蜂蜜流了他一头一脸。"这两个改动的例子,说明穆格发利用《五卷书》的题材进行再创作时,确实变得更贴近现实生活、更合理、更生动、更幽默、更细腻,把一部印度故事文学经典平民化,并推向艺术的完美。这也就是对童话史来说《卡里莱和笛木乃》更应受到重视的理由。

《卡里莱和笛木乃》的语言特点,是形象与哲理的高度统一;在禽言兽语中隐含陶冶理智的深意;说明事理时频繁运用比喻,效果殊为强烈。例如写到有人"贪图现世享受"时,故事中这样运用比喻:"这就好比喝盐水止渴,越喝越渴;又像啃骨头,越啃越香,越香越啃,直到满嘴流血;又像一罐蜂蜜底下藏着毒物,吃蜂蜜的人越吃越香,越香越吃,直到中毒而死;又像睡在床上做美梦的人,梦中无比欢畅,一觉醒来,才知道是空梦一场。"这是博喻的例子。发觉朋友有害自己的恶念时,心胸的不安"犹胜于以火为床,以蛇为枕的人",这是明喻的例子。"没有道德的富翁,虽然家资百万,依然免不了受人轻视;一只狗,虽然戴着金银首饰,决没有人敬重他。"这是暗喻的例子。穆格发每用比喻,必能创造出寓意深刻、栩栩传神的意境,使自己的童话迸射出逼人的艺术光彩。

第三节　《列那狐的故事》

《列那狐的故事》(Roman de Renart)是法国古代文学遗产中至今仍闪耀着夺目光华的珍宝。它是11世纪中古欧洲市民文学所留下的一个硕果。城镇市民为了本身的经济利益,要求打破领主和教会的文化垄断,站在市民的立场上创作出大量以反封建、反教会为特点的市民文学作品。市民文学的主要内容是揭露封建领主和教会僧侣的残暴、愚蠢、贪婪,并赞美市民的机智、勇敢、聪敏。讽刺是其主要的艺术手法,而隐喻、寓蕴和象征也相互辉映。中古欧洲市民文学其发达以法国为最,其成就也最高。它的顶峰之作就是《列那狐的故事》这部禽兽故事讽刺长诗。

禽兽故事很早就在欧洲民间流传。12世纪就已经发现一些用拉丁文写成的禽兽故事诗在欧洲传播。1180年,德国有一位诗人以"列那狐"为题,写了一首长诗。在法国,12世纪末和13世纪初,流传着一组组以狐狸为中心的故事诗。这些把各种动物人格化,用折光式的譬喻反映出中古欧洲的社会现实,其讽刺之尖刻足以引起市民们的阅读兴趣。以后经过几代人的流传,在流传中不断地修改和增补,到14世纪中叶在法兰西就形成了长达十万余行、由27组故事连缀成的讽刺童话诗。这部长诗融会了希腊和罗马的动物寓言,以及东方诸古国、北欧和日耳曼的动物故事。所以列那狐的故事可视为东西方动物故事的精华。

《列那狐的故事》经多次修改增补后,故事很完整,人物性格十分鲜明。故事说,列那狐诞生于亚当、夏娃被逐出伊甸园之时。上帝把亚当和夏娃逐出伊甸园时,给他们一根棍子,只要拿它去打击海面,他们就可以得到所需要的动物。亚当要了些有益的动物,夏娃却要了两个有害的动物——列那狐和依桑格仑狼。列那狐和依桑格仑狼的斗争成了长篇童话的主要冲突,也是最生动的篇章。这部作品以兽界来喻指人世的欺软怕硬、弱肉强食。全书最精彩的是《列那狐怎样偷鱼吃》《依桑格仑狼钓鳗鱼》《狮王诺勃勒的裁判》。

《列那狐怎样偷鱼吃》使用了欧洲普遍流传的一则著名童话。它说,狐狸列那在冰天雪地里寻找食物充饥,他循着鱼香味望见了一辆装着鲜鱼的马车,就装死横躺在大路中央。两个鱼贩子拎起狐狸一瞧,认为这正好可给他们的"老太婆"做一条皮领子,就往车上一扔,进城去了。两个鱼贩子正为这条"皮领子"应该归谁而争论得不可开交时,狐狸在车上大享口福,吃饱之后又巧妙地用竹条把鳗鱼串成圈儿项链似的套在脖子上,准备带给妻子和孩子。他脖颈上套满了鳗鱼,然后溜下车去。这是狐狸列那在长篇童话开头"亮相"的一章。列那的本质特点是狡智,而在这一章里,列那所显示的狡智,足以引起读者对后面故事的兴趣。

《依桑格仑狼钓鳗鱼》说的是狐狸列那第一次捉弄依桑格仑狼。故事说,在一个冬夜里,列那狐和依桑格仑狼走到一个池塘边,列那看见结冰的湖面上有一个牲口饮水的洞和一个汲水用的吊桶。他自语道:"这可是钓鱼的好地方。"这样就骗得贪馋的依桑格仑尾巴上系上吊桶,蹲在冰洞边等着吊桶装满鳗鱼。狼耐心地钓着鱼,狐狸躲在灌木丛里窥看着狼上当。果然,到了夜深时分冰就把狼尾巴冻住了,狼还以为是吊桶里装满了鳗鱼。天亮了,狼被割断了尾巴,还遭到猎狗们的追逐。这是狐狼斗争的一个精彩序幕,狼的贪馋和愚蠢使狐狸的诡计得逞,为后面狼的可笑、可悲命运及结局埋下了伏笔。

从揭露黑暗社会的深刻性、彻底性来说,《狮王诺勃勒的裁判》自然是鉴赏价值最高的一章。列那因作恶太多,依桑格仑狼、勃仑熊、梯培猫和白里士梅花鹿等联名到诺勃勒狮王面前控告列

那。当狮王诺勃勒认定"狐狸真是个恶魔"的时候,就下决心处死列那。列那说死前要留下遗言,他故意高声说要把自己的宝藏留给孩子。狮王一听"宝藏",便要狐狸说出究竟,这样就又给了狐狸撒下弥天大谎并转危为安、绝处逢生的转机,而且乘机反咬一口,说狼、熊是为了除掉知情人,为了封口,以达到灭口之目的才来告状的。

在《列那又在宫中救了一次国王》一章中,列那找到机会借狮王的威势报复依桑格仑狼。这一章里,狮子病了,群兽纷纷前往探视国王,而狐狸却迟迟没有去。列那知道他不及时探视重病中的狮王少不得要吃苦头,但他立刻装作会诊病配药的样子。散文文本关于这段故事的描写十分精彩:

"列那马上摆出医生的样子,按按病人的脉息,看看舌苔,摸摸身体,听听肺部。诺勃勒经过列那这番诊视之后,觉得更不舒服,大声地呻吟着。"而列那呢,十足摆着医生的架子,说:

"如果再耽搁一天,那就太迟了。陛下,我敢担保,我能治好您的病,可是必须答应我所需要的东西。"

国王说:"呀!只要病好,我把财产分给你一半!"

"我不是要谈酬谢啊!"列那说。他对国王的误会一点不感兴趣。

时间太紧急了,不是开玩笑的时候。

全朝的大臣都在那儿,都焦急地盯着列那怎样动作。

列那继续说:"我想说的是,不管我的要求怎样奇怪,凡是国王恢复健康所需要的东西,都得答应给我准备。"

国王回答说:"你吩咐吧。"

列那说:"首先,我需要一张狼皮,用来裹住您的身体,使您发出汗来。我的好舅舅依桑格仑一定乐意把他的皮借您用一下。"

依桑格仑狼开始浑身颤抖,向周围扫了一眼,要想夺路逃走。

可是大小门户都关得紧紧的。

两章童话把狮王贪婪、昏庸、好听谎谀之言、残暴自私刻画得入木三分,从而反衬出列那狐善于抓住对方心理投其所好,从容不迫地化险为夷的狡智和狡伎。童话结尾处,狮王决定派任列那狐为大元帅自然也就顺理成章了。

这部童话几乎没有肯定什么。教会的腐朽、封建制度的没落、新兴资产阶级的利己主义和掠夺人民,一概在童话讽刺之列,只感到这"人间"是权力者和狡智者的横行场所。这种否定的彻底性本身,恰是市民阶层喜剧艺术创造力的卓绝表现,也正是这部长篇童话思想深刻性之所在。它的生动和深刻无疑是它迄今盛传不衰、常读常新的原因。

第二章

贝洛时期：童话从民间走向文坛

14世纪至16世纪的欧洲文艺复兴粉碎了封建和神学的精神枷锁，驱散了中世纪的幽灵。在这个光辉的时代，人们大力肯定和歌颂人的价值、人的力量、人的尊严、人的智慧和人的崇高，大力提倡个性解放、仁爱平等，并宣扬人的自由意志。按理说，在这样人性和民主性自由奔放的时期里，儿童应该是容易被发现的，文学也应该是容易对儿童表现出关爱的，然而，文学并没有为孩子做些什么。孩子的衣着尚且按照大人的模式，遑论给孩子提供专门的文学读物了，更遑论给孩子什么娱乐性的阅读了。在文艺复兴漫长的岁月里，大人注意到孩子的充其量是让孩子懂得基督教教义、圣经中的基本道理和摩西十戒。

要改变这种状况需要有一个热衷于开拓新思路、以逆向思维为特点的人物，需要一个敢于突破陈规旧律的人物。这样的人物经过几个世纪的时代酝酿，终于在17世纪末脱颖而出！这就是法兰西学士院院士夏尔·贝洛（Charles Perrault）。贝洛摆脱了神的纠缠，也舍弃了古代的英雄而面向民间童话，开创了使民间童话走进文学沙龙、走向文坛的新局面，故称这一时期为"贝洛时期"。

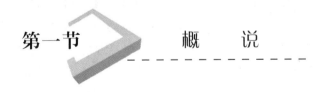

第一节　概　说

在贝洛童话时期里，第一个值得记载的文学现象是多才多艺、兴趣广博的达·芬奇的寓言故事。这位生活于15世纪下半期和16世纪上半期意大利文艺复兴时期的奇才，用寓言故事表现了他高尚的品德、超凡的天赋、宽阔的胸襟和过人的胆识。

17世纪的法国，对童话史有着特殊重大意义的自然是夏尔·贝洛的《鹅妈妈故事集》。这部据民间童话再创作的艺术童话集，虽然一开始就带有沙龙性质，但作者的序文中已明确地表明它也是为孩子出版的。因此，贝洛童话故事集是继东方阿拉伯古典名著《卡里莱和笛木乃》之后在欧洲最早出现的一部童话集，就一定程度说，它表征了欧洲儿童文学的诞生。《鹅妈妈故事集》情节单纯朴素，文笔洗练简洁，对比鲜明强烈，富于幽默感，是欧洲最早被广泛传播的童话集，也是

艺术童话最早的一座丰碑。

17世纪与18世纪的法国在童话史上占有不同地位的还有以下这些作家。

让·德·拉封丹(Jean de la Fontaine,1621~1695),因受到长期乡间生活的影响,热衷动物喜剧寓言诗的创作。从1659年从事寓言诗创作至1694年止,他出版寓言诗集计12集。他的寓言诗有些与童话无异,多取材于伊索寓言、古希腊费德鲁斯寓言和印度寓言,几乎涉猎了所有古今寓言家、寓言搜集家、寓言改写家和翻译家的作品。这些寓言以17世纪法国封建社会为背景,多以动物为主人公,刻绘了各阶层人物的性格。他在前人基础上所创造的寓言,就更显得优美、慧颖,因而可以说是前人的寓言作品通过他的生花妙笔放射出夺目的光辉。

杜诺瓦夫人(D'Aulnoy,1650~1705),一生为孩子写了二十五部童话。在1696~1698年间共出版了十二卷童话。她模仿贝洛童话的"鹅妈妈"而杜撰了一个叫"邦奇妈妈"的保姆来向孩子讲故事。她的童话作品中有好些被改编成剧本上演,1699年部分童话被译成英文,后来安德鲁·兰的著名彩色童话集还收有她的童话。她的童话中的名篇是《青鸟》。

有些儿童文学史家亦把费朗索瓦·费纳隆(Fransois Fenelon,1651~1715)视为世界童话元老级人物。他在1689年被任命为勃艮第公爵的太傅,为了教育性格顽劣、脾气古怪的王孙,他自编教材,除著名的《死者对话录》(让孔子、苏格拉底、柏拉图、亚里士多德等古人就德行、幸福、荣辱、爱国等问题展开讨论)之外,还有一部童话史上很有地位的作品——《帖勒马科斯历险记》。这部具有中篇规模的准童话取材于荷马史诗,描写帖勒马科斯漫游各地,甚至下地狱寻父的种种经历。作家在其中介绍了许多历史地理知识,让太傅敏托尔对帖勒马科斯进行劝善教化,讲"好国王"应具有的一切美德:"他的一切时间、一切操劳、一切爱都放在民众身上,公而忘私,这才配做一个国王……他爱人民胜过爱自己的王室。"而"坏国王"则只顾满足自己的私欲,挥霍父亲聚敛之钱财,听信逢迎谀辞,于是好人全被奸佞所排挤,结果使民众走上反叛之路,而最终必以"内战和革命"来使"越轨的强权复归到自然、合理之轨道"。书中隐隐表达了对路易十四内外政策的不满,提出他的改革要求,主张施行温和君主政体。这样的激进民主倾向是路易十四所不能接受的,于是该书出版后,费纳隆即被逐出宫廷。费纳隆1690年始为孩子写童话。他的童话作品有的出自他的想象,有的取材于古希腊和古罗马的传说。他的童话集《寓言集》旨在道德教诲,却富有哲理意味,十分精彩、耐读。其中常被选取作为代表的是《年老的女王和年轻的农妇》以及《伏洛丽丝的故事》。前者叙述年老的女王和年轻的农妇实行角色对换后,双方都无法忍受、无法过活的故事,蕴有做一个快活的农妇比做一个不幸的贵妇要好得多的理念。

博蒙夫人(Jeanne-Marie Leprince de Beaumontt,1711~1780),在法国以"第一流的家庭女教师"著称,其训导文学读物弥漫着强烈的理性。有《美女与野兽》流传至今。20世纪上半期儿童文学研究家保尔·阿扎尔这样非议博蒙夫人的童话:"在博蒙夫人那里,想象力和感性本身已不再被认为是有价值的东西,它们只不过是传达教训的一种手段罢了。"18世纪的法国童话由于像卢梭这样的哲人贬抑幻想的价值,所以从童话观的根本上就阻断了通往幻想的道路,得不到浪漫和荒诞艺术的滋养,而宣扬理性主义和实证主义的结果,使贝洛、杜诺瓦夫人时代翠绿起来的童话大树惨遭砍斫,脆弱的仙女躲避着理性之光的照射。

继博蒙夫人之后,一批童话的"女教师"成了18世纪法国童话创作的主力军,特别是像博蒙夫人本人,她精力异常充沛,能在短短几年时间里推出七十卷著作——它们其实是一大堆"教育"的苦药,抹了点"游戏"的蜜之后,就哄孩子说这是甜美的糖果,令孩子吞服。贝洛和杜诺瓦夫人对儿童游戏娱乐需求的理解曾使法国童话昙花一现,不久便黯淡无光了。理性主义长期影响了法国童话的成就,使法国儿童文学长期是改编、移植多于富有新意的幻想创造。

18世纪中期的德国,高·埃·莱辛(G. E. Lessing,1729～1781)的寓言辛辣地讽刺德国封建专制统治者和市侩阶层,"极其尊重地维护了思想上的自由"(托马斯·曼语)。

英国在18世纪有两部寓言性作品,它们不是为儿童阅读而作,却受到儿童的青睐,因而被儿童自己攫取去缓解儿童读物匮乏之精神饥荒,这两部作品是约翰·班扬的《天路历程》和乔纳森·斯威夫特的《格列佛游记》。

第二节 贝洛及其《鹅妈妈故事集》

法国文学史评论家保尔·阿扎尔(1874～1944)用睿智的语言在著作中这样写道:

究竟从何时起,成人才发现孩子喜欢的是那种和学校里所读的不一样的书,喜欢的是那种数理问答和语法以外的书?究竟从何时起,成人才真正发现儿童的存在,主动给他们欢乐,向他们伸出关爱之手呢?那位先知先觉是谁呢?那位愿意将眼光朝下,看看周围儿童的敏锐观察家是谁呢?那位愿意亲切地给儿童们迄今仍然爱看的书的人是谁呢?

这个人就是夏尔·贝洛(1628～1703)。

贝洛是法国17世纪著名诗人,出生于巴黎一个律师之家,曾任皇家建筑总监和公共纪念碑拉丁文铭文起草委员会委员。贝洛少年时就显露文学才华,1653年开始发表各种作品,1671年被选入法兰西学士院。贝洛于1687年在法兰西学士院表达了对古典主义的不满,他认定自幼喜爱的民间童话可以用来表达政见、理想和希望,认定民间童话是富有生气、饶有趣味、生动活泼的作品的情节来源,民间童话"精妙的寓意"和"独具的生活特色"定能实现自己返璞归真的愿望,使作品的面貌焕然一新,于是投入地对民间童话进行再创作。他先用韵文改写了两篇童话,1697年,他以小儿子皮埃尔·达芒古的名义发表《鹅妈妈故事集,又名寓有道德教训的往昔故事集》(Les Contes de ma Mére l'oye),包括散文童话《小红帽》《穿靴子的猫》《仙女》《灰姑娘》《睡美人》《小拇指》等。童话集以"鹅妈妈故事"命名,是因为法国民间有母鹅讲故事给小鹅们听的说法,初版的封面就画有此图景。

17世纪后半期的法国,新兴资产阶级使巴黎成为欧洲文化中心,随之,儿童的教养问题受到激进思想的文化人的关注。贝洛则是第一位有心尝试从事以儿童为读者对象的文学创作者。他在童话集的序文中说:"对于世上的父母来说,当儿童缺少理解真理的能力时,是不是应该讲些与这些儿童年龄相适应的童话来加强他们的理解呢?一则童话就如同一颗种子,最初激起的仅仅是孩子们或喜悦或悲哀的感情,可是,渐渐地,幼芽便冲破了种子的外皮,萌发、成长,并开出美丽的花朵。"他从平等主义的立场出发,认为法兰西民族的祖先为孩子准备的童话是不比古希腊神话、传说逊色的,只是各异其趣罢了。

贝洛童话尽管有几分古法兰西的典雅，但由于它们毕竟是大作家的大手笔，使得后来的俄罗斯散文名家屠格涅夫在他的《魔幻童话》中由衷赞赏道："贝洛童话是这样的趣味无穷，这样的使孩子迷恋，这样的让孩子大开眼界……从他的童话里还可以感受到我们曾经在民间歌谣中感受过的那种神韵；他的童话里所具有的正是那种奇幻神妙和平易质朴，庄严崇高和活泼快活的混合物——这种混合物才正是童话有别于其他文学形式的重要特征。"

贝洛童话的某些部分可能带有中世纪和封建时代的阴森恐怖与悲怆苍凉，唤起的是战栗、恐怖和怜悯，但就总体而言，则不乏光芒乍现的乐观主义，带给孩子快乐和欢笑。童话的主人公多半都十分可爱。灰姑娘辛德蕾拉始终不渝的执著追求，终于使自己摆脱凄黯的处境和缠绕已久的厄运，邪恶终于没有能埋没光鲜和亮丽。穿长靴的猫则更能给孩子带来笑趣和快乐，他狡黠绝顶，然而更让读者惊叹的是他的勇气和胆魄，他竟因了为主人夸耀财产的巧计而替主人赢得了一位公主。贝洛童话往往以"不平等"的婚姻做故事结尾，此为一例。（贝洛是用"不平等"婚姻来赞美劳苦平民的坚韧、勤劳、温柔、勇敢和恪尽职守的好品格）《睡美人》中的那位仙女也讨人喜欢，因为她怀有一颗至善至美的心，闪耀着人性的光芒。《仙女》中的仙女善恶分明，竟能让温柔诚实的小姑娘能每说一句话便吐出一朵花或一颗宝石！相较如今只作为一个共名而存在的《灰姑娘》，洋溢着诗情的《仙女》则更能代表贝洛。

贝洛是一位擅写魔变的高手。七里靴能踢开浓雾从山巅往下跑动；神秘的宝箱能在地下按仙女的吩咐四处穿行；万能的仙杖在灰姑娘身上一点，灰姑娘沾满尘埃的褴褛衣衫顿即变成了华美舞衣；而那只穿长靴的猫则一无所惧地踏入了食人妖的城堡，把傲慢而爱面子的妖魔变成了小老鼠，然后以迅雷不及掩耳之势扑向小老鼠，将食人妖活活咬死。此等情状岂不让小读者心感快哉，遂发而为笑。

法国童话能走向世界的并不多，年代久远的传世之作也不过是《列那狐的故事》和《鹅妈妈故事集》而已。《鹅妈妈故事集》受到欧洲儿童、世界儿童的欢迎，自然是因为贝洛不是"家庭女教师"，他不强使自己的作品承载"教育"的沉重负荷，"作家本人在下笔前就沉醉于其中，先获得快乐，仿佛是为了自己享乐而在讲说故事似的。"（法国，保尔·阿扎尔语）故而能说得轻松而又幽默，快活而又优雅，让童话人物自如地表演，这在当时无异于从乡野向文坛刮进了一股令人心神怡爽的晓风！

贝洛童话的历史意义在于，从贝洛开始，西方的幻想文学在儿童中间逐渐赢得了地位。当其时，包括卢梭（1712～1778）在内的进步思想家、教育家和作家都不赞成幻想文学在孩子中间流布，以为像《灰姑娘》这样的民间童话对孩子也是有害的，认为灰姑娘故事的流布会使人类最恶劣的情感，诸如嫉妒、对继母和非同胞姐妹的厌恶、虚荣、对漂亮衣服的爱慕等等渗入孩子的心灵。由此可见，在清教主义占上风的彻底理性的时代里，人们普遍地把民间童话之类的幻想作品看作是不真实的、轻浮的，在道德方面是不能令人放心的东西。所以，贝洛童话的出现，无异于在理性时代的上空掠过一只幻想文学的春燕。

第三节　班扬的《天路历程》与斯威夫特的《大人国和小人国》

17至18世纪的英国有两部与民间童话存在些许联系的作品：约翰·班扬（John Bunyan,

1628～1688)的《天路历程》(The Pilgrim's Progress)和斯威夫特的《大人国和小人国》(Lilliput and Brobdingnag)。它们是童话史中"贝洛时期"里不可不提的文学现象。

班扬是一位热烈的清教徒宣传家,他在1678到1684年间于狱中创作《天路历程》,因其丰富的想象和主人公基督所表现的精神,对孩子产生了诱惑力;到18世纪,《天路历程》出了缩写节选本在儿童中流传。缩写节选后的《天路历程》保存了基督与长着龙翼熊爪的喷火怪搏斗的情节,充满悬疑,富于戏剧效果。《天路历程》用幽默的口语写成。虽然这是一部寓言性作品,但其人物的生动性远远超过了一般的寓言,它是孩子自己从成人那里找来的文学读物,被一再重印,其畅销经久不衰。1907年还出了低幼版本,并被译成了100多种语言,仅英文就有60多种版本,并涌现许多仿作,其中最奇特的要数R·M·巴兰坦的《猫咪天路历程》。

《大人国和小人国》是乔纳森·斯威夫特(Jonathas Swift,1667～1745)的寓言性作品《格列佛游记》(Gulliver's Travels,1726)中的前两部,也是孩子自己从成人那里占取的,是启蒙文学留给孩子的一件宝贵赠礼。它丰富的幻想性和谐趣性,使它一直被当作填充儿童精神饥渴的童话故事作品。格列佛一人每天要吃小人国的六头牛、四十只羊;小人国里跳绳跳得高就能得国王之宠而做大官,并按鞋跟高低分成"高跟党"和"低跟党";还与邻国为吃鸡蛋时敲大头还是敲小头的习惯不同而发生血战……孩子们对诸如此类的情节感到兴趣。同样,大人国中巨人有教堂塔顶一般高,跨一步十码远,尾巴近三码长的老鼠有牲口一般大,狗的身躯抵得上千只大象,苹果有酒桶那样大,老鹰能把给格列佛当房屋的箱子轻轻抓上天空,孩子们对诸如此类的情节感到新奇。保尔·阿扎尔在他的儿童文学理论名著《书·儿童·成人》里说:"斯威夫特的想象的确很奇妙,一个接一个跳出来的游记场面,趣味盎然的场景变换,冒险和悬疑,像中了魔似的奔向未知世界,在每一段路程的前方都隐藏着令人瞠目结舌的事物,让人享受不尽那些现实的旅游所感受不到的兴味。"《大人国和小人国》中奇妙无比的高度夸大和缩小,使孩子们对奇大奇小有一种生动体验。这也恰如保尔·阿扎尔所说:"孩子们沉迷于快活的故事中,他们时而把自己当作小人国的人,时而把自己当作大人国的人。"一会儿感到自己是巨人,威风无比,一会儿感到自己是侏儒,渺小无比,尽情地发挥想象的游戏,在游戏中享受快乐,自由驰骋在用奇幻构筑的假定世界里,在假定世界里享受精神的狂欢。

第三章

格林时期：童话开始被确认

童话发展经历了18世纪的黯淡期，到18世纪末，遇上了有利于童话生长的好时机，那就是18世纪末到19世纪的前半期，正是浪漫主义文学思潮在欧洲各国兴起、成熟，并取得成就的时期。而浪漫主义作为一种文学流派，它的主要特征均十分利于童话文学的生长和发展，甚至可以说，浪漫主义文学是借童话思维而飞腾起来的。

1789~1794年间发生在法国的产业革命，震撼了整个欧罗巴大陆。浪漫主义的激情从哲学思想界波及文学界，使文学发展大大有利于童话文体的形成。哲学界的万物有灵说，使作家们对自然精灵怀有莫大的兴趣，仙女、精灵和狐仙等等成了文学作品的主角，人类心灵能力中的最高形式——想象，在浪漫主义文学中受到热烈推崇。想象能把飞禽走兽人格化，并且可以从社会已经暴露出来的种种矛盾和难堪中超脱出来。浪漫主义文学家们还偏爱童年时代，认为童年时代纯真无忌，童年的想象不受思想和批评的限制。

关于想象和现实的关系，浪漫主义者有几句名言："不是在现在，而是在记忆和感觉中的海市蜃楼；不是在这里，而是在遥远的苍郁群山间。"因此，他们对"幼稚"的古代，对希腊和北欧的英雄古代，特别对中世纪很感兴趣。

浪漫主义为中世纪民间文学题材及其表现方法带来新生命。德国狂飙文艺运动的继承者、文学理论家和文化哲学家约翰·赫尔德尔就提出这样一种认识：人的灵魂在更古老的、或多或少带有原始性质的文学作品中表现得最清晰；这种文学作品是在没有国际文化势力影响的情况下被创造出来的。所以赫尔德尔号召作家们从培育民间文学开始来舒展自己的才情。德国浪漫主义奠基人之一的约·卡·莫佐斯（1735~1787）的《德意志民间童话故事集》因此影响到整个欧洲。

浪漫主义文学在成熟期的许多主张与特征，为以超验想象为第一要素的童话发展开辟了康庄大道，并为童话文学的获得肯定创造出空前有利的条件。总之，童话至此逢到最适宜的发展时机。在这一时期的童话作家中，最负盛名、童话史上地位最高的自是格林兄弟，因而姑且称这一时期为"格林时期"。

第一节 概说

一、德国

格林时期的童话一开始就异峰突起,那就是早期浪漫主义作家毕尔格(Gottfried August Bürger,1747~1794)和学者拉斯培(Rudolf Erich Raspe,1737~1794)共同完成的幽默笑话性童话《吹牛大王历险记》(1786)。它先是受到德国和英国读者的欢迎,继而被世界儿童视为宝物。处在浪漫主义思潮中心耶纳的史雷格尔兄弟,年轻气盛,朝气蓬勃,敢于在理论上大胆探索,在实践上大胆创新。耶纳派的主将诺瓦利斯·蒂克(Johann Ludwig Tieck,1773~1853)却以童话世界为自己的精神家园。蒂克于1797年出版了三卷《民间童话集》之后又改编出版了民间童话故事集《希尔达愚人城市民故事集》(1796)和《美丽的玛格洛娜》(1796)。《希尔达愚人城市民故事集》写的是用口袋装阳光、种盐巴之类的愚人故事,弗·恩格斯曾指出:"这类机智、这类构思以及写作的自然天成,这善意的幽默,到处伴随着尖刻的讽刺,使它不过于凶狠,这类异想天开的滑稽情节,真能使我们文学界里大部分的人感到惭愧。现代的作家哪个能有如此了不起的创造才能,写出一部像《希尔达愚人城市民故事集》这样的书呢?"(《德国的民间故事书》)经蒂克大幅度艺术处理的童话还有《金发男子埃克伯特》。蒂克的童话在德国创立了与民间童话相提并论的"艺术童话"新形式,也为德语文学开创了"小说童话"这一文学新体裁。蒂克的童话剧《穿靴子的猫》(1797)和《圣甘诺维娃》等,是德国文学史上想象力最丰富、抒情色彩最浓烈的童话。

浪漫主义用民间文学遗产给文学注入了新鲜的血液。以赫贝尔(Johann Peter Hebel,1760~1826)、布仑塔诺(Clemens Brentano,1778~1842)、阿尔尼姆(1781~1831)、贝希施泰因(Ludwig Bechstein,1801~1860)为代表的浪漫派,广泛地、大量地搜集出版民间童话,带动起一个民间童话研究、采录和学习运动。集大成者们打开了民间童话宝库,掀起了一股童话热,并影响到了德国境外。格林兄弟(Jacob Grimm,1785~1863;Wilhelm Grimm,1786~1859)就是在这种热潮的影响下开始采集、整理、加工德国民间童话的。

浪漫主义文学汹涌的浪潮裹卷着各种倾向、各种创作路线的作家:有以写骑士小说著称的弗·富凯(1777~1843),有曾一度被称作"消极浪漫主义"的作家霍夫曼(Ernst Theodor Amadeus Hoffmann,1776~1822),有曾一度被称作"积极浪漫主义"的作家夏米索(Adelbert von Chamisso,1781~1838),有英年早逝而才华横溢的作家豪夫(Wilhelm Hauff,1802~1827)等等。

富凯的童话《女水妖》是与安徒生童话《人鱼公主》相仿佛的作品,描写女水妖和骑士相爱的故事,曾被改编成芭蕾舞剧、歌剧,被谱成曲,还被译成多种文字,英国作家麦克唐纳认为它是最精彩的故事。

霍夫曼是热心民间文学作家们的首领。他在小说童话中所表现的丰富想象力,曾对巴尔扎克、果戈理、陀斯妥耶夫斯基、爱伦·坡、波德莱尔有程度不等的影响。

霍夫曼的文学观念强调怪异奇谲,奇人奇事,闻所未闻,却又不以奇为目的,他在《勃兰比尔公主》(1822)的序文中这样表明自己的观点:"要让童话故事打动孩子,对孩子起激励作用,光靠荒诞和怪异的情节是不行的,还得在童话中蕴含某种对生活的理解,并以此作为童话深刻的思想内涵。"童话深刻的思想内涵潜蕴在霍夫曼的每一部童话作品中,而童话形象又藉由讽刺表现出来。他的童话里,神奇的变形现象都发生在普通城市环境里,发生在普通事件中和普通人身上,而不发生在神话英雄人物身上。幻想就从最实际的凡人、凡事中发展出来,延展开去。

霍夫曼真正写给孩子看的是《咬胡桃的小人和鼠王》(1816)。但一般被称作"童话"的还有《金罐》(1814)、《侏儒查赫斯》(1819)、《跳蚤师传》(1822)。

欧洲有不少影子离人体而去的故事。夏米索就利用人的影子可以剥离人体并捡拾起来,卷成筒形或折叠收藏的这种奇妙想象,著成一部秀杰的中篇童话名著《彼得·施莱密奇遇记》。

豪夫的童话是19世纪欧洲中堪与安徒生童话媲美的精品佳作,一向被誉为世界童话中的瑰宝。

二、法国

法国在18世纪的童话水准较低,主要是指18世纪的法国没有产生像贝洛童话那样广受欢迎的童话,但是民间童话的采集、整理、改写工作还在有成效地进行,例如托马斯·盖耶特于1712~1735年间出版的《新仙女童话》《鞑靼人童话》《中国童话》和《秘密童话》。1785~1789年间出版了规模更大的童话集成《仙女书屋》,煌煌四十卷,包罗了法国和法国人译介的异域童话,其中包括《一千零一夜》中的阿拉伯童话和印度童话。

三、意大利

有着文艺复兴与优良传统的意大利,对于18世纪风起云涌的启蒙运动也不会没有回响。一些民间童话题材被意大利威尼斯卓越作家卡洛·戈齐(Carlo Gozzi,1720~1806)写成了童话喜剧:《对三个橙子的爱》(1761)、《国王变鹿》(1762)、《图兰朵公主》(1762)等十部作品。戈齐的幻想剧以帝王、美女、巫师为主人公,采用"假面喜剧"的手法,构成了引人入胜的舞台场面,使观众感到亲切。戈齐把优美而丰富的幻想、诗情画意、喜剧因素和讽刺因素结合在一起,富于人道主义精神。在这些喜剧中,人类高尚的情感得到胜利,而人们为崇高的目标进行抗争时所表现的旺盛精力和英勇精神也受到赞扬。

戈齐十部童话剧中,《图兰朵公主》取材于中国:一个美丽的中国公主成年了,要出嫁,能娶其为妻的男子必须有超群的武功、非凡的毅力和过人的智慧。公主设下了三道能考验上述三项能力的难题来测试,而不能过关者将被斩首……剧情轻松幽默(1993年中国艺术团赴意大利演出此剧,获数十场爆满的好成绩)。

四、俄罗斯

俄罗斯最早可以被童话史提及的是几位寓言作家,尤为突出的是世界三大寓言大师之一的克雷洛夫。

依凡·安德烈耶维奇·克雷洛夫(1769~1844)一生留下两百多首寓言故事诗。这些作品生活气息浓郁,情节比较丰满,可以被认为是小型童话或小型讽刺喜剧。

克雷洛夫从1906年起在彼得堡连连发表寓言诗,很快誉满俄罗斯。《克雷洛夫寓言集》常常是边增订边出版,版数之多在作家本人健在时就不可胜计。"在俄罗斯,享有这等成功荣耀的,除了依凡·安德烈耶维奇·克雷洛夫,没有第二个人。"(别林斯基语)当克雷洛夫像雕刻家一样雕刻着寓言形象时,人家对他的艺术创造却投以轻蔑的目光,所以,果戈理说他是在"最不引人注目的狭窄小路上,追赶过所有其他的人,就像一棵雄伟的大橡树长得超过整座丛林一般"。

克雷洛夫成功的原因之一是善于"集民众智慧之大成"(果戈理语)。他从民间童话、谚语和俗语中汲取丰富的智慧营养。他从小就喜欢到集市、商场、打架斗殴场所去聆听各种人说话。当他创作寓言诗时,就把他听来的各色人等的话,加工成描摹各种人物的语言。他向来把寓言诗写得让"每个人都能读懂""连仆役和孩子都能读它们",并以此作为自己追求的目标。由于他的寓言诗表现和反映了民众的爱憎、意愿和道德理想,所以他的寓言诗在他还在世时就专为儿童读者出过选本,到他逝世时已被译成好几种外国文字出版,其中巴黎出版了俄、法、意三种文字对照本,参加翻译的有57位法国诗人和30位意大利诗人。

依照人民的道德观,克雷洛夫的寓言讽刺的矛头总是指向游手好闲、欺诈诓骗、吹牛拍马、自私自利、背信弃义等等人类的精神缺陷。在克雷洛夫以前,寓言都不触及时政时弊,而克雷洛夫寓言则涵盖了内忧和外患、民疾和国难。其中的名篇有《鱼的跳舞》《花斑绵羊》《青蛙们要一个国王》《狼群和羊群》《兽类的瘟疫》,以及《狼落狗舍》《四重奏》《农人和河流》等。这些率多纯为克雷洛夫个人创造的作品,实际上大大伸展了寓言这种文学样式的外延。

在克雷洛夫寓言中,不论是兽是禽还是人,都极富童话色彩,像童话角色那般富于真实感(而不是某种思想、品质的符号),发生在他们中间的人物关系、矛盾冲突、事件故事,都让人感到可信,整个寓言世界都充满鲜活之气。作家注入于寓言诗行中的真诚和朴实,使其作品具有某种能打进读者心灵的亲切感,他赋予寓言某种朴拙美,而这种朴拙美正是他具有惊人才智的表现。

由于克雷洛夫的寓言诗具有"完整的俄罗斯民族精神""俄罗斯切切实实的智慧",所以俄罗斯老幼妇孺特别乐于接受它们,从而,它们中的许多诗句已成了俄罗斯的新俗语、新谚语,例如:"把一个草包脑袋瓜搁到显要的职位上,它并不会因此而变得聪明起来","要是做鞋的去做糕点,做糕点的去做鞋,那么就非把事情弄糟不可","猫偷食主人荤品的恶习不是用谩骂可以教训得好的","鹰有时飞得比谷仓还低,但鸡永远也不能擦着云朵飞翔"等等。

1931～1934年间,普希金(1799～1837)先后完成了《沙皇萨尔坦的故事》(1831)、《神父和他的长工巴尔达的故事》(1832)、《渔夫和金鱼的故事》(1833)、《死公主和七勇士的故事》(1833)、《金鸡的故事》(1834)等五首童话长诗。

上述五首童话长诗中,流传最广的是《渔夫和金鱼的故事》,中国将其选入语文教科书。这首童话长诗印度童话色彩很重,北欧、西欧、俄罗斯民间都在传播这个故事,说的是:一个老渔夫天天到海边打鱼。有一天,他打上来一条小金鱼。小金鱼要求把它放回大海,并答应将会好好报答他的善心。老渔夫放它回了大海,却没有要一点酬谢。老渔夫回家后,把海边打鱼的奇遇告诉了老太婆。老太婆逼老渔夫回到海边向小金鱼要个新木盆。且老太婆继而又逼老头子去要新木屋。小金鱼给了他们新木屋后,老太婆又要做贵妇人。过了半个月,老太婆要做女皇了。这时蔚蓝的大海发暗了。不过老太婆还是做了女皇。然而事情还没完,过了个半月,老太婆竟要做海上女霸王了:

　　让这条小不点金鱼侍奉我,
　　让这条小不点金鱼供我差遣。

这回,大海怒涛拍天,小金鱼不但没照办,而且收回了以前所给予老太婆的一切,让老渔夫的眼前依旧是那间泥棚,门槛上坐着他那个老太婆,她面前还是那个破旧木盆。

"她面前还是个破旧木盆"这一普希金的诗句,如今成了俄罗斯人的一句成语,意思是贪欲无穷必受惩罚。并且，也只有邪恶力量受到惩戒的童话才能在民间流传——普希金的童话诗保持了这一民间童话特点。当普希金没有利用这则民间童话时，它本身也是好童话。但是普希金的生花诗笔完成了从一则好民间童话到一部童话诗世界名篇的过程。马克西姆·高尔基曾指出过这一点，他说普希金"用自己天才的灿烂光辉把民间歌谣和童话映照得益加美丽，但没有改变了它们的意思和力量……"确实，在普希金的童话诗中，民间童话的这些特色被加强了：真实与幻想的巧妙结合；对贵族圈道德规范的突破；抒情的真挚和调侃的戏谑；动人的纯朴和辛辣的嘲讽。

在普希金的这部童话诗中，老太婆、老渔夫和小金鱼，这三个主角被诗人刻画得栩栩如生，而蛮横、恭顺、大度这三种性格在彼此的相互衬托映照中获得鲜明的表现。《俄罗斯儿童文学史》的作者巴博什金娜在1948年这样写道："普希金给俄罗斯儿童文学所造成的重大变革，直接地影响到俄罗斯儿童文学的整个过程。他把俄罗斯儿童文学提升到一个新的发展阶段。俄罗斯儿童文学很快寻求到了一种新格调。它的任务变得明确了。它的教育方向性与各种艺术原则相联系，两者密不可分。不言而喻，儿童文学只有当它是一种名副其实的艺术时，才可能完成引导孩子的使命。"

普希金的童话诗当时就影响到同时代人，年轻人更亦步亦趋，进行效仿。首先必须提到一位叫彼得·帕甫洛维奇·叶尔肖夫(1815～1869)的彼得堡大学的文学青年。他受到普希金童话的启示，而创作了优秀长篇叙事诗《小驼马》(1834)。其中出现的"小驼马"是一匹披金鬃、背有双驼峰的马驹，它的神通广大使这部作品濡染了浓浓的远东传奇故事色彩。

《小驼马》凭着作者的记忆和诗的修养，在西伯利亚民间童话基础上写成。童话诗描述一个不理朝政、残忍、好色的老沙皇，千方百计要娶美女国国王做皇后的故事。诗中快活、勇敢的农家孩子小依凡被写得很可爱：热爱劳动、顽强不屈、诚实厚道；沙皇认为无法办到的事，小依凡在小神驼马的帮助下一一办到。童话诗把愚蠢、贪婪的沙皇形象、内心都刻画得丑恶可笑。这部长诗也和普希金童话诗一样嘲弄了统治阶级的道德规范，所以普希金读后大大赞赏，将出彩色插图版本时，在书首加了这么四句诗：

> 不说天上我说人间，
> 说个村子它在天边，
> 离着咱们山隔山，
> 大海森林连不断。

叶尔肖夫的《小驼马》已被公认为是世界童话宝库中的璀璨明珠。

华·安·茹科夫斯基(1783～1852)是19世纪前期受欧洲浪漫主义文学潮流影响最大的俄罗斯诗人之一，他同时是一位卓越的翻译家，也是普希金的老师。他曾在自己的童话论文中指出："童话必须保持道德思想上的纯净性，它应该以自己的情节在儿童面前活跃起一些明洁的形象——决不会因为这些形象而给孩子留下有损道德的印象。"他也把俄罗斯和其他民族的民间传说写成童话诗，写得很有思想、很抒情。

普希金的同时代作家弗拉吉米尔·伏多罗维奇·奥陀耶夫斯基(1803～1869)的名作《八音盒里小城市》(1834)以及《严寒老人》，一直是俄罗斯儿童喜爱的童话，现已成为世界儿童文学名篇。他一生为孩子出版过好几个童话集，以《依里涅爷爷的童话》为书名出版的童话，曾受到别林斯基的好评："这份圣诞礼物能给孩子们无限纯真的乐趣。这份圣诞礼物将以丰美的印象，使幼小的心灵得到快慰。再重复一遍，这样的圣诞礼物在任何一种文学里都只称得上是凤毛麟角，而在俄国的文学里简直就是珍宝。"

奥陀耶夫斯基是一位天才的童话作家，他具有一种"令孩子听得出神"的说故事技巧。别林斯基这样赞美道:"一种温暖的生活气息从他的故事里飘散出来,一种非凡的艺术在诱人想象,一种读者的好奇被作家激发起来,一种读者可以耳闻目睹的朴实无华叙述正在刺激着读者的记忆!"

波郭列尔斯基(1787~1836)受德国浪漫主义作家霍夫曼的影响,写成中篇童话《黑母鸡》(又名《地下居民》)(1829),想象新异,真幻错杂,它已成为世界儿童文学的一部名作。童话故事用给孩子们寄信的方式,并模仿孩子的思路写成。故事发生时间有意推前到18世纪末,描写彼得堡一所男寄宿中学的一群男孩子,在教师们严厉的管束下生活和学习的情景。童话通过一颗能弄懂所有功课的神珠,以幽默的形象和情趣盎然的情节,让孩子们得到获得知识必须经过亲自劳动的启悟。

五、北欧

北欧的自然环境特别适宜童话的滋生。因此那里的民间童话,比如像冰岛那样的地方,其童话之丰富,超越了人们的想象。19世纪以来,由于浪漫主义文学思潮的推动,北欧知识界中的有识之士开始关注民间童话,并涌现了一批成绩卓著的民间童话采集家,首先是挪威的彼得·克里斯蒂安·阿斯彪昂生(Peter Christen Asbjörnsen,1812~1885)。他是挪威杰出的浪漫主义作家,以搜集、整理、传播民间童话的卓越成就而享誉欧美。

阿斯彪昂生出生于玻璃工匠之家。在父亲的玻璃作坊里,童年的阿斯彪昂生有幸从来自各地的工人口中听到各种民间故事、童话和传说。1826年,他在学校里结识了未来的合作者约根·莫埃(Jorgen Moe,1813~1882)并彼此仰慕,后因专业不同而分离。但他们都不约而同喜爱并搜集着民间童话,于是重逢时一拍即合,决定联袂出版《挪威民间童话集》。他们效法格林兄弟,在格林童话集出版后三十年出版了由他们两人采录、编辑、加工的《挪威神魔童话和民间传说集》(《挪威民间童话集》,1845)。1849年在斯德哥尔摩旅行的英国学者乔治·韦伯·达森特(1817~1896)受到雅各·格林的勉励,将《挪威民间童话集》译成英文,后来以《太阳之东和月亮之西》的书名出版,在英语世界盛传不衰。《太阳之东和月亮之西》是一篇童话的篇名,故事与《美女与野兽》的内容相仿。

《挪威民间童话集》中,《海底碾磨机》《在赫达尔森林里遇见巨人的孩子们》《诚诚实实积蓄起来的钱》《小弗雷德和他的小提琴》给人印象最深。《小弗雷德和他的小提琴》讲的是小弗雷德因为心地特别善良,而从仙人那里得了一把小提琴,这是一把魔琴,一拉,听到琴声的人就忍不住要随琴声起舞,琴声不断则跳舞不断。就是这琴声使小弗雷德在行将被执行绞刑的危急关头得以自救,他用不停顿的跳舞来惩治所有要对他处绞刑的人。

当时评论界就认为《挪威民间童话集》的魅力可媲美"格林童话"。

丹麦的民间童话采录者是斯文·格隆德维(1828~1883),他是社会活动家、作家和民族文化护卫人。他采集民间童话的目的,在于"唤起人们对民众口头创作的兴趣,并最大限度地将它们保存下来"。他在自己出版的民间文学作品集的序文中写道:"在丹麦王国的任何一个城镇、乡村,无论哪一户家庭,处处都蕴藏着这样或那样的民间文学——或是古老的故事,或是古老的传说,或是祖祖辈辈说着的笑话……所有这一切都是我们祖先生活方式和思想方式的见证,我们不应当将它们遗忘。"他在1854~1861年间出版了好几集《现今民间口传的古丹麦传说》,其中大部分是民间童话。格隆德维的民间童话采集、整理、加工工作由艾·克里斯蒂安(1843~1929)接着做,终于在19世纪末出版了两大卷民间童话集。

第二节　拉斯培、毕尔格的《吹牛大王历险记》

民间童话可以说是作为一天劳累之后的精神调剂而存在的。在聆听民间故事中,农人、手工业者忘却了疲劳,感到快乐,它们是圣经以外的另一种重要精神养料。在德国,《梯尔·厄仑斯皮格尔》《希尔达愚人城市民故事集》《浮士德博士》《施凡科夫》《滑稽故事集》的存在意义是这样,《吹牛大王历险记》的存在意义也是这样。

关于吹牛大王敏豪生的故事,最早出现在幽默讽刺作品集《快活人必读》(1781)里。这本故事集中的故事,就已经采用了卡尔·弗尔德里希·敏豪生男爵(1720～1797)自述其奇游冒险经历的方式。德国18世纪末的敏豪生,以睿智和空谈闻名于世。敏豪生也确实在俄国军队里参加过1735～1739年间俄国与土耳其的战争。这个机智的吹牛家回到德国后,便从自己丰富的生活经历激发灵感,夸张幻想出一个个怪诞的故事来。他的口才很好,每每吹起牛来就口若悬河,滔滔不绝。所有这些就都成了《快活人必读》的内容。当然,故事中的"我"已不再是真正的敏豪生男爵。

《快活人必读》中逗人笑乐的、见所未见、闻所未闻的幻想故事对市民读者的诱惑力引起了德国学者鲁道尔夫·埃利希·拉斯培(Rudolf Erich Raspe,1737～1794)的注意。而拉斯培因被指控剽窃他人已发表的故事,而迁去英国(一说是因在德国负了巨债)。在那里,他把他搜集的有关敏豪生男爵的笑话,用英语写成有连贯故事的册子出版。从此,注入了文人想象智慧的"敏豪生"就以作家笔下的文学形象而诞生了。当时的书名为《敏豪生男爵在俄罗斯奇游和打仗的故事》(1785),没有具署作者。这部富于奇幻色彩的作品在伦敦一问世,很快就吸引了人们的注意。以后这部作品的定型又与德国狂飙突进运动的诗歌主将毕尔格(1747～1794)有很大关系。

毕尔格于1786年把拉斯培的敏豪生奇游记翻译成德文,书名为《敏豪生男爵水陆奇游、快活历险的记述,他怎样在酒肉朋友中间讲述这些奇险经过》。这本书出版时也没有具作者姓名。毕尔格的故事作品实际上已有了许多新意,添加了一些新的情节,比拉斯培的原著多了13则故事,加强了对不学无术而又目空一切的贵族们和以逛果园、教堂为满足的鼠目寸光的市侩们的嘲讽。正如毕尔格在奇游记自序中所说:"从异邦归来的敏豪生故事,在德国土壤上长大了,它们各怀目的在祖国漫游。"这时的《敏豪生奇游记》(《吹牛大王历险记》)完全可以媲美于此前出版的民间童话名作。它被视为幽默讽刺幻想家的佳构、诗人的一部杰作而赢得了全世界的击节称赏,成了世界儿童最喜爱的文学读物之一。有的国家出版时注明作者就是毕尔格。

敏豪生大吹这些明知其假的故事,却讲得很认真,有鼻子有眼,煞有介事。比如他讲他有一次出猎,到湖畔看见湖里游着十几只野鸭,这正好可当作明天宴客的酒菜,但不巧猎枪里只有一颗子弹。他突然想起干粮袋里还有块生火腿油。他就把很长的牵狗绳拆成4股,把生猪油拴在延长4倍的牵狗绳一端,作为引诱野鸭的佳饵。果然有一只野鸭游过来,吞下了那块猪油。滑油油的饵食很快滑游过了野鸭胃肠,从屁股后头溜了出来。近旁的一只野鸭又吞下那块油。这样不断地滑出和吞进,湖面上游着的13只野鸭全部串上那条牵狗绳。他把串着野鸭的绳子围腰绕了几圈,就兴冲冲地回家了。但是野鸭飞起来了,他被鸭群拽上了空中,刚开始他很着慌,后来他敞开外套当舵,驾驭着鸭群往家的方向飞去。飞到他家烟囱上空,他把野鸭全掐断脖子,这才降了下来。当他从烟囱进到厨房时,厨子正生火做晚饭哩。再比如为了说明俄罗斯的奇寒,讲了这样一个故事:赶车人吹喇叭吹了好一阵,脸都吹红了还是吹不响,换一个人吹仍没吹出声。后来,喇叭被挂到了旅店的炉子旁,车夫正取暖哩,喇叭响了,"那雄壮的声音响彻了旅店"。原来是野外太冷,吹喇叭的声音全被冻住了,炉火旁暖和,声音融化,雄壮的曲子便接连不断流了出来。又比如骑圆炮弹进敌营侦探的故事就更奇绝了。

《吹牛大王历险记》的作者曾出版过11部作品,却以吹牛大王的故事成名并传世。以敏豪生为主人公的拉斯陪超验故事中所表现的想象力之丰富和超凡,故事格调之诙谐和幽默,征服了得到它的每一个读者。所以俄罗斯文豪高尔基说,《吹牛大王历险记》是受到人民口头创作影响的"最伟大的书面文学作品",在德国文学史里占有自己独特的地位。

第三节　格林兄弟童话

格林兄弟这两位语言学教授,从追溯德语词根的语言研究工作开始,最后以世界童话大家而家喻户晓。格林兄弟二人的童话建树和传世颇多偶然性,被童话史记载更是非他们本人所料。

格林兄弟认为,"人们只是利用童话的材料,加以扩大、改编,最后写成一部大作品"。这自然是有所指的,指的就是歌德的宏伟诗剧。歌德的伟大作品《浮士德》取材于德国民间传说。歌德把自己在幼年时谙熟的浮士德故事用60年时间再创作,成为一部巨著、一部伟大悲剧。而格林兄弟在他们的时代里却有另一种需要和可能,那就是把从各种途径获得的材料忠实地记录下来,布扬开去,分别于1812年和1815年出版的两卷《儿童和家庭童话集》,初版时附有许多学术性很强的考证文字。格林兄弟对人民的生活、人民的思想感情有较深刻的了解,对人民的语言十分精熟,这在书中是显而易见的。然而,两卷童话集先后在德国出版时,并没有引起文学界的重视。批评家们认为这两卷东西不够文雅,但孩子们空前热烈地欢迎它们。它们由于民间回响强烈而被一版再版,并且被译成多种文字,先是丹麦语、瑞典语、法语,后来又译成荷兰语、英语、意大利语、西班牙语、捷克语、俄语和波兰语等等,在19世纪中期就以17种文字出版。格林兄弟成功地将民间童话进行采录、整理、加工和出版,对欧洲民间口传童话作品的保存、流传产生了积极影响,各国都有作家纷起仿效格林兄弟,搜集整理本国本民族的民间童话故事,供儿童和成人阅读,一时蔚为风气。

意大利杰出童话作家依·卡尔维诺(Italo Calvino,1923~1985)在他的《意大利童话》序文中说:"由于格林兄弟的努力,19世纪初还依然粗俗、平淡的民间故事在德国浪漫主义文学浪潮中得到复兴。"严格说来,格林兄弟并不是德国浪漫派作家,但在借民间文学以复兴德国民族艺术进而重建天人合一这一观点上,他们同浪漫派作家是一致的。基于上述观点,格林兄弟把搜集民间文学作品的工作提升为全民族的任务。正因为这样,他们带着强烈的责任感来从事这项工作。他们认为拿破仑战争的旋风将会使古老的传说和故事像"星火消泯在水井里,露珠消泯在炎阳下"那样消失得无影无踪,此时不抓紧机会做这份工作,就要错失良机了!为了抢救这份德意志民族文化的珍贵遗产,他们不辞辛劳,为采录童话而跋涉于山野间,甚至不畏熊狼出没。意大利著名童话作家姜尼·罗大里说格林兄弟的童话采录工作,"是在拿破仑重轭下,建造起来的一座活的德语纪念碑"。他们对这份工作做得越认真、细致深入,就越坚定地认为"劳动大众是无知、愚昧、野蛮的乌合之众"的贵族偏见是荒谬的。格林兄弟认为,他们创造并保存了无比瑰丽、无比宝贵的民间文学——这是"没有一句谎言也没有一点虚伪"的、未经雕凿修饰的、高尚的、纯朴的粗朴文化。在童话初版前言中,威廉·格林曾详细地描绘德国民间童话的概貌:那里可见忠心的仆役和靠自己的手艺度日的诚实人民,首先是渔民、磨坊主、采煤工和牧人,也就是那些与大自然保持紧密联系的人;大自然的一切全都有灵性,太阳、月亮和星星,全都通人性,很亲切,能给孩子礼物;群山间有人们在干活,江湖里有人鱼在那里昏昏欲睡;各种各样的鸟、植物、石头全会说话,会表达感情;一切美好的东西都是金子做的,并且都镶嵌着钻石,在童话里甚至人也是金子做的,然而他们时刻都受着不幸的威胁,受着黑暗势力、凶恶巨妖的威胁。"要是身边有个善良的妇人把妖术破除,那么巨妖也就不是不可战胜的……"德国学者哈·哈曼恩这样写道:"对于我们来说,《儿童和家庭童话集》所展示的是一幅具有德国民间风味、未加修饰的图景。"

  格林兄弟保留了德国民间童话所有的拟人手法。德国民间童话的独特之点就在于不只动物、草木,就连毫无灵性的物件都会说、会行动。用德国伟大作家海因里希·海涅(1797~1856)的话说,德国民间童话中可见到许多奇妙的东西,还有一些乍看不好理解,但在故事里又是很好理解的东西:别针会从裁缝铺里走出来,会在黑夜里迷路;麦秆和煤炭会在过溪水时险些淹死。那些讲植物、动物、物件的民间童话,是最有日耳曼民族特色的童话。动物、植物和东西都"具有一种它们固有的、不可更易的特点——一种怪异幻想和纯粹是人类智慧的奇妙无比的混合物",这些动物、植物和物件都向集德国民间童话大成的格林兄弟敞露出内在的生命世界。

  格林兄弟的童话到1819年增订为三卷,即增加了一卷《德国民间传说》(1816~1818),共计收童话200余篇。其中主要源自德国黑森林地区,那里的老百姓闭眼就能想象出那些令人发怵、形态无定的精怪。也有的童话取自法国,有的童话有印度童话的痕迹。这些童话大体可分为四大类:常人体童话、神魔童话、动物童话和滑稽童话。其中最为众人所晓谕的是《灰姑娘》《白雪公主和七个小矮人》《勇敢的小裁缝》《布莱梅镇的音乐家》和《狼和七只小山羊》,而在欧洲广受青睐的还有《小矮人》《青蛙公主》《拉庞泽尔》《白雪和红玫瑰》《金鹅》《汉塞尔和格雷蒂尔》《走运的汉斯》《十二个舞蹈公主》等。

  格林兄弟搜集、整理、加工的民间幻想故事拓宽了童话领域,其语言极富表现力,各种谚语、俗语以及新颖的比喻频现于字里行间,它们是保存口头成语、性格描写、语言游戏及谐音的宝库。

  格林兄弟童话是童话的一个类型,一个与前述夏米索幻想故事不同的类型,更与吹牛大王的故事不同的类型。吹牛大王故事里的环生险象有娱乐的趣味,而格林童话故事里矛盾的发生和解决的意义更多在于"能帮助孩子处理成长过程中必须面对的种种内心冲突"(许登·凯絮:《巫婆一定得死:童话如何形塑我们的性格》)。

  格林童话可以媲美于《圣经》的传播量,其原因之一在于它们的出版对儿童不一定具有针对性,人类学研究、伦理学研究、社会学研究、家庭学研究,甚至犯罪学、性学研究都可以从格林童话里获得启示。它们不只是儿童文学的一部分。

第四节　夏米索及其《彼得·施莱密奇遇记》

阿德贝尔特·封·夏米索生于法国,在德国柏林受教育,反拿破仑战争后大学毕业,成为杰出的植物学学者。1815～1818年间,夏米索曾参加一个旅行团,乘俄罗斯海船作环游世界的旅行,归来后发表了不少记载这次远征壮举的文章,真实而具有深刻的科学性,后出版成册,名为《环球旅行》(1821)。夏米索与史雷格尔、阿尔尼姆、布仑塔诺、乌兰德、克莱斯特等浪漫主义作家素有交往。一生散文和诗作甚丰。1814年出版的童话《彼得·施莱密奇遇记》(《失去影子的人》)代表着他的最高文学成就。

夏米索这部中篇童话的构想取自民间童话传说。它写的是一个人出卖自己影子后的种种遭遇。故事大意是,彼得是一个出身清贫的青年,他带着一封介绍信来到百万富翁约翰的家里,目的是想得到约翰的资助,并给自己谋一个职业。在约翰的花园里,他遇见一个身穿灰衣的神秘人物。这个灰衣人为了满足主人的需要,竟不声不响地从他的上衣口袋里掏出许多奇异的东西:装有橡皮膏的小盒子,制作精美的望远镜,贵重的土耳其织金地毯,漂亮华贵的帐篷,竟还掏出鞍辔齐全的三匹骏马等等。面对这种奇观,彼得诧异而木然。接着,灰衣人又拿出一个从里头能不断取出金币的魔钱袋来引诱他,表示要用这件宝物来购买他"美丽的影子"。彼得为金钱所动,用自己的影子换取了他的魔钱袋,从而立即变成了大富翁。可是他也因此成了不同于人类的怪物,于是烦恼和痛苦就像影子一样伴随着他。最后连最忠信的仆役也背叛了他,还勾引走了他所爱恋的姑娘,给他致命的一击。这使他最后深深感慨地说:"我的朋友,要是你还打算生活在人世间,那么你首先要重视影子,然后再重视金钱。"

在这部童话小说里,影子乃是人之所以为人的根本性品格的象征,通过"影子的故事"嘲笑了小市民庸俗道德观念和爱慕虚荣及贪图财富的卑劣心态;揭示金钱一旦被奉为上帝,它就能腐蚀人、奴役人,以至把人摧残和毁灭。彼得出卖自己的影子后,虽然感到被歧视的懊恼,但却很快想到了金钱的力量,以为用金钱可以堵住人们的嘴。他向那些说他没有影子的人大把大把地扔撒金币,但是这毕竟是用出卖自己的影子所换取的钱财。他很快就发现这样的钱财并不能给他带来真正的幸福。好在他经过许多精神折磨之后醒悟了,毅然决然抛弃了魔钱袋,投入了大自然的怀抱。这回归大自然的描写正体现了作家蕴含在这部中篇童话中对当时社会的批判性哲学思考。

这部童话充分汲取了民间文学艺术的营养,其想象之大胆、夸张之奇特、情味之幽默、象征之巧妙、意蕴之渊深、影响之深远,着实让读者连连叹赏;而其故事之曲折离奇而不落俗套,出人意外又入人意中,恰恰投合了少年儿童阅读之心理与思维方式,所以作品虽不为儿童而作,却问世后就被儿童攫为自己的读物,津津然不能释卷。

第五节　豪夫及其童话

威廉·豪夫是德国浪漫主义后期的小说家、童话作家和诗人,短促的生命使他的才华没有得

到充分的发挥与施展,却也已经留下了文学创作的辉煌成果。他为德国人所熟知的作品有抒情诗,如《早霞,早霞,我将为你而夭逝!》《我在黑沉沉的午夜起来》,甚至已传为大众歌曲,有小说,如短篇小说《奥赛罗》《女乞丐》等。然而使豪夫在文学史上永垂不朽的则是他在1826～1828年间写的童话。这些童话使他对童话发展的影响仅次于安徒生。

豪夫受母亲擅长讲故事的影响,自幼就善于有声有色地描绘和叙述故事。1824～1826年在斯图加特任贵族家庭教师时,就开始为男爵的孩子们写童话。他从1826年出版第一本童话起,就表明他的童话是为"有教养阶层的子女"所写的。

豪夫受司各特、霍夫曼、赫贝尔、富凯等浪漫主义作家的影响,从民间文学中汲取创作素材,从他童话中通俗易懂的语言、大故事套小故事的框架结构和情节的奇险性看来,他受《一千零一夜》之类的东方文学作品影响较大。他的童话有些其实是小说,只不过其情节具有超凡和奇异的性质。

他写的童话分别于1826、1827年出版了两卷,即《商队》和《亚历山大主教和他的奴隶》;1828年出版第三卷童话《什培萨尔的小酒店》时,作者已经离开人世。第一卷中包括《鹳鸟的国王》《怪船》《砍手的故事》《法吉玛获救》《小穆克》《假王子》;第二卷包括《矮子"鼻儿"》《年轻的英国人》《阿尔曼索尔的故事》;第三卷包括《赛义德的苦难》《画着鹿的盾牌》《冷酷的心》。

德国著名诗人、散文家、文学理论家奥尔夫·门茨贝格博士曾就豪夫童话说:"威廉·豪夫写了许多艺术童话,但它们与民间童话很相近。"正因为如此,豪夫的童话至今仍为学龄儿童们所喜爱。

威廉·豪夫只活了25个年头(1802年11月29日～1827年11月18日),但是他的童话如《小穆克》《鹳鸟的国王》《矮子"鼻儿"》《冷酷的心》《年轻的英国人》等的生命力都非常强。尽管在当今的欧洲工业社会里,人们为了满足读者的神秘需要和想象需要而创作了许多"科幻小说"和"幻想故事",但是,威廉·豪夫的童话仍将在未来年轻读者中广泛流传,尤其是《小穆克》和《冷酷的心》。

在豪夫的作品中,代表性较强且读者最乐于接受的是《冷酷的心》。

《冷酷的心》(1827)是豪夫据德国南部的一个民间传说所写成的。故事主人公彼得·蒙克缺少智慧和见识,却不甘于繁重劳动和地位低下。他希望立即发财,变成有钱有势的阔佬。在金钱的诱惑下,彼得竟把自己的心卖给了一个贪婪、诡诈、冷酷的荷兰人,换回一颗冷冰冰的石头心。作为一颗跳荡着人性真心的代价,他从荷兰人那里倒真的得到一袋金币,并真的阔了起来,但同时他也变得十分冷酷无情,甚至不愿向迎接他的母亲说话;他放高利贷,把欠债人逼得走投无路;还纵使恶狗去咬贫病交迫的可怜人;他的母亲在病中靠别人施舍过活,却得不到他的怜悯和照顾;他的妻子施舍了一个老人一点食物,他就凶残地打死了自己美丽善良的妻子。彼得的石头心不能感受任何人间的悲欢和荣辱,也没有了同情心;财富不能使他免于孤独、枯燥和空虚之苦,金钱折磨得他不能再忍受。最后在仙人的帮助下,彼得用智慧的巧计从荷兰人手中换回了自己的真心。"只要你勤奋诚实,爱你自己的手艺,邻居们就会关心你、看重你,那比你有十吨黄金都强。"这颗会跳动、会感受人间悲欢荣辱的心,显然是温暖人性的一种象征。暴富的途径没有一条会是正当的。这篇童话描绘德国南部森林的情景,那里枞树参天,大木筏浩浩荡荡在莱茵河飞驰而下,构成了地方色彩浓烈的画面,生动逼真,读之大有身临其境之感,由此也可以证明,豪夫的童话虽依傍民间故事传说,却确乎是作家的再创造。《冷酷的心》在德国曾被作为歌剧、绘画的题材,且被改编成幼儿读物。

豪夫童话的历史地位虽很高,其实作为语言艺术制品却还不够精致和纯粹,因而缺少些文学本身的魅力,只是作为童话史的一环,它们是重要的。

第四章

安徒生时期:童话的现代自觉

19世纪初叶,浪漫主义文学潮流无意中推广了童话,促进童话文学的形成,使童话在这一时期的欧洲被确认为文学的一个种类。但是浪漫主义文学潮流主要是把人们的视线引向民间童话,作家们则利用民间童话来进行创作,使童话往往同魔幻力量、宝物力量,同巫术、咒语等等联系在一起,将童话抹上一层古文化智慧的色彩。而这种童话导向明显地存有一个缺陷,那就是童话表现的艺术空间不够广阔,没有现代色彩和氛围。童话要发展,就必须拓宽自己艺术表现的天地。童话必须从古代走向现代,从民间走向创作,从为成人走向为儿童。就艺术表现的空间来说,其实前述的霍夫曼和夏米索已经开始面向无限广阔的现实生活,并且,就前者的《侏儒查赫斯》和后者的《彼得·施莱密奇遇记》而论,已经可喜地摸索到一些成功的艺术经验,抑或可以说,童话的现代自觉在浪漫主义文学盛潮中已经开始。

但是,孩子应当拥有为自己、甚至专门为自己而创造的童话,拥有为自己创造童话的作家,从而结束孩子只能听读民间童话和孩子从成人书架上攫取奇幻故事读物的时代。孩子是人类中年龄幼小的群体,却是很重要的一个群体,他们有权利这样期盼。

孩子盼来了安徒生。安徒生一开始就运用自己的天才将童话许诺给了孩子们。

谁也没有想到,童话的太阳竟是从北欧的丹麦升起来。

浪漫主义文学已经退潮,代之而起的是现实主义文学浪潮。浪漫主义与现实主义交替的时代,将安徒生这样一位童话大师赏赐给了孩子。后来的人们对这位童话大师作品的思想意味和艺术价值一直挖掘不尽。由于安徒生的出现,童话的现代自觉迅速增进了;由于安徒生的出现,童话列车从窄轨行驶开始进入了宽轨行驶;也由于安徒生的出现,童话把自己的根扎进了现实的人生。

如果说浪漫主义文学思潮使公众注意到童话的存在,那么便可以说现实主义文学潮流使童话趋向于成熟。安徒生不但从浪漫主义文学中接受文学想象的丰富经验,而且接受现实主义文学的推动,到现实人生中开拓童话的艺术表现领域。安徒生童话之所以成了童话现代自觉的一个标志,一个表征,主要的就是因为安徒生勇敢地让童话艺术走入了人生,在生活深层展开童话想象,把现实生活、现实儿童的形象,作家生命历程中的坎坎坷坷、风风雨雨(童年的艰辛和事业、爱情的波折),化入了自己的童话创作。安徒生是继霍夫曼之后将现实儿童纳入童话表现空间里的有心人。《国王的新衣》里,安徒生将一个孩子推到了聚光灯朗照的地方。

天真、稚拙的孩子带着世界上最真实的呼叫声走进了童话艺术表现的天地间。"儿童之被发现",安徒生也是功不可没的人物。

这一童话时期毫无疑问可称作"安徒生时期"。

第一节 概 说

一、英国

英国这一时期问世的童话作品中,首先应当提到的是英国19世纪文学中相当有地位的两位作家:罗斯金(John Ruskin,1819~1900)和萨克雷(William Thackeray,1811~1863)创造的童话。

文学批评家罗斯金的《金河王》(The King of the Golden River,1851)在英国被奉为典范,至少是那一时期的儿童文学楷模。罗斯金年少时曾读过格林兄弟的《德意志童话集》,后来一个偶然的原因使他急就了这篇脱胎于民间传说的童话。年轻的作家本人认为自己的作品毫无独创性,"只是模仿了格林和狄更斯的作品,掺入一些自己的切身感受而已"。童话在上市的当年倒是重印了三次。

萨克雷的《玫瑰和指环》是作家在创作"圣诞作品"的沙龙风气(最早由狄更斯开创)中写成的。这部童话剧利用一些民间童话因素写成。故事写仙女送给自己两个教子的仙玫瑰和仙指环本来能使人变美,变得可爱,但其结果却相反,使宝物的拥有者变得倍加虚荣、骄傲自大,结果争风吃醋、打情骂俏,弄得滑稽可笑、丑态百出,从而变得更让人讨厌。童话的哲理内涵当然是:人应该自然地发展,背离自然发展的好事只能变成坏事。所以最终连仙女自己也认识到:给孩子最好的礼物应是给孩子磨炼。童话所揭露的主要是宫廷生活的虚伪与腐朽。这部作品因读者广泛喜爱而引来一些仿作。

1843年出版的由亨利·科尔爵士编辑的《家庭宝典》收了《美女与野兽》《狐狸列那》《杰克和豌豆》《杀巨人的杰克》《灰姑娘》和《迪克·威廷顿》等想象力丰富的著名童话,很有利于"培养孩子的情感、爱好、想象力和鉴赏力"。由于这些童话故事,儿童文学的面目变得亲切起来。

19世纪30~50年代流传的童话集还有克·克罗克编纂的《爱尔兰童话集》、理·菲力普爵士的《法英童话集》,还有著名民间童话册子《杀巨人的杰克》《三只熊》《诺罗威的黑公牛》《姜饼人》(又名《约翰》)和幼儿童话《公鸡彭尼》,都成了街头书摊的常见书,并被沿街叫卖。《三只熊》被视为民间童话的精粹,今日的儿童还对它保持浓厚的兴趣。

二、美国

美国这一时期有三位重要作家写了童话读物。这三位作家分别是欧文(Washington Irving,1783~1859)、霍桑(Nathaniel Hawthorne,1804~1864)和朗费罗(Henry Wadswoth Longfellow,1807~1882)。

美国浪漫主义作家欧文以民族的题材、民间文学的情节,在世界文学史中赢得一席之地。

1819~1820年间发表并出版的《见闻杂记》中有一篇儿童喜欢的童话性读物《瑞普·凡·温克尔》。它取材于荷兰移民的古老传说。作家把一则古老传说同航海探险家赫德松的奇遇糅和在一块,创造了瑞普·凡·温克尔的形象。他是一个脾性温良的懒散农人,住在群山间的一个村落里,当时美利坚还是英国的殖民地。有一天,他带着枪和狗在山中闲逛时,遇上了一个衣着古怪的老人。老人请他喝上等的荷兰杜松子好酒,酒后便昏沉大睡。第二天早晨(他以为是"第二天早晨")醒来,他发觉他的狗不见了,枪管长满了锈,他的关节不再像从前那样灵活,衣服破烂不堪,还长了长长的白胡子。当他回到村里时,村庄已经变样了。以前一直挂着英国国王乔治头像的小酒店里现在挂着的是华盛顿的头像;村民们谈议的是独立战争;同时,他的房子重新建造过了。事实上他已沉睡了整整二十年,给他喝杜松子酒的那群人只不过是航海探险家赫德松及其船员的幽灵。温克尔在美利坚合众国成立后的多年高喊"英王乔治万岁"就显得背时可笑了。所以,"温克尔"这个名字在美国已经成了无所用心、懒散糊涂的旧时代人物的同义词,有时也含有"他懵懵懂懂荒误时光的时候,人家忙得不亦乐乎已做成许多大事"的意思。这就是由于这篇作品在美国持续广泛流传、家喻户晓的结果。

霍桑受浪漫主义文学思潮的影响,只写两种题材,一种写遥远的过去,一种写逃遁于大自然,并在这两种题材中求取精神和谐。因此霍桑早就酝酿写"一两本有关神话的故事书"了。在写《给男女孩子的一本奇书》(A Wonder-Book for Girls and Boys, 1851)之前,他曾出版过儿童读物《历史传说中的真实故事》,故而当出版社约写一部有关神话的故事书时,他用六个星期便完成《奇书》的创作。

故事取材于希腊神话传说。叙述背景是在新英格兰一处叫坦果伍德庄园的乡村宅邸。18岁的大学生尤·布赖特蒂带着一群孩子,准备去采坚果探险。为了给大家助兴,出发之前即兴讲了关于希腊神话中珀耳修斯和女妖头的故事。在探险途中,他们又听了有关弥达斯和点金术的故事。后来随着坦果伍德庄园季节变化,大学生又向孩子讲了神话故事潘多拉的匣子、赫珀里德姊妹的金苹果、菲勒蒙和包喀斯以及喀迈拉的故事。

这些经霍桑再创造的希腊神话故事,情节、环境、背景、人物配置等等,作者都对原作有了不拘一格的处理。如,弥达斯得了一个小女孩儿玛丽戈尔德,她也同其他所有的东西一起被弥达斯变成了黄金;潘多拉和厄庇黑尼德斯被写成了两个孩子,"他们之间从不争吵,也不哭喊"。这种创作性的大胆改动,大大激怒了英国著名作家金斯莱,刺激他写了一部《英雄》献给他的三个大孩子。然而孩子们则更乐于接受霍桑写的故事。后来流传的多是只剩希腊故事本身,即删去了庄园描写和讲述过程的简节本。霍桑1853年又出版了第二本充满奇迹的书《丛林系列故事》,也同样杰出,为人所赞赏。

朗费罗以一部《海华沙之歌》的叙事长诗而被童话史所记载。《海华沙之歌》实际上是印第安人童话的汇集。带着双重血统的海华沙从小学会了鸟兽的语言,精通猎人的武艺,还得到了魔靴和魔手套,成了全印第安人最年轻英俊和最有本领的英雄,是印第安人的"上帝":他把文明带给了印第安人,引导他们过和平劳动的生活。这部印第安人史诗是在美国种族歧视(作品里是歧视印第安人,把后迁入的白人描写成印第安的文明恩赐者)十分严重的境况中写成的,所以德国诗人弗瑞立格拉特在他的德译本序言中说,这部长篇童话诗是朗费罗"在诗的领域里为美国人发现了美洲,它应该在世界文学的万神殿里占一个卓越的地位"。儿童读者喜爱这件作品,主要是因为它嵌入了许多印第安人的神话传奇故事,幻想大胆,情节异常,描绘了一个色彩缤纷且富于异族情调的神奇世界。比如海华沙在向鲟鱼挑战的时候,鲟鱼一跃将他吞进了肚,他在鱼腹内奋力捶击鱼心,使它受伤,以致不能再游动,遂被巨浪抛到岸上。鸟儿帮他啄开鱼腹,他于是得救。这

样的故事,这样的描绘,无疑使小读者惊心动魄。幻想的奇特新异掩盖了作者对印第安人生活和斗争的陌生。

由于这部叙事诗一直被儿童所喜爱,所以多有作家将其改写成散文,而广为流传。数学家和童话作家刘易斯·卡洛尔还写了仿作。

第二节　安徒生童话

儿童文学中有一种优越于成人文学的现象,那就是儿童文学中存在一批8到80岁的人都喜欢读的作品,克雷洛夫的寓言和安徒生(1805年4月2日~1875年8月4日)的童话便是最好的例子。

安徒生的童话传达的是作家从社会底层走出来的生命体验和原始渴望。这种生命体验和原始渴望在童年、少年、青年、壮年、老年期里各不相同。各不相同的体验和渴望都表现在他的童话里(其实有一部分是小说、生活速写、抒情散文诗、历史性传记)。这样的童话,安徒生从19世纪30年代中期到70年代初期共写了170多篇,涵纳了作家在哈纳岛上小渔村的穷鞋匠家的童年生活,14岁到哥本哈根,希望在舞蹈、歌唱、戏剧界谋得一职,和获得资助方得求学机会的艰难追求历程,及周游欧洲各国,体验诗、散文、小说、童话创作,从受文坛白眼、社会冷淡,到舆论转热、享誉受敬,其间对世态炎凉、人情冷暖的人生百味感受。

安徒生童话之独特性渊源在于他在贫困中长大,在他人的同情中求学,在社会的歧视中坚持写作,在长期蒙受屈辱中赢得荣耀。他天生是一个诗质淳厚的人,19世纪20年代初发表的诗《傍晚》和《垂死的孩子》就受到广泛好评。从1831年开始,他携带一把雨伞、一根手杖和简便的行囊游访了除俄罗斯以外的几乎所有欧洲国家,行游途中写成了《幻想速写》《行旅剪影》等作品,一些童话就夹杂在游访纪行作品中。

安徒生的童话成功也不是偶然的。在他第一个童话集出版前,就有长篇小说《即兴诗人》被译成了德文和英文,标志着他的文学成就已经有了相当的声誉。1935年,他出版第一个童话集前,他本人也并未意识到他可以藉童话以名世、藉童话以传世、藉童话以光耀千秋。是他的挚友、物理学家奥斯台看出了他才华的发展方向,向他指出:如果长篇小说使他出名,那么童话将让他不朽。这一年,安徒生给女友写信说:"我要为下一代创作了。"童话使安徒生的童年生涯体验有了极好的安放之地,他童年的寂寞和痛苦和人生命途上的种种体验都有了释放的机会,近40年里,安徒生一共写了156篇童话(其实有些是短篇小说)。奥斯台的预言得到了应验。

1836~1857年间,作家几乎每年奉献一本童话集,作为馈赠给正在过圣诞节的孩子们的精美礼物。这些童话主要收在如下集子里:

《讲给孩子们听的故事》(1835~1842);

《新童话》(1843～1848);

《故事》(1852～1855);

《新童话和新故事》(1868～1872)。

安徒生在19世纪30年代的童话有些是从民间童话的天然土壤中生长出来的,例如《小克劳斯和大克劳斯》(1835)、《豌豆上的公主》(1835)、《国王的新衣》(1837)、《荒野中的天鹅》(1838)、《打火匣》(1835)、《牧猪人》《笨汉汉斯》《老头子做事总不会错》《幸运的套鞋》等。安徒生30年代提笔写童话,首先借重于民间童话的形象、题材和语言是毫不足怪的,因为民间童话本身就能诱惑儿童、娱乐儿童。但是,安徒生在利用传统童话时,往传统的童话故事里灌注进了自己的性情、自己的生命,写出了人物行为的动机,打上了安徒生个人艺术创造的烙印。也就是说,"民间童话经安徒生头脑创造的冶炼,奇迹就出现了;原来的童话不见了,呈现在我们面前的是新的属于安徒生的童话"(俄国作家斯科林诺评论)。特别应该提的是,安徒生并不拘泥于本民族民间的传统童话,有时也采用其他民族的童话来作为自己的童话框架。西班牙作家胡安·曼纽埃尔(1282～1348)的《卢卡诺尔伯爵》(1335)一书所收51篇具有东方色彩的寓言故事中,有一篇名为《织布骗子和国王的故事》,被安徒生取来再创作,而成为最有代表性的童话名作《国王的新衣》。不过,即使是外国童话,经过童话大师妙笔点化后,也就有了现实而具体的讽刺性。它包含着作家对哥本哈根人的诉评。

有些童话,安徒生只从民间童话中取一颗童话种子,然后让它在自己笔下发展成一个与民间童话原型很不相同的故事。《白雪皇后》(1846～1847)就是这类童话的一个好例子。

有不少童话的情节是从民间谚语、迷信中延伸出来的。例如《天国花园》《鹳鸟》《接骨木树妈妈》等等。

不过,只有在安徒生自己创作的文学童话《人鱼公主》(1837)、《丑小鸭》(1844)、《小锡兵》(1838)等中,他善于刻画角色性格的特长及他的能力才得到了充分的发挥。

读着《人鱼公主》(《海的女儿》),读者不由得会为小美人鱼脚落地面时那锥心的痛楚而颤栗,然而安徒生的童话故事有如此强大的说服力,因此尽管小美人鱼在身体上要承受非常人所能承受的剧痛,读者还是与小美人鱼持一致的观点,那就是,为了这样一个王子,为了得到她渴望得到的不灭的灵魂,为了走向永恒,是值得付出如此高昂的代价的。

《人鱼公主》用浪漫主义带有些许宗教意味的象征告诉读者:一种潜在于生命内核里的渴望,能产生多么惊人的力量,这种力量在童话中表现为升华和转化的强烈追求,表现为向着崇高精神世界的登攀、奋斗。童话中小美人鱼悲剧的来龙去脉写得十分清晰:为了赢得王子的爱,她必须牺牲她美妙的声音,而她没有了声音,也就阻断了向王子表达爱的可能。小美人鱼想通过舞蹈来向王子表达她的爱,然而很不幸,王子是个俗物——俗物理解不了艺术的语言!

《丑小鸭》所表现的也是安徒生一种内心的渴望:渴望理解、渴望承认、渴望接纳、渴望被欣赏、渴望辉煌,而艰难坎坷、冷漠无情在磨灭他的渴望。然而他忍耐着、憧憬着,不消减自己生存和发展、奋进和酬志的勇气。《丑小鸭》中的"丑小鸭""鸭妈妈""母鸡""西班牙血统的老母鸭""雄猫""养鸡场"等等,都被安徒生赋予了某种象征意味,暗喻着安徒生本人出身的寒微、少年的奇异古怪和不合时宜,他没有被任何人真正理解过。鸭子社会嘲笑这只丑陋的小东西,正如丹麦社会无情地摒弃少年安徒生。

"你真是丑得厉害,"野鸭中的一只说,"不过,只要你不和我们的成员婚配,跟我们倒也没什么关系。"

但安徒生终于从无以胜计的欺压和打击中成为了蜚声欧陆,受到狄更斯和其他许多作家、艺

术家的赏识的作家，成为一个"天鹅"般的作家。《丑小鸭》是成功后的作家反过来对摒弃过他的社会进行的入木三分的嘲讽——这种嘲讽的艺术性之高是超越了前人的，安徒生的崇高文学地位部分也缘于此。

按童话作品现实感的强弱，及融入现实生活的多寡，不妨把安徒生的优秀之作分成这样两类：一类是融现实于幻想的童话，30年代半数以上的童话属这一类，如前面已经提到的《豌豆上的公主》《人鱼公主》《国王的新衣》《野天鹅》等；一类是融幻想于现实的童话，这类童话30年代就同前一类童话平行存在和发展。它们更能代表安徒生童话创作的本质及主要方面，所谓"安徒生世界"主要也是对这类童话的概括。这个"安徒生世界"里有许多安徒生创造的新元素、新特质。在这个童话大师憧憬美好的世界里，一切都按作家理想的道德准则进行调理，正面人物在这个世界里可以自由地发表道德见解。

40年代，安徒生的童话集《新童话》，是童话创作发展到一个新阶段的标志。安徒生之所以将40年代创作的童话称为"新童话"，是因为40年代创作的童话在其题材、主题和内容上，在其思想艺术特点上，都有别于30年代的童话。收在《新童话》集子中的全都是安徒生别出心裁的新异之作。

第一部分，安徒生在民间童话艺术形象中，融入了整个人类共同的特性，即人类一般道德心灵上的优强和劣弱。如《笨汉汉斯》《白雪皇后》《妖山》《跳高者》《丹麦人荷尔格》。这部分作品在国外赢得了广泛读者。

第二部分，抨击市侩和贵族庸习。如《丑小鸭》《幸福的家庭》《补衣针》《衬衫领子》《牧羊女和扫烟囱的人》《枞树》《影子》等。

第三部分，揭示当时社会里艺术和艺术家的种种遭遇。如《夜莺》（1843）、《老房子》《邻居们》。

第四部分，谴责官场作风和官僚主义。如《老路灯》。

第五部分，展现大都会生活。如《卖火柴的小女孩》《一滴水》。

当然，罗列这五部分不足以全部包括安徒生这一时期所写的童话题材和主题。不过，要是说40年代前半期这位童话大师比较集中在同市侩恶习做斗争的话，那么40年代后半期，他的注意重心就转向了与都会生活有关的种种问题：比如《卖火柴的小女孩》（得灵感于当时的一幅同类题材的街头宣传画）中揭示的贫富悬殊问题。可是，丹麦的落后，国内民主运动的衰微，使作家陷入了矛盾的困境。安徒生40年代的有些作品在暴露黑暗与丑恶的同时，也流露了或是悲观主义或是宗教感伤的情绪（如《安琪儿》《红鞋》《钟声》《一个母亲的故事》等），但是这些作品和安徒生童话的总数相比算是少数。

40年代，当安徒生创作诸如《丑小鸭》《白雪皇后》和《影子》这样的童话时，作家采用革新的艺术方法，把自己的个性体现得十分鲜明。安徒生在30年代后期，幻想的水平线已渐低落，40年代继续往现实方向位移，不但更常以人类的面貌来描绘童话主人公，而且往往将他们置于特定的社会环境和职业之中。另一方面，童话大师扩展童话表现空间，创造一个独特的、纯粹是属于安徒生的世界。根据"最出色的童话恰恰是从现实生活中生长出来的"这一原则，安徒生比30年代时更会利用儿童自然的现象来进行创作，将历史事实、丹麦民众和其他国家民众的生活都作为题材，融贯了作家新的审美理解，形成一个十分广阔的童话艺术空间，写出了焕然一新的童话。

安徒生童话中，《白雪皇后》是与传统童话关系最为密切的一篇，它也包涵了最多传统童话丰富生命力的成分：譬如丢掉小伙伴，冒险寻找，出现巫师，会说话的动物，魔力，爱和勇气，征服险难，都与民间童话没有两样。就道德思想的体现而言，这篇童话达到了峰极。

安徒生不断把童话推向生活，推向现实世界，然而由于人、自然现象、物件成了童话主人公，并在非常状态中生活，童话本身并没有失却自己的奇幻色彩。在这些作品中，幻想和现实合理地扭结着，同时向前发展。奇异的东西在安徒生那里变成了平常的东西，而平常的东西又变成了奇异的东西。最难以置信的故事被表现得现实和可信，揭去了神秘和魔幻的罩纱。同样的，习以为常的现象、物件都各有其"自传"，它们在安徒生童话中都变得同传统童话主人公一样富有意味。仿佛是安徒生手执魔棒，往现实世界的东西那么一点，它们就在瞬间化作了童话的元素。安徒生抒情的巨浪把朴素的小主人公们推向了光明和崇高，从而为善和人道的胜利奠定了精神基础。安徒生常常让现实生活中所缺少的或达不到的道德思想，在他的笔下占了上风。

40年代中期，作家的乐观主义曾有过一些动摇。像《影子》《一个母亲的故事》这样作品中的主人公安徒生虽赋予高尚的道德境界，却也未能获得幸福和美好的报偿。这些年，安徒生越来越频繁地从自己周围现实的人们中攫取文学模特儿：从终年劳碌的小人物到丹麦人所共知的天文学家蒂霍·勃拉格、雕塑家别尔泰尔·索瓦尔德森。

安徒生的一位朋友爱德华·左林回忆安徒生时说："安徒生每天都给孩子们讲故事。有时即兴为孩子创作一些故事，有时也给他们讲传统故事。这些故事孩子们都很喜欢。"

安徒生给干巴巴的话语注入了生命。他不说"孩子们坐进马车，然后离父母而去"，而是说"孩子们坐进了马车。'再见，爸爸！再见，妈妈！'鞭子扬起，'驾，驾！'他们出发了"。

安徒生总是把笔墨集中在人物形象和人物个性的刻画上。他精琢细磨、千推万敲，像从沙河里选金粒似的，把最能创造人物、显现性格特征的三言两语挑选出来，而在不着一笔、不置一词就能尽意之处，就连三言两语也省去了。

> 那不是粗笨的、深灰色的、又丑又令人讨厌的鸭子了，他是——一只天鹅！
>
> 只要你是天鹅蛋，就是生在养鸡场里也没有什么关系。

这里如果再瀑泻出一段感慨万端的独白，以倾吐喜悦的心曲，就要破坏安徒生刻画人物的风格，尽管那样可能是淋漓尽致的。"此时无声胜有声"，留给人一个开阔的想象空间，妙在不言中。

安徒生深入思考和概括重要问题的能力，以及他愈益成熟的创作技巧和艺术风格，生动活泼的对白，精练的语言和别具一格的作品结构——所有这些，使安徒生40年代的童话提升到了世界文学经典的地位。

安徒生童话艺术成就的最高之点在于：安徒生体现自己崇高美好的心灵，常用的是两副笔墨：传达诗意的笔墨和传达幽默的笔墨并行、交叉、叠合着运用，造成一种安徒生童话独特的美，造成一种安徒生童话风格。

安徒生的宗教情怀既使他的童话氤氲诗意，也使他常用上帝的名义进行道德说教，这种时代局限性在安徒生的有些童话里是显而易见的。如果说安徒生童话有软肋，那么软肋就多在这里。

保尔·阿扎尔教授尊安徒生为"世界童话大王"。他在他的名著《书·儿童·成人》中这样评述安徒生：

> 伟大的童话作家安徒生时常混在人群里，聆听市井各色人等说话——听买香料面包的老板说话，听钓鳗鱼的老头说话，在创作时他都一一加以利用。他总是听得很投入，有时甚至会哈哈笑出声来，或感动得连声叹息。他用第一流的创作技艺，将这些从市井得来的素材加以调理，然后用亲切的表现手段加以创造，使一般人都能接受。
>
> 再也没有第二个作家能够像安徒生那样自由地进出有生命和无生命的灵魂。
>
> 更令人惊异的是那些没有生命的物品也会像动物一样活动、发声……就连那些人类只叫它是"东西"的也全都活动起来，笑闹起来，说起话来，发起牢骚来，唱起歌来。

他最独特的是那戏剧、抒情的表现手法。故事一经他的手,就变得生动活泼,活灵活现,带有柔和的亲切色彩。这些从他笔下新生的童话展翅飞腾,轻盈、悄然,飞向世界的每个角落。不仅如此,他的童话洋溢着强烈的生活情感,这就是他的童话比起别的作品来,更显价值的地方。他的童话价值被证明是伟大和永恒的。

安徒生那诗情丰沛的童话融渗着梦,从这梦境中可以看见更美好的未来,这也就是安徒生的心灵能够和孩子的心灵相沟通的原因。安徒生听出了孩子心中的愿望,帮助他们实现,他以为这就是自己的使命。他跟孩子们一起分享快乐,也借孩子的力量更坚定地保护人类,使其不至于灭亡,并把人类引向理想境界。他就是那光明的灯塔。

附录一

《安徒生传》摘录
[俄] 别凯托娃

韦苇译并按:

生活于1862~1938年间的别凯托娃是俄罗斯文学"白银时代"的女作家。她的《安徒生传》是一部纯实录性传记,因此对于安徒生研究的重要意义毋庸置疑。由于篇幅限制,这里只选摘其中的八个小段,以补助对安徒生及其童话的理解。

罕有作家像安徒生这样尽人皆知、家喻户晓。他写过许多样式的作品,而世人知晓的和熟悉的只是他的优秀童话集,少有人知道他的全部作品。这些优秀童话作品被译成全世界所有的语言一再出版,它们的作者主要因它们的广泛流布而在全世界赢得崇高声誉。安徒生童话的字里行间融糅着犀利的幽默、纯朴和真挚的情愫,荡漾着一种诗情——这成了他的作品别具一格的艺术特质。他能赋予自己笔下的人物以灵性,他能叫咱们周遭的一切都变成生动的童话人物,因此他的童话使读者读起来倍感亲切,颇有一种熨帖肺腑之感。他的童话中虽然没有任何惊天地泣鬼神的故事,没有什么雄志豪迈、壮怀激烈的人物,但是它们不乏能引起读者无穷趣味的细节描写。安徒生的才能表现在能将诸如街灯之类无生命的物件变成富有人性的童话角色,并唤起读者对它们的同情,这构成了他童话创作天才的特点。这种天赋才能如果辅以宽厚的人道、非凡的质朴、简洁的语言和入木三分的观察事物的能力,那么,安徒生被世人家喻户晓,具有世界性誉望,就完全是可以理解的了。

一

在丹麦有才气的作家中,海贝尔格首先在通俗喜剧和欢乐喜剧方面做出了创新。安徒生在哥本哈根同海贝尔格认识后,海贝尔格非常喜欢安徒生的文雅和睿智,跟安徒生相处得甚是相得。安徒生经常到海贝尔格家去,很快,安徒生这位年轻诗人的讽刺诗就出现在海贝尔格办的《飞邮日报》上。从这时起,安徒生一连好多个年头的生命就消耗在写诗上。然而这些最初发表的诗都没有署作者的名字。这些诗篇在老贵族和新贵族的文化界得到肯定以前,曾有许多不怀好意的人贬损它们。一些与他相识的贵族批评家也都放肆地用污秽的语言践踏他写诗的天赋,很少有人对他的诗作肯定性和鼓励性的评价。但是这些诗篇中确实显示了安徒生强劲而鲜活的文学天赋,从中能看出他捕捉诗意和对诗进行创新的能力,能看出他分明有一种天真包含在他的青春气息。安徒生发表在海贝尔格的《飞邮日报》上的诗署名都只有一个"H"(译者按:汉斯·克里斯蒂安·安徒生和海贝尔格的开头第一个字母都是H,易导致误会)。但是这些诗篇中特别受人欢迎的部分,人们以为是海贝尔格本人所作。一天,安徒生到熟人那儿去做客,这些熟人不知道诗是他写的,所以就用十分恭敬的神态向他讲解诗篇。忽然从外面走进主人来,他手里拿着当天的《飞邮日报》,主人兴致勃勃地向大家宣布:"今天报上登着两首绝妙好诗。这海贝尔格真是神了!"接着他就朗诵了安徒生的两首诗。安徒生的心剧烈地狂跳着坐在一角,却什么话也没说。在场的一位少女知道这诗不是海贝尔格写的,就按捺不住大叫起来:"这是安徒生的诗!"于是,整个屋子都寒蝉般哑然了,主人除了没趣地走出房间,找不出更好的收场办法。

那时候,海贝尔格是少数公开承认安徒生诗才的人之一。他三天两头把安徒生的诗发表在自己的报纸上。还把安徒生发表在一些读者较少的报刊上的诗拿来转载。

二

安徒生在罗马逗留了半年之久。安徒生那时28岁,而按他感觉之新锐、心灵的纯洁和有力来判断,则还要更年轻些。他的思想和形象从他的头脑争先涌出,鲜明的感觉急于要表现出来。在意大利期间,一件新作在他心中酝酿成熟,这就是长篇小说《即兴诗人》。这部小说反映的是在意大利生活的种种印象,里面包含着许多美善,也包含着许多丑恶。凡是涉及意大利人民生活的地方就都洋溢着情趣、生机、明丽和幽默。主人公的童年,他和年迈养母的关系,他同庇护他的艺术家的关系,学校的生活——所有这一切都十分美好,但是爱情方面却极其糟糕。爱情描写对于耽于幻想的安徒生来说显得力不从心,此前此后,他对类似的生活都没有体验的机会。但是,诗人用回忆那次失败的追恋所引起的痛苦心情来弥补他的缺陷。安徒生在意大利就动笔写这部小说。

小说出版后,反响很大,很快就应读者的要求出第二版。丹麦评论界却长久地保持沉默。但是各方面的热烈反响评论家们也不能充耳不闻。第一个勇敢站出来发表赞赏性评文的是诗人巴盖尔。他是《礼拜天周报》的主编。我们在此顺便看看他评文中的一段话:"'我们早都说安徒生的才华荡尽,每况愈下。'正当这种说法在评论界甚嚣尘上的时候,人们对安徒生小说的称赞与日俱隆。安徒生的才华并未荡尽,相反,他的才华倒是上了一个新的高度,他在自己的小说《即兴诗人》中用光彩照人的艺术形象证明了这一点。"这种有力的评语使被不公正所久久折磨、被评论界长时贬损的安徒生大为欣喜而不禁潸然泪下。

《即兴诗人》被有的国外评论家用来同法国斯塔尔夫人的名作《黑葡萄干》作比较,"安徒生纯真,斯塔尔夫人深情"。这种比较大大提高了安徒生的声望。《即兴诗人》的受欢迎、被好评,改善了安徒生在国内始终受冷落、被轻蔑的状况。

三

他寄居在贵族之家的日子里,多半在秀丽的大自然当中度过。这里度过的日子当是他一生中感觉最美好的日子。身处大自然之中的安徒生,时刻觉得自己生活在诗情画意之中。在这里他的心绪不再烦躁,身心比任何时候都感到舒爽。在城市里,尤其在哥本哈根,许多事都不顺心:恶意伤人的批评,艺术上的妒忌与排斥,总之,不愉快的事层出不穷,未了,还有安徒生毫无兴趣的政治——这纯净如山泉的诗人和乐观主义者,生来只知道自己在人群中寻觅善和美,从而成为一个不折不扣的世界主义者。他所做的没有一件事涉及政治。他虽然全心爱着他的人民、他的祖国,但是他却并不认为他的祖国丹麦是世界上第一好的国家。安徒生作为人类的朋友,他对希莱尔说过这样的话:"所有各族人民都相互拥抱吧。亿万人们,都相互敬重吧。世人们,你们都感激造物主吧!"他自语道:"政治,这不是我的事。上帝赋予我的是另一种使命。这一点我永远铭

记在心。在江湖,在林莽,在红长腿鹳鸟高视阔步的草地上,我从来没有同谁谈论过政治,谈论过什么黑格尔,谁也不为政治问题同我辩论。我周围的大自然在告诉我——我的天职是什么。"

四

他写过传记和旅行见闻,但是这些作品同他的童话比要显得逊色多了,苍白多了。他在他的童话作品中外现了他天才的清新和魅力。

他在他的童话中舒展了他得天独厚的幻想丰富性,表现了他诗的全部力量和全部深刻性,表现了他灵魂的纯真和心胸的温热。亲切生动的情节场面,洋溢于字里行间的天真和犀利幽默,同美轮美奂的大自然描写交织在一起,这些大自然描写在安徒生那里是如此巧妙地同人类生活融糅得天衣无缝。他的童话时而深深打动人心,时而又雅谑得令人忍俊不禁,却总是充满着人道感,总是以质朴和鲜明显示着自己的个性。朦胧不清、语不尽意是安徒生所不取的。他的每个童话,纵使是很短很短的,也是有所指归,总是结构完整的。同时他的童话语言极富个性,并且质朴无华。安徒生用孩子们完全能听懂的语言来叙述故事。但是他并不是为孩子而写作的。他潜心追求的是这样的童话作品:贴近孩子的只是它们的形式,其中的意味是唯成人才能领会的。我们的结论也复如此。尽管许多孩子很喜欢安徒生的童话,至少有一些童话孩子很喜欢。这些童话奇异的故事和场面的细致描写,往往使孩子们陶醉,同样的,故事叙述出奇的生动性也能俘虏孩子,能紧紧地抓住孩子们的心。但是童话所蓄含的妙味,其蕴藏于人物形象中的深邃思想,孩子们就难于捕捉了。蕴蓄在《公主与牧猪人》中的对鄙陋人性的讽刺,孩子们怎么把握得了?老实说,这些童话的意蕴连许多成人都把捉不住!就更别提像《柳树下的梦》这样的童话了。这类浪漫主义色彩很浓的故事,孩子的理解力是根本不够用的。

安徒生迁就公众的趣味,将自己的童话作品集叫作《给孩子们的童话》,但是这是出于不得已,他于是很快把被迫写上的"给孩子们"这类字样抛弃了,干脆将自己新出版的童话集叫作《童话与故事》。安徒生就喜欢将自己的作品朗诵给别人听,自他写起童话以后,就更喜欢将它们朗诵给别人听了。其篇制短小的作品,安徒生念给别人听就更方便了。安徒生把童话读得非常动听,故而他的熟人们把听童话作家读童话当作最开心的娱乐。不久,在舞台上朗诵安徒生童话就成为一种时尚,于是,许多著名演员也纷纷来朗诵安徒生童话,因为这样做能更有效地提高他们的知名度,更容易扩大他们的影响。童话在安徒生生前就已经普及得相当广泛;这种童话普及性同他到过欧洲各地的众多朋友、熟人的热忱推介宣传有很大关系。这种童话普及性构成了安徒生生命的主要魅力——这些在他本人的自传中说得很少。其实,这么多的朋友对安徒生来说是十分必要的,试想,像安徒生这样没有家庭的独身人,要是没有这么多熟人和朋友,他的情形会怎样呢?就他的心愿来说,他从来不希望自己独身以终,他连想也没有想过一生就独身自处。作为一个意境深邃的诗人和理想主义者,安徒生好交际,不喜欢远离尘嚣。

五

安徒生的文学天才被公认以后,他原本富有变化的生活变得单一了。几乎年年到欧洲其他国家去旅行,在他游历所到的国家里,他都受到热烈的欢迎,向他致崇高的敬意,待他以高规格的礼遇,向他寄送对其爱戴溢于言表的信,给他佩戴奖章,恭敬地宴请他,新的童话集出得一本比一本精美——安徒生后三十年大体就这样度过。他无数次出国旅行归来的间隙就这样在哥本哈根城郊贵族别墅中度过。安徒生去的次数最多和住的时间最长的国家是德国和瑞典,他又再度访问了瑞士,又两次去意大利、英国,乘马车游览了西班牙、葡萄牙和荷兰,他就这样遍游了整个欧洲。几乎次次旅行描写他都出成一本书。这些书说实在话没有多少文学意义。但是这些书里有时夹进了他旅途中写就的精彩童话,这些童话后来在出童话集时再收进去。对于诗人的童话我们不逐一叙述、也不逐一加以评介了。我们这里只提一下这些童话都是怎样产生的。

安徒生的第一本童话集出版时,书名为《给孩子们的童话》,出版于1835年,第二年,1836年,也出版了一本。第一批童话是《打火匣》《旅行者》《海的女儿》《小意达的花》《国王的新衣》等。几乎每年都出一批新童话,有时一篇出一本,有时几个童话合出一本,积多了以后就出一本集子。安徒生一部分童话借用民间传说、民歌为其原始材料,赋予它们以自己的思想倾向、情感色彩和故事形式;一部分童话则是以童年时代从疯人院老妇人那里听来的故事为基础写成的,但是大多数童话是作者本人幻想的产物。安徒生只要心中一有意思要表达,就赋予这种意思以表现的完美形式,于是一个有意思的童话故事也便在他笔底形成,无论他在什么特定情况下,无论他是否身处大自然之中,只要灵感产生,他就动笔写童话。所以他写童话常常不拘地点条件,一般的干扰都影响不了他写童话。他的著名童话《冰姑娘》就在瑞士旅行途中写成。《铜猪》写成于意大利的佛罗伦萨,或离开佛罗伦萨以后不久。有些童话则是想起童年时代大人给他讲过的故事写成的。精彩的童话《她是一个废物》就是这样产生的:他小时,母亲对一个穷邻居很同情,向安徒生讲过关于这个女邻居的一些事情,他后来就写成了这个童话。许多童话的人物和故事是安徒生从现实生活中取得的。他周围的一切都唤起他这样那样的创作灵感,不只是人和动物,连没有血肉的物件也像活物一样对他创作灵感的发生具有意义。谁读了他亲切的童话《坚定的锡兵》《陀螺和皮球》《街灯》《铜猪》都会受鼓舞的。房间里的家具、任何物件,到他的笔下就会有人世间独具的特征:仿佛这锡兵就该这样说话就该这样感受世界,衬衫领子和皮球也是这样……

1846年夏天,安徒生同雕塑家索瓦尔德森一起生活在妮佐艾家。有一天,他在朗诵自己的童话《丑小鸭》和《老头子说话总不会错》,索瓦尔德森兴奋地叫起来:

"好极了,你再给咱们写一件叫咱们开心的东西吧。你大概连一根细细的缝衣针也能写个童话吧!"

于是安徒生就写了他著名的童话《补衣针》。这篇优秀童话简直妙不可言,首先是入木三分的犀利幽默和活真真的来自生活的细节。有一次,在乘轮船去黎沃尔诺的航船中,安徒生身边落着一枚银币,谁都假惺惺地不去捡拾它。开始,这种浪费的场面使安徒生深感痛心,后来,他的头脑中出现了一个童话《一枚银币》,于是心也就完全平静了。有时,比这还让人痛心的事,他也通过构思童话而复得心境之平静。安徒生不只是使自己心绪受到刺激的事成了他童话创作的题材,还有许多重大事件——历史事件、当时的文化科技进步也成了他创作童话的题材。例如童话《沙丘上的故事》《一个贵族和他的女儿们》,题材就取自历史事件,而《海蟒》《树精》则取材于现代社会的生活。

六

安徒生在国外受到惊人热烈的欢迎。看过他的画像的人都非常想接近他。母亲们都把自己的孩子带到安徒生身边来,希冀能同他握一握手,听他说一句话。才认识他的人都把他从街上拉到自己家里,以便让自己的孩子看看他们读的童话就是他们面前的这个安徒生写的。安徒生特别感到自得和欣慰的是:他的童话书发生着如此家喻户晓的影响。

安徒生在世界上受到广泛的尊敬,有两则轶事雄辩地证明着这一点。

安徒生旅行途经苏格兰。他把一根手杖遗忘在旅馆里了。他遗落在这个湖滨旅馆里的是一根棕榈手杖,是从意大利纳波尔带来的,他非常珍爱它。但是他已经快到登船渡海的时候,回旅馆取手杖已不可能,于是他只得委托一个熟人将他的手杖捎给它的主人。他来到爱丁堡,次日准备乘船到伦敦去。当他看见一个从苏格兰来的列车员带着他的手杖在开船前瞬间一下在登船人的人群里认出了他,微笑着对他说"手杖终于顺利回到了主人手中",并将手杖递给他时,他是多么的惊讶啊。手杖上粘着一块小纸片,上头写道:"作家汉斯·克里斯蒂安·安徒生收"。这根手杖经多少只手,又是乘轮船,又是乘马车,继而又乘火车,一路准确无误地传递,最终回到了手杖主人手中。

还有更难以令人置信的事哩。这事发生在美国。一个安徒生熟悉的贵妇人写信给安徒生,她的侄儿在美国一个很荒僻的地方做事,他在林中狩猎时无意中发现了一幢房子,里头只有一本书:《安徒生童话》。从此,这本书给孤寂的他带来莫大的安慰。

七

我们可以说安徒生的青春期是悲哀和痛苦的。他长期靠人施舍过活,其艰苦备尝是可想而知的。他进校求学太晚,依赖他人的读书生涯不免窘迫和黯淡。他在文学起步阶段屡遭挫折,纵使偶有少许成功却又被恶评攻讦和嫉妒心糟践了他本该有的好心境。安徒生在文学上为自己赢得不可动摇的地位前,过的是长期困顿的生活。一旦他的天赋有了稳定的用武之地,一旦他走上了真正的文学大道,他的声望日隆之时,他也就进入了他文学的成熟期。崇拜他天才的人与日俱增。这一点,他主要是从国外,从德国和英国看到的,随后,僵化顽固的丹麦贵族社会在安徒生世所公认的文学天才面前,才放下他们恶意中伤的刀笔。尽管有几个丹麦作家同安徒生作对到底,但一致的好评之誉和赞美之声已经涌向了安徒生。

众多的荣誉撒落在晚年安徒生的头上。各国都给他颁授奖章。他所得到的头一枚奖章是德国人颁授予他的,就是普鲁士"红鹰"奖章,1846年由国王弗里德里希·维利海利姆授予他;第二枚奖章是从丹麦国王手中接过的;第三枚是从瑞典得的,等等。1851年安徒生被聘为教授,接着被赐封为文职议员和议会成员。

1867年,安徒生第一次在丹麦受到广泛的颂扬。这一年,他的出生地欧登塞为著名作家举行庆贺典礼。欧登塞城所有的街巷挂起小旗和彩带,学校放假。但是最隆重热闹的地方是在市政府。在那里汇集的人群将一份光荣市民的荣誉证书捧到了安徒生面前。为安徒生举行餐宴和舞会,大家发表贺辞,唱他写的诗。如潮的人群簇拥他们敬爱的作家,从市政府直送到他的下榻处(安徒生在故乡城市欧登塞也没有自己的家——韦苇注)。晚上举行篝火晚会。庆贺延续了好几天。他生长的城市向他表示的敬意和深情,使他感动不已。

这以后过了两年,安徒生在50岁生日时来到哥本哈根。这座首都城市为安徒生举行了比欧登塞还更为隆重的生日庆贺典礼。他的房间里插满了鲜花。他得到的鲜丽花束超过了50束。又为他举行庆贺餐宴,发表祝贺讲话,从世界各地发来许多贺电,其中有一份是丹麦国王发来的。各界人士对安徒生的赞赏都真诚而热烈。安徒生的幸福感觉到了不能再承受的程度。

八

66岁那年他得了多种老年病。然而最让安徒生难受的是他几乎不能创作什么了。病中的最后这几年,他只写些童话和小诗。他的最后一篇童话是《园丁和主人》。使安徒生感到快慰的是:1875年,在他生日那天来了几个国王派来的代表,向他宣读了国王将在皇家花园里为他建立一座纪念铜像的诏书。国王诏书使他备感荣耀。这份新的光荣使老作家激动万分。在他的答辞中,他特别提到纪念铜像建在皇家花园使他感到格外满意。"我记得,"他说,"在我艰难的日子里,我常到皇家花园去,边在林荫道上走边啃干面包,而现在,要在这里为我建造纪念铜像了。"

可是,关于纪念铜像建成什么样的问题上,安徒生对送来征求自己意见的铜像模型一个都不喜欢。他对送来的模型无一不是孩子们围绕着他这一点极不满意。他完全不认为自己是专为孩子写作的作家。当然,在这一点上,安徒生的意见完全是对的。

安徒生1875年8月3日至4日的夜间在郊外一个贵族庄园里去世,神态像在睡梦中那样安详。八天后,他的遗体被运往哥本哈根,安放在一个大教堂里。

无数的人来向安徒生的遗体告别。为众人所敬爱的作家的灵柩湮没在从世界各地送来的花束和花环之中。

大家怀念这位穷鞋匠的儿子,他曾经穿过树皮鞋(即我国的"草鞋"之意)奔跑在故乡城市的街巷。他从小就向往荣耀。童年时代的理想他已经实现了。他的梦想竟不折不扣成了真实的存在。安徒生的一生,从卑贱起步,到产生种种金色的梦想,再到辉煌的生命终结,完完全全可以说就是他自己的童话《丑小鸭》中的主人公。罕有作家像安徒生这样,自己作品中的主人公同作者本人的生命历程如此吻合的。

只要人们还承认艺术能提升人的灵魂,调剂人的精神生活,人们就不会不给安徒生的作品——那些诗一般的童话瑰宝以崇高的评价。

附录二

安徒生著作年表

1805年4月2日　汉斯·克里斯蒂安·安徒生诞生于丹麦欧登塞城一个贫贱家庭,父亲是鞋匠,母亲为洗衣妇。

1816年　父亲去世,在困顿中深感前途迷茫。

1819年　在文学上初露头角。9月,安徒生独自到首都哥本哈根,为在文艺方面寻求出路而历经种种波折。

1822年　8月发表作品《尝试集》开始引起文化界注意。进入斯劳厄尔瑟镇文法学校就读,大量阅读名作家的著作,练习写诗和创作歌剧。

1827年　回到哥本哈根,皇家剧院副院长柯林帮助他获得一笔国王奖学金,并进入哥本哈根大学。因发表的诗作《傍晚》和《垂死的孩子》而引起人们对他的诗的天赋的注意。

1828年　长篇幻想游记《阿玛格岛漫游记》出版并销售一空,生活困境因创作的成功而获得改善。喜剧剧本《尼古拉耶夫塔上的爱情》在皇家剧院上演。同年出版第一本诗集,集中附童话《旅伴》。

1830年　与波尔芙伊格的初恋失败。

1831年　在国外旅行。德国旅行时写成诗集《幻想和速写》,写成记述瑞典、西班牙、意大利、葡萄牙和中东之行的随笔集《旅行剪影》。

1832年　童话《跳蚤和教授》《老约翰尼的故事》《开门的钥匙》问世。

1834年　长篇小说《即兴诗人》出版。包括《打火匣》《小克劳斯和大克劳斯》《豌豆上的公主》和《小意达的花》4篇童话的第一部童话集问世。同年底包括《拇指姑娘》《顽皮的孩子》《旅伴》3篇童话的集子出版。

1836年　《人鱼公主》《这个寓言讲的是你》问世。长篇小说《奥·托》出版。

1837年　长篇小说《只不过是一个提琴手》出版。《国王的新衣》问世。

1838年　童话集《幸福的套鞋》出版。包括《雏菊》《坚定的锡兵》《野天鹅》《天国花园》《飞箱》《鹳鸟》在内的童话集于圣诞节出版。

1840年　剧本《黑白混血儿》在皇家剧院上演并获得成功。童话《没有画的画册》问世。剧

本《穆拉托》在哥本哈根首演获良好反响。安徒生倾情追求珍妮(1852年珍妮与他人结婚)。

1842年　童话《钱猪》《永恒的友谊》《荷马墓上的一朵玫瑰》《梦神》《玫瑰花精》《猪倌》(《公主和牧猪人》)《荞麦》问世。同年创作童话《接骨木树妈妈》和《钟声》,于1845年发表。

1844年　《安琪儿》《夜莺》《丑小鸭》《情人》问世。

1845年　《枞树》《白雪皇后》《接骨木妈妈》问世。包括《妖山》《红鞋》《跳高者》《牧羊女和扫烟囱的人》《丹麦人荷尔格》的童话集子出版。自传《我的一生的童话》出版。

1846年　以《卖火柴的小女孩》《补衣针》等为代表的现实生活故事发表,吸引了大量成年读者。

1847年　童话《老路灯》《邻居们》《小杜克》《影子》问世。

1848年　童话《老房子》《一滴水》《幸福的家庭》《一个母亲的故事》问世。

1849年　创作童话《亚麻》。童话剧《比珍珠和黄金更贵重》上演。

1850年　童话《凤凰》问世。

1851年　童话《故国》《一个故事》《演木偶戏的人》问世。

1852年　童话《一年的故事》《世界上最美丽的一朵玫瑰》《城垒上的一幅画》《审判日》《完全是真的》《天鹅巢》《好心境》问世。

1853年　童话《一个豆荚里的五颗豌豆》《柳树下的梦》《各得其所》《小鬼和店主》《她是一个废物》问世。补充增订自传《我的一生的童话》并出版。

1855年　童话《天上落下来的一片叶子》《老墓碑》《笨汉汉斯》《瓦尔都窗前一瞥》《依卜和小克丽丝蒂娜》《最后的珠子》《两个姑娘》《在辽远的北极》《钱猪》问世,均由彼得森插图。

1856　童话《光荣的荆棘路》《犹太女子》问世。

1857　圣诞节,童话《瓶颈》《单身汉的睡帽》《老懈树的梦》《识字课本》问世。

1858　童话《沼泽王的女儿》《赛跑者》《钟渊》问世。

1859　童话《哲人宝石》《风讲的故事》《一个贵族和他的女儿们》《踩着面包走的女孩》《守塔人奥勒》《安妮·莉斯贝》《孩子们的闲话》《一串珍珠》问世。

1860年　圣诞节,童话《笔和墨水》《墓里的孩子》《两只公鸡》《美》《沙丘的故事》问世。

1861年　童话《乘邮车来的十二位旅客》《甲虫》《老头子做事总不会错》《雪人》《在养鸡场》《新世纪的女神》问世。圣诞节,《冰姑娘》《蝴蝶》《素琪》《蜗牛和玫瑰树》成集出版。

1862年　发表童话《一枚银币》《古教堂的钟》。

1864年　童话《茶壶》问世。

1865年　因丹麦与德国发生战争,丹麦战败,安徒生一年多没有出版童话集。发表童话《茶壶》《风暴把招牌换了》。圣诞节,童话《磷火》《风车》《育婴室》《金玉宝藏》等成集出版。

1866年　《牙痛姑妈》问世。圣诞节,《藏着并不等于遗忘》《看门人的儿子》《迁居的日子》《夏日痴》《姑妈》《癞蛤蟆》成集出版。

1867年　童话《两个海岛》问世。12月,安徒生的家乡欧登塞举行盛大集会欢迎安徒生荣归故里,被故乡欧登塞选为荣誉市民。

1868年　童话《绿小不点》《小鬼和太太》《贝脱、比脱和比尔》《干爸爸的画册》《谁是最幸福的》《树精》问世。

1869年　发表童话《烂布片》《家禽格丽德的一家》《蓟的遭遇》《创造》《彗星》《一星期的日子》《阳光的故事》。

1870年　发表童话《幸运可能就在一根棒上》《曾祖父》《幸运的贝儿》。

1871~1873年　最后一批童话发表：计有《烛》《最难使人相信的事情》《全家人讲的话》《舞吧，舞吧，我的玩偶》《请你去问玛加的女人》《海鳗》《园丁和主人》等。

1875年4月2日　为安徒生70寿辰举行庆祝会。童话《一个母亲的故事》用15种语言出版。

8月4日11时　汉斯·克里斯蒂安·安徒生因肝癌逝世于乡间一个贵族的别墅，享尽哀荣。

第五章

爱丽丝时期：童话往童趣化方向探求新路

本章把童话史的注意重心从北欧移向西欧。

英国的维多利亚时代是许多英国人引以为豪的"黄金时代"，他们自称"大英帝国"，说什么大英帝国的荣誉已成为英国人通行全世界的护照，把"勇士、兵丁、水手、旅行家"树为楷模，鼓励年轻人远离家邦，去冒险、去征战、去海外立功，而在民族优越感下隐藏的则是侵略扩张的勃勃野心。但是从另一方面而言，黄金时代也是一个事实：英国人比其他民族更早意识到儿童人格特性应该受到必要的尊重。他们用诗意的眼光来看待儿童，用幽默的情趣来感觉儿童，用爱心来与儿童相处，尽量供给孩子快乐的、亲切的、美丽的读物，以引发儿童感受艺术的兴趣，发展其想象力，使之善于幻想和假设，培养其独创性。总之，英国人对待儿童和要求于儿童的，都不把功利放在首位。这就是英国19世纪中后期的童话为什么会出现朝着快乐和游戏方向探求艺术新路的前提，出现了作为"想象的第一次大胜利"的《爱丽丝漫游奇境记》（Alice's Adventure in Wonderland，1865）的社会条件。至少在英语世界里，这部中篇童话游戏儿童和娱乐儿童的尝试是成功的，在荒诞（nonsense）奇境中漫游的孩子确实在游戏中宣泄了平时由于处处受到管束、受宗教理性的训诲而产生的情绪压抑，在童话创作上依循儿童特点、儿童心理、童年浪漫想象进行扩展，进而在开辟崭新的童趣化表现空间方面积累了很有价值的艺术经验，在童话历程上竖起了一座重要的里程碑。

19世纪前半期出现的安徒生童话是忠于艺术的，它们带引孩子踏倒现实所设置的樊篱，进入情味深长的童话世界。在那里，安徒生把人类高贵的感情带进孩子的心坎，使孩子们从那个世界走出来时，已经是心灵丰满的人——他们从安徒生的童话中领悟到做人必备的条件，和自己应完尽的责任。

但是如果把童话史的注意投向儿童游戏与娱乐的天性，那么《爱丽丝漫游奇境记》的想象游戏对儿童娱乐需求的满足，则是童话空间的一个突破性拓展。若是把《爱丽丝漫游奇境记》作为安徒生童话的一种新参照，也就不难发现安徒生也只是向儿童提供了一种类型的美，而美的创造是无模式、无止境的。在"人鱼公主""丑小鸭""爱穿新衣的国王"后面，增添上"爱丽丝小姑娘""柴郡猫"，童话的人物画廊才显得更丰富多彩。

由于知道《爱丽丝漫游奇境记》中主角的人数很多，但知道它的作者刘易斯·卡洛尔（Lewis Carroll）的人很少，所以本章姑且名之以"爱丽丝时期"。"爱丽丝"是卡洛尔创造出来的，爱丽丝遍游世界的时候，便代表着她的创造者卡洛尔。

第一节　概　说

一、英国

19世纪初期和中期的西欧普遍处在"娱乐性儿童文学的黎明期",在作品中板着脸孔对孩子进行宗教训诫的理性主义说教文学其效果受到质疑,并遭到反对。关注儿童阅读的人们感觉到有必要为儿童创造和制作真正属于儿童的图画。最早为孩子出版娱乐性读物并且做得最好的是约翰·哈里斯。他于1807年出版的《蝴蝶的舞会》,配有优美动人、趣味盎然的插图,作家、画家、出版家群起效尤,图文并茂的文学读物一时蔚然成风,到19世纪中期,在英国已成为主要的创作流派。这些读物中主要是童话故事和神话故事。不过娱乐性文学的发展并非一帆风顺。当时赫赫有名的评论家和教育家特里默夫人(1741~1810)就坚持主张对儿童进行宗教说教,而谴责幻想故事读物。好在特里默夫人死后十多年,格林兄弟童话和安徒生童话给英国儿童文学带来了新的生机。再加上狄更斯、罗斯金、萨克雷、金斯莱和麦克唐纳都以自己的作品支持了童话的开拓和发展,英国儿童文学就于19世纪60年代进入了一个中兴期和成熟期。

中兴期的开端性人物是查尔斯·金斯莱(Charles Kingsley,1819~1875)。《英国百科全书·儿童文学》这样叙述:"1863年,出现了一部童话——查尔斯·金斯莱所著的《水孩子》(The Water-Babies)。在这部可爱又可憎的'为陆上孩子写的'童话中,一个惯于哗众取宠的牧师和一个想象力丰富的诗人,不太和谐地兼容在同一个童话整体里,互利互补。《水孩子》或可作为一个粗糙的象征,代表着儿童文学正走上一条从道德故事过渡到一个较为轻松愉快的世界的崎岖小道。相隔只不过两年,即1865年,这条崎岖小道便由牛津大学的一位数学研究生指导师查尔斯·路威奇·道奇逊(笔名刘易斯·卡洛尔)完成了。"

如果如大英百科全书所认定,把《爱丽丝漫游奇境记》定位为"英国儿童文学黄金时代的第一章",那么,《水孩子》无疑是这不同凡响第一章的一个前奏或序曲。

金斯莱在童话史上的地位在于,当许多欧洲作家还醉心于从民间童话传说的丛莽中选择题材和主题时,金斯莱给小儿子写的童话书《水孩子》就已开始致力于创造非民间童话中神奇的人和事。虽然说的是英国北方某个大城市里一个孤苦无依的扫烟囱孩子汤姆,虽然这个小主角也成天受惊挨打,奔逃中失足落水,故事确实够令人心酸的,但与"灰姑娘"式的情调和格局已与过往的童话大异其趣:它把儿童读者引入了一个幻想境界,那里的氛围比较欢快和轻松。童话中对水孩子们在海底生活的细节描写,显示出作者作为一个海洋学学者的才华,甚至让金斯莱同时代的怪诞诗人李耳(Edward Lear,1812~1888)认为"故事完全是真的"。《水孩子》到底有多成功可以随人评说,但当时金斯莱是头一个揭起了以纯幻想娱乐儿童的旗帜的人,把攻击的矛头直指不可一世的特里默夫人及其说教文学,到海底里去舒展想象才能,开幻想文学的风气之先,这才是难能可贵的。

令人遗憾的是金斯莱自己则是一个富于激情的基督教宣传家,难以根除说教癖、训诫癖,因而给作品留下了不小的缺陷。首先其主题就是"洗脱罪恶"即"赎罪",所以其象征就毫无新意。另外,这部童话是急就篇,其描写较为冗杂,与故事无关的东西太多,篇章结构显得较为松散粗糙。这构成了《水孩子》的艺术缺陷。这部作品之所以能长久地保持些许魅力，一是因为作者所塑造的主人公汤姆充满了现实感。金斯莱不但读过有关童工生活遭遇的报告，而且与家乡一位市长很熟。这位市长先生在童年时曾扫过烟囱，他认为汤姆形象就是以他为原型的，并评论说："我知道从漆黑的烟道往下爬的难受滋味。用膝盖、手和胳膊艰难爬动时，不仅要黏满烟灰，而且沾有鲜血。"另外，因为作者的童年曾在崖岸高耸的海滨生活，所以他的儿子在读这部作品时，感觉到"每一页都散发着海风的清香"。确实，童话描写河中的情形颇富诗情画意，能给孩子以些许美的享受。

19世纪60年代英国的儿童文学出现了两个怪才，就是爱德华·李耳和刘易斯·卡洛尔，他们均以荒诞赢取儿童的喜爱并成为巨擘，他们一时雄霸了儿童图书市场。后者的《爱丽丝漫游奇境记》写了一个可爱的小姑娘漫游梦境的历程，它代表着欧洲儿童文学想象力的大解放，由于它持久的奇特魅力，流传之广仅次于《圣经》和莎士比亚的剧本，它的作者和莎士比亚、狄更斯一起，成了英国人的骄傲，因而对后来的英国儿童文学发展影响甚大。这部童话的影响很快就超越了英国国界，它的童趣化叙事给世界儿童文学所带来的冲击力、影响力是非同寻常的。童话（其实是儿童文学）的童趣化叙事在童话史上不啻是一场重要革命——它标志着文学表达开始为适应儿童思维而在寻求新的途径和方法。

与金斯莱、卡洛尔同一时代，也以童话创作著称于世的还有麦克唐纳（George MacDonald，1824～1905）。他被认为是英国维多利亚时代最富幻想力的作家。他的童话幻想富有独创性，并富有启悟人心的意义。

麦克唐纳1855年出版的头一本诗剧就得到同时代许多作家的称赞和鼓励。1857年他开始写童话，1858年出版的《幻影》和1863年出版的《大卫·爱尔琴布洛德》两部作品，奠定了他作为名作家的地位与基础，先后出版了童话《仙女世界的故事》，包括《轻浮的公主》《巨人的心》（1867）、《北风后面的王国》（1868）、《公主与妖魔》（1870～1871）、《公主与凯里埃》（1877）、《金钥匙》。这些童话都是内容精彩的宗教寓言。

《轻浮的公主》（The Light Princess）中得了轻浮魔症的公主，感到在湖水中生活比在陆地上生活更舒适，所以总喜欢在水里待着。妖婆发觉这个秘密后要把湖水放干。与公主相爱的王子不惜牺牲生命，想将放水的洞堵住。当徐徐升高的湖水要淹死王子时，公主感到自己爱着他，便设法去救他，并第一次动了真情，此时妖婆的咒语失灵，从此公主变得稳重起来。这故事在某种程度上受到霍夫曼《勃兰比尔公主》的启发。这部中短篇童话出版后很受欢迎。《公主与妖魔》（The Princess and the Goblin）被作家本人认为是自己童话作品中最好的一本。事实上也是"19世纪英国幻想文学作品中成就最高的作品之一"（《牛津儿童文学指南》），被认为可媲美于《鲁宾孙飘流记》《大人国和小人国》《金银岛》和《爱丽丝漫游奇境记》。麦克唐纳声称自己的作品并不为儿童而写，而是为所有具有童真的人而写。他的童话后来对K·切斯特顿和C·S·刘易斯影响殊大，并且由于像C·S·刘易斯这样有地位、有名望的作家崇拜麦克唐纳，而使麦克唐纳热在20世纪的英国又流行起来。

19世纪60～70年代英国有一位煊赫文坛的女诗人罗赛蒂（Christina Georgina Rossetti，1830～1894），自幼在《一千零一夜》及浪漫主义盛期的意大利和英国文学的熏陶中长大，1862年出版的《妖怪市场》是一首童话诗：萝拉和莉荠姊妹俩走进妖怪市场，萝拉买了香甜味美的魔果吃，当她还想再买来吃时，妖怪已消失得无影无踪，于是她因思食魔果而日渐消瘦，以至于奄奄一息。莉荠为了寻求魔果而千方百计地找到妖怪，让妖怪把果汁挤淋在自己身上，然后带着满身果汁急急回到家中，叫萝拉舔食，萝拉舔食后立即恢复健康。这首以象征为其特色的浪漫主义诗作技艺精湛，使罗赛蒂的诗名为之大振。

罗赛蒂还于1874年仿照《爱丽丝漫游奇境记》写了一部在梦中对道德形象表示厌恶的童话作品。

这一时期受到儿童欢迎的作品还有勃朗宁(Robert Browning,1812~1889)的童话诗名作《汉默尔斯的吹笛人》(《花衣吹笛人》)。这是欧洲人普遍知晓的德国民间传说。故事讲一个能用风笛的吹奏声将为害成灾的鼠群引诱到河里淹死的花衣吹笛人,因市长不兑现诺言,用笛声带走全市的孩子,而使市长懊悔莫及。

维多利亚时代末期的著名儿童文学女作家尤因夫人(Juliana Horatia Ewing,1814~1885)于1870年出版的《棕仙》故事流传甚广。棕仙(Brownie)是苏格兰和北英格兰民间传说中的小精灵,尤因夫人借棕仙每晚出来替人做家务、干活以换取牛奶、奶油的传说,写了两个想找棕仙替自己干活的懒惰兄弟,最后发现真正的棕仙便是自己。这个故事成为本时期的一部童话名作。童话中的《破旧玩具国》生动地描写了一个小女孩因丢弃玩具而受到废弃玩具审讯惩罚的情形,极见女作家善于打开想象空间的功夫。《棕仙》的成功影响过童话作家吉卜林和内斯比特。不过尤因夫人的作品虽优美可读,却终因缺少创造才能而缺乏生命力。

这一时期为孩子提供过童话的尚有哈利·韦尔(1820~1889)、纳奇布尔·休格森(1829~1893)、莫尔斯沃思夫人(1839~1921)。纳奇布尔·休格森模仿安徒生,却又缺乏安徒生的精娴技巧,但其童话《小猫咪咪》写一个伪装成树以获取猎物的吃人妖魔,对J·R·R·托尔金的创作影响较大。

二、法国

法国整个19世纪对童话文学发展的贡献平平,没有涌现《爱丽丝漫游奇境记》那样在童话的娱乐性、荒诞性、游戏性、趣味性、奇幻性各方面都有突破性和催进性的作品。纵使像塞居尔伯爵夫人(Lacomtesse de Segur,1799~1874)的《一只驴子的回忆》(Histoire de l'âne,1860)这样情趣俱浓、其味无穷的中篇童话,也没有被儿童文学史看作是欧洲童话发展的里程碑。

理性主义一直支配着法国的儿童文学。

这一时期里,法国童话创作引起世界重视的,除了被誉称为"法国所有孩子们的好祖母"的塞居尔夫人外,还有两位作家,即乔治·桑(George Sand,1804~1876)和拉布莱依(Edouard Labulayt,1811~1883)。

乔治·桑是19世纪浪漫主义晚期的代表作家。乔治·桑生活在巴黎自由主义的氛围中,在那里,她接触到一些富于灵性和才华的作家和艺术家,完成了《安吉堡的磨工》(1845)和《魔沼》(1846)等一系列洋溢着乌托邦理想的小说。她一生都坚持自己的浪漫主义文学主张:"把人物描绘得如我所希望的那样,如我所认为应该的那样。"乔治·桑的儿童文学创作是从晚年生活开始的,像《老祖母的故事》(1873~1876)、《勇敢的翅膀》《玫瑰色的云》《花在说些什么》《灰鹿仙女》《凸眼仙女》《狗和圣花》《古堡仙子》等童话都写成于70年代。在此之前,1850年她出版了一部中篇童话《格里布尔》。这部童话不改乔治·桑的宿志:塑造理想人物,坚持理想境界的执著追求。俄罗斯杰出的作家和批评家亚·伊·赫尔岑(1812~1870)在1860年为《格里布尔》的俄文版(在伦敦印刷)所作的序文中说:"格里布尔是个天真纯朴、无利己之心,而且一心向善、热爱群伦的人物。向孩子们宣传这种道德观是再健康不过了。乔治·桑为这种道德观念赋予完美的儿童诗意,如果缺乏这种诗意的话,儿童就没有兴趣去阅读它了。艺术上的要求是要走在儿童前头的——因为儿童在读物中寻找的是乐趣,而不是功利。"

拉布莱依是法国19世纪中期的政治家、法学家和杰出的童话作家。他从1873年起是"法兰西公学"的领导人。他在土耳其故事、意大利故事、法国故事、挪威故事、冰岛故事、塞尔维亚故事和其他一些国家故事的基础上,写成《蔚蓝色的童话》(1863)和《新蔚蓝色的童话》(1866)。拉布莱依童话的特点是从来不以动物为主人公,也不常用魔幻手法,道德训诫题旨明确,讽喻意味很浓,表现了政治家童话的特点。他的童话故事创作全都是为了运用艺术来传达他进步的政治见解和社会理想。他以鲜明的感情赞美善良、诚实、机智、勇敢,颂扬对暴虐和强权的反抗,无情地讽刺和鞭挞虚伪、丑恶和剥削。作者把自己强烈的褒贬感情渗透在充满幻想和机智的有趣故事之中。拉布莱依最负盛名的童话作品有《牧人总督》《噼——啪(治理国家的艺术)》《疯子勃莱昂的故事》《小灰色人》《布奈西》《野蛮人瑞尔朋》等。这些故事都写得十分精美,弥散着从容自然的法国幽默,极富哲理,常嵌入格言和警句,有的已成为世界性的名言,例如:

  所有的奖章都有它的反面。

  用你的双手去劳动,而不要用它们去乞求施舍。

  如果老是喜欢说谎,你到月亮里去吧,那里是说谎人的国度。

三、俄罗斯

俄罗斯在19世纪中期也没有像英国那样为游戏儿童和娱乐儿童而创造出充满荒诞感的作品,作家们多在道德教养、启发儿童心智方面寻求自己的美学表现空间。

第一个是谢·季·阿克萨科夫(1791～1859)。他成名于40年代。他的著名童话《一朵小红花》取材于商务之家的真实生活。童话充盈着一种高尚的爱心,从这种爱心里又散发出真挚的人道主义感情和信守诺言的崇高品格,正是这些属于精神境界的东西,使童话的内涵具有恒久的价值。作品的格调与普希金的童话诗很相近。

俄罗斯在这一时期里,民间文化运动大力推展文化教育,他们充满热忱地纷纷到乡村办学。卓越的俄罗斯教育家和作家康斯坦丁·德米特里耶维奇·乌申斯基为了适应乡村小学教育的需要,亲自为乡村孩子编写教科书。他在改写民间童话和创作童话读物中,都显示出了足够的才能。他的童话作为课文,每篇都短小精悍,长者两千多字,短的只几行字。他在《祖国语文》第一册中编入了《拔萝卜》和《金蛋》等,在第二册中编入了《狐狸和狼》等。他用简练的文笔改写过的民间童话,可让孩子从小就学习民众的智慧。乌申斯基本人创作的《树林里的孩子》《要学会耐心等待》《恶作剧的冬婆婆》,和经他再创作的民间童话《狐狸和瓶》《两只山羊》《鹤和鹭鸶》《乡下人和熊》《公鸡和狗》《狐狸和山羊》《灰栗马》《独眼恶魔》《皮革匠尼基塔》《瞎眼马》及经他再创作的古代寓言《风和太阳》,都被纳入了中、高年级的课本中,一直是俄罗斯童话宝库也是世界童话宝库中的灿烂明珠。

俄罗斯20世纪中期的儿童文学大师马尔夏克,把乌申斯基的童话故事创作奉为俄罗斯文学上辉煌的成果之一。他写道:

  唯有乌申斯基的书能有权利与列夫·托尔斯泰的书放在一起,号称艺术的儿童百科全书。……从根本上说,高尔基所追求的正是乌申斯基和托尔斯泰所已经努力做到的,也就是像他们那样把自己为孩子写的书写得丰富多彩、包罗万象,坚定不移地用艺术手段去体现重大的教育使命。

在文化教育观念方面与乌申斯基很相近的作家、诗人和翻译家米·米哈依洛夫(1828～1865)因在自己的作品中号召民众团结、推翻农奴制政府而被流放到西伯利亚,并在那里丧失生命。他的童话《主意》《林中大木屋》《两个圣诞老人》等表现了农人的形象,并赞美了他们的勤劳。

同样的思想渗透在萨尔蒂科夫·谢德林(1826～1889)的著名寓言性童话中。19世纪俄罗斯的大作家萨尔蒂科夫·谢德林擅长于讽刺。他总是采用民间的幻象和农人语言的表现方式,来对当时的丑恶现实进行艺术创作。于是民间口头文学中一切可汲取、可利用的他都汲取和利用了。但是不管谢德林采用多少民间童话的素材,他总也像普希金童话诗利用民间童话那样,不是民间童话的复述,而是具有谢德林风格的童话作品。童话的文体使作家有可能既表达了对当时社会现实的尖锐批判,又躲过政府书刊检查官的检查。萨尔蒂科夫·谢德林的寓言性童话计有30多篇,其中供儿童阅读更为适合的是《野地主》《一个庄稼汉养活两个将军的故事》《聪明绝顶的鲍鱼》《勇士》《果子粥》等数篇,讽刺的矛头指向了沙皇政府、剥削者和寄生者、小市民和知识分子的弱点。

这一时期的童话作家中,常与格林兄弟名字并列的是亚历山大·尼古拉耶维奇·阿法纳西耶夫(1826～1871),他对俄罗斯民间童话作了搜集、整理、比较、定型工作,并且为儿童出版了俄罗斯民间童话选本。阿法纳西耶夫的工作实绩,主要体现在1870年出版的含89则各类童话的《俄罗斯民间童话集》。这部童话集当时就吸引了向往"纯真幻想"的俄罗斯儿童。但是由于描写残忍、恐怖的场面太多,所以后来又特意为孩子出版了童话集。选编给孩子读的童话多半是动物故事和日常生活故事,如《猫和狐狸》《熊、狗和小猫》《狐狸和山鸡》等,出版时还为适应孩子的阅读而作了幅度不等的改动。

四、东欧诸国

东欧诸国19世纪多处在摆脱异族统治,争取本民族的解放和复兴的境况中,传统童话的整理和文学童话的创作,便都带有浓浓不等的爱国主义意义。其中,童话成就最高的自数捷克。在捷克文学史上占有一席之地的约·卡·狄尔(1808～1856)、卡·雅·爱尔本(1811～1870)、阿·依拉塞克(1851～1930),尤其是鲍日娜·涅姆佐娃(Božena němcová,1820～1862),都分别为传统童话的保存、传播以及文学童话的兴起,起了大小不等的作用,并且,他们的作品都流传至今,显示着自己顽强的生命力。

鲍日娜·涅姆佐娃是世界文学史上有自己地位的捷克杰出女作家。她在和爱尔本的交往中激发了对童话的兴趣。她的《民间童话和传说》(1845～1847)计七卷,其中包括部分民间童话,但主要是她汲取了民间童话营养而创作的童话。这部童话集是应捷克民族生存的呼唤而出现的。当时捷克民族正处在日耳曼民族的统治之下,日耳曼统治者不许捷克人使用本族语言,久而久之,造成了捷克上流社会以为使用捷克本民族语是粗野的表现等错误而危险的观念。涅姆佐娃童话以富有捷克民族特征的优美语言,雄辩地向世界宣告:捷克民族并没有因异族的残酷统治而灭亡,它的语言和风俗习惯、它最具民族特色、最能体现民族本质的东西,依然完好地保存在劳动大众之中。

涅姆佐娃围绕爱国主义的目的展开童话题材的选择,对原来的故事按需要而进行压缩、扩展、取舍,力图表现出捷克典型环境中捷克人民的典型形象及其特征。蕴蓄在涅姆佐娃童话中的主要思想是:人人平等的民主原则,实现公正的吏治,道德价值战胜邪恶势力等等。这些道德价值主要由人民中的英雄来体现,他们战胜了门第高贵者们的傲慢、偏见和邪恶。涅姆佐娃童话可归纳为生活童话、魔幻童话、抒情童话和讽刺童话四类,其中最受人称道并传之广远的是《十二个

月》《雅罗米尔怎样获取幸福》《聪明宝石匠》《盐比金子贵》《被惩罚的骄傲》《聪明的山村姑娘》《金纺车》《会说话的鸟、活水和三棵金苹果树》等。

罗马尼亚也是个较有童话传统的国家,罗马尼亚民族长期在土耳其帝国统治之下,直到1877年才获独立。1877年前的民间童话搜集者,实际上都是民族文化遗产的保存者,因此也是民族复兴的斗士。彼特莱·依斯皮列斯库(1838～1887)、米·爱明内斯库(1850～1889)和洛·斯拉维奇(1848～1925)都是这样的人物。不过19世纪罗马尼亚的童话泰斗克良盖(Ion Creangă,1839～1889)是从民间崛起的。

克良盖被尊为罗马尼亚和摩尔达瓦文学的典范,出身于农家,曾当过神职人员和教师。他的主要文学成就在两部书:《童年回忆》(1880～1883)和《童话》(1875～1877)。他一生倡导民间文学,由于他的童话艺术形式完善,幻想和现实结合得很好,所以欧洲有些著名的批评家都一致推认他为欧洲最优秀的童话作家之一。其作品传播甚广,还被译成三十多种文字。

克良盖的童话特点,一是乡土气息浓烈,对创作素材可以说是烂熟于心;二是传奇性和现实性融为一体,以群众喜闻乐见的艺术形式颂扬真善美,抨击社会上的各种丑恶现象;三是上帝、魔鬼等神魔人物,还有国王、王子都被作了平民化处理,他们的作为都受到民众道德标准的评判。平民化处理的普遍运用,反映出一个真正来自乡间、来自民间的作家对平等和民主的追求。

克良盖的童话有的适合低龄读者,如《母羊和三辆小山车》(1875),有的则适合年龄稍大的孩子,如《装两个铜子的小钱包》(1876)、《狐狸怎样骗了熊》(1866),有的篇幅较长,如《猪王子》(1876)、《受骗的斯当》(1877)和《白奴的故事》(1877)。克良盖童话的多义性,朴素、明晰的情节,生动活泼的语言,轻快的幽默——这些因素使孩子很容易被他的童话所吸引。

《装两个铜子的小钱包》和《猪王子》可以作为克良盖的童话代表作。《装两个铜子的小钱包》中的公鸡,当人家把它扔进井里要淹死它,它却把井水全喝干,而当人家接着把它扔进炉子里时,它又把水全吐出来将炉火浇灭。这样"神"的公鸡和这样"神"的情节是能够让人入心不忘的。

五、北欧

芬兰是欧洲最北端的一个国家。那里冬季又冷又长,每天都在下雪;夏季短且有"白夜"的奇观——太阳老不肯下去,夜间的天空依然明朗光亮。扎哈里·托佩柳斯(Zacharias Topelius,1818～1898)就成长于芬兰(其时属瑞典)的一个书香门第,童年即显露文学才华,后来成为用瑞典语写作的诗人和作家,成为北欧诸国史的教授,最后更成为赫尔辛基大学的校长。

托佩柳斯创作成就中最为人所称道的是,为普及芬兰和瑞典民间童话所做的贡献。托佩柳斯一生的主要文学成就和文学影响是在1847～1852年间创作的童话,当时他童话的声誉之高,到了人们只知有托佩柳斯而不知有安徒生的程度。他的童话技巧得到批评家们的好评。他的童话中与民间童话相近的部分如《海皇的礼物》(故事与《渔夫和金鱼的故事》相同),对孩子有很强的吸引力。他善于用温暖的笔墨描绘孩子的生活,供给儿童丰富的幻想养料。他饱蘸着对祖国的爱,泼墨挥毫,描绘芬兰、瑞典边境上严峻的大自然景象,古老的习俗和居民的信仰,如《音乐家卡努特》《小阿拉伯人三宝》《星星的眼睛》《云神》《夏至之夜的故事》《冰霜巨人》《冬天的童话》《一个叫拉塞的小家伙》《巴尔台尔历险记》《2×2=4》《十一月的阳光》等。托佩柳斯的童话想象一般都以民间童话为基础,在融入作家智慧后就更显奇特美丽,例如《云神》中的男孩利基撕白云擦拭太阳,赢得一个晴朗天气,踏着彩虹走回自己的家。这些童话其情其景都浓染了北欧色彩。

第二节　卡洛尔及其《爱丽丝漫游奇境记》

刘易斯·卡洛尔是英国数学家查尔斯·路威奇·道奇逊出版《爱丽丝漫游奇境记》时采用的笔名。他兴趣广泛、多才多艺，在小说、童话、诗歌、逻辑等方面都有可观的建树。自1854年出版两本诗集之后，他便一直在各种杂志上发表作品，1865年以在闲暇中为了自娱无意中创作出来的中篇童话《爱丽丝漫游奇境记》而轰动文坛，风靡英语世界。在半个多世纪里，这部中篇童话传遍了全世界，成了孩子们不可多得的幻想历险故事。卡洛尔的成功不是偶然的。他在童年就受到良好的儿童文学教育，1850年就写出了图画文学作品《教区长管辖区的雨伞》，还为木偶剧院编写剧本。

一只穿衣服、时不时看怀表的兔子引起爱丽丝小姑娘的好奇心，她尾随兔子掉进了一个深洞。这个洞是如此之深，爱丽丝仿佛要掉到地球的另一端去了！她来到一个怪异的洞中世界。她走进大厅，发现厅堂四周有许多门，大厅的桌子上放着一串金钥匙。她用其中一把打开最小的门，发现里头是一座花园。但这门太小，兔子能钻进去，爱丽丝则钻不进去。"要是我的身体能缩小就好了。"爱丽丝环顾四周，发现有个药瓶子，上头写着"请你喝我"，她喝了一口尝尝滋味，"嘿，味道真好。这种药要是能使身体缩小，那该有多好哇……"却不料，她的身体反而渐渐变得高大起来，简直快碰到天花板了。这下爱丽丝可怎么出去呢？高大的爱丽丝眼泪直淌，淌得把地板都淹了。她又喝了另一瓶药水，这下却变小了。小小的爱丽丝在泪池中游，游到岸边，到了兔子家。这次她喝了柜子上的饮料，才喝半瓶，身子就变高大了，以至于手和脚不得不伸出屋外。兔子赶快扔糕饼给她，她吃了一块，身体又缩小了，于是快快钻出门去，来到一片林子里。她吃了林中蘑菇，幸亏这回有蓝毛毛虫指点，使自己回复到原来的大小。接着她见到一只奇怪的阔嘴猫，它出现的时候先出现猫的微笑，然后出现猫的头和身躯；消隐时，先是尾巴不见，然后身躯不见，接着头不见，最后只剩下猫的微笑悬在枝头。

梦境是卡洛尔为爱丽丝创造的游戏幻象世界，奇大奇小是这个快乐世界的主要幻象。创造幻象又主要凭借夸张的艺术手段。爱丽丝长高，能高过树梢，树冠上的鸟儿还以为是偷鸟蛋的蛇来了。卡洛尔还把民间童话常用的荒诞（nonsense）智慧糅入了幻象，使夸张收到了空前奇妙的效果。

"现在我一定变成头号望远镜里的人了。再见吧！我的双脚啊！"（因为她低头一看，两只脚离得那么远，远得几乎望不见了）"唉！我可怜的小脚丫子啊，以后来谁给它们穿鞋袜呢？亲爱的，我是办不到了，离你们太远了呀。没法再来照料你们了，以后你们可得好好自己照料自己了！"不过，爱丽丝又想道："我还是该好好伺候这双脚。要不然，我想去哪儿，它

们不听话可怎么办？这样吧：每年圣诞节我送它们一双新长筒靴吧。"

她盘算着怎么送礼，"只好把礼物寄去，"她想，"给自己的脚送礼，真好玩！这地址写起来可太离奇了。"

壁炉栏杆边的地毯上

爱丽丝的右脚先生收

爱丽丝寄

由于爱丽丝小姑娘的形象是在生活原型的基础上创造出来的，所以真实感很强。她有着一双好奇的大眼睛，披着垂肩的波纹长发，严肃认真的脸庞，整洁漂亮的衣裙，长瘦的双脚穿着长统花袜，很有魅力。她天真活泼，爱幻想，求知欲很强，事事都要探究个为什么，对于迷惑不解、不可思议的事要苦思冥想，希望揭开其中奥秘，而且生性诚实，富有同情心，乐于助人，处处替别人着想。面对残暴的皇后，她为人道和民主抗争——她是勇敢的；在荒唐的法庭上，她敢于出庭作证，抗议对被告的诬陷，驳斥皇后的无理判决——她是正义的。值得特别指出的是，爱丽丝遇到困难和危险时，不像以前的许多童话里那样会得到仙女的神助。

关于爱丽丝这个形象，卡洛尔自己曾经写过这样一句话："爱丽丝像一头十分可爱、温柔的小鹿。"爱丽丝具有一种平等的思想：她对上流社会和平民社会，伟人和普通人，一个国王和一只小鹅都一样以礼相待，这一点非常重要！爱丽丝正是这样一个受过平等和民主思想熏陶的小女孩。

然而爱丽丝毕竟是个小孩子，她太好强逞能，有点喜欢卖弄自己的小知识，但又不时要出纰漏（比如爱背诗，却又老背错），不大喜欢呆坐在课堂里，很希望时间从八点钟一下跳到午餐时分。这是活泼的、真实的儿童心理在童话中的艺术体现。

卡洛尔曾说他"试图探索新的童话创作道路"。这条新的童话创作道路就是：童话的幻想成分比安徒生童话浓重许多倍；利用当代科学成果和当代人的思维方式，并让童话奇境紧紧联系现实生活，使童话带上寓意和象征意味。

《大英百科全书·儿童文学》说《爱丽丝漫游奇境记》"把荒诞文学的艺术推到了最高水准"，它"并不企图改造什么，它所有的只是欢乐"；说它是英国最早在童话创造中摆脱宗教说教，也摆脱道德说教的一部儿童文学作品，这无疑是童话史的一个事实。然而说"所有的只是欢乐"，则不完全符合童话内蕴的事实。爱丽丝在这个荒诞渊薮的奇境游历时，作者是要读者透过它看到人生，看到维多利亚时代"大英帝国"的丑恶和弊端：因循守旧，固步自封，古板迂腐，过分拘于礼仪，死守教条，整个生活散发着一股令人窒闷的霉味。童话中涉及较多的是教育制度的陈旧落后，令学校里的孩子们厌恶透顶，具体写到的是：死记硬背乘法口诀表（"我什么都知道……让我想想……四乘五是一十二，四乘六是一十三，四乘七……四乘七是多少？"），背诵枯燥无味的历史知识（老鼠一口气背了几段）。童话后一部分集中嘲弄了英国自以为"民主、自由、平等、博爱"的法律制度：到19世纪中期，英国法制仍沿用早已僵化了的中世纪模式，但统治者们还以法律的古老而自豪呢！作者以尖锐的讽刺笔墨，揭现了他们用陈旧荒诞的法律来谋取自己的私利，同时又用以掩盖自己的罪愆和丑恶；皇后的判词就只有"砍头"——所有这些都是作者用童心、用孩子般纯真的目光让人们看到的。

这是世界儿童文学第一次在英国出现了幻想的狂放性质，第一次用放纵的幻想来释放几个世纪以来的宗教压抑。因此，这部童话的首要价值是在发展儿童的想象力方面。但是童话中的描写并非处处都能使儿童迷恋；童话中有些幻想趣味，只有英国人才能完全领会。书中有些复杂游戏，特别是有些数学谜语，对英语世界的读者也未必有吸引力。

卡洛尔和安徒生都在欢快的童话里融入大量的忧患意识。安徒生在塑造令人绝倒的丑角并嘲弄他们时,曾说:"看吧,我们这个世界还远不能尽如人意,它有这么多可笑的和不合理的东西存在着,而理智和真正美好的东西实在太少。"而他们的童话论其美学个性则差异甚大,然而在怪异(包括两人都终生未婚)和有内在柔性、忧郁方面,却是惊人的相似。

《爱丽丝漫游奇境记》向人们提供了这样一个经验,即,不利于幻想文学产生的社会氛围可以抑制童话的出现,但是突破了宗教道德氛围的童话反过来也能冲散宗教宣传的僵硬和沉闷。

第三节 塞居尔夫人及其《毛驴回忆录》

塞居尔伯爵夫人随着身为将军的父亲从俄罗斯圣彼得堡来到法国定居,大部分时间生活在奥恩省的努埃特大庄园里。56岁始为孙辈们写作,发表了《新童话》,很快声誉鹊起。1859～1860年发表的《毛驴回忆录》(《毛驴自传》)是她二十几部儿童文学作品中的代表作。这部童话小说从19世纪到20世纪,其价值越来越被肯定。中国短期内涌现了至少四位译者的四种汉译版本,说明这部童话小说终于为中文读者所接受,并在他们中间引起强烈的共鸣,说明这部作品可读性比较强。

塞居尔夫人一反过往把"驴子"当成"愚蠢"代名词的传统,把驴子写成一种"有头脑、品质优良的动物"。聪明、正直、刚强、幽默的驴子小机灵用他的眼睛看,用他的脑子想,用他的身心感受,这部用小说笔调写成的中篇童话即由此而来。童话就写毛驴心目中的世界,主要是儿童世界。驴被写成了半童半驴,似童似驴,亦童亦驴;有孩童的性格,又有驴的局限;有孩童的心理,却是毛驴的形象。

小说童话在第十章前因小机灵脾性刚烈,好报复,故而频频更换主人,到第十章小机灵到了"好主人"手中,他第一次有了杰出的表现——帮助警察抓住了躲在修道院地窖里的六个小偷。从此,凡是看见他的人都会说:"这是小机灵,了不起的驴,是这儿的驴中之王。"因而赢得大人小孩的喜爱。

第十五章起童话结构更为严密。主要是两条情节线。

第一条情节线是小机灵和男孩奥古斯特的故事。奥古斯特笨手笨脚又特别好逞能、爱虚荣。因为这两个弱点,他在打猎时因误伤,打死了小机灵的好友——一只叫"梅多尔"的狗。于是小机灵为了替狗报复,三次惩治了奥古斯特。奥古斯特吹牛说他不害怕青蛙。

孩子们围坐在草地上,我(毛驴——小机灵)也跟了过去,刚走到他们身边,正好看见一只小青蛙,可能就是人们叫做雨蛙的那种蛙;他这时离奥古斯特非常近,我看见奥古斯特的口袋正好张开着,往里放东西正是机会。我若无其事地走过去,抓住青蛙,放到小吹牛的口袋里。我马上又离开了他,不要让他知道这个礼物是我赠送的。

他们说些什么我没听清楚,只知道奥古斯特还在吹他什么都不怕,连狮子都不怕。孩子们吵嚷开了,不相信。这时他要拿手绢,向口袋里摸去,马上就是一个可怕的叫声,猛地把手拿出来,跳起来叫着。

"拿出去,拿出去,我求你们,拿走它吧,我害怕!救命啊,救命啊!"

……

奥古斯特简直不知怎样才能摆脱掉青蛙,只感到青蛙在他的口袋里乱爬乱跳。青蛙每动一下,他就增加一分恐惧;最后他都要发昏了,可仍无法弄掉动来动去的小动物……

奥古斯特被孩子结结实实地嘲笑和戏谑了一番。这是第一次。第二次,小机灵用咬小种马的办法,使本来不会骑马的奥古斯特从马上簸下来。第三次是佳第松又踏又跳地把骑在他背上的奥古斯特摔在旁边一条臭烂泥沟里。但从此小机灵失去了孩子们的信任。小机灵后悔极了。为了赔礼道歉,他从两只恶狗的嘴边把奥古斯特救出来,奥古斯特因不会撒渔网而掉进了池塘,在快要淹死时,小机灵把他从池塘里拖了出来。这样,孩子们又恢复了对小机灵的信任,他和奥古斯特也相互理解了。

第二条情节线是小机灵和靠耍驴过活的流浪者的关系。这是整部童话中最有趣的篇章。耍把戏人的驴叫米尔里弗劳尔。他要米尔里弗劳尔"把花送给人群中最漂亮的夫人"。"米尔里弗劳尔转一圈,站在一个又肥又丑的女人面前,这是耍驴人的老婆。米尔里弗劳尔把花放在她面前的地下。"这时正直的小机灵不答应了,"这么缺少审美观点,真使我气愤。"他去打抱不平了。他拿过那束花,把它放到一个小姑娘的膝上,遂赢得一片掌声。当耍驴人拿出一顶花哨的驴形帽子要米尔里弗劳尔戴到最丑的人头上,他叼着帽子要戴到伸出头来接帽子的小伙子(耍驴人的儿子)头上时,小机灵过去把帽子抢了过来,"跑向还没有反应过来的主人,把前脚搭在他的肩上,给他戴上帽子"。四周爆发了高叫声和大笑声。后来这个流浪汉耍驴人因挣不到钱而无食充饥,小机灵又主动去帮他赚了一笔钱以示忏悔。

这部童话的成功,主要不在于童话呈现了女作家要在童话小说中体现的题旨,不在于女作家殷切的理性规劝,不在于知错必改之类的提醒。使塞居尔夫人成为古典儿童文学作家的主要原因,在于塞居尔夫人失去了家庭真正的温暖后,长期住在庄园和孙辈生活,对小说童话中所描述的生活,对儿童生活环境、风俗习惯了如指掌,她又善于揣摩儿童心理,并能用夸张讽刺的描写手法把天真活泼的儿童形象描画得栩栩如生,读来津津有味。《项链》一章中,多病的女孩波莉娜为了表达她对毛驴小机灵的喜爱之情,竟想出剪一撮驴毛放进她装项链的小盒子里,和她妈妈的头发混在一起。这种天真无邪的表达感情的细节,没有深厚雄实的生活根底是写不出来的。"神来之笔"归根结底是作家用自己的艺术天才对生活进行寻常人所难以做到的文学提炼。女作家有敏锐的观察力和得心应手的表现技巧,因此法国评论界称塞居尔夫人的作品是"小小的人间喜剧"。

第六章

皮诺乔时期：童话走向平民

童话读物从宫廷里走出来，在上流社会传播，是时代性的进步；而童话从上流社会走向平民，成为平民孩子也能享受到的精神财富，则更是童话发展演进的一个时代性标志。19世纪末期，欧洲的社会、经济、文化、教育的推进，童话想象力经过安徒生时期和爱丽丝时期诸作家的努力，已经获得了大幅度的解放，童话摆脱宗教控制束缚，经由卡洛尔、罗赛蒂、乔治·桑、塞居尔夫人的努力，已经取得了决定性胜利。童话走向平民的条件在欧洲已经成熟。

南欧主要包括西班牙和意大利，还有法国，文学艺术的根基都十分深厚。打开南欧的文化史，早期的篇章满目辉煌，然而就儿童文学和童话而论，北部、西部欧洲的欣欣向荣，则使南部欧洲的童话想象力显得黯然失色。到了19世纪的80年代，南欧忽然蹦出一个欢天喜地的皮诺乔，说明根基深厚的南欧，几个世纪以来都在酝酿童话，为幻想文学孕育杰作。南欧终于没有完全辜负世界对它的童话期待。

欧洲诸国的传统不一样。意大利的喜剧传统为世所共知，意大利的木偶喜剧原本产生于民间，本来是供平民大众欣赏的，有广泛的群众基础。当这种木偶喜剧因素被移植进了童话，就能让包括平民孩子在内的广大小读者的阅读神经兴奋起来，共同分享皮诺乔提供的快乐。

《皮诺乔》(Pinocchio，本意为"松果"，《木偶奇遇记》，1881)的作者科洛迪(Collodi)是图斯卡纳地区一位生性快活、头脑机智、特别爱讲俏皮话的人物，在尚未创作《皮诺乔》和《皮诺乔》没有广受欢迎之前，他是一个普通的平民作家。他创作的《皮诺乔》，从人物、故事、环境、语言到主题以及题旨的表现，彻头彻尾没有沾染一点贵族气，一切都为平民所喜闻乐见。首先，作为书名的这个"皮诺乔"，是一个"活泼的小坏蛋"，完全不像"模范少年"那样头上笼罩着光环，一副自命不凡的高贵状。科洛迪所利用的是对老百姓极富亲和感的意大利民间童话故事、假面剧、木偶戏之类的民族传统形式。童话有意识地贴近平民，平民热切需要童话的滋养，于是，童话走入平民的愿望就实现了。文学作品的地位是由它的影响力决定的。可以用两个数字来说明它的影响：《皮诺乔》在意大利行销过至少260个版本，英文的版本则至少有115种。正是它的历久弥新、它的百余年不胫而走确定了它作为"童话圣经"的地位。

《皮诺乔》已经被证明不朽。

"皮诺乔"家喻户晓，而知道"皮诺乔"创造者的人并不多，故姑且将19世纪末的童话时期叫作"皮诺乔时期"。

第一节 概　说

一、英国

19世纪末、20世纪初的英国，儿童图画的制作水准空前提高。首先是因为涌现了像沃·克莱恩、伦·考尔德科特和格林纳威等一批优秀的童书插图画家和出版商。几位在成人文学中有地位的作家如史蒂文生、王尔德、吉卜林等，他们的作品有意无意成为这一时期儿童文学的有力支柱。其他贡献卓著、在童话史上占有一席之地的作家有：

安德鲁·兰（Andrew Lang，1844～1912）；

约瑟夫·雅各布斯（Joseph Jacobs，1854～1916）；

伊狄丝·内斯比特（Eldith Nesbit，1858～1924）；

碧翠克丝·波特（Beatrix Potter，1866～1943）；

海伦·班纳曼（Helen Brodie Cowan Bannerman，1862～1946）；

阿利松·厄特利（Alison Ultley，1844～1976）；

弗兰克·鲍姆（L. Frank Baum，1856～1919）。

奥斯卡·王尔德（Oscar Wilde，1854～1900）和约瑟夫·拉雅德·吉卜林（Joseph Rudyard Kipling，1865～1936）是两位生平经历很不相同的成人文学作家，但他们都向孩子奉献过文学才情，在世界儿童宝库里留下了光辉的遗产。

吉卜林曾分别在印度、英国、美国生活，1892年后，他在美国居留期间为孩子写了几部童话作品：《丛林之书》（The Jungle Book，1894～1895）、《丛林之书续集》《原来如此的故事》《魔缸的秘密》《山精灵普克》《报酬和仙女》。

《丛林之书》描写狼孩子毛格利的故事，是吉卜林的儿童文学作品中最受欢迎的作品之一。此书描述一个名叫毛格利的印度小孩，在丛林中长大、由母狼喂养的非凡经历。毛格利具有人的机智、敏捷和勇敢的特质，以及在恶劣环境里不倦抗争的精神，在忠诚可靠的朋友黑豹巴基拉等动物的帮助下，利用林莽野兽的种种弱点，用火制伏了群狼，用蛇语对付了眼镜蛇，借牛群踩死了凶恶的瘸虎，借大蟒的帮助斗败白眼镜蛇，诱使野蜂袭击红狗群。毛格利历尽艰险，战胜了所有的对手，毫发无伤地逃出了林莽。童话以其见所未见、闻所未闻的故事情节，使毛格利时时处在险象环生的境况之中，他的智能、胆识、勇气，时时接受着严峻的考验。作品入木三分地揭示了许多野兽的心理和弱肉强食的法则，并成功地描绘了富有印度特色的自然环境，把读者带入了文明尚未触及的原始森林。这部童话的轰动使作者于1907年获得诺贝尔文学奖。

《原来如此的故事》是吉卜林又一部著名童话集，较适合低龄儿童阅读。集中所收童话多是对小女儿提出的"为什么"所做的童话回答。《鲸鱼的喉咙是怎么卡住的》写鲸鱼体大力壮，却以小鱼虾为食；《象孩儿》写大象长鼻子的童话成因及功能。大象有了长鼻子，回家路上"他想吃水果，就用鼻子从树上摘；他想吃草就从地上拔；有苍蝇来叮，就用鼻子折下一根树枝作苍蝇拍；太阳晒得厉害，就用鼻子做一顶泥帽戴在头上；太寂寞，就用长鼻子哼上一支歌，那声音真比铜管乐乐队奏出的还响亮；还一路把人丢下的西瓜皮消除干净，做清洁工作"。这些象鼻功用中写得最幽默滑稽的则是做"泥帽"。

"你不觉得这太阳晒得太热吗？"

"是有点热。"话音刚落，小象的鼻子早从河岸卷起一大团烂泥，"哗"地一下拍在头上，做成一顶大泥帽。

《骆驼的背是怎么驼的》写一只骆驼不干活，光哼哼而受到惩罚；《犀牛皮怎么变得又粗又皱的》写犀牛因抢吃蛋糕而遭到蛋糕师傅的整治；《老袋鼠的歌》解释了袋鼠跳跃行走的能力；《玩弄大海的螃蟹》写螃蟹怎样弄来他的那双大钳；《独来独往的猫》是猫和人之间特殊关系的生动描写。这些作品的成功，得益于作者曾研究佛经，去过南非、澳大利亚和新西兰的经历。这些童话因想象奇特新颖、描写生动活泼、语言风趣幽默而有很强的可读性，所以不断转辗译介，流传至今。

吉卜林的童话作品被认为是无以替代的珍物，如果孩子没有读它们，那一定是一种损失。

伊狄丝·内斯比特曾在德国和法国就学，13岁时回英国。在伦敦北郊居住时，她认识了著名女诗人罗赛蒂，15岁开始发表诗作，她期许说："我总有一天会成为像莎士比亚，或克里斯蒂娜·罗赛蒂那样伟大的诗人……我从不怀疑这样的一天会到来。"起先她为孩子写小说，1902年她始为孩子出版长篇童话《五个孩子和它》(Five Children and It)，之后陆续出版了《凤凰和飞毯》(1904)、《护身石的故事》(1906)、《中了魔法的城堡》(1907)，1908年还出版了她改编的童话故事集《往昔幼儿故事》，成了系列丛书《儿童书库》的第一卷。内斯比特是位记忆天才，她能不断忆起孩提时代的心思和苦难，使她始终能葆其童心，这是她成为成功的儿童文学读物作家的前提条件。内斯比特的童话都是富于喜剧性的幻想之作。

《五个孩子和它》是以粗暴成性的沙妖沙米德为中心人物的童话系列中的第一部。《凤凰和飞毯》以能实现孩子心愿的魔毯为中心展开故事：先是魔毯里包着已存在两千年的神蛋，掉入火中就孵出了凤凰；魔毯能带五个孩子到他们想去的任何地方，凤凰引导孩子们快活历险，当他们陷入险境，凤凰用自己的智慧帮助他们脱险。《护身石的故事》中的孩子们救出被当作猴子出售的沙妖沙米德，沙米德为了报答孩子们，将他们带到一家古玩店里，指着一块神奇的石头说"这是世界上魔力最大的护身石之一"，他们要什么都能给他们。后来这魔石变成一道拱门，穿过它，孩子们就可以选择任何一个时间和空间。他们参观了古埃及、巴比伦和沉入海底的亚特兰提斯神秘岛。由于这部童话是因巴奇博士的建议而写，其描写的准确性都得到了巴奇博士的鉴定。C·S·刘易斯读过《护身石的故事》后说："它使我第一次看到了远古，那蒙昧、地狱般的过去。"在《中了魔法的城堡》里，孩子们找到了一只隐身戒指，能使人隐身，且满足隐身人的任何愿望，但也给隐身人带来不少麻烦。这部童话"频繁地在日常世界与儿童梦幻世界之间徘徊"，作品虽不算很成功，但"这部作品的怪诞喜剧性达到了一个美妙的水准"（评论家朱莉叶·布里格斯语）。

海伦·班纳曼(Helen Bannerman，1862～1946)随丈夫住在印度时，在暂住的山中避暑地创作了《小黑人桑宝》(Little Black Sambo，1899)。小桑宝走入丛林时，先后遭遇老虎。老虎们威胁要把他吃掉。他把母亲给他的衣服、鞋和雨伞都给了老虎，以此收买他们，请求不要吃掉他。一只老虎把他的鞋套在耳朵上，另一只老虎用尾巴撑雨伞，这些老虎们争论着谁穿戴得最漂亮。当小桑宝回程中要收回自己的东西时，这些老虎围绕一棵树追逐起来，由于跑得飞快，结果化成了"一滩奶油"。父亲将奶油用罐子装回家，母亲用这奶油做饼，味道出奇的香美，小桑宝一口气吃了169个。这部作品由作者本人绘图出版后，就如磁铁般吸引儿童，继而发生这部作品是否含有种族歧视的长久争论。班纳曼随后又写了几本风格和版式类同的书：《小黑人明戈》(1901)、《小黑人奎巴》(1902)、《小黑人夸什》(1908)、《小黑短尾马》(1910)，20世纪30年代又出版了《小桑

宝和双胞胎》(1938)。

碧翠克丝·波特童年时代就喜欢《爱丽丝漫游奇境记》和《雷摩大叔的故事》等英语童话,又钟情于动物,对它们情有独钟。1893年秋天,波特寄给一个五岁男孩的信里装着《兔子彼得的故事》(The Tale of Peter Rabbit),这就是这部文学名著的第一个稿本。1901年她将这故事写成书,附四十二幅作者本人绘制的插图。此书很快便再版,1902年分别以平装、精装出版了四次,1904年还出现盗印版。1902年又出版了《格洛斯特的裁缝》(The Tailor of Gloucester)。波特参观一个农场时,听一位裁缝讲了一个真实的故事,说他的招牌上写着:"大家都来普里查德裁缝店吧,这里有仙女在夜间做背心。"("夜间做背心"的典故出自格林兄弟童话——韦苇注)波特据此写了一本童话,后来也被公认为杰作,作者本人也说这书是她自己最喜欢的一本。

波特是英国最早为幼儿提供优秀童话的典范作家。她那显而易见的天才,对湖滨地区忠实而深情的描绘,以及她水彩画的魅力和她画动物的技巧,有口皆碑。

波特的作品数量为当时欧美之冠。除上述两本外,常被提及的有《松鼠纳特金的故事》(The Tale of Squirrel Nutkin)、《池鸭杰米玛的故事》(The Tale of Jemmima Puddle-Duck)、《班杰明·邦尼的故事》(The Tale of Benjarmin Bunny)、《托德先生的故事》(The Tale of Mr. Tod)等。

波特的童话作品都创造出了最大限度的喜剧效果。例如:一个叫维斯克斯的男孩同一个叫玛丽亚的女孩,争论着是否要用黄油和面粉或面包屑把小猫汤姆裹起来;托德先生为他的敌手布洛克已死在他手里一事庆贺——不料他走进厨房,却发现布洛克活脱脱在那里喝热茶,"他用那杯滚烫的茶,浇了托德一身"。

安德鲁·兰是人类学神话和民间童话研究卓有造诣、成果杰出的学人。1875年开始为儿童提供童话读物。作为童话遗产传诸后世的主要是他搜集、再撰的民间童话集《蓝童话集》(The Blue Fairy Book,1887～1910)、《红童话集》(1890)、《绿童话集》(1892)、《粉红童话集》(1892)。安德鲁·兰欲罢不能,陆续出了各色童话12本。安德鲁·兰从事这项工作25年,从早期单一地利用欧洲童话资料,到逐渐利用非洲、日本童话资料,后来又利用俄罗斯人以及其他欧洲人的,并吸收美国印第安人、波斯人、巴亚人、柏柏尔人、土耳其人、苏丹人的童话故事,其童话作品数量之巨,令世人咋舌,这中间有兰的妻子奥诺拉·布朗歇襄助的丰功。

安德鲁·兰喜欢交友,结交了包括内斯比特在内的一批作家。他性格开朗,与人为善,豪爽大方,著作丰赡,却无家财。安德鲁·兰一生喜欢结尾欢乐的浪漫幻想故事。他的两个结论很受童话史家的重视:第一,民间童话是文学童话的基础,而不是低于文学童话的次等读物。第二,既然世界各地都存在相似的人类情感,那么就可能在各地产生情节相类的童话故事。

约瑟夫·雅各布斯(Joseph Jacobs)是19世纪末英国另一位成绩斐然的民间童话专家。他与德国的格林兄弟、俄罗斯的阿法纳西耶夫搜集欧洲民间童话的动机都不太相同。他明确表示,他的故事集不是为研究民间童话、民俗学和为人类学的学人提供资料,而是为了给英国儿童提供直接娱乐。因此,雅各布斯删略了那些过于粗蛮的情节,改定了方言词语,甚至省略或改写了一些偶然事件。他的改动大胆而审慎。他的童话来源有两个:主要来自书面材料,其次来自讲故事者(有澳大利亚人,有吉卜赛人)。他的童话多适于低龄儿童阅读。其童话集主要有二:《英国童话故事集》(English Fairy Tales,1890),《克尔特人童话故事集》(Celtic Fairy Tales,1892)。1894年出版《英国童话故事增补本》。

《英国童话故事集》除脍炙人口、家喻户晓的《杰克和仙豆》《杀巨人的杰克》《三只熊的故事》《三只小猪的故事》《三个大傻瓜》《汤姆·萨姆》和《迪克·惠廷顿》《约翰尼和蛋糕》等故事外,还包括了许多欧洲童话的英国说法。英国儿童无不喜欢杀巨人的英雄杰克和他的冒险经历,至于

《三只小猪的故事》被迪斯尼公司拍成卡通片而广为流传,"大灰狼"甚至成了英国经济大萧条的象征,而《谁会害怕这条大灰狼?》(弗兰克·邱吉尔谱曲)则成了对英国经济复苏的呼唤。

二、法国

法国19世纪童话的活跃繁荣首先表现在两套丛书中:一套是《埃泽尔丛书》,一套是《玫瑰丛书》。

《埃泽尔丛书》的主编者是法国乃至世界著名的出版家儒勒·埃泽尔(1814~1886),他慧眼识才,首先发掘了科幻小说作家儒勒·凡尔纳,世人无不惊服。在他的组织下,乔治·桑、阿尔封斯·都德(1840~1897)、亚历山大·仲马(1802~1870)等著名作家也不感到为孩子写作是什么有损面子的事。乔治·桑提供的是她的童话代表作《格里布尔奇遇记》,都德提供的是短篇童话《塞根的山羊》和《三只乌鸦》。其中《塞根的山羊》写小山羊不愿被束缚在羊圈里,毅然决然跃出窗户,跑往山上自由呼吸新鲜空气和吃草、玩耍,纵然是被恶狼吃掉也在所不惜。小山羊志存山野,向往自由,在老狼面前竭力抗争、不屈不挠,其形象实属可爱,但他毕竟是个弱者,其悲壮的结局发人深思。大仲马出版了两个童话短作,分别是《贝尔特伯爵夫人的粥》和《一个榛子夹的故事》。后者叙写德国纽伦堡的一个小女孩玛丽,眼见教父德罗塞尔马耶的侄儿纳塔尼埃尔被鼠国的魔法变成一个长胡子的榛子夹(欧洲有实用价值的玩具),便帮助纳塔尼埃尔杀死了长七个头的鼠国国王,纳塔尼埃尔又恢复了英俊青年的面目,当了国王,他和玛丽共同治理这个王国,两万两千多个玩具娃娃来参加婚礼,热闹非凡。这篇情节曲折、格调诙谐的作品,为大仲马赢得了第一流儿童文学作家的声誉。

收在《埃泽尔丛书》中的法国童话还有《拉·封丹寓言》《贝洛童话集》、查理·诺蒂埃的《蚕豆宝宝和豌豆花》、保尔·缪塞(1804~1880)的《风先生和雨太太》,还有奥·弗耶·埃·乌利亚克、莱·谢纳维、埃·拉贝多利尔、阿·卡尔、阿·乌塞等人的童话。

影响仅次于《埃泽尔丛书》的《玫瑰丛书》,它的一大功绩是出版了塞居尔夫人的童话。

在童话创作方面有重要贡献的还有法朗士(1844~1924)。

安纳托利·法朗士是19世纪末、20世纪初被誉为法兰西语言艺术大师的大作家,为反对教权主义而奉献了毕生才华,1921年获诺贝尔文学奖。他专为儿童写了一部中篇童话《蜜蜂公主》(1882)。这部童话以民间童话为基调,汲取了中世纪骑士小说和贝洛童话之优点,为法国童话史增添了一个弥足珍贵的篇章。法朗士对民间神魔童话不但有兴趣,而且有研究。《蜜蜂公主》赞美了忠诚的友谊,忠贞的爱情,顽强不屈和英勇无畏的品格。它以无私的感情对利己主义进行有力的批判,因而受到俄国文豪高尔基的赞赏。

三、俄罗斯

俄罗斯同法国有诸多相似之处。这一时期的童话作品有两个特点:一是据已有的民间童话再创作的数量较多;二是一部分作家创作的童话有待后人认定它们的价值,扩大其传播范围。

当时已引起广泛关注的是列夫·尼古拉耶维奇·托尔斯泰(1828~1910)为乡村低龄儿童而创作、译编、改写的短小作品,其中有四百多篇属于文学作品,有相当一部分属于童话寓言。童话有《三头熊》《公正的法官》《两兄弟》《奖赏》等,其中以根据其他欧洲民族的童话译写的《三头熊》为代表。传播更广的是他译述的寓言,包括《两个朋友》《狼来了》《狼和山羊》等。据记载,托

尔斯泰还译述过安徒生的《国王的新衣》。他对没有受教育机会的孩子满怀人道主义同情,义务为他们办学,并为他们编了《启蒙课本》(1871～1872)和《新启蒙课本》(1874～1875),以及《俄语读物》。他的童话作品主要就包括在这三个读本中。为了使这些作品容易被孩子所接受,托尔斯泰花了很多功夫,付出了很大的努力。对这些作品,作家本人很重视,他曾说:"我写好这个课本以后,也可以无愧无悔地死去了。"作家本人对它们评价很高,说:"这些作品在我的作品中所占的地位,是高出于我写的其他一切东西的。"由于它们精练短小特别易于流传,所以它们早已成了世界儿童文学宝库中的金粒。

符塞伏洛德·米哈依洛维奇·加尔申(1855～1888)是一位富有才气和灵气的作家,短促的一生中留下了三篇童话,其中在世界上流传最广的是以印度民间童话为其框架的《青蛙旅行家》(1887),常被选家选收。童话写一只青蛙在两只野鸭的帮助下(两只野鸭叼住一根细棒,让青蛙咬在中间)飞往南方,在天空中因禁不住地面孩子的夸赞而跌落到地面。童话中的角色都被做了细致、生动的刻绘,其思想内涵和美学内涵,使不同年龄层次的孩子可作不同的领会。这件作品的故事在印度《五卷书》等故事书中,和拉·封丹的寓言诗集中,都可见到,其最早的创造源当在亚洲。

德米特里·纳尔基索维奇·马明-西比里亚克(1852～1912)因创作了大小一百多篇的小说和童话作品,被奉为俄罗斯儿童文学典范作家,在童话史上有着自己独特的地位。马明-西比里亚克童话中备受称赏的是《长耳朵、吊眼梢、短尾巴的勇敢小兔子的故事》(讲给自己年幼却已失去母亲的爱女听的幻想故事)和《灰脖鸭》。

《勇敢小兔子的故事》是《阿略努什卡童话集》十篇童话中的第一篇,描写一只胆小却偏爱吹牛的小兔子,意外地创造了个奇迹:"吹牛大王一见大灰狼来,就像皮球似的蹦了个老高,惊恐万状地恰恰掉落在大灰狼的宽脑门上,一个筋斗顺着狼的后背滚了下来,又在空中翻了筋斗……"这个故事因其难得的喜剧性而深深楔入孩子的记忆。

如果上述的故事多少带有民间童话色彩的话,那么《灰脖鸭》则完全是小说作家对乌拉尔群山和乌拉尔人深深热爱的一个成功表达,融有作家挚烈的情感。《灰脖鸭》的景物描写,给灰脖鸭的故事提供了一个有说服力的背景,为灰脖鸭悲剧转喜剧故事的发生营造了一个相谐的环境。对于灰脖鸭来说,冬天的到来充满了难以逆料的险恶。作家在这种氛围中推出来的故事高潮,让读者的心不免阵阵发紧。这只春天被狐狸咬断了一只翅膀,因而在冬季来临前不能南飞的灰脖鸭,眼看着河面将全部结上冰,那时狐狸就可以从冰面上爬过来,轻而易举地拿他果腹充饥。"狐狸小心翼翼地从冰面上向河中间爬去。灰脖鸭面临死亡威胁,紧张得仿佛心都停止了跳动。"这时出现了善良的老猎人并一枪将狐狸打成了灰脖鸭,就同时成功地刻画了灰脖鸭、狐狸、老猎人三个角色。

《灰脖鸭》氤氲着一种忧伤的诗情。它雄辩地说明着,马明-西比里亚克的童话风格不限于"勇敢的兔子"那样能逗引孩子的欢趣,他还能展现人在险恶境界中种种丰富的心理过程,使读者被一种忧伤的情绪所濡染,仿佛感同身受。无怪乎高尔基在马明-西比里亚克从事文学创作40周年纪念时致函说:

> 当作家深深感到自己已经和人民血肉相连时,他就会感到人民所赋予他的美和力量。您一生都感到这种创作联系,并且用您的作品表现出来——您的书展示了俄罗斯生活的完整面貌,在您以前,我们对于它都还生疏。
>
> 亲爱的,俄罗斯因此而感激您,我们的朋友和导师。

四、美国

美国在这一时期有两位在童话方面倾注过热情的作家,一位是乔埃尔·钱德莱·哈里斯(Joel Chandler Harris,1848~1908),另一位是法兰克·鲍姆(L. Frank Baum,1856~1919)。

哈里斯生长在南方,从小就与身边工作的黑人有密切的联系,爱听黑人们讲故事,在黑人民间童话的熏陶下长大。后来他开始搜集黑人民间童话故事。这些故事正与他幽默的气质相投合。他任美国南方几家杂志的记者期间,就将收集到的黑人民间童话故事整理成册,1879年终于完成了黑人民间童话故事集《雷摩大叔(一个种植园奴隶)的故事》(Uncle Remus or The Tales of Remus,1880)。这部童话一时大享盛誉,成了"南方生活不可分割的部分"(作家本人语)。马克·吐温的评论也证实说:"1880年,哈里斯的童话故事在全国获得了广泛的声誉,当时所有的孩子如同听哲人和先知者的故事一样听了这些故事。"

这些从大洋彼岸用贩奴船运来的故事,多是会说话的动物、主要是以"野兔老弟"为中心角色的故事。野兔老弟弱小,从不伤害人,却并不无能,由于他的机智,终于分别战胜了远比他强大的熊、狼、狐狸等大动物。与法国《列那狐的故事》有相似之点,野兔老弟也是一个好恶作剧的精灵,但与列那狐很不同的是,他既不自卑,也不自私和残忍。在屡屡加害于他的各种动物面前,他常常能于山穷水尽时转败为胜,故事总是在柳暗花明中收结。其中常被抽出来单独出版的是《柏油娃娃》和《白兔的坐骑》两节。这些故事反映了非洲人民的愿望,反映了弱者对战胜强者的憧憬,也是对处于受欺压、受损害的弱者的鼓舞。每则故事篇幅都不长,但串在一起,"野兔老弟"的形象已足够鲜明和丰满。以"糖葫芦串"形式写童话,哈里斯"雷摩大叔"的故事是最早的一个成功范例。

鲍姆一生的文学作为就是虚构一块幸福神奇的国土——奥兹(Oz)童话系列。故事写理想国(没有金钱没有财产,人人乐于工作乐于助人)里的历险,勾画出了一个美国神话。在美国,鲍姆的"奥兹"系列始终没有得到好评。权威批评家们以为它们总体平淡、沉闷而乏味,特别缺乏幽默感。不过当时确有许多小读者欢迎他的"奥兹"系列第一部,它也曾被搬上了银幕,也有评论者认为这毕竟算是"用美国材料构筑一种仙境的努力"。

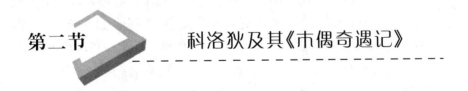

第二节　科洛狄及其《木偶奇遇记》

意大利的民族复兴运动召唤着作家们:把年少的一代培养成"好市民"。于是以培养"模范少年"为其旨归的小说《吉奈托》(Gianeto,男孩名)就应运而生了。这部小说受到复兴运动的狂热推广,随后就涌现了两部与《吉奈托》题旨相仿的作品,一部就是本时期亚米契斯的短篇小说集《心》(《爱的教育》),以煽情为特性;另一部是科洛狄(Carlo Collodi,1826~1890)的作品《吉奈提诺漫游意大利》,它在意蕴上仍属《吉奈托》类作品,但人物已不是"模范少年"型的了,已少了些训导意味,已不那么理想化,吉奈提诺已被写成胆小、懒惰、快活、顽皮、馋嘴的"皮诺乔"雏形。《吉奈提诺》引起回响后,1878~1881年间,科洛狄写了一系列同类故事册子。1881年,他积累了丰富的这类作品的艺术实践经验,据说因为赌博而债台高筑,54岁的科洛狄为《儿童报》(小型

杂志)写连载童话《皮诺乔——一个木偶的故事》。这是一个利用和借鉴民间童话而创作的童话故事,作者本人并不拿它当回事儿,所以连载到15章,经济状况一有好转,就打算让狡猾的狐狸和坏猫把木偶皮诺乔绞死在树上收结故事。不料,读者纷纷来函要求作者续写,于是作者又编造出一个蓝发仙女来搭救被悬吊在树上的皮诺乔。孩子们之情爱独钟于一个顽皮木偶、一个"活泼的小坏蛋",这是作家无意中获得的一大艺术胜利。科洛狄无意中用民间童话的幽默和讽刺对"吉奈托式"的"教育儿童的文学"作了一场颇见艺术力度的革命。1883 年,木偶的故事以 Le Adventure di Pinocchio(《皮诺乔奇遇记》)为书名广为热销。

皮诺乔是由一块会讲话的木头刻成的木偶,刚刻好嘴巴就会笑了,刚刻好了手,就会摘木匠的帽子了,刚做好脚,就会自己跑出门去了。

皮诺乔像所有的孩子一样,自我意识很强,有各种各样的自私心,而且这自私心总不能及时抑制,便在不知不觉中膨胀起来。皮诺乔也具有孩子们特有的那些性格:重感情、重实惠、信赖人、自尊心强,有被爱的需求,贪玩,调皮,狡智,善感,容易狂妄,用撒谎来掩饰自己的过错。

《木偶奇遇记》的成功在于突破了"教育童话"醉心于训诲的模式,然而它依然是一部道地的教育童话。请看作家用童话艺术规劝孩子不要撒谎、不能撒谎:"说了第三句谎话,皮诺乔的鼻子长得非常非常长,他一点也不能动了。他要是朝一边转一下脑袋,他的鼻子就要碰到床或者玻璃窗;要是他转向另一边,就会碰着墙或者门;要是他略微抬一下头,就有把鼻子戳到仙女眼睛里去的危险。"可是当仙女看到皮诺乔的脸变了形,眼睛哭得肿肿的,鼓凸在脸上,她就感到非常可怜他。所以仙女又拍了拍手,听到这个信号,一千只很大的啄木鸟就从窗口飞了进来。它们马上停落在皮诺乔的鼻子上,开始使劲地啄,几分钟以后,皮诺乔那个长长的鼻子又被啄成了正常的大小。

长鼻子等于红灯示警。一撒谎红灯就亮,提醒孩子不能撒谎。这就是教育童话完成童话教育使命的形象方式。后来,皮诺乔老不爱学习就变成了驴,摔坏腿还要送去剥皮做成鼓! 这都同样在显示教育童话惩戒孩子精神缺陷的特点。更不用说童话中还借仙女之口说了许多直接训诫的话,例如:"给予别人的,一定会得到别人等量的回报。""你将来的生命历程中不知道会发生些什么事,所以时时警醒是必要的。"但是这部童话的成功就在于,作者既牢牢记住把孩子培养成为使意大利获得完全独立的战士和建设国家的有为公民,又不是停留在让孩子们接受苦口婆心说教的层面上。童话中的木匠父亲、能言蟋蟀、和实际是作为"妈妈"耐心说教,对皮诺乔而言都是刮过耳边的风、浇上鸭背的水。对于木头男孩来说,贫困、饥饿、又脏又累的活儿才是有效的"教师"。他倒真的从好心人的行为中,从海豚、看门狗、鹰以及聪明而又高尚的动物所给予的帮助中汲取了教益,不过实实在在让他悔悟的压根儿不是训诫,而是叫他焦急、叫他伤心、叫他惶恐的长鼻子、驴耳朵、被剥皮等等。

《木偶奇遇记》的魅力首先在于童话性、儿童性、欢快的幻想和真切的现实世界四者的融合上,而这个现实世界又是被童话性所严格限定了的。童话中所有的角色——会说话的蟋蟀、狐狸和猫、渔人、"愚人国"居民们,都是从那个特定社会中、特定群体中来的活生生的形象。在科洛狄的童话里,一切景物都为读者所熟悉,全都那么普普通通:小酒店,菜园子,寒酸的棚屋,海边,都是"幻想的现实",或叫科洛狄的童话世界——其中洋溢着一种草根人群所喜闻乐见的热闹幽默,从而由这种幽默发展出谐趣和讽刺。请看皮诺乔的四枚金币被骗抢后,实在气不过,来到法院向法官告发骗抢他金币的两个歹徒。

> 法官是一只很大的老猿,人们因为他年龄大、胡须白,尤其因为他戴着没有镜片的金边眼镜而尊重他。由于他的眼睛过去长年发炎,所以总是不得不戴着这副眼镜。

这个老猿法官并没有人类的智慧和良知,把无辜者投入囹圄,罪犯则逍遥法外——这才是当时意大利现实的写照,也是以童话方式鞭挞丑恶的一个优秀范例。

这部童话的成功,还在于作者继安徒生之后,利用了孩子把宇宙万物都看成是生气蓬勃的特点,放胆地、自由地写活了一个木偶,从而托起孩子具有想象活力的翅膀。

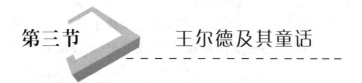

第三节 王尔德及其童话

王尔德家学深厚,才情横溢,他首先是一位天才的诗人:"用一生的悲伤/建一座云梯去靠近上帝。""只有树叶轻轻摇曳/迎着煦和的微风/在扁桃溢香的山谷/传来夜莺孤独的歌声。""狐狸有洞穴,小鸟有窝巢/我,只有我,不得不疲惫地流浪。"……他童年时代即对神话和趣闻轶事发生兴趣;在牛津大学求学时,王尔德的导师、童话《金河王》的作者罗斯金对王尔德影响颇深。王尔德创作成批美德童话并主要以童话传世绝非偶然。王尔德的童话收在两个结集中:《快乐王子及其他故事集》(The Happy Prince and Other Tales,1888),收录短篇童话《快乐王子》《夜莺与蔷薇》《自私的巨人》《忠实的朋友》《了不起的火箭》;另一为《石榴之家》,包括短篇童话《西班牙公主的生日》《少年国王》《星孩》《打鱼人和他的灵魂》。

王尔德的童话创作完全不像他本人宣传的"为艺术而艺术"的唯美主义理论那样不可思议,它们之所以一读就能给人深刻持久的印象,就因为它们指向社会不公平、不合理,指向现实存在的傲慢和偏见、自私和卑鄙、残暴和愚蠢等丑恶现象的批判矛头是鲜明而尖锐的,憎的感情强烈地反衬了作者爱的感情的深挚。评论家阿·阿尼克斯特在评述王尔德童话时说:"别无他法。不管王尔德主观上追求多美的构想,他总也不可能离开社会现实的存在。艺术本身要求对生活现象做出评价;作家对自己创造的形象不但要给予审美的、而且还要给予伦理的评判。"牛津大学出版的《儿童文学指南》指出:"王尔德的童话深受安徒生的影响,作者对生活尖锐的看法,与安徒生如出一辙。"王尔德对生活洞察的尖锐犀利,由他天才、娴熟的艺术表现出来,就成了世界童话宝库中不可多得的灿烂明珠。其善恶之鲜明、构思之精巧、文辞之优美、想象之丰富、感情之洋溢,罕有可与之媲美者,正如《王尔德传》的作者R·H·谢拉尔德说:"在英国文学找不出能够跟它们相比的童话,它们写得奇妙无比,故事依着一种罕有的丰富想象发展,读起来(或讲起来)叫小孩和成人都感到兴趣,而同时它们中间又贯穿着一种微妙的哲思。"(1906)

《快乐王子》写的是一个享乐主义王子,当他"有一颗人心"时,他住在"悲哀不能进去"的无愁宫里,整日沉湎于欢宴舞会间,不知痛苦和丑恶为何物,"不知道眼泪是什么东西"。这样一个在欢娱中度过一生的王子,死后被制成塑像,"高耸在城市的上空"。这里毕竟是无愁宫外,所以纵然胸中只有一颗不能跳荡的铅心,但是目睹这"丑恶和穷苦"的真实世界,"也忍不住哭了"。宫墙内外两个世界的对比、对立的揭示,使王子惊醒,使他感到深切的忧伤,仿佛有刺骨的寒风从童话的字里行间吹过来。当然,作者在这里描述的,还不可能包括被英国掠夺和侵略的国家,不可能包括那些挣扎于水深火热之中的殖民地半殖民地人民。一个一生没有使用过一丝同情的快乐王子死了,在现实的启悟下,一个富有同情心、富有人道主义的痛苦王子复活了。他让燕子把宝石、纯金,把使自己光灿耀眼的一切都给了饥寒交迫中的人们。而由于王子的帮助,贫妇正在发烧的小女儿能够"睡得很甜";饿得头昏眼花的年轻作家"露出很快乐的样子";广场上卖火柴的小女孩"笑着跑回家去";孩子们那由于饥饿而苍白的瘦脸上"现出了血色",他们又有了笑容,又欢呼着生的快乐。而王尔德童话里的这个王子,外表形象和内心世界始终是处于矛盾状态中的。当他的外表形象是华贵时,他的内心世界是苍白的、冷酷的;当他的外表形象是丑陋时,他的内心世界是丰茂的、美丽的。这种相反相成的衬照,使《快乐王子》闪耀出哲理光彩,具有了耐人品嚼的、被深化了的美的意蕴。在法国诺贝尔文学奖获得者安德烈·纪德(1869～1951)的《王尔德》一书中曾有这样的一段话:"这篇童话发表后不到十年,王尔德在狱中写道:'当我入狱时,我只有顽石一般的一颗心,我只追求享乐,但是现在,我的心完全碎了,现在是同情充满我的胸中了,现在我知道同情是世界上最伟大、最美丽的东西。'"这或可作为《快乐王子》不是偶然成功的一个注脚。

把王尔德童话和其他童话作家的作品相比,显见得王尔德是以成功地揭示人性胜,不以魔法的神奇胜;他擅长于把深沉的激情、葱茏的诗意沁散于轻描淡写中,涉笔成趣,擅长于运用对比手法和各种色调,从而使童话具有一种独异趣味,一种不易模仿的朴实的散文诗风格。尤其值得强调的是王尔德童话中对比手法运用的强烈、广泛、自如,每每收到令人叹为观止的艺术效果。有时是人物间的对立性对比,《忠实的朋友》中,忠诚、憨厚、乐于助人的小汉斯与贪婪、狡狯、口是心非的磨面师傅的对比,使主题和人物都具有很强的典型意义;《夜莺和蔷薇》《西班牙公主的生日》《快乐王子》也复如此。有时是人物自身的对立性对比,例如《快乐王子》《自私的巨人》《少年国王》等;有时是现实世界和幻象世界的对立性对比,例如《夜莺和蔷薇》《快乐王子》《少年国王》等。有的对比显得很冷峻。冷峻的对比往往是为了实现对丑恶、虚伪、自私和实用主义等人类缺陷的批判,给作者所赞美的人物投去一束反衬的光辉;有的对比虽强烈却不冷峻,这种对比往往是为了实现对美的复苏、美的回归的歌颂。例如《自私的巨人》(巴金译作《巨人的花园》)中,拥有花园的巨人却不拥有春天,拥有春天的孩子却无法拥有花园,当这两者得到统一,即让孩子拥有巨人的花园,美就奇迹般地复苏了。一天早晨,孩子们从围墙的一个洞口钻进了花园,"每棵树上都坐着一个孩子",这时春天才随孩子进入了花园。

> 果树见孩子们回来了,高兴得给自己缀满了鲜艳的花朵,披着绿叶的树枝儿还轻轻地在孩子们头上摇晃,鸟儿四处欢飞,啁啾啼啭,小野花儿也钻出了葱绿的草地,绽开了笑脸,仿佛在欢迎孩子们到来。好动人的一幅美景啊!

王尔德在谈到自己的童话集时曾说:他创作童话是"试图以一种远离现实的方式反映当代生活……""写这本书不是为了儿童,而是为了18岁至80岁仍葆童真的人"。但是由于王尔德的童话"都表现得精妙绝伦"(L·C·英格列比语),从作品的深层里能向读者迸发一种撼人心魄的力量,所以它们大都是孩子可以分享其美妙的。

第七章

彼得·潘时期：童话崛立为文学体式

童话虽然能吸引从小到老的每一个社会成员，并且在悠悠岁月里一直忠实地伴随着人类的生活，人类靠它传输经验和智慧，已经说不清有多少个世纪，但是它被接纳为语言艺术家族的一个基本成员，却是在20世纪初。童话被接纳、承认为一种文学体式，是一个渐变的过程。这个渐变过程是童话普及、提升的过程，是童话无以替代的艺术特征被识知、被确认的过程，也是童话独立的艺术品格被识知、被确认的过程。这个过程也就是对童话文体形成共识的过程。

童话崛立成为一种文学体式、一个文种，对于儿童文学被承认为独立的文学分支、独立的语言艺术王国，独立为成人文学大树旁的另一棵大树具有关键的、决定性的意义。

小说、诗歌、戏剧、散文、寓言等各种文体的创作是自古流传的，唯独童话——这种主要以娱乐和教育儿童为圭臬的幻想故事文学，这种汲取民间童话精华养料的现代幻想故事，这种为孩子而开辟的新型态想象空间，到19世纪中期，才从作家的书案推向图书市场。它被注入像安徒生、金斯莱、麦克唐纳、卡洛尔、乔治·桑、塞居尔夫人、科洛狄、王尔德、吉卜林、波特等卓杰作家的文学才华，到了20世纪初，巴里（James Matthew Barrie，1860～1937）在创作才情发展到巅峰时写出《彼得·潘》（Peter Pan, or The Boy Who Wouldn't Grow Up，1904）这部杰作。作家带着神圣的感情，在这部作品中第一次用艺术媒介表达心中的孩子气，释放出对儿童的崇拜心理。这个剧本首度公演就被看成是不朽的童话之作，继而在欧美诸国的舞台和银幕上造成轰动，在西方家喻户晓的艺术形象中添增了一个"彼得·潘"。1912年，彼得·潘的塑像由巴里出资，在伦敦坎辛顿公园落成。从此，"童话"作为一种文学体式已经普遍被承认，在文学版图上也完全被公众认识其独立品格，理论家们也都感觉到需要把这种现代幻想故事纳入自己的研究圈，为它做出系统的理论阐释，探讨它的来龙去脉。

《彼得·潘》出现前后的15年里，有三部代表其作家创作品高峰的童话：

第一部是在"皮诺乔时期"已经叙述到的吉卜林的《丛林奇谈》。

第二部是拉格洛芙（Selma Lagerlöf，1858～1940）的《骑鹅旅行记》（《尼尔斯·豪尔耶松奇游瑞典》，1906）。

第三部是梅特林克（Maurice Maeterlinck，1862～1949）的《青鸟》（L'oiseau bleu, Green Bird，1908）。

这三部童话作品在15年里相继获得了诺贝尔文学奖，这也是导使公众注意童话文体的极其

重要的原因。

童话以娱乐为目的的革新,到了《彼得·潘》这里已经完成。童话的完全成熟为一个文种的童话文学的崛立打好了基础。于是顺应客观需要而产生的童话,便自然而然地被公认为是一种文学体式。由于中国人对巴里所知甚寡,而提起"彼得·潘"这个童话形象广为人知,故将19世纪末到第一次世界大战即相当于20世纪初期的一个童话时段姑且称为童话文学的"彼得·潘时期"。

第一节 概说

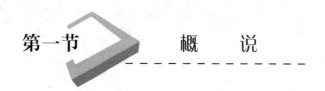

一、英国

20世纪初,世界儿童文学境况一度较为萧条,而英国的童话则在这一时期里创造出一系列为童话史家所瞩目的形象,如巴里创造的永远长不大的男孩"彼得·潘",格雷厄姆(Kenneth Grahame,1859～1932)创造的"癞蛤蟆托德",洛夫廷创造的"杜立特医生"等,可谓是童话高峰并峙的时期,且延续到30年代。

这一时期的英国,还有两位童话成就突出的作家,一位是布鲁克(1862～1940)。他先是为一些童话名作如《金鹅》《三只熊的故事》《三只小猪的故事》《拇指仙童》等制作插图,他本人为孩子创作的童话诗《乌鸦约翰尼的花园》《乌鸦约翰尼的舞会》等,也长时期受到低龄读者的欢迎;另一位是德·拉·梅厄(1873～1956),她的代表作是优美的神话故事集《扫帚柄》(1925)。

二、北欧

由于瑞典作家塞尔玛·拉格洛芙的世界童话名著《骑鹅旅行记》于1906至1907年出现,于是人们对童话注意的目光又移向了北欧,说明北欧的人文环境要更适宜于童话杰作的生长。

拉格洛芙这部童话产生的背景是,瑞典中产阶级的崛起,教科书对瑞典未来发展的不适应,著名社会改革家艾伦·凯伊指出瑞典教科书内容缺乏想象力,语言不能吸引儿童,激发不起学生的兴趣,小学教师协会成立了一个"学校教材委员会",其中一位叫阿尔弗雷德·达林的教师提出建议,可否请优秀小说家塞尔玛·拉格洛芙撰写新课本。的确,就语言的通俗易懂而言,请她来编写地理教科书是十分相宜的。教师们希望她能写出一部展示祖国壮丽河山,弘扬民族文化的地理补充教材。拉格洛芙自幼腿脚不便,所以读了特别多的书,并且,更重要的是她还在兰德克罗纳的女子中学当过十年教师。拉格洛芙出于对鼓吹改革、提升公民对祖国的自豪感的考虑,接受了这项任务,并且,其作品确也没有辜负教师们的期望。

拉格洛芙具有丰富的想象力、理想主义精神和叙事天赋这三项公认的特质。她自幼就受到神话和传奇故事的熏陶濡染,擅长于描述幻象世界的事物,并且表现得非常大胆,凡她笔触所及,现实和非现实的一切都显出了一派盎然生机。

《骑鹅旅行记》书很厚,但故事却简单:14岁男孩尼尔斯·豪尔耶松是个懒散调皮的看鹅人,爱捉弄小动物。他因捉弄一个小精灵,而被小精灵用妖术变成拇指小人。正在这时,一群大雁从空中飞过,家中一只公鹅也想展翅随大雁飞行,尼尔斯为了不让公鹅飞走,紧紧抱住鹅脖子,不料却被公鹅带上了天空。从此,他骑在鹅背随雁群周游瑞典。开始,领头雁对尼尔斯的傲慢很反感,但尼尔斯见义勇为,从狐狸口中救下了一只大雁,而使领头雁愿意收留他,从南方一直把他带到最北端的拉普兰省。在瑞典上空飞行的日子里,尼尔斯目睹了汉堡老鼠对瑞典老鼠的进攻;看到了黑鼠和鹤的恶行劣迹;观看了一年一度的鹤舞表演;遇上了活铜像;看到了海底城堡;被狐狸追踪、被渡鸦劫持。总之,他俯览了瑞典的奇峰异川、旖旎风光,学习了地理历史,耳闻了许多传奇故事外,也饱尝不少风险和苦难。尼尔斯和雁群在同乐共苦中建立的友谊已使他不愿同雁群分离。他从旅伴和其他动物身上学到不少优点,使他逐渐变得善良、勤劳而且富于同情心,还培养了不惜舍己、助人为乐的高贵品质。这部童话的爱国主义教育和品格培养用心自不待言。创作《骑鹅旅行记》,作者明确的创作意图就是"为了教育瑞典儿童热爱自己的祖国","从教育学观点出发,认为只有让孩子们了解自己的国家,熟悉祖国的历史,才能使他们真正热爱和尊重自己的祖国"(卡·奥·萨姆雷:《塞尔玛·拉格洛芙传》,1958)。为了吸引少年儿童的阅读注意,作者频频把幻想和真实交织在一起,穿插大量童话、传说和民间故事,用拟人手法把静止的山川草木写出动感来,写出情趣来,赋予大自然以一种温煦的人性光辉,使世间万物都充满生命气息。由于作品对大自然的成功描写,作者真挚的感情也就感染着读者,并铭记童话中野雁阿卡对尼尔斯说的一句话:"你该不会以为这个世界是由人类独占的吧。"就这样,一个不爱学习还好恶作剧的男孩通过骑鹅旅行的历险,成长为一个温柔、善良、勤劳而又乐于助人的英俊男子汉。童话让人们感到自己的祖国瑞典原来如此风光美丽,如此丰富多彩。

这本童话把地理风俗知识介绍得很迷人,出版后,评论就认为它是自安徒生时代以来最好的童书。"虚构和真实结合得如此之密切和不易觉察,令人难以区别从何处结束、何处开始。这是一部经典,一部大师之作。"——当时瑞典的《晨报》这样评论道。这部长篇童话出版后因轰动效应而成为一部畅销书,并且很快被译成多种欧洲文字一再出版。1909年"由于她作品中特有的高贵的理想主义、丰饶的想象力、平易而优美的风格"获得诺贝尔文学奖,拉格洛芙是瑞典第一位得到这一荣誉的作家,也是世界上第一位获得这一文学奖的女性。

这部童话的创作显然在构思时借鉴了英国拉杰雅德·吉卜林写成于1895年的《丛林之书》,借鉴了在与动物为伴的生活中恢复了人性的作品思路。

这部童话的诗性意味感染过许多敏锐的少年,1980年诺贝尔文学奖获得者、波兰裔美国作家切斯拉夫·米沃什(1911～2004)就受到过这部童话的启发,认为作家、艺术家都应当像飞翔在天空的鸟儿一样,既有宏观的广阔视野,又有微观的秋毫细察。

在用童话创作达成教育目的方面,拉格洛芙首开了成功之一例。但这部童话的局限和缺陷也是显而易见的:它毕竟没有贯穿全书的扣人心弦的故事,缺少悬念,缺少伏笔和呼应,缺少跌宕起伏、曲折动人的情节,缺少幽默风趣的人物对话,平铺直叙像一部大流水账,没有带刺激感的涌浪来拍击读者的心胸。这些都构成这部童话的局限性,使它的流传不能与《木偶奇遇记》同日而语。

三、比利时

本时期的欧洲,童话剧成了一种时尚,比利时象征主义戏剧的创始人梅特林克(1862～1949)刻意采用童话剧,来表现他的哲学思想、富丽想象和诗情画意,并因而获得了1911年的诺贝尔文学奖。

梅特林克的童话剧《青鸟》(1908)既别开生面,格外的新异,却又能让观众理解和接受,所以一直演出不衰,并且传遍了欧亚。《青鸟》采用了民间童话主题和手法,其优美的诗意令观剧者陶醉。后来,梅特林克的妻子将剧本改写成童话故事,虽然改写得不是很成功,但毕竟通过改写本向世界儿童普及了这一名剧。童话出场人物有人,也有猫狗,还有糖、面包、水和火的精灵。有这些精灵作伴,砍柴人的两个孩子——男孩吉琪儿和女孩米琪儿,历经种种冒险,到处去为一个生病女孩找寻象征幸福的"青鸟"。孩子们在回忆国、夜宫、未来国和光神庙里,为生病女孩寻找象征幸福的吉祥鸟。故事结尾是孩子们发现他们对幸福的寻觅只是一场梦幻。吉琪儿把他一直养在笼子里的小灰鸽送给了病女孩,没想到,这时灰鸽变青了,成为了一只青鸟。"其实,幸福并不是这样难于得到,如果你经常怀着无私的、善良的心,那么幸福就在咫尺之遥,就在眼前。"幸福只有在排除自私心理、勇于自我牺牲的人的心灵里才能找到。

文评家常把《青鸟》和《彼得·潘》相提并论。

四、俄罗斯

俄罗斯在"彼得·潘时期"的童话可以被收进世界儿童文学宝库的几乎只有高尔基一人的作品。

阿列克赛·马克西姆·高尔基(1868~1936)青年时期写的极富浪漫主义激情的作品《鹰之歌》(1895)和同年发表的《燃烧的心》(《伊则吉尔老婆子》中的第二个故事)在童话史中闪烁着灵明之光。《燃烧的心》是传奇性很强的故事。传说中年轻勇敢的唐珂是一个拯救自己部族的英雄。作品用大量篇幅来渲染一个部族行进在古森林黑暗中的惶恐气氛:密林沼泽地,前进无路,瘴气袭人,在困境中寻求出路的人们在死亡的威胁面前慌乱不堪,有的甚至主张退回去向敌人投降。这时,唐珂站出来,做了部族实际上的领袖。他号召大家鼓起勇气穿越森林。其时雷电交加,怪木狰狞,泥沼张着吓人的大口,惊恐的人们遂迁怒于唐珂,怨他无能。唐珂的责任心受到了考验。童话就这样一层层地把唐珂推到了读者关注的中心。此时的唐珂,心燃烧得更炽烈了。

> 这时,森林依旧唱着它那沉闷的歌。雷还在响,并且下起了倾盆大雨……
>
> "为了把人们带出森林,我该做什么?"唐珂的叫声比雷声更响亮。
>
> 蓦地,他用双手扒开自己的胸膛,一把掏出自己的心,把它高高举在头上。
>
> 心在唐珂头上燃烧得如太阳般明亮,甚至比太阳还耀眼。这时整座森林都哑默了。森林被这伟大、热烈的红心火把照亮了,黑暗被光亮驱散,飞遁进了森林深处,抖颤地跌进沼泽泥泞的大口里。人们一个个像石人似的,惊呆了。
>
> "咱们走呢!"唐珂大叫一声,快步走到人群前头。他高高举着他那颗燃烧的心,照亮了人们前进的道路。

这无疑是童话史上精神最魁伟的、光彩最照人的形象。这一艺术形象所蕴含的思想力量非一般的艺术形象所可比拟。它启示着人们:在关键时刻,作为首领,其责任心必须经得住考验,他要勇于和敢于为大众的生存做出无私利人的抉择——甚至牺牲自己的性命。

1910~1913年间,高尔基向儿童奉献了童话:《早晨)(1910)、《小麻雀》(1912)、《叶甫谢依卡的奇遇》(1912)、《茶炊》(1913)。

《小麻雀》和《茶炊》两篇童话嘲笑了夸耀、骄横、狂妄和刚愎自用。《小麻雀》里的披羽毛主人公是个黄嘴小雀,但他一睁眼看世界,就对世界的一切进行喋喋不休的评议了。他还不懂得生活里各种现象之间的关系,却断定"如果树木不再摇动,风就不会刮了",他自信地断言他妈妈说的

"人用两只脚走路"是胡说,"一切东西全都应该有翅膀。难道在地上还能比在空中好吗?……等我长大以后,我要使所有的东西都飞起来"。《叶甫谢依卡的奇遇》是高尔基儿童文学美学观和创作原则的集中体现。他在阐述自己的儿童文学见解和对儿童文学的要求时指出:"我们的文学使命,不仅是反映周围发生的事物。它的任务要重大得多。它应当教会小读者想象、预见和创造。因此我们认为那些帮助孩子发展想象的文学形式——童话、幻想小说、科学幻想作品和描写明天的书,都是有重大意义的。"(《关于儿童文学的报告》)这篇童话异想天开,别出心裁,描写叶甫谢依卡梦见自己落到海底,整篇童话由他和鱼的对话所构成。

本时期里尚可一提的是加林-米海洛夫斯基(1852~1906)的朝鲜童话故事64则;尼·德·捷列肖夫据民间童话写成的《白鹭》《霞公主》等数篇,时而被选家遴收。

五、美国

美国在世界童话的"彼得·潘时期"里,出现了诗人卡尔·桑德堡(Carl Sandbery,1878~1967)的诗体童话《鲁塔巴格故事集》(1918)。童话取材于美国"鲁塔巴格乡村"的工人生活。童话以"白马女孩"和"蓝风少年"去寻找自己的出生地为线索,描绘了美国腹地广阔无垠的草原,写了一部真正的现代美国神话。这部童话超验想象十分奇特,读来轻松愉快。

第二节　巴里及其《彼得·潘》

詹姆斯·巴里的母亲常对巴里讲述自己的童年生活,讲述她自己在母亲死后抚养小弟的艰辛。这促成了他后来在童话作品中写出一个如慈母般照看几个被遗弃小男孩的温蒂。巴里曾有一个哥哥在滑冰时不幸身亡,时年13岁。这13岁的男孩在巴里母亲的心中一直是个长不大的孩子,他也就是童话主角"彼得·潘"的原型。

巴里在文学上初露头角就受到前辈著名作家罗·路·史蒂文生的称赞,说他是"天才"。巴里在创作《彼得·潘》之前曾写过几个类似的喜剧。1903年底写成的《彼得·潘》是一个探寻人类幸福奥秘的剧本。无独有偶,梅特林克的剧本《青鸟》也是同一意蕴,于是《彼得·潘》和《青鸟》同被奉为探寻人类幸福奥秘的双璧,20世纪初期幻想文学的两部经典。

温蒂、约翰和麦克的儿童房来了个彼得·潘("潘"在古希腊神话中是一个以纵情狂欢著称的神),他是半神半人的男孩儿。他教他的伙伴们飞翔,带着他们飞过了天空,来到了"梦幻岛"。这个国度里的人物都极富刺激性——印第安人、美人鱼、狼及众多的海盗,海盗中有一个叫虎克的,因右手被一条鳄鱼咬掉而在臂上接了个钢钩。虎克企图毒死彼得·潘,正在彼得·潘的生死关

头,像花朵一样美丽的仙女蒂恩卡·贝克对彼得·潘以自我牺牲相拯救。虎克真是个魔鬼!他把"世界上最毒的毒药"(毒草煮成的黑色液体)滴进了彼得·潘的药杯。正当彼得·潘要喝下毒药时,蒂恩卡"像闪电一般飞到彼得·潘的嘴唇与药水之间,一口把毒药吸得干干净净"。

蒂恩卡在空中摇摆不定了。

"你怎么了?"彼得·潘喊着,忽然有点害怕起来。

"这是毒药,彼得·潘,"蒂恩卡轻声告诉他,"现在我快要死了。"

"啊,蒂恩卡,你是为了我才这样做的吗?"

"是的……"

现在蒂恩卡的翅膀飞不动了。

蒂恩卡身上的光芒越来越暗。彼得·潘明白,等那光芒灭了的时候,她也就死了。彼得·潘哭了,蒂恩卡伸出美丽的手,让彼得·潘的泪珠在上面滚动……

蒂恩卡说,如果孩子们相信仙女,她便还能够再活过来……

彼得·潘伸出双臂向孩子们求救……向所有梦想着梦幻岛上的孩子求援。那些穿着睡衣正在梦中的男孩女孩,那些睡在摇篮里刚会做梦的光屁股婴儿,他们实际上离彼得·潘不远,不像你们想象的那样远。

"你们相信不相信仙女?"彼得·潘扬声大喊。

蒂恩卡猛然从床上起来,想听听孩子们的回答。

"如果你们相信的话,"彼得·潘又向孩子们喊道,"你们就拍一下手,救救蒂恩卡。"

许多孩子拍起手来……

蒂恩卡得救了。她的声音渐渐洪亮了,接着她从床上起来,高兴地在屋里飞来飞去。

这里,孩子们几下信任的掌声,竟让一个眼看就要被毒死的人起死回生!巴里就是这样来理解儿童的——他们稚嫩,但纯真本身内蕴着可能拯救人类的伟力。巴里创造的童话艺术高峰确实是不容易超越的。

钢钩虎克还把温蒂、他的弟弟以及和彼得·潘在一起的"迷路的孩子们"都关入了牢狱。最后坏蛋虎克终于被喜欢吃他的神出鬼没的鳄鱼吃掉了。"达林家的孩子们"回到了家,与他们的父母团聚了,但温蒂被允许每年春天回梦幻岛,为以鸟为友的彼得·潘做一次大扫除,清扫一下"迷路的孩子们"为他建造的小房子,这房子现在就像鸟窝一样筑在树枝间。

剧本《彼得·潘》后来改写成了长篇童话。长篇童话书名为《彼得和温蒂》(Peter and Wendy, 1911),新增了许多故事内容,加了最前一章和最后一章。最前一章说温蒂和她的兄弟们如何在彼得·潘去他们家之前听说了彼得·潘;最后一章说"温蒂长大后",她的女儿珍妮如何替代母亲在"梦幻岛"中的位置。1915年作者本人为小学生出版了一个节略本,1935年为幼儿出了一个版本。

《彼得·潘》用一个儿童战胜诡计多端、生性残暴的中年人的故事,在超自然的背景中塑造了一个"不肯长大的男孩"的形象,为转瞬即逝的美好童年唱出一首温馨之歌。彼得·潘是欢乐的童年和充满活力青春的化身,是人人心中存有却不可复现的往昔的影子。这别开生面的形象既属于富有想象天赋的孩子,也属于一切童心未泯的成人。作家通过他赞颂了永生的理想,永恒的生命力,和一无羁束的游戏精神。而"梦幻岛"是一个童梦之境,在那里可以尽情游戏和冒险,在那里,鸟笛声声,芳草萋萋,胸中郁结的任何块垒都会烟消云散,所有的人都会变得年轻,有丰沛的生命活力。

如果说《彼得·潘》还有什么可讨论的地方,那就是孩子总是盼望自己快快长大,而彼得·潘相反其道永远长不大。永远留在童年时代其实只是成年人的一种心理愿望,只是作家用自己的艺术意志将其移植到了男孩彼得·潘身上。另外,还有不少插科打诨,对于童话的整体结构是一无意义的闲篇。不过,由于这部作品的时代性成功,巴里杜撰的"温蒂"("文黛")这个名字如今竟还被许多英国父母采用作自己孩子的名字了,这也是作品经典性的一个有力佐证。

第三节 格雷厄姆及其《柳林风声》

肯尼斯·格雷厄姆在牛津上小学,却因家庭变故无力供养而没有机会在那里上大学,"格雷厄姆总是把写作看成他毕生的事业。那样,一张牛津或剑桥的文凭是绝对必要的。"然而格雷厄姆不能不怀着莫大的遗憾写作。幸而他结识了像约翰·罗斯金、威廉·莫里斯(1834~1896)这样的老作家,并受到他们的鼓励。他写诗作文,终于有《黄金时代》一书,很快振作了他的文学名声。随后用成人眼光看儿童的作品《梦想的日子》(1898)被读者所接受,并被认为是儿童文学创作的一场革命。1904年因为"孩子哭得厉害","不得不给他讲癞蛤蟆、獾和水鼠的故事"。就这样,关于柳林里的动物故事持续讲了四年,1907年5月到9月,他把故事写成信寄到海滨给度假的儿子去读。

1908年秋,作者在泰晤士河畔完成被称为"英国儿童文学中最伟大的作品"的童话《柳林风声》(The Wind in the Willows,初稿名为《鼹鼠与河鼠》)。格雷厄姆不久蜚声英语文坛。

作者以传神的笔墨塑造了比现实动物躯体大得多的癞蛤蟆形象,还有被放大了的三个伙伴:獾、鼹鼠、水鼠,他们都被用来展示人的个性:癞蛤蟆以绅士自诩,玩汽车成癖,自大自负,夸夸其谈,却倒也坦率诚挚;獾沉稳持重如慈父;鼹鼠爱究根究底,头脑聪明,活泼好动;水鼠则善良温顺、知识渊博。作者透过这四个生活习性不同、性格爱好各异、神态栩栩如生的人物来呈现英国上流社会人士的行为举止。正如作者致罗斯福总统的信中所说:"这本书所表达的是那些最简单人们的最简单生活乐趣,对这一阶层的人,你非常熟悉,也能理解。"著名的传记作家彼得·格林指出,这部作品也表现了作家格雷厄姆本人相互冲突的个性。在鼹鼠身上,他表现了自己胆怯但又富于冒险精神,喜欢结交朋友、乡村漫步和好食的性格。阿诺德·伯内特说,这部书是对英国人性格乃至人类自身的温文尔雅的讽刺。它是一部不可多得的智慧之作,被《纽约时报》称誉为"让人津津乐道、爱不释手的书"。

童话的成功还在于如临其境的生动描写。小读者被这种描写所吸引,不知不觉进入了如诗似梦的童话田园,也成了四个伙伴的朋友。小读者能够从作者的描写中感受到阳光照在身上的温煦,小读者甚至可以伸脚去踩踩清凉宜人的草叶,可以去河里探寻那个月色如银的静谧世界。那泥土,那水波,那林子,还有那青葱的草地,仿佛都一齐向你倾诉衷肠。

《柳林风声》的成功也在于幽默的精当巧妙。这种幽默突出地表现在癞蛤蟆身上,他是如此迷狂地追求时兴的交通工具,常常沉醉在开车的冒险中。这种痴迷劲很容易使读者联想起好冒险、求刺激的男孩及其狂野的性格。童话角色对白的幽默表现在孩子式的谈话中,往往是越严肃就越滑稽。例如,癞蛤蟆为了卖马来到吉卜赛人中间,吉卜赛人有意要买他的马,于是有这样一段对话:

"让我卖掉我这匹漂亮的马,卖掉这年轻力壮的马?噢,不卖……我太喜欢它,它也太喜欢我了。"

"试试去喜欢一头驴吧,"吉卜赛人劝他说,"有人喜欢驴。"

关于癞蛤蟆的描写是儿童读者最喜欢的部分,因为癞蛤蟆的故事特别激动人心。

幽默还表现在癞蛤蟆荒唐可笑的观念上。他因为观念不对头,所以总是要陷入困境,他的朋友为了帮助他从根本上改变而作了种种努力,结果常因此而发生许许多多喜剧性情节,给读者带来愉悦和满足。

格雷厄姆在银行工作,而他一生所钟爱的却是大自然。他对河畔小生命有深刻而细密的观察和了解。请看这一段夜幕降临时,鼹鼠在野林中迷路时的环境描写:

忽然之间,远远近近似乎有几百个洞,每个洞里都隐藏着一张脸,匆匆出现,又匆匆消失,全都用恶意和憎恨的眼光盯着他:那样的冷酷,那样的恶毒和凶狠。

这么一写,鼹鼠此时此刻惊恐万状的内心世界就烘托得很充分了。正是作者对自然风物的诗意描绘,使这部童话大为增色。

童话优雅的文笔正好和明媚的自然风光互相协调,构成道地的英国散文风格。成人对这部作品的喜爱和赞赏,其实很大程度上是对这种散文风格的喜爱和赞赏。

这部童话读来轻松愉快,不会使读者在心灵上有什么负担感和沉重感。感染力的传递,幽默感或种种具体细致的描绘,一切都不会让读者承受任何的压力。这部童话没有暗示和喻指(作家自言"没有第二层含义"),它不教训谁,有的只是朋友间的真诚和温馨。如果确有什么在启示读者思考的话,那么就是对别人多一些宽容大度,多一些同情和理解;要温暖一颗心,除了心的温暖没有其他代用物。这也可说是格雷厄姆对儿童和文学的祝福。这部童话对于英语圈以外的读者阅读魅力并不十分强,尤其是《黎明时的吹笛人》和《旅行者》两节,连英语读者都觉得文气不够贯通,A·A·米尔恩改成剧本时干脆就删去了这两章。

第四节 洛夫廷及其《杜立特医生》系列

休·洛夫廷(Hugh Lofting,1886~1947)自幼喜欢饲养小动物。他到过西非和南美,从事过多种工程职业,然而心所向往的却是文学创作。第一次世界大战时,他在弗兰德经常看见战马受伤,他写道:"要充分了解马受伤后如何需要治疗,得懂得马的语言。"1917年,洛夫廷战伤后在美国定居。1920年,他顺着"要懂得动物的疾苦就需懂得动物的语言"的思路,写成《杜立特医生》(The Story of Dr. Dolittle)并发表了。洛夫廷因此一时名声大振,甚至被喻为20世纪的卡洛尔(创造了"爱丽丝"形象的刘易斯·卡洛尔)。从此,他连连创作以"杜立特医生"为主人公的童话,遂形成系列。他把杜立特医生塑造成一位天真气十足的英雄,一位深刻地反对常规习俗的英雄。在作家心灵最深处隐藏的是对倾斜的世界的忧虑和对人类的绝望。他从1923年到1932年间还出版过六本儿童文学作品,并全由自己画插图。

洛夫廷是世界上系列作品越写越好的惟一作家。这个越写越好的"杜立特医生"系列其作品分别是(注:根据出版时间排序):

《杜立特医生的非洲之旅》(1920)

《杜立特医生航海记》(1922)(获纽伯瑞奖)

《杜立特医生的动物邮局》(1923)

《杜立特医生的马戏团》(1924)

《杜立特医生的动物园》(1925)

《杜立特医生的大篷车》(1926)

《杜立特医生的花园》(1927)

《杜立特医生上月球》(1928)

《杜立特医生从月球归来》(1933)

《杜立特医生和神秘湖》(1948)

《杜立特医生和绿色金丝雀》(1950)

《杜立特医生小水潭边历险记》(1952)

1925、1926年创作的两本被认为是巅峰之作。1927年创作的《杜立特医生的花园》因妻子过世影响心情而使作品不太连贯,1928年创作《杜立特医生上月球》时,作者已厌倦这一系列。1948、1950、1952年三本为遗作。这个童话系列中,1920年的第一本,由于轰动效应而传播最广。

杜立特医生原是给人治病的高明大夫,他十分喜欢动物。他发现金迷纸醉的社会里,他的聪明和善心不被理解,人不如禽兽讲恩谊和情义,于是他毅然决然改做兽医。他在一只见多识广的鹦鹉帮助下学会鸟言兽语,并利用这一本领为动物治病。一个消息传来,说非洲猴国瘟疫蔓延,急需医生救治,猴子们慕名请求杜立特赐治。杜立特当机立断,借船带领身边的动物赶往非洲。童话一写到非洲,作家施展笔墨的余地就宽阔了。先碰上了乔里金克王国,这王国的国王曾上过白人的当,"许多年以前,这一带来过一个白人,我好心好意地接待了他,没想到他后来在地上挖洞找黄金,还把大象弄死并拔掉象牙。弄够了这些东西,他就悄悄地开船跑了,连句'谢谢'也没说!"所以不让杜立特通过。幸巧伴医生前往的鹦鹉"波丽"利用他能说人语的本事"蒙"住了国王,让国王放行。国王发现自己被"蒙",火速派兵来追。童话推进到了对孩子最有诱惑力、最"紧扣心弦"的情节、场面:危急之际,只听得大猿猴下令道:"一分钟内造起一座桥来!"

> 医生感到很奇怪,不知道他们会用什么搭桥。他使劲四处打量着,想看看他们是不是在哪里藏着木头之类的材料。
>
> 但是,当他再回过头看一看身边的悬崖绝壁时,一座桥已经架好!河流上空出现了一座全部用猴子的身体连接而成的桥!就在他刚才转身看别的方向时,猴子们以闪电般的速度,用自己的身体手手相连,凌空架起了一座猴桥,把两边悬崖连接了起来。
>
> 大猿猴对着医生大声呼喊:"过桥,快!"
>
> ……杜立特最后一个过到了对岸,国王的人就冲上了悬崖。
>
> ……猴桥及时地收上了猴国的国土。

救治开始,连狮王也被迫当了助手。猴国的瘟疫被遏止了。猴国是个不知"钱"为何物的国度,为了表示感谢,他们决定捕一匹"双头鹿"献给医生。这"双头鹿"可是个奇而又奇的动物,他

"每次睡觉,只有一半睡着了,另一半醒着。一个脑袋合上双眼熟睡了,另一个脑袋却没睡,大睁着双眼。"杜立特把双头鹿带回英国展览,赚了大钱,然后退休,同管家鸭、馋猪、猫头鹰和猴子一起生活得很愉快。

这部童话只要写到动物、孩子处,笔端就流溢着温柔、同情和热忱,在这种氛围下刻画中心人物杜立特的善良和乐观,使得这个幻想奇妙、跌宕有致、曲折动人又入情合理的故事,传达出一种温暖的人道主义精神,以及作家对和平友爱的向往。作家围绕中心人物而展开对包括令人耳目一新的"双头鹿",曾周游世界、见多识广的能言鸟鹦鹉,用灵敏嗅觉救了一条渔民的狗,长于计算的猫头鹰,体型奇特的舱底老鼠等的描写时,自然地把知、奇、情、理融为一体。特定的喜剧性场面需要他们,他们则通过这些特定的喜剧场面而显示了自己的习性和本领。

洛夫廷1920年出版的第一部童话被指摘为存在对黑人的种族歧视,是"一个白人种族主义者和沙文主义者"。因而他的《杜立特医生的非洲之旅》向来被列为有争议的作品。这种说法倒也不是空穴来风,其主要根据之一是黑人邦波王子恳求杜立特医生把他改变成为白人。洛夫廷可能受过当时流行观点的影响,但他断乎不是"一个白人种族主义者"。他在自己的文章中曾经这样明确表述过他的观点:所有的人种的儿童要是得到同一的体力和智力发展机会,那么他们达到的各种指数将是一样的。如果我们的孩子们都懂得这一点,"那么我们就为和平与国际主义的大厦的基础中安放了又一块十分坚实的基石"。据此,我们可以判断:洛夫廷的个别描写虽稍有不当,却于有色人种并无恶意。他是一位有着善良心地的优秀作家,是毋庸疑义的。

第八章

温尼·菩时期：童话在游乐儿童

俄罗斯 19 世纪前期杰出的儿童文学批评家维·格·别林斯基(1811～1848)曾说："有一些人，他们喜爱儿童世界，善于用故事、用讲谈，甚至用与儿童一块儿做游戏的方法，使儿童感到非常快活；儿童也怀着极大的喜悦欢迎这样的人，投入地倾听他们所说的一切，带着真诚信任的感情把他们看做自己的朋友。在我们俄罗斯，人们都说这样的人是儿童喜欢的人。儿童文学所需要的正是这种"儿童喜欢的人"。这样的儿童喜欢的作家能自觉地给孩子以娱乐。同孩子游戏、给孩子娱乐的自觉意识到 20 世纪的 20～40 年代就更强烈了。米尔恩和特莱弗丝的童话就因为强烈的娱乐性和没有隐含意义而成为孩子自己要读的书而不是大人强要孩子读的书。

A. A. 米尔恩(Alan Alexander Milne,1882～1956)以人格化的玩具为主人公的中篇童话《小熊温尼·菩》(Winnie-The-Pooh)，出版于 1926 年。作者说他"写作时本能地不去考虑功利"。童话人物和故事都是米尔恩从对自己的独生子克里斯多弗·罗宾的观察以及对儿子幻想的理解中提炼出来的。作家用精熟的技巧和简洁的语言娱乐儿童，而不是功利地、急切地对孩子耳提面命。20 世纪 50 年代，英国有一位名叫班杰明·霍夫的研究者以为："小熊温尼·菩"的生活方式与中国古代道家创始人老子、庄子构想的人生准则竟有惊人的相似性。这人生准则的宗旨是崇尚自然、淡泊功利。这是符合米尔恩的创作心态和《小熊温尼·菩》的实际本质的。

孩子的兴趣在娱乐，成人的兴致在教导。醉心于宗教灌输已经显示出教会的愚蠢，作家贴近孩子兴趣的创作显示了作家的明智。米尔恩崇奉儿童天性的艺术使《小熊温尼·菩》及其续篇成为英国，实际上是英语世界儿童文学中最受欢迎的作品之一。那里的孩子反复地读它们，长大后还受其影响。米尔恩的书成为最好的儿童礼物，"小熊温尼·菩"的形象成了生日礼品、绘画、游园会及许多产品的标志。

由于米尔恩成功地创造了"小熊温尼·菩"的形象，并得到了普及，甚至形成"小熊文学"的一类童话，故而这一时期不妨称为"温尼·菩时期"。

第一节 概 说

一、英国

20世纪的英国,从20年代至40年代是不断涌现世界性著名童话作家的三个年代。其中米尔恩富有喜剧意味的童话,至少可与波特这样的幼儿文学泰斗相媲美。从1934年开始,特莱弗丝以幻想的新奇和大胆为特点的"玛丽·包萍丝阿姨"系列童话著称。1937年出版的《霍比特人》可与《爱丽丝漫游奇境记》和《柳林风声》相比肩,它的作者J·R·R·托尔金因而成了英国儿童文学"黄金时代"的经典作家。

英国儿童文学史家重视本时期里的一部童话《小灰兔》(1928),它的作者是阿丽森·厄特莉。童话塑造了一个喜欢干净、勤劳、足智多谋的小灰兔。厄特莉有丰富的乡村生活体验,所以作品颇具独创性,甚至比波特的《兔子彼得》更易在读者心中留下印象。

连环图画书的画家S·G·休谟·比曼(1886～1932)的《玩具城》在1928年发表,次年被改编成广播剧。作品里的山羊拉里、小獾丹尼斯、魔术师和发明家都很有喜剧人物的效果,与米尔恩的喜剧趣味相似。

1942年,一个当过18年美术教师的"B.B."(彼彼,D·J·沃金斯-皮奇福特的笔名,1905～1990),出版了自制插图的童话《灰矮人》(The Little Grey Men,《小灰人》),同年获卡内基奖。《灰矮人》的三个主人公都是地下财宝的守护神,他们住在沃威克夏,因为一个伙伴失踪而外出寻找,并上溯美丽的愚人河。途中,他们战胜了恶巨人,使乌鸦林重新成为动物乐园;他们被困在白杨岛上,靠一条玩具船而绝处逢生;他们敢于面对追踪而来的狐狸。他们凭自己的机智勇敢化险为夷,这种为伙伴而不畏险难的精神对孩子很有鼓舞力量,尤其是其中的"哆嗦"敢于探索、敢于创造、敢于斗争,因而更能在读者记忆中留下印象。童话传达了作者对大自然的热爱之情,读者不由得不为愚人河的迷人景色所陶醉,不由得不和作者一道为两岸的美丽与富丽连连赞叹。

B.B.是一位酷爱大自然的学人、动物故事作家。同样在字里行间融浸英国中部大自然之美,以揭示大自然之意义为特点的童话作品还有《灰矮人》的续篇《沿欢乐的小溪顺流而下》(1948),另外,《布兰顿追猎》(1944)也是他最好的童话,《黑巫婆的池塘》(1957～1969)、《曼卡——天空中的吉卜赛》《荒原的孤独者》《狗獾别尔系列童话》《布兰德窄轨铁路边的森林》(1955)、《布兰德奇才》(1959)等以动物为主人公的童话也颇受称赞。B.B.的童话并非特别为儿童而写,但一直受到少年儿童的青睐。

泰·罕·怀特(Terrence Hanbury White,1906～1964)于1938年出版的《石中剑》(The Sword in the Stone),是一部以中世纪为背景,刻画少年亚瑟王形象的小说童话。其塑造人物的丰满、生动、可信,堪与托尔金在《指环王》中塑造的形象相比。他于1947年出版的《小玛丽亚奇游矮人岛》是受《格列佛游记》的影响而写的童话作品,写的是10岁的玛丽亚游访小矮人居住的小岛的情形。这些小矮人是格列佛那时代小矮人的后代,他们被怀特描绘得古色古香,十分优美。

二、包括《小王子》在内的法国童话

法国原本是在童话文学方面最早有贡献的国家,只是后来受卢梭主义的影响,以及其他种种原因,童话的发展逊于其他欧洲国家。但20世纪30年代埃梅童话的创新和成功,并传之广远,又使人想起法兰西毕竟是童话传统悠久的民族。

20世纪30年代,四位法国作家所创造的幼儿童话引起了国外的重视。一位就是保尔·富歇(1898～1967),他创造的《海狸老爷画册》《海狸老爷的作坊》《野鸭子普鲁夫》《棕熊布尔干》,是他320多种不同类型图画书中的4部杰作;布伦奥夫(Jean de Brunhoff)父子在图画书中创造的小象"巴巴尔(Babar)"形象,不仅在法国家喻户晓,而且国外也争相译介。此外,邦雅曼·拉比埃的50多种图画书也令孩子们爱不释手。

法国在40年代,有一部被认为是"文学水准很高,却不是所有孩子都能理解的"童话作品,那就是既是职业飞行员,又是著名作家的圣-艾克絮佩里(Antoine de Saint-Exupry,1900～1944)的中篇童话《小王子》(Le petit prince,1943)。

圣-艾克絮佩里1926年开始发表作品,曾因《夜航》(1931)获费米纳奖,因《人和土地》获学士院小说大奖。第二次世界大战中,法国陷落于德国法西斯之手,他带着幻灭感和愤怒情绪流亡美国。《小王子》成稿后于纽约出版,这是他献给留在法国沦陷区的犹太朋友雷翁·威特尔的。

圣-艾克絮佩里有意识地追求着一种超越生命的价值。他以为爱和友情是高于一切的,《小王子》正是明确地体现着这种追求。小王子从外星球来,他曾先后访问了六颗行星。第一颗行星上只住着一个可笑的权欲迷;第二颗行星上只住着一个虚荣迷,他老举着一顶滑稽的帽子,以便向喝彩的人们还礼,可惜总也没有一个人来;第三颗行星上住着一个酒鬼;第四颗行星上住着一个为占有全部星星而终日忙碌的虚幻贪婪的商人,他已经把星星数到501,622,731颗;第五颗行星上住着一名辛勤工作的点灯人,他虽然可以做朋友,"但是他的天地多么狭小啊,除了他自己,容不下第二人";第六颗行星上住着一位天天忙于繁琐考证却不知海洋、山脉为何物的老地理学家。这六种人实际上是现实人生的讽刺性写照——功利、机械、刻板、没有爱,因此也就没有幸福和安慰可言,就没有人生的真正意义。

小王子的寻觅,反映出现代人普遍存在的一种精神饥渴。而这种精神饥渴对孩子而言尤其敏感。因为成人可以接受"流行的、统一的信仰",孩子却不能接受。孩子的处世态度和看问题的观点与已获得"健全思维"(实际上是世俗功利性思维)能力的成人很不相同,也因此,孩子所具有的幻想力,成人反而没有,孩子能感受和发现的价值和意义,成人反而感受不到和发现不了。《小王子》集中地写出了圣-艾克絮佩里的人生感悟:要滋润我们的精神家园吗?让我们到稚童身上找寻我们的启悟。

这部缺少连贯故事情节的童话,在表现从外星球来的小王子与人类行为不协调的关系上,显得异想天开,深奥微妙,隐晦曲折。结尾处,狐狸的阐释透露出作家心中的底蕴:"爱和友情就应在你身边寻觅。珍惜一切美好事物,努力把好的变得更好,这样你就会感到幸福;如果你使别人的心感到亲热,那么你对周围的存在都不会感到空虚。"作者通过童话表达了一种热爱人们的信念。

这是一部长于沉思遐想的作家写的诗性童话,所探讨的是人生的真谛。作者以高超的写景状物的艺术才能真实、生动又精微地描绘了非人间的人事和景物,用纯净的散文诗语言画出各种人物形象,表现了作者高尚的情操和充溢诗意的思绪,孩子可以在其中感受到特殊的美,成人可以在其中揣摩富于诗味的寓意。但对于习惯主题明朗的读者,这部童话的吸引力恐怕就显得不够了。

这部弥漫着爱和梦幻的故事其实不过是一个童话小册子。但是圣-埃克絮佩里就凭它而不朽于文学史而不是儿童文学史了。这是视野特别开阔的飞行员对于人类、人性的诗性追问，一个孤独者关于宇宙的沉思性追问——而且追问没有答案，好也就好在没有答案，不朽也就不朽在没有答案。

三、东欧

在20世纪的20到40年代，东欧出现了一批艺术趣味与西欧童话相异的童话，它们的创造者多半是像埃林-佩林和卡雷尔·恰佩克这样的成人文学作家，有较高的艺术禀赋和较深的修炼，他们的幻想空间里充满浓厚的生活气息，作品有较强的可读性，只是世人对它们所知较少。

东欧的童话成绩以捷克为著，有恰佩克兄弟、拉达、万丘拉、波拉乔克、沃尔凯尔。

绘画艺术家约瑟夫·拉达(1887～1957)在为《好兵帅克》画插图成名后，利用了一些民间童话和古代童话的某些艺术成果，追随卓杰的幻想文学家卡雷尔·恰佩克，写了几部突破人物性格类型化、自称为"反过来写的"童话，1940年出版了一本《反过来写的童话集》。这种童话可以《聪明的小狐狸》(1940)为代表。

《聪明的小狐狸》利用了《列那狐的故事》中的一些情节，刻画狐狸的狡猾——狡猾到男女老少都手持武器，决心要捉拿他的时刻，他却钻进了他经常"光顾"的火腿香肠店，"选"走一只最肥的火腿！但拉达的艺术创造性表现在对狐狸的描写(实际上是写了一个机敏男孩的聪明、善良和淘气)，狐狸的狡猾中表现了他天生的聪明，但聪明有时反被聪明误，说明"聪明"并不等于"智慧和本领"。他的聪明一旦和善良相结合，他就成了天下最能干、最称职、责任心最强、最可信赖的守林员。

在这部中篇童话获得成功之前，他曾为自己的小女儿阿莱恩卡·拉达写过一部叫《黑猫米克什的故事》(1936)的长篇童话。这是一部黑猫米克什的历险故事。这部童话曾在一本画刊连载，结果引得全捷克的小孩都来关心这只可爱的黑猫，以至于拉达想以黑猫"丢失"做结尾都不可能，于是黑猫米克什又串起了许多故事。

《淘气的故事》也和其他童话一样，能显见恰佩克童话对拉达的影响，人物都被"反了过来"：巫师和魔法师都是普普通通的人，他们有善良的，也有美丽的。这些"人物"都十分理智，而且知道自己应当怎样行动。女巫研究列车时刻表和地狱内部的规则；公主坐上汽车东奔西跑，还对记者发表谈话(《懒惰的洪扎》)；灰姑娘装扮成健壮的小伙子(《彼毕里亚克》)；一个名叫玛妮亚的公主把一个石匠的儿子从地狱里解救出来，并和他结了婚，从此就在乡村过日子(《勇敢的公主》)。

符拉吉米尔·万丘拉(1891～1942)是捷克大小说家，被法西斯匪徒杀害。他在1931年为儿童写了一本意蕴深沉的童话《库布拉和库巴·库比库拉》，其中心思想是要体现"在邪恶面前不胆怯"是十分重要的。童话里出现了一个作家杜撰出来、能吓死人的怪物巴尔布哈。然而，当人们不怕他的时候，他日渐消瘦，最后消失得无影无踪。俄罗斯一位捷克儿童文学研究者谈到这部童话作品时说：熊妈妈库比的熊儿子和熊丫头令人捧腹的历险故事，"很像一本民间的通俗读物，具备形象鲜明、内容丰富、想象无拘无束、讽刺揭露尖锐泼辣的特点。这个作品又像一出在民间演艺场的舞台上，对民众演出的谐剧。童话和民间谐剧本来就有某种共通的地方。谚语、俏皮话、尖酸刻薄之语等等，这一切民众喜闻乐见的街言巷语，使万丘拉的童话显得十分丰富多彩。"

被法西斯匪徒绞死的天才作家,也是恰佩克的追随者卡雷尔·波拉乔克(1892~1944),其中篇童话《艾杜唐特的弗兰齐莫尔》是一部从离奇的、反常的眼光,来揭示现实世界的重要作品。

捷克的依·沃尔凯尔(1900~1924)在1921到1922年间写了两篇童话:《偷太阳的百万富翁》《扫烟囱的人》。后者写孤儿叶尼克想通过一颗纽扣改变自己的命运,他对幸福的憧憬、向往和穷苦人之间的相互理解、相互帮助的情景,都写得细腻、真切,足以摇撼读者的心魄。

卡雷尔·恰佩克曾与胞兄约瑟夫·恰佩克合作,为幼儿提供童话读物。童话《小狗小猫洗地板》写小狗、小猫用自己的皮毛,把地板擦洗得干干净净。

罗马尼亚的米哈依尔-萨多维亚努(1880~1961)是罗马尼亚现代文学经典作家,作品有100卷。萨多维亚努的童话有一种醇厚的乡村生活气息。这是因为他深谙民众苦乐、熟悉民众语言和民间口头文学,这一切都使他的创作具有鲜明的民族风味。萨多维亚努描写野生动物和家养动物的童话作品,标志着罗马尼亚乃至整个东欧的最高水准。萨多维亚努的童话多是于1924年在罗马尼亚古老的民间童话基础上写成的林中生活故事,成集时名为《绿围裙》。《奇妙的密林》(1924)是他专给年幼儿童写的,还有一本书名为《倔驴》的童话成稿于作家80岁时(1960)。

罗马尼亚著名诗人和作家土多尔·阿尔盖齐(1880~1967)想象出了一座童话城,娱乐性的童话都收在《他们从玩具书里走出来》。

切札尔·佩特莱斯库(1892~1961)是罗马尼亚著名作家和翻译家。他在1932年出版的童话《弗兰姆——白熊的故事》是一本十分精彩的童话,一出版就成了罗马尼亚童话的典范之作,为罗马尼亚儿童文学不可多得的一件珍品,被一代又一代的儿童所传读。这是一部现实性和童话性结合得很好的作品。一头由北极考察队员送来的北极熊弗兰姆,被训练成了闻名遐迩的马戏班演员。他常在驯兽员不在场的时候想出新的特技,想露一手给大家看看。后来弗兰姆因思乡而成疾……马戏班主只得将北极熊送回冰雪封冻之国。然而到了北极,他却已不能忍受酷寒。于是接受过文明训练的北极熊又离开北极那冰天雪地的奇寒世界回到人间。这部童话的主题在于表现人兽之间的关系。它通过抒情基调的童话叙述,生动地表现出人道主义思想。在佩特莱斯库的童话中,四脚角色被人格化了,分成了智善和愚恶两类。但他不是套用类型化的民间童话角色,而是在动物的心理活动中呈示出角色的性格。作家深信兽类在人间生活久了,就总能唤起纯正的感情,真诚善良和儿童般的坦率。读佩特莱斯库的童话,能使小读者激发起一种向真、向善、向美的感情,和对四脚朋友的挚爱之情。

保加利亚的童话由埃林-佩林(1877~1949)开创了一个好传统。他汲取民间文学的丰富营养,经营出乡土气息浓郁的作品,因而其童话字里行间洋溢着保加利亚民族的精神和情感。他那蕴蓄人道主义的童话在世界上不胫而走,代表着东欧地区本时期童话的最高成就,和捷克的大作家恰佩克并峙为巍峨双峰。埃林-佩林具有典范意义的代表作是《扬·比比扬奇遇记》(1933)、《扬·比比扬飞向月球》(1934)、《老磨坊》《小依凡乔的手指》《唇上开放玫瑰的姑娘》五篇。埃林-佩林的童话虽然写的是磨坊、小河、手指,还有妖魔之类,他们都像有血有肉的人那样会说话、会行动,但是这些艺术假定均是建立在埃林-佩林厚实的现实主义基础之上。也正因为如此,埃林-佩林的童话作品有些就很像民间生活童话。

中篇童话《扬·比比扬》中的小主人公扬·比比扬,是住在高山脚下、大河岸边一个小镇里的小男孩。他向来是光脚板走路。"他的脚板很宽,就像癞蛤蟆一样,十个脚趾往外叉开。"由于他不走正道,就被父亲赶出了家。正当扬·比比扬感到孤单时,他遇上了额头两边"翘起一对小角,后面拖着一条尾巴"的小魔鬼"咳克"。两个小家伙很快成了捣蛋朋友。小魔鬼"能变成各种各样的动物,还能模仿它们的声音","会隐身法,在黑暗中能看得见东西"。小魔鬼用隐身法去偷商店的食物来供养扬·比比扬,于是他们就成了形影不离的朋友。但是魔鬼是以作恶为业的,作恶是他们的本性。而且容不得一点善的残留。扬·比比扬由善向恶,但还留下一分善:那就是每天要送一块他偷来的大圆面包到自己家的破茅屋门口。而按魔鬼世界的规矩连这分善也不能容忍。老魔鬼当即给儿子咳克下令:"必须把那个会发善心的脑袋换掉!"于是魔鬼父子合谋将扬·比比扬那个会发善心的脑袋换成了泥巴脑袋。从此,扬·比比扬进入了魔鬼王国,陷入了困境。这时,他得到了另一个顽童费尤特的友好支援。与生俱来的智慧和善良的秉赋,还有不可销磨的希望,这些素质和品格帮助他冲出魔鬼王国,战胜了恶魔米里莱莱,救出了被施了魔法妖术的美女李安娜,而最重要的是,他终于找回了那个一度失去的脑袋。

高尔基对于创造"比比扬"形象的埃林-佩林评价很高,他说:"有像他这样的作家,是任何一个国家都可引以为荣的。"

其后继者有保加利亚著名作家安格尔-卡拉利切夫(1902～1972),他为成人写作品的同时,也为孩子出版了童话集《童话世界》(1929)、《走运的人》(1929)、《巨人与蟒》(1946)、《无尾狮》(1958)。其童话多在民间童话故事基础上写成,颇得儿童喜欢。卡拉利切夫的童话在流传中,《母亲的眼泪》被选家擢为代表作。

尼古拉·哈依托夫是农家出身的保加利亚小说家和剧作家。他在自己的童话创作中广泛利用民间童话的故事。中篇童话《林中探险》对祖国大自然作了诗情洋溢的描绘。另一篇童话《恶龙》则具有民族史意义。

波兰有一批作家为孩子奉献了值得一提的童话作品,其中雅努什·柯尔恰克(1878～1942)被波兰儿童文学界推为经典作家。柯尔恰克是位热心的教育家,长期担任"孤儿之家"的主任。现在"孤儿之家"的正面钉着一块纪念碑:"一生献给儿童教育事业的雅努什·柯尔恰克担任'孤儿之家'的主任,曾在此居住并忘我地工作。他被希特勒法西斯匪徒折磨后英勇就义……"柯尔恰克曾指出:孩子有自己丰富而又复杂的内心世界,有细腻、敏感的心灵,为了建立他们正确的信念,大人得谨慎地对待他们,尊重他们的人格。他有句名言可以用来概括他的教育观:"错中的大错就是把教育当作娃娃的科学,而不是作为人的科学。"

柯尔恰克写了两部连续的中篇童话《国王马季乌什一世》(1922)、《马季乌什国王在无人岛上》(1923)。童话有明显的自传成分,作品中的抒情及对待孩子的亲善之情很是扣人心弦。

波兰诗人、作家、翻译家扬·列斯曼(1900～1966)给自己取了笔名"勃谢赫瓦",意思是"爱说笑话的人",一生为孩子写了许多童话。勃谢赫瓦在成名后给孩子写了两本童话集《针和线跳舞》(1938)、《稀奇古怪的鸭子》(1939),以及多部童话诗,包括一部写海盗帕莱蒙的故事,名为《多莱米先生和他的七个女儿》,和三部曲《林扎先生在原始森林里》《林扎先生在海底》《林扎先生在月球》。勃谢赫瓦的系列童话,透过离奇的情节与在虚构国度里的冒险,勾勒出一个"新吹牛大王敏豪生"式的人物,这个奇特的而且神通广大的人物名为"一点黑先生"。在《一点黑先生研究院》《一点黑先生历险记》等篇中,作家用拉伯雷式的想象,把引人发笑的荒谬故事和诗情画意交融起来。勃谢赫瓦的幻想作品中有时出现孩子们很熟悉的"小红帽""睡美人""青蛙公主"等,而情节却都是他精心造出来的。勃谢赫瓦也写以动物为主人公的童话;并且给幼儿留下了他的童话作品《国王的笑话》《国王的故事》等等。他还把俄罗斯的一批童话名著如《小驼马》和高尔基童话译成波兰文。

另外有五位波兰女作家也为孩子写了童话:雅·勃仑涅芙斯卡写了《小布头巴尔比历险记》;玛·柯芙纳兹卡(1894～?)的《小泥人历险记》;阿·奥宝茨卡《陶鸟,你好!》;海·别赫列罗娃(1908～?)写的《白菜叶》则以"患难识真友"为主题,她的中篇童话《栗树的房屋》,把民间传统的童话形象和儿童想象融为一体,创造了一个新的魔幻童话,讲了彼得鲁斯和卡西亚在婶婶家做客的快乐故事;而刘·莉古特则写了童话《乐器店》。

本时期南斯拉夫童话,首先应该提到被称为"克罗地亚的安徒生"的女作家伊万娜·布尔丽奇-马佐兰妮奇(1874~1938)的童话集《古克罗地亚传说》,其中的野兽、神魔和好心精灵都氤氲着古代生活气息。

四、德国

德国在本时期经历了"军国主义、沙文主义、法西斯主义,疯狂入侵他国,终而至于战败国"的演变过程。虽然世纪之初,1906年,就有克拉拉·蔡特金(1857~1933)在德国作家协会的代表大会上指出,德国儿童文学读物中有军国主义、民族沙文主义、宗教迷信等精神毒素,但是没有引起人们的足够警惕。值得一提的童话只有丽札·台兹涅尔(1894~1963)的《游地球一周的汉斯·乌里安》(1919)。

本时期童话成就突出的作家是汉斯·法拉达(1893~1947),他曾以小说家身份出任编辑和记者。法拉达的童话由于强大的艺术力量而在德国儿童文学史上占有显要地位。

法拉达童话的基本特点是处处流露着作家的人道主义思想,以及对真善美的追求和向往,流露着作家对命运悲苦的受屈辱者的深切同情。作家在童话中用隐喻和暗示的方式,谴责维护权势者对贫弱者统治的社会秩序。法拉达童话创作的艺术特点是:善于把发展中的情节写得紧张有趣;细腻且引人入胜地描写普通人的日常事物和心理活动;借助于评断性的插话和对话揭示人物的内心世界;通过日常生活细节来表现人物活动的环境。活跃在法拉达童话舞台上的多是魔幻和动物角色。他毫无顾忌地在童话中谈论生活中和心理上的复杂问题,比如,在《垂耳鼠的故事》中,借由一只母鼠对一只公鼠的一见钟情,道出了孤独的苦闷;《一只倒霉母鸡的故事》则道破了漂亮、华彩并不能带来真实的幸福,幸福只有从劳动中去求取;《一枚三马克金币的故事》赞美了忠实的友谊和自我牺牲精神;《可靠的刺猬》则充满了哲理的内涵。但法拉达童话中那些洋溢着欢乐、幻想和幽默的、读起来十分带劲的童话,则更贴近儿童的情趣和观念,例如《可怕的客人们》《妈妈童话》,尤其是喜剧人物童话《翻着筋斗走路的人的故事》。

不过,法拉达童话中最值得称道的还是《一枚三马克金币的故事》。故事写一个名叫安娜·巴尔巴拉的孤女到财主家去做女佣,约定每做完一年给一枚三马克金币作报酬。但是这枚金币得由安娜自己从成堆的脏硬币中拣出来。最后是一个蹲在醋瓶子里的小丑人出来帮助安娜解决了难题。因为平时安娜无论吃什么总分给小丑人一些。小丑人帮助她从主人的脏硬币堆里拣出了那枚作为自己工资的三马克金币,但上头血迹斑斑,她倒出醋瓶子里的浓醋拚命洗,也没能把血迹洗掉,姑娘难过得落泪了,不料她一哭倒哭出一个奇迹:眼泪洗掉了血斑,而小丑人也变成了英俊少年。安娜·巴尔巴拉以自己的忍耐、坚韧和无私的爱,赢得了少年的爱。不是财富,而是诚实、勤劳和纯洁的心地给人带来幸福!"大家都知道的,谁拥有一枚不沾血斑的金币,谁就能永远幸福!"

比法拉达童话流传更广的是德国著名剧作家和小说家弗里德里希·沃尔夫(1888~1953)的童话名作《彩兔》(集名),另外传世的还有中篇《比特和莱娜》(比特是啄木鸟,莱娜是海鸥)。沃尔夫以动物为主人公的童话文笔清丽,充满人情味和生活情趣,其分明的爱憎感有利于小读者分辨是非善恶。关于自己的童话,沃尔夫说:"每篇童话故事都以轻快的格调讲述动物与动物间的互助友爱,以及动物与人类之间的友谊。"

另一位作家柏吉尔的科学知识童话,满足了正在改变阅读兴趣的少年儿童的需求,《太阳请假的时候》《被埋葬了的城市》《玻璃棺材》等等都引起孩子们的兴趣,且历久弥新。

此一时期的奥地利出版了一部千古不朽的童话名著《小鹿班比》(Bambi,1923～1928),它的作者是萨尔登。

五、北欧

北欧在安徒生以后的一个世纪里,没有产生像安徒生那样影响深远的童话作家。本时期里只有瑞典有少量的童话。如古斯塔克诺孙的《秃尾巴猫历险记》(1939),写一只生下来就被老鼠咬掉尾巴的小猫贝莱,因为没有尾巴而受到伙伴的欺辱,后来他被一个好心人抱了去,到了新环境里才开始了他的新故事。而郭·林苔的《悠悠飘动的气球》和伊莎·比斯科的低幼童话也颇有影响。

六、俄罗斯

俄罗斯在本时期正处在政体转换动荡的年代。19世纪的俄罗斯童话传统遭到满脑子庸俗社会学观点的官员、教育界人士、出版界人士的毁灭性摧折,认为幻想读物只会引导孩子无法真实地理解生活,有害而无益,就连普希金童话、安徒生童话都被认为不适宜儿童阅读。在这种否定童话艺术价值、阅读价值和教育价值的逆流中,1930年前后一段时期内的俄罗斯童话几成沙漠。幸好高尔基及时而勇敢地反击了这股糟蹋童话和童话作家的庸俗社会学势力,在1930年1月和2月的《真理报》上发表了旗帜鲜明、论锋犀利的文章:《两耳塞棉花的人》《论不负责任的人和儿童读物》。高尔基的威望和理论力量保卫了俄罗斯少年儿童阅读幻想读物的权利。

柯尔奈·依凡诺维奇·楚科夫斯基(1882～1969)是参加了苏联儿童文学奠基工作的重要作家。他是个多才多艺的人,是哲学家、诗人散文作家,也是翻译家。曾因《尼克拉索夫的艺术技巧》(1952)而获得1962年的列宁奖金。童话成就只是楚科夫斯基一生重要成就中的一项。他1916年就写了《鳄鱼》。从1922年起,他连续为低龄儿童写了童话诗《大蟑螂》(1922)、《电话》《乱七八糟》《奇树》《费多尔的苦恼》(1926)、《偷来的太阳》(1935)、《哎哟大夫》(1935)、《比比贡》(1945)、《谢谢哎哟大夫》(1955)、《澡盆里的苍蝇》(1969)。其中传播最广的是据英国作家洛夫廷的童话《杜立特医生的非洲之旅》改写的童话诗《哎哟大夫》,后又写成散文出版。

楚科夫斯基的童话篇篇都写得让孩子读了快活,这首先是因为他的童话诗富于游戏性和幻想的奇遇性。他童话中出现的一切都活动着、蹦跳着、飞旋着;所有动物乃至一切东西都会说话,都会争吵,都会游玩。这些能唤起儿童愉悦、惊奇、欣喜的童话,都是在他观察孩子,了解他们的兴趣、向往、语言,了解他们对创造的不倦追求的基础上写出来的。更不可忘记的一点是,楚科夫斯基写这些童话时,正是一些教育家和庸俗的社会学家否定童话这种儿童文学样式的艰难时期。

萨莫依尔·雅科夫列维奇·马尔夏克(1887～1964)是具有国际声望的抒情诗人、剧作家、童话作家、翻译家、评论家、出版家和社会活动家,在苏联文坛上活跃了六十年,成为饮誉世界的苏联儿童文学杰出代表,曾多次荣获国家级的文学奖励。

马尔夏克的童话贡献分童话剧、童话诗、童话翻译、童话理论四方面。其中主要贡献是童话剧。马尔夏克的童话剧多半在各国民间童话基础上,在重新创作中赋予民间童话新的主题。马尔夏克据俄罗斯童话写成的有《山羊的故事》《小楼房》《异乡人彼特鲁莎》《猫房》《厄运》等。严格地说,《猫房》并不是根据民间童话写成的,而是根据朴朴实实的儿歌"梯利一蓬,梯利一蓬,猫房燃在大火中……"写成的。现在看来,这些童话剧说不上有多精美,但在 20 年代,马尔夏克现实主义风格的童话剧本是为了反对象征派、颓废派和"夫人(Dame)诗人"派的童话剧而存在的。许多年后,当马尔夏克重新审视 20 年代初期匆匆草就的剧本,他感到有必要将它重写。于是,以成熟的诗笔重写的简短童话喜剧《猫房》出现了。重写的童话剧以犀利的讽刺锋芒,无情地嘲笑了愚妄、骄横,和小市民对财物的贪婪。作者的传神笔墨把"猫"的自鸣得意、闲游浪荡以及那些不讲信义的马屁朋友的特征写得淋漓尽致。

马尔夏克作为童话剧作家,其才华显露得最充分的是《十二个月》(1943)。这个剧本 1956 年搬上银幕后,获国家金奖。这原是一个由 19 世纪中期捷克著名女作家鲍日娜·涅姆佐娃录写的一个民间童话。马尔夏克先将童话用散文写成,融入了诗人的心血。改成童话剧后,其社会性更强,更抒情,幻想色彩更浓了,也更复杂,人物也更多了。很明显地,诗人在童话剧的创作上继承了由普希金和叶尔肖夫所开创的传统,创作出了妙用民间童话却又与民间童话不同的新童话。

童话把 12 个月想象成年龄次第不等的 12 个通人性、达人理、富人情的人。一个失去父母的小姑娘在圣诞节之夜竟同时见到了 12 个月。由于 12 个兄弟力量强大、满心正气、爱憎分明,使应当受到帮助的好心孤女得到了帮助,使应当受到惩罚的坏心后母和她的女儿都受到了应有惩罚。

马尔夏克的童话诗除了《没头脑的小老鼠》《头脑聪明的小老鼠》和《静静的童话》外,其余都是据东西方民间童话写成的。

本时期为俄罗斯童话有过重大贡献的还有大作家阿列克赛·尼古拉耶维奇·托尔斯泰(1873~1945)。他的童话贡献分创作、再创作和整理民间童话三部分。其中创作属作家早年试笔;再创作的童话是将童年时代迷恋过的《木偶奇遇记》进行创作性改写。作家对此曾回忆说:"小时候——那是很久很久以前了,我读过一本书,书名叫《皮诺乔》,又名《木偶奇遇记》(在意大利,'木偶'叫做'布拉蒂诺')。我常常给我的小同学讲这个木偶的有趣奇遇。可是书不见了,于是我讲起来每回都不一样,还想出了一些奇遇情节,是书里根本没有的。如今,过了许多许多年,我又想起了我的这个木偶老伙计,并且决定把这个小木头人的奇遇讲给各位小朋友听。"1936 年,作家在报纸上连载了这部著名中篇童话《金钥匙》,情节已与原作多有相异,已成一部新作。它的主角不再叫"皮诺乔",而叫"布拉蒂诺"。这个人物交杂着英雄品格和喜剧品格。小读者很喜欢这个可亲、善良和正义感很强的人物。

阿·托尔斯泰对民间童话十分熟悉,给予高度评价。他研究了大量的民间童话集,去听说书人讲故事,取得大量资料,着手进行童话的整理工作。他这样写道:"我从无数主题相同而讲法不同的故事中,先挑出最有趣和最基本的一种,再用其他故事的语言和情节来丰富它。自然,当我从各部分抽取内容来拼成一个故事,或者说"恢复"这故事的本来面目时,某些地方我不得不有所增添,某些地方我不得不加以改变,某些欠缺之处我不得不有所弥补。可是我做这些工作时,是根据故事原来的风格的——我充满信心,我要贡献给读者一本名副其实的民间童话,有一切丰富的语言宝藏和故事特点的民众口头创作。"可是阿·托尔斯泰没有能全部实现他编订民间童话的计划,就因为卫国战争和疾患而中断了!1946 年,他的书稿出版时,人们看到集子里收有 50 则动物故事,7 则神魔故事。评论家们纷纷称赞阿·托尔斯泰很懂得保存民间童话的本来面目,同时又加强了童话的讽喻力量。这位语言艺术巨匠的整理加工工作,显示出了俄罗斯语言丰富的艺术表现力、纯洁性和确切地传情达意的效能。

在 20 世纪 20 至 30 年代俄罗斯童话成就突出的还有一位作家是维塔利·瓦连丁诺维奇·比安基(1894~1959)。他留下的一批弥足珍贵的动物科学童话,常被选家所重视,他们是:《尾巴》《这是谁的脚》《谁用什么歌唱》《谁的嘴好》《绿池》《林中小屋》(1924)、《小老鼠比克》(1927)、《小蚂蚁赶在太阳下山前回到了家》《猫头鹰》《黑山鸡》等。比安基的童话给读者带来真切的知识,教导孩子去观察发现大自然中新异的东西,去欣赏那大自然的美丽,学会保护动物。比安基多年从事百科知识的研究,积累了大量观察自然的资料。由于他的童话科学性强,所以他称自己的童话为"童话非童话",它们把孩子带入一个生动丰富的大自然世界。在这个广阔无垠的世界里,比安基作为一个生物学家能告诉孩子许多见所未见的东西,闻所未闻的道理。作家向孩子们介绍森林、旷野、河流和湖泊所拥有的一切,告诉他们:动物的生活如何与周围的自然环境紧密联系在一起;教他们为什么鸟儿们的歌唱会千腔百调(《谁用什么歌唱》),为什么动物的脚是各种各样的(《这是谁的脚》),向他们解释野兽的尾巴都有些什么用途(《尾巴》),它们都怎么干活(《绿池》)。比安基为了引起孩子们阅读的兴趣,标题常用提问方式,如《谁的嘴好》。他总是让孩子自己寻求问题的答案和各种谜的谜底。比安基在任何事物中都能找到同人类的亲缘关系,从而培养孩子们带着亲情去关注动物。无论是小动物还是凶猛的野兽到了作者笔下,只要是为了生存而奋斗的动物就都能享受一分同情,而正是这一点使他的童话在感情丰沛和乐观温馨方面可媲美于民间童话。

《林中小屋》是比安基的一部中篇童话。它以一只燕子寻找回家的路为线索,讲述了各种鸟和它们的营巢知识。

中篇童话《小老鼠比克》是比安基的童话代表作。作品处处紧扣小老鼠的生态特点,创造了一个艺术上十分鲜明的"老鼠鲁宾逊"的形象。作品描写一只出生不过两星期的幼鼠比克,乘着孩子们用树皮做的小船在小河里航行。"整个世界都在跟他作对。风吹着像是非把小船刮翻不可;水浪拍打小船,像是存心要把他沉到黑漆漆的河底里去。"一切对于这只无知且毫无自卫能力的小老鼠都是不利的。果然,"船"翻了,小家伙好不容易跳上了一个灌木丛生的沙滩。在那里他遇到了种种危险:比他大的动物都想把他吃掉;寒冷的气候又向他侵袭。小老鼠靠着自己的奋勇、刚毅、敏捷和耐心,战胜了一种又一种的危险,克服一个又一个的困难。最后,他终于回到了出发的地方。小读者和比克一同历险,仿佛自己就是事件的参与者。对孩子来说,这只被叫作"比克"的幼鼠是十足的英雄。比安基通过比克的一系列历险,不仅创造了一个给人深刻印象的艺术形象,而且也让读者获得老鼠这种小动物的生物学知识(老鼠的生态习性、生存竞争能力、毛色的保护作用、对自然环境的适应性、冬眠等等)。难能可贵的是,这些知识都是包孕在童话情节之中的,是情节的有机组成部分。

在20世纪30年代里,帕·巴若夫(1875~1950)用童话形式歌颂产业工人的创造性劳动,当时被认为是不可多得的"真正的文学瑰宝"。1939年出版的《孔雀石箱》收录童话56篇,一般都借助民间传说写成,较有生命力的有《宝石花》《小青蛇》等乌拉尔群山间的美丽传说。

20世纪40年代的优秀童话不可忘记瓦连丁·卡塔耶夫(1897~1986)专为孩子写的短篇童话《七色花》《笛子和罐子》《树桩》《珍珠》。《七色花》在欢愉从容的形式中,让孩子们坚信:真正的幸福就是使自己有益于他人。"七色花"是仙女给一个叫然妮亚的小姑娘的一朵奇花,它能实现小姑娘任何想做的事,结果前六瓣都没有给然妮亚带来幸福,正当她为第七瓣怎么用而左思右想时,她看到一个男孩因腿瘸而不能同她游玩,她毫不迟疑地把这瓣奇花献给了那个瘸腿男孩。作品构思巧妙,很受中国大小读者的青睐,成为在中国流传最广的外国童话之一,被报纸副刊用作专栏名。可惜的是,最早传入中国时,被曹靖华删掉了一个重要细节。《笛子和罐子》告诉小读者:懒惰是一种罪孽,而摆脱懒惰不但是应该的,而且也是可能的。

俄罗斯20世纪20到30年代的名作还有著名作家尤·奥廖沙的《三个胖国王》,他用童话历险故事传达了民众一心就能无敌天下的观念,曾盛传一时。

而拉庚利用一个阿拉伯故事的某些情节创作的《老头霍塔贝奇》(1938),反映了对幸福和道义的新理解,也是30年代重要的童话成果。

七、美洲

20世纪上半期,美洲童话开始受到世人的注意。主要是美国被欣欣向荣的英国童话所带动,涌现了一批可媲美于欧洲童话的好作品。1923年美国开始颁授后来广有影响的纽伯瑞奖,从此一年一度,连续不断。

本时期最畅销的美国童话书是苏斯博士(Dr. Seuss,1904~1991)的童话。苏斯博士长期以作画为业。1937年试作童话《我亲眼所见》获得成功,1938年就以自绘插图的《男孩库宾的500顶帽子》轰动了英语世界——主人公库宾的头上会长帽子,摘了一顶还有一顶,第500顶最漂亮,被归属于国王。这部作品使苏斯博士获得大量版税。此后苏斯博士为低龄儿童创作了许多幽默喜剧色彩很浓的童话故事,其中最具代表性的是《戴高帽的猫》(The Cat in the Hat,1957),仅在美国就销售了3千多万册。

理查德·阿特沃特(Richard Atwater,1892~1938)夫妇的名作《波普先生的企鹅》(Mr. Popper's Penguins,1938)虽为小说,其实童话性很强。它在美国家喻户晓,童叟皆知。

也是画家的女作家维吉尼娅·李·伯顿(Virginia Lee Burton,1909~1968)在1942年发表了她的成名作《小房子》(The Little House,1942)。《小房子》用一个别致的艺术构想,写出了繁华、喧嚣的城市给人们情绪带来的压抑感,写出了长期身居闹市的人对清新、甜美的大地和天空的向往。维吉尼娅·李·伯顿的另一部名作是《迈克和他的蒸气铲》(1938)。一架叫"玛丽·安"的蒸汽铲与主人合作创造了奇迹。维吉尼娅·李·伯顿的其他佳作还有《轰!轰!》(1937)、《凯蒂和大雪》(1943)、《梅贝利缆车》(1952)、《神奇的斑马》(1942)和《生命的故事》。

辛克莱(Upton Sinclair,1878~1968)为少年创作了大量读物,曾因《龙齿的故事》获普利策奖。30年代出版的中篇童话《灰矮人的汽车》把美国平淡的生活跟童话的诗意联系起来。喧闹的公路干线,处处拥挤、繁忙,人们为轰动一时的事件和暴利而奔波。现代工业挤掉了森林,守护地下宝藏的灰矮人们好不容易活到20世纪,如今不得不为不怀好意的目光而无望地逃躲。辛克莱的这部童话带着一种忧郁的幽默向读者提示:人们不考虑子孙后代的利益,无情地损毁大自然,就等于断送人类自己的未来。

小说、童话和剧本作家菲尔德(Rucher Field,1894~1942)在1929年出版了童话《希蒂,她的第一个一百年》(Hitty, Her First Hundred Years,又名《一个木偶的生活和历险故事》,于1930年获纽伯瑞奖,其声誉经久不衰。木偶希蒂在不同的主人那里历经种种险遇:被遗忘在空荡荡的教室里;被乌鸦叼走;去捕鲸,被当作异教徒的偶像崇拜;进了纽约后曾与正访问美国的英国著名作家查尔斯·狄更斯巧遇;最后被当作"博物馆的珍藏品"陈放在纽约一家古董商店里,等待未来的历险。这部童话的灵感得自纽约一家古董商店的一个木偶。

低幼童话作家和插图画家麦克洛斯基(John Robert MacCloskey,1914~2003)的一册描写波士顿公园的野鸭家庭的《让路给小鸭子》(Make Way for Ducklings,1941),一向被视为童话精品深受选家青睐,而成为20世纪最普及的诗意童话之一。它以一对野鸭夫妇寻找新居繁衍后代为故事线索,向小读者展现了一个十分动人的人禽和谐相处的现实感很强的场面,合情合理,亦真亦幻,在真实的奇思妙想中透映着童话幻象的光辉,于1942年获凯迪克奖。麦克洛斯基其他的名作如《霍默·普赖斯》(1943)、《通信鸽的价钱》(1943)、《赛特伯格的故事》(1951)、《给萨尔的鸟饭果》(1948),故事虽不乏情趣,但都不及《让路给小鸭子》这样为天下人所知。

女作家盖格(Wanda Gag,1893~1946)自绘插图的低幼童话《100万只猫》(Millions of Cats,1928)、《奇特的故事》《噼噼啪啪》《ABC小兔》都广受欢迎,其中《100万只猫》成为公认的名作。20世纪30年代中期开始重述〈格林童话〉系列,因而蜚声美国幼儿文学界。

毕晓普(Clare Huchet Bishop)1938年出版的《五个中国兄弟》使她成名。五个形貌相似的兄弟,一个能吞下大海,一个长着铁脖子,一个能拉长自己的腿,一个火烧不死,还有一个能长时间屏住呼吸。当老大被处死的时候,其他四个弟弟出来帮助他脱离险境。其他如《没有头脑的人》(1942)、《二十与十》都拥有不少读者。

劳森(Robert Lawson,1892~1957)是著名的童话作家和著名的插图画家。他的代表作《兔山》(Rabbit Hill,1944)在1945年获纽伯瑞奖。在这部童话里,作者写康涅狄格州的一座山里,住着兔子与其他动物——鼹鼠、田鼠与狐狸。在作家用妙笔创造的理想乐园里,兔子与狐狸和平共处,田鼠和鼹鼠互相帮助,友善和谐的气氛之中,一切都充盈诗情画意,他们急切地盼望着大房子里新农户的到来。结果新来的农户没有让他们失望。新来的人们不架篱笆,下种后也不设陷阱,不布罗网,还救护弱小生灵。最令动物称道的是农人为动物们修建了一个漂亮的池子,并给动物们筑了个用餐地点。这些动物都个个有血有肉、个性鲜明。这部童话给予人们一个启示:地球,这是人类和动物共同拥有的生存空间,求取和谐是共同的心愿,而且,友好相处的途径也是能找到的。

深受安徒生影响而从事童话寓言创作的瑟伯(James Groven Thurber,1894~1961),其幻想作品以温文尔雅、富于幽默感而享誉美国。他受E.B.怀特的影响从事童话故事创作,著作颇丰,其中最著名的有《许多月亮》(1943)、《伟大的魁罗》(1944),《十三个钟表》(1950)。《许多月亮》插图还获得了美国少年儿童读物奖。瑟伯的作品轻松欢快,智蕴丰沛,对于读者对人性和社会的观察很有帮助。

基罗加和洛巴托则是南美作家中备受世界瞩目的两大童话作家。

被誉为"拉丁美洲短篇小说大师"的霍拉西奥·基罗加(Horacio Quiroga,1878~1937)是乌拉圭最著名的作家。1901年因枪支走火,无意中杀死自己的好友而离开乌拉圭,参加了阿根廷著名作家卢贡南斯带领的原始林莽考察队去北部谷地,历时四年,为后来的小说和童话创作积累了宝贵的素材,为后来深刻细致地表现人和自然的斗争打下了良好的基础。基罗加的童话中流传最广的是《大森林的故事》(1919),其次是中篇童话《阿纳孔达》(1923)。

《大森林的故事》包括《大乌龟和猎人》《红鹤的长袜子》(又作《火烈鸟的长袜》)、《没有羽毛的鹦鹉》《貛和孩子》《鳄鱼们的战争》《盲鹿》《雅贝比利河的战斗》《懒惰的蜜蜂》等短篇童话。《大乌龟和猎人》《雅贝比利河的战斗》描写动物对善人以善相报的故事。《红鹤的长袜子》是吉卜林式的童话故事,用童话情节回答红鹤为什么站着时总缩起一只脚。红鹤又笨又爱漂亮,他们觉得自己这两根脚杆实在见不得人,就请猫头鹰帮助,把珊瑚蛇的皮弄来,套在自己脚杆上当三色长袜。不料被珊瑚蛇们觉察了,珊瑚蛇从青蛙那里借来了小灯笼(萤火虫)一照,看清他们脚杆上套的果然是自己同胞的皮,于是嘶叫着"盘绕在他们的脚杆上,把长袜子扯个稀烂,同时,拚命撕咬",红鹤的脚杆因中毒而成了红色,痛得难熬时,就"只好缩起一条腿"。《盲鹿》的抒情味最浓。《懒惰的蜜蜂》中教诫题旨最明显。《鳄鱼们的战争》写得声势非凡、异常热闹。《貛和孩子》写孩子的温情被貛所接受,而终于在人兽间建立了友谊。

《阿纳孔达》是一部人格化的动物故事,描写无毒蛇和毒蛇之间的殊死争斗。作家往其中注入了明显的美学和哲学涵义。

基罗加童话中出现的动物都是南美特有或普遍存在的,如"红鹤""珊瑚蛇""鳄鱼""黑花鱼""鹞鱼""剑鱼""水豚""食蚁兽""麋鹿""南美虎"等等。而且,山河全用真实地名,这样,童话就在一个真实感很强的背景上展开,增强童话的真实感觉这构成了基罗加童话的一个特色。基罗加童话还有一个特色,就是富含各种南美的动植物知识。这些得之不易的知识是作者亲自在林区认真研究、缜密观察的结果。童话揉进了科学的真实,于是别有一番趣味。

蒙特罗·洛巴托(Jose Bento Monleiro Lobato,1882~1948)是巴西儿童文学的奠基人。洛巴托具有非凡的想象力,其主要作品《黄啄木鸟的勋章》,是特别为幼儿出版的一部中篇童话,故事由已出版的几部童话中抽选出一部分加以编写而成;《娜斯塔西亚姆姆的童话》是一部童话集,包括葡萄牙入侵者带入的欧洲童话故事、非洲童话故事、巴西土著居民的童话故事,它们都非常有趣。写作方法是先由孩子说出自己对故事的看法,后由宾塔奶奶简单扼要地点明故事应当如何理解,这种写法为童话故事和必要的评述相结合的创作方式提供了一个成功的范例。洛巴托出版于1922年的《尖鼻子小姑娘》,从尖鼻子小姑娘鲁西亚、孪生兄弟、细心的男孩彼里尼奥、唐·宾塔奶奶、心地善良的黑人女厨师娜斯塔西亚……写到一只自称为"穿长靴的猫的曾孙的曾孙的曾孙的曾孙"的猫。这些成人、孩子、玩物、动物同时出现,使作者创造出一种新颖的结构方式,组织起许多幽默谐趣的情节。

加拿大著名作家汤·西顿(Ernest Thompson Seton,1860~1846)写了许多动物故事,有一部分是动物知识性童话,如《破耳朵兔子》等。

八、日本

亚洲人也创作了许多精彩童话。东方的童话就文人创作而论,较早当推日本岩谷小波创作于1891年的《小狗阿黄》。继其之后的名家名作是有岛武郎(1873~1923)的《一串葡萄》(1922),铃木三重吉(1882~1936)改写的安徒生童话,小川未明(1882~1961)的《红蜡烛和人鱼姑娘》(1921)等,以及秋田雨雀(1883~1962)的《行路人与提灯》《天鹅之国》(1922)等,滨田广介(1893~1973)的《红鬼的眼泪》《龙的眼睛》(1941)等,塚原健二郎(1895~1965)的《魔术师的皮包》,宫泽贤治(1896~1933)的《要求特别多的餐馆》(1924)、《猫办事处》等,石森延男(1897~1987)的《故乡的画》(1939)、《蒲公英的旅行》《草莓》等,新美南吉(1913~1943)的《小狐狸阿权》(1932)等童话,与田准一的《光和蚕豆》(1942)、《大海中的歌》(1946)等,平塚武二(1904~1971)的《超过太阳也超过月亮》(1947)等。

其中,艺术生命力最强大的是小川未明、新美南吉和宫泽贤治的童话。

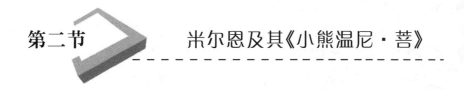

第二节　米尔恩及其《小熊温尼·菩》

A. A. 米尔恩在成人剧创作上获得成功,从而成为一个剧作家。1910年开始出版小品文集,1924年出版被公认是儿童文学经典作品的童诗诗信集《我们年轻的时候》,1927年出版童话诗集《我们现在六个人》。1926年出版的玩偶童话《小熊温尼·菩》和1928年出版的续篇《菩屋拐

角处的小房子》,是继《木偶奇遇记》之后的又一玩偶童话高峰,也是不含任何寓言意味的一类童话的典范。

《小熊温尼·菩》的背景取自坐落在森林的科切福特农庄。熊和其他动物都是六岁独生儿子克里斯多弗·罗宾的玩具,但兔子和猫头鹰是据情节需要虚构的。"温尼"原是美国的一头小黑熊,它是一个吉祥物,而"菩"原是一只天鹅的名字。童话作品中最有趣的情节都是以农庄生活为依据的。

《小熊温尼·菩》特别能激发孩子阅读兴趣的是:(1)喜欢吃蜜的小熊爬到树上偷吃蜂蜜的情节描写;(2)小熊去拜访兔子,结果因贪吃兔子的蜂蜜、炼乳、奶油而被卡在洞口进退不得的生动描写;(3)关于小熊和小猪想用蜜糖引诱大象掉进陷阱,但小熊心疼蜜糖,夜半时分偷偷拿出蜜罐直舔,结果罐子套在脑袋上,小猪以为是可怕的大象,吓得不得了等情景的描写;(4)给读者印象最深的是下面这个故事:一天,小猪被洪水围困,小熊接到装有小猪呼救信的瓶子,他在情急万分时想出了以伞为船去救小猪的办法,果然他和罗宾救出了小猪。"于是小男孩把这艘用伞做成的援救'小船',取名为'智熊号'"。在为表彰小熊而举行的庆功会上,小熊获得了两样奖品:"HB"(Help Bear,"助人为乐的小熊")铅笔和"BB"(Brave Bear,"勇敢的小熊")铅笔。

克里斯多弗·罗宾在童话中是非凡的。他能在森林里进进出出,对森林中的生活十分熟悉,能和动物们和睦相处,一起生活,处处显示了他的才智和温柔。罗宾在故事中是全能的,他的经历对孩子会产生一种感召力,使孩子惊羡和兴奋,是孩子们崇拜的偶像。

《小熊温尼·菩》的续作《菩屋拐角处的小房子》,体现了后者对前者的脉承,其文体、格调完全一致,动物的主角不再是温尼·菩,而是性格忧郁的老驴和胆小害羞的小猪、学究气十足的猫头鹰、无事而忙的兔子、心地善良且恪尽职责的袋鼠妈妈,还有三则故事重点在写小虎。小虎是续作中新出现的重要角色,有些喜剧性故事就发生在小虎身上,如他炫耀自己会飞翔,会跳远,会爬树,到头来却出了丑。

米尔恩的童话和诗,对儿童游戏性思维特别投入,因而在扣住儿童心理上也特别道地,描述中透出的幽默、稚拙、情趣、神态、个性等,与生气蓬勃的大自然很投合、很融洽,特别能讨孩子的喜欢。所以米尔恩的儿子克里斯多弗·罗宾回忆说:"我怀里抱着的温尼·菩,在我看来它确实曾经是爬到树上找过蜂蜜,曾经被卡在兔子洞口,它是一只没有头脑的憨熊。"克里斯多弗分明记得,有些事件、地点明显出自现实生活的科切福特农庄。如正好涨到他家门前的洪水和那场暴雨;那棵筑有鹰巢的大树;那个曾把园丁妻子脚卡住而给她带来麻烦的诱捕圈套;以及他和玩具分享快乐的木头房子。(据克里斯多弗·罗宾自传《迷人的所在》,1974)

《小熊温尼·菩》1965年被拍成迪斯尼影片。童话中写到的一些玩具先是收藏在伦敦,现在保存在美国。童话还出版了手稿的影印本(1971),这些在都说明它是被当作世界最有影响的文学名著来对待的。

第三节 特莱弗丝及《玛丽·包萍丝阿姨》系列

特莱弗丝(Pamela Lyndon Travers,1906~1996)是出生于澳大利亚昆士兰省、具有爱尔兰血统的著名女作家。17岁到英国以舞蹈和演剧为业,1934出版了中篇童话《玛丽·包萍丝阿姨》(Mary Poppins)后,相继出版了《玛丽·包萍丝阿姨回来了》(1935)、《玛丽·包萍丝阿姨开门》(1943)、《玛丽·包萍丝阿姨在公园里》(1952)、《玛丽·包萍丝阿姨当厨娘——烹调故事》(1972)、《玛丽·包萍丝阿姨在樱桃巷》(1982)。1964年,玛丽·包萍丝阿姨的形象被搬上了银幕,声誉久盛不衰。特莱弗丝创作了这么多续集,显然是由于1934出版的《玛丽·包萍丝阿姨》读来令人迷醉,理所当然地受到低龄读者的广泛欢迎。

在第一本童话里,玛丽·包萍丝来到班克斯家当保姆,她严肃、矜持,拒绝介绍自己,只陈述自己具有惊人才能:不但能骑在楼梯栏杆往上滑,能从空提包里取出所有的育儿用品,能走进由她的朋友伯特所作的画里,还能懂得狗的语言,让孩子们在充满笑气的叔叔家一笑,就都像气球似的飞到半空中;在指南针的帮助下瞬间就周游了全世界。玛丽把指南针转到"北",孩子们就来到冰雪世界,爱斯基摩人让他们穿上北极熊皮大衣,喝鲸鱼油熬的汤以御寒;说"南",孩子们就站在了烫脚的金色沙滩,黑人们请他们到屋里去吃西瓜;说"东",他们已经来到东方礼仪之邦,这里的人绸裤里套着脚镯,鞋尖翘起来,长长须髯挂到腰部,鞠躬时头要碰到地;说"西",他们就置身于印第安人中间,这些戴羽毛、吃烤野鹿肉的人用碰脑门来表示欢迎之意。这样环游世界只耗时一分钟,这一分钟里,地球得发疯似地旋转。一位科里太太卖给孩子们的姜饼是她的手指变的,而每个姜饼上都有一颗金纸做的星星。这些纸星星后来让孩子们看到"一个最惊人的景象":

> 科里太太顺梯子爬到梯顶,就用刷子蘸蘸胶水,开始在天上刷。等她刷完,玛丽阿姨从篮子里取出一个闪亮的东西粘在刷过胶水的地方。她手一拿开,他们便看见她把姜饼的星星贴在了天上。每颗星星一贴好,就开始发出闪闪的金光。

这样就让孩子弄不明白,到底"星星是金纸做成的呢,还是这些金纸本来就是星星"。

神奇而讨孩子喜欢的玛丽·包萍丝能施魔法将狂妄自大的安德鲁小姐关进鸟笼,由云雀叼到空中;还能用刀剪贴出春天的花儿、小鸟、蝴蝶和小羊,给孩子们无穷的乐趣。一颗流星来到两个孩子中间,各给了他们一枚星星钱币。孩子们在星星世界里,发现他们那休假中的玛丽阿姨正受到太阳的欢迎。

> 群星让开。太阳上前一步。他说话的口气温和,并且极其亲热……
>
> "玛丽·包萍丝,"太阳说:"为了你,群星集合在这深蓝的帐篷里,为了你,今天它们不去照耀大地。我相信,你今天休假会玩得很高兴!"
>
> ……玛丽阿姨和太阳在一起跳舞……玛丽阿姨一次也没碰到太阳,他们面对面隔开一定距离,张开了手跳圆舞……接着太阳的头很优美地一甩,他冲过隔开他和玛丽阿姨的空间,很隆重、很小心、很轻快地用嘴唇亲亲她的脸颊。

太阳对玛丽阿姨的敬意,也许是作者的一种暗示——能给孩子们快乐的人是可珍贵的,可尊敬的!

虽然这个童话系列缺乏连贯性,魔法的运用也显得突兀,但是稀奇古怪的故事已把玛丽·包

萍丝的形象塑造得丰满、完美,成为世界童话人物画廊中个性最鲜明的佼佼者,从上个世纪到本世纪一直在世界各国盛销不衰。

玛丽·包萍丝始终在英国式的氛围中行动,万物都充满生机,一切都超现实、超常态、超自然,而这一切之间又有生命信息相沟通。特莱弗丝的童话其实是成人为孩子拟想的童梦,有的拟想令人为之拍案叫绝,而有的也未必那么妙肖传神,不是处处都很见匠心,但孩子们对这部饱浸了幽默的书爱不释手,一读再读,常读常新。

特莱弗丝一生为孩子写作,除"玛丽·包萍丝"系列外,她还至少出版过《猴子朋友》等三部童话。

第四节　埃梅及其童话

《大英百科全书·儿童文学》在谈及法国1930至1940年间的儿童文学时这样写道:"1934年,马塞尔·埃梅首先写出了奇迹般的童话。这是叙述两个女孩和一批会说话的动物一起历险的故事。这些严肃的喜剧故事后来收在《顽猫故事集》一书中。他和布伦奥夫、富歇一起,使这十年成为法国儿童文学的重要时期,再也找不出可以同这十年相提并论的时期了。"这一段历史概括认为:20世纪的法国,埃梅(Marcel Ayme,1902~1967)童话是最值得重视的、最有艺术分量的、"奇迹般的"文学现象。

在法国20世纪的童话文学史里,埃梅无疑是个巨擘。

埃梅在法国当代小说家中占有独特地位。他两岁丧母,童年时代在外祖父的庄园里度过。农家出身使埃梅具有一种农人的气质。埃梅学医后曾先后从事过八种职业,最后进入新闻界。1929年因长篇小说《陈尸台》而获泰奥弗拉斯特——勒诺多文学奖。1933年其小说《绿马》引起世人注目。他专事文学创作后,出版长短篇小说23部、9个喜剧和2部出色的评论集。

埃梅杰出的才华也表现在童话创作方面。童话故事集《顽猫故事集》(Les contes du chat perché,1939)是他童话的代表作,其他还有《跨步》《小矮人》(1934)、《七里靴》等。

《顽猫故事集》本名应是《捉猫猫游戏童话集》,先后于1939、1949、1950、1958、1963年再版或出了选本版,全集收录童话17篇,全以苔尔菲和玛丽娜特两个乡村小姊妹为主人公,并贯穿所有童话,但并不妨害各自独立成篇。正因为这17篇童话可以独立,可以各自呈示其完美性,所以不少国家将其中的某篇章选为中小学教材,在各国收入选本的频率很高,实际上埃梅童话已成了法国20世纪童话的代表作。

法国评论家安德烈·卢梭1938年在《费加罗报》上撰文说:"以前有评选讲故事王子的风尚,如果这种情况犹在,那么桂冠无疑应该属于马塞尔·埃梅。"埃梅童话越来越受重视,世界上20种重要语言都已有它们的译本。

埃梅创作童话故事,开始是为自己的小女儿弗朗索瓦兹所写,所以字里行间流露出父亲对女儿的爱,贯穿17篇童话的两个小姊妹就是以作家自己的女儿为模特儿创造出来的。童话中同小姊妹相处的那些猫、狗、猪、牛、马、驴、鸡、鸭等家禽家畜,都有真实生活的依据。埃梅自己的童年有6年在外祖父的庄园度过,村旁的树林、瓦厂、耕地和牧场成了他童年的活动天地,童年的记忆成了他童话创作的素材。童话通过人和拟人化的动物相处、接触,在善恶、美丑、真伪、忧乐之间,十分生动幽默地再现了作家童年时代曾经经历过的充满旷野气息的田园生活画面。当作家写到森林、牧场、山谷、小溪、庭院、居室、学校,以及作品中所表现的人情世态、动物习性,无不由于童年时代曾对其细致入微的体验、别具慧眼的观察,而显得逼真生动。埃梅创作童话不依赖情节的离奇性,而是紧紧扣住农家的日常生活,他的童话想象也是建立在农家儿童心理特点的基础之上的。埃梅的想象很新颖,不落窠臼,都是农村孩子可以理解和接受的想象。

埃梅童话有典型的法兰西传统,那就是注重童话作品的导引功能,寓真善美的陶冶作用于童话趣味之中。他的童话明显地继承了《列那狐的故事》、贝洛童话、拉封丹动物类寓言的优秀传统,充分掌握和表现儿童的心理特点,充分注意到儿童有一个自己独特的世界;他们尚未深涉人世,知道一点金钱之利,却全不知道金钱之害,不知"黄金对于人的灵魂较之任何毒物更有毒"(莎士比亚),他们有友谊而还没有爱情,他们天真纯洁而缺乏对邪恶的警惕性,他们的趣味是不带实用功利主义观点的。正如1939年埃梅为童话集所作的前言中所写的:

> 我的童话是没写爱情、没写金钱的浅显故事。好几个大人读过我的童话,他们写信告诉我,这些童话的耐读性并不比别的作品差。今天,我对此十分满意,因为一本在成人手中不耐读的作品,也会在孩子那里不耐读。

在童话史上,埃梅是第一个专门、明确地注意到不宜给孩子描写爱情和金钱的作家。

埃梅童话实际上分两种:一种是比较完全意义上的童话,一种是有寓言性倾向的作品。前一种如《会搔耳朵的猫》《一场虚惊》《图画惹起的风波》《心地善良的狗》《值得重做的习题》等;后一种童话如《孔雀》《不切实际的小黑公鸡》《博学的牛》《学做游戏的狼》等。这两种童话其题旨都易让十岁左右的儿童把握,很容易达到寓教于乐的目的。如《博学的牛》是启示孩子热爱学习;《孔雀》让孩子懂得什么是真正的美,懂得外在美和内在美的关系;《不切实际的小黑公鸡》和《学做游戏的狼》向孩子揭示了不听劝告、不诚实将会带来多么严重的不良后果,给自己造成多大的危害。其他还有引导孩子热爱劳动、遵守纪律、礼貌待人、尊敬师长、谦虚谨慎、团结友爱的作品。这些童话都倾注着作家对孩子深切的爱。

埃梅对孩子有一颗真挚的爱心,又希望孩子们都成长为情操高尚和品德优良的人。这份爱心在一部分赞美大公无私、舍己为人精神的童话里体现得更为充分。《心地善良的狗》对狗的忠诚描写有大幅度突破。童话中的狗主动把好眼睛换给了盲主人,自己成了盲狗;猫又主动提出把好眼睛换给狗,因为狗有了好眼睛在家干的活、起的作用比他大;可是狗呢,深知失明之苦,宁可自己蒙受诸多不便,而不愿把瞎眼睛换给猫。在《搔耳朵的猫》中,小姊妹玩耍时打烂了一个祖传的彩釉陶瓷盘,父母要处罚她们,把她们送到口中无牙、一脸麻子、心肠不好的麦莉娜婶婶家去,猫同情她们俩,为了避免她们到麦莉娜婶婶家,猫搔起了耳朵。气象谚语说"猫搔耳朵,天要下雨",于是猫搔了两天耳朵,天就连续下了两天雨。这可激怒了父母,从骂猫到打猫、踢猫。而猫坚持代小姊妹俩受过,搔了一星期耳朵,下了一星期雨。到第八天,大人就把猫装进口袋,再塞上三块大石头,又缝上袋口要投入河中,"既然你这么喜欢水,五分钟后我们就送你到河底洗脸去,在那里你要多少水就会有多少水……"小姊妹俩与鸭、狗、马、牛商量良策,救猫于死难之危。在这篇童话中,猫代人受过,马愿意代猫去死,其精神都感人而发人深省。

埃梅的童话都是"严肃的喜剧",篇篇都有强大的魅力。写狼的狡黠,有过不少精彩的文字,但有谁见过像埃梅这样入木三分地写狼的狡黠呢?

> 狼明白吓人的话说多了不起作用,他就转而央求小姊妹原谅他的感情用事。他说话的时候,目光柔和,两耳低垂。他还把鼻子紧贴窗玻璃,使他的嘴变得又扁平又柔和,看上去就像是乳牛的嘴唇。

埃梅童话耐读、有生命力,与他饶有趣味的童话语言分不开。埃梅的童话语言谐趣、幽默,是受到一致好评的。贡扎格·特律克这样说:"马塞尔·埃梅先生的语言饶有趣味、简洁明了,具有他独特的风格,他将诙谐、同情、准确和轻快的诗意自然而然地同语言融为一体。他使好奇的人感到乐趣,对哲学家产生吸引力,给道学家弥补了不足,让上流社会中有教养的人哭笑不得。人们以为他是同时代最优秀的作家之一的时候大概到了。"夏尔·普利斯尼埃说:"为成人写《绿马》和其他十分幽默的小说是一回事,写《会搔耳朵的猫》(《顽猫故事集》)又是一回事,善于对儿童讲话的人是再稀少不过了,马塞尔·埃梅先生在这方面做得令人赞佩。"

埃梅还善于利用民间童话的成果构思自己具有现代意识、融入了现代人思考的童话,最有说服力的是《七里靴》。

《七里靴》是以20世纪为其时代背景。写一个女佣人的聪明儿子安东尼得到七里靴时,想的是"要是缺钱花,只消穿上七里靴,不出十分钟,他就可以跑遍全法国。在里昂,到货架上取牛肉,在马赛拿面包,在波尔多拿点蔬菜,到南特装一公升牛奶,再到瑟保去弄二两咖啡"。这样,"从今以后妈妈不用再为吃饭发愁了"。然而当安东尼真的得到"七里靴"时,他做的第一件事却是几步跨到世界的另一端,在大草原上"采集了一束黎明的曙光,用一根蜘蛛游丝扎起来",回家把"五彩缤纷的光束放在妈妈的床头边",写得飘逸、空灵、富蕴诗意,有天才感。

埃梅童话无疑是童话中的大手笔,因而成人读者也无不交口称赞。

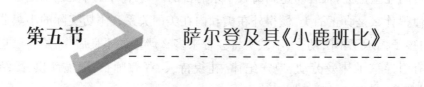

第五节　萨尔登及其《小鹿班比》

萨尔登(Felix Salden,1869～1947)原为匈牙利人,生于布达佩斯,在奥地利以记者为业,为《新自由报》写剧评,并发表小说和剧本,尤擅长于写动物故事。1923年发表《小鹿班比》后,名声大振。在1933年之前担任奥地利笔会中心主席,1938年因反对军国主义和法西斯恐怖而被迫流亡美国,1939年发表续篇《班比的孩子》,1947年逝世于瑞士苏黎世。

《小鹿班比》有副标题为《森林里的故事》。童话的主角是一头名叫"班比"的聪明而酷爱自由的弱小公鹿,其他还写到了鹿亲属和各种林中居民。他们各具禀性,不同的禀性又决定了他们所思所言所行的轨迹。童话中频频使用的拟人手法,不但一点也不妨碍作者遵循科学的真实性去描写动物的生活习性,而且使这部诗情沛然的作品更具奇异魅力。

《小鹿班比》属童话性动物小说。故事并不繁复,描写班比这头小公鹿的成长史,作品写了小公鹿生理的成熟,也写了他精神的成长。小公鹿班比在幽静的森林中出生,在母亲温存的关爱和照料中长大。母亲告诉他关于鹿族,关于禽兽,关于森林里的一切。作家把小鹿享受阳光、草地、母爱的情形写得诗意浓郁。

在广阔、碧绿的芳草地上,像星星一样撒满了白色的雏菊花,又肥又圆的红色和紫色的首蓿花,以及金色的蒲公英花。

"妈,你看,你看!"班比惊奇地喊了起来,"那里有一朵花在飞。"

"那不是花,"妈妈说,"那是一只蝴蝶。"

……蝴蝶似乎很忙碌,但却飞得很慢,一会儿飞上,一会儿飞下,像是在闹着玩儿,这使班比感到很有趣。它们看上去真像是一朵朵花儿离开了枝头,在空中尽情欢舞……

……

"瞧,"班比喊,"瞧,那片草叶在跳,瞧它跳得多高!"

"那不是草叶,"妈妈向他解释,"那是一只漂亮的蚱蜢。"

"它为什么要那样跳呀?"班比问。

"因为我们在这儿走动,"妈妈回答,"它怕我们踩到它身上。"

"喔,"班比说,他把身子转向停在雏菊上的蚱蜢。"喔,"他有礼貌地说:"你不用害怕,我们不会伤害你的。"

他和蝴蝶、松鼠、野兔动物交朋友,他和自己的小鹿伙伴打闹和相爱,同时,他也看到白鼬、狐狸和苍鹰杀生,他自己也天天在偷猎者的猎枪和猎犬的威胁中度日。"班比已经经历了不少奇遇、长了不少见识。他每天都遇到一些新鲜事物,有时使他感到眼花缭乱。他不得不学习许许多多的东西。"他学会用耳朵辨别细微的动静:那是野鸡在穿飞,那是田鼠在奔跑,这是鼹鼠,这是苍鹰,那是振翅鼓翼的斑尾林鸽,那是凌空高翔的雁群。他甚至学会如何嗅空气,学会运用自己的器官分辨林中的动物和植物。闻到腥味,他能判断偷猎者就在不远处。等班比成为一头英俊雄壮的大公鹿时,他的生活阅历已经非常丰富了。他终于认识了林中世界,懂得了生存之道;认识散发血腥味的人,认识了弱肉强食的"丛林法则",认识了世道之艰难。严酷的生存环境给予班比的最大智慧就是:要学会独立生活,要敢于独立地迎接生活的挑战,在猎枪和猎犬的威胁中保全自己的性命。

《小鹿班比》持久的魅力和艺术生命力在于:作家从小的视点和感觉、感受出发,用饱蕴情致的彩笔,把人性和动物性紧密结合,细腻而富于文采地写出了动物的亲子之爱,真挚、温柔、扣人心弦,精心绘出一个真实的森林世界。

作品对"人的动物化"的控诉是强有力的。从童话里就能看得分明:人性向兽性的异化已经是一种现实的存在。

英国大作家高尔斯华绥(John Galsworthy,1867~1933)对这部书大加推崇,说:

《小鹿班比》是一本耐读的书。它描写了一头森林中小鹿的生命历程。就其感觉的细腻和必要的真实而言,我还不曾见过任何一本描写动物的故事书能够同它媲美。费利克斯·萨尔登是一位具有诗人气质的作家,他对大自然有很深的感受。他尤其喜欢动物。一般来说,我不喜欢不会说话的生物说人语这种写作方法,但本书是一个成功的范例。人们从动物的对白中可以体认到他们的真实感情。这本书叙述清楚而富有文采,有的地方异常动人。这是一部小小的杰作。

不过作品后半部分稍逊于前半部分。华尔德·迪斯尼把它改编成动画影片时注意到了这一点,更加强了童话的感染力。

第六节　恰佩克及其童话

卡雷尔·恰佩克(Karel Čapek，Карел Чапек，1890～1938)是出身于捷克文艺世家的剧作家和小说家。1915年在查理大学哲学系从事文学活动，曾留学柏林。他长期从事新闻工作，同社会有广泛接触，目睹社会丑恶，便进行抨击。在希特勒掌握德国政权后，法西斯战争阴影笼罩欧洲，恰佩克的长篇幻想小说《鲵鱼之乱》(1936)显示出他坚定的反法西斯主义的战斗精神，成为欧洲最善于运用虚幻、象征等现代派手法，来揭露社会生活中丑恶现象的作家之一。恰佩克的作品先后受到伯纳·萧、罗曼·罗兰、高尔基等人的称赞，曾任捷克笔会中心主席。这位具有世界名望的浪漫主义作家同童话史联系在一起，是因为他特意为孩子写了《九篇童话》(1931)。这正是作家创作最复杂的时期，也是他怀疑人类进步的理智，思索善与恶标准的历史时期，恰佩克的童话反映了他怀疑善恶标准的公认观念和共识，因而被称为"反过来写的童话"。

这种怀疑主义在他的童话《强盗的童话》和《流浪汉的童话》中特别明显。在这两篇童话中，他分别以讽刺性童话情节，对善和诚实的观念作了新的思考，对现实作了别致的批判。

在修道院里学得彬彬有礼的年轻人洛特兰多，继承父业当强盗。干强盗这一行的，凡是遇到赶车运货的人或商人、骑士路过，应当立即扑上去，哇啦哇啦大叫着把他们洗劫一空，若是不依，马上把他们砍死、射死、吊死。然而洛特兰多"这样一个受过教育、循规蹈矩、知书识礼的人在未得对方同意时是不能杀人，也不能抢人家东西的"，所以，"每当洛特兰多要杀什么人或抢什么人的时候，他的礼貌和同情心总是使他无法下手，因此他什么也没有抢到，反而还要奉送掉自己的东西。"这个对强盗职业一窍不通的洛特兰多送给被抢劫的人父传的镶饰贵重的手枪、插着真正鸵鸟毛的贝雷帽和英国天鹅绒做的衣服、一匹马、十二枚金币，还让一位太太把世界上所有恶毒的骂名像丢垃圾似的泼撒在他头上。自从当强盗以来，他只抢过一位标致女郎的一条香喷喷的绢帕。另一回抢劫则被这样描述：

> 他在苏霍夫日策袭击一个卖肉的，他正赶着一头牛到乌皮策去宰掉。小洛特兰多要杀掉他，这卖肉的求他转告他的十二个小孤儿这句话那句话的——全是些可怜兮兮的事，听得小洛特兰多哭了起来，不但放走了卖肉的和他那头牛，而且送给他十二枚金币，叫他给他的十二个孩子一人一枚——让他们作为纪念，记住这位侠盗洛特兰多。其实这卖肉的才真是个大骗子！他是个老光棍，不但没有十二个孩子，家里连一只猫也没有。

洛特兰多以强盗为业时，干得可说是糟得不得再糟了，然而，当修道院院长让他去当一名路上收税员，拦住大车和马车，向每辆车收取两个铜币，他却全然不是彬彬有礼，而是吆五喝六，出口骂人，倒成了一名不折不扣的强盗！

世人将流浪汉视为最不诚实的人，而在恰佩克《流浪汉的童话》这一篇"反过来写"的童话中，流浪汉弗兰特成了世界上最诚实的人。弗兰特受托替一个被风刮掉礼帽的人看管一下箱子，箱子主人忙着去追帽子，结果帽子满世界飞，他满世界追，追了一年。流浪汉只好把箱子提到警察局。没想到警察却把流浪汉当成"杀人犯"判了刑。幸好箱子主人一年后回来了，人们才恍然大悟：原来流浪汉有最诚实、最令人尊敬的品格。这个喜剧性强烈的童话，用"颠倒观念"入木三分地刻画了一个诚实的流浪汉形象。

恰佩克这些构想和写法都非常别出心裁的童话,准确地表现了他的人道主义思想。这人道主义思想展现在人们看不起的人物上:樵夫、流浪汉、邮差等等,他们做了许多人们不屑做的好事。

恰佩克童话的故事无一不是发生在实实在在的捷克城市和乡村,甚至像水妖、魔术师这样的童话角色,原可大幅度地超越现实,然而他们却同常人无异,普普通通。水妖老了照样患风湿症,因为他一年全泡在水里;魔术师吃李子一样会被李子核哽在喉头,不得不请大夫帮忙(《大医生的童话》)。而普通人倒成了"会施魔法的人":樵夫用新鲜空气治好了一位公主的病,邮差为一封没写地址的信找到了收信人——一位司机的未婚妻(《邮差的童话》);大夫为老水妖找到了一份不会使膝盖发疼的工作……这种引人发笑的幻想和现实生活中的人物交互融合,使恰佩克童话具有一种特殊的幽默风味,透露着他思想家和文学家的天才。

童话作为一种儿童读物,恰佩克顾虑最多的是语言的特殊地位。他发现四五岁的孩子特别爱用新词语,"所以我想,给孩子看的书要用最丰富、最精彩的语言来写。要是孩童时期掌握的词汇少,那么他一生就将所得甚微。我给孩子写作品,就必须得好好解决这个问题。儿童文学作品要尽可能多地给孩子新的词汇和知识,最大限度地发展他们表现思想和情感的能力——要记住,词语就是思想,是全部的精神财富。"对于恰佩克来说,文学词语就是事物本质的描绘,由此,他磨砺词语的努力也就是磨砺思想的努力。

恰佩克的童话总是让读者感觉到他的童话是一种艺术的假定。他往往利用荒诞性来显示童话形象的某种非现实性。例如,他描写老强盗时,就这样写:"他身披牛皮,有一股马的气味,像所有强盗一样,抓起生肉就吃。"

1932年,恰佩克还给低幼儿童出版了一本书名为《达欣卡,或一只小狗的童话》。作家用童话的方式和童话的格调来讲述发生于当今现实生活中关于一只狗的有趣故事。童话中讲述的是一条小个子狐狸狗。像所有擅长于刻画动物的作家一样,恰佩克在童话中向孩子传授了种种的关于动物的习性和习惯的知识。作家善于用十分新颖、独特、巧妙的方式和语言同小读者对话。恰佩克对他的描写对象了解得很深透,能阐释狗猫举动和狗猫语言。像列夫·托尔斯泰一样,作为一个成人文学作家,当他需要通过故事艺术与低幼儿童进行对话时,丝毫不减其天才的魅力。在另一本为低幼孩子出版的童话《鸟的故事》中,恰佩克按鸟的思路想人间的事,十分有趣。

恰佩克的童话篇篇不同凡响,惊天地、泣鬼神,不愧为大作家的大作品。他的童话都由其兄约瑟夫·恰佩克插图,特别能体现卡雷尔·恰佩克的创作意图,提升了作品的不朽性。

第七节　小川未明和新美南吉的童话

一、小川未明的童话

小川未明(1882~1961)是自日本儿童文学产生以来,童话成就最高的作家。由于他的崛起及其童话深远的影响,日本儿童文学从现成童话的改写、翻译转向了创作。在小川未明、岛崎藤村、有岛武郎、千叶省三等作家的推动下,日本儿童文学的文学性大大加强了。小川未明一册《红蜡烛和人鱼姑娘》使日本文学界对儿童文学刮目相看,从而为日本儿童文学地位的提升立下了不

朽功勋。在同时期里,小川未明用自己的童话创作、童话理论、童话组织活动(1928年发起成立"新兴童话联盟",并出版相关的杂志,倡导富于浪漫主义色彩又有浓郁现实生活气息的童话作品,因而有的西方儿童文学史认定1928年为日本儿童文学开始的一年),证明着同时期无出其右的绝对重要地位。小川未明一生写了童话780篇,仅《童话全集》就有12卷,作品优美凝练,无雷同者,被西方人誉为"日本的安徒生"。

小川未明就学于早稻田大学英文系,并向童话先驱岩谷小波学过德语,后来在他饶有东方特色的童话中也可以看出西方童话对他的影响。没有对东西方两种幻想文学营养的汲取,也就没有小川未明童话。

小川未明在1912年到1926年主要为孩子写童话。1926年末发表"童话作家宣言",他认为童话创作更适合自己的气质。20年的时间里,他出版的童话短作集有《红蜡烛和人鱼姑娘》(1922)、《巧克力天使》(1924)、《小川未明选集》(1925~1926)、《野玫瑰》《玻璃宫殿》(1929)。第二次世界大战后,任日本儿童文学家协会首任会长,提倡创作民主主义童话。1951年获艺术院奖。1953年成为第一个以儿童文学作家身份进入艺术院的人,并获得文化功勋奖。

小川未明的童话充满了北国情调,用浪漫主义笔墨表现对雪国故乡的怀恋。他的《牛女》(1919)、《红蜡烛和人鱼姑娘》(1922)、《到达港口的黑人》(1921)、《月夜和眼镜》(1922)、《野玫瑰》等20几篇代表性稍强的作品都体现出义愤、悲怨和憧憬这些"小川未明童话三要素"。

小川未明的气质和个性是属于抒情煽情的。他的童话当然也有故事,但故事被散文诗化了;当然也有幻想,但幻想都在诗的浓情中进行,幻想的作用不在刺激读者的感觉,而在撩拨人们的情绪,叩动读者的心弦;当然也有夸张,但那只按照抒情的需要对自然略作延伸;当然也有幽默,但那是清淡的,宛若砍柴人在涧边憩息,偶有野兰的幽香飘动。小川未明的童话优美的意境,诗性的构思,清丽的文笔,隽永的意蕴,正是向世界宣告:东方,有童话奇葩!

小川未明童话的主旋律是爱,对儿童、对人间、对大自然的爱。日本现代著名童话作家坪田让治曾在研读小川未明童话后指出:他用爱来观察世间一切事物。难道所有的东西不都具有美好的一面吗?自然界、人间丑恶的东西,人生的悲惨事,这所有的一切都可以用爱使之澄清,然后表现出美来。这并不是说,丑恶的东西可以美化,而是说,邪恶的东西可以作为背景来衬托美好的东西,使之放出灿烂的光彩。美好的东西和邪恶的东西的斗争,可能暂时失利甚至破灭,但其光彩是决不会被磨灭反而会更加灿烂明亮。小川未明先生这种对儿童的爱,对人间、对自然的爱,在高温灼热下燃烧时,就变成了童话创作的激情了。坪田让治认为小川未明童话的美来自于灼热的爱。这种爱有时表现为童稚的信任,有时表现为对贫弱者的同情,而有时又不能不表现为对丑恶人生的扼腕抨击。《红蜡烛和人鱼姑娘》就是这样的一篇代表作。《红蜡烛和人鱼姑娘》写住在北方海域中寂寞凄凉生活着的人鱼,憧憬明朗的海面上的生活;她相信人是善良的,都富于同情心,不会欺负弱者,便下定决心将自己的女儿抛扔街头,以期下一代能在热闹、明朗、美丽的都市度过一生。住在海边神社前卖蜡烛的老夫妻把女婴捡了起来,以为这是神之所赐,便收养在家。人鱼姑娘渐渐长大,她心灵手巧,用红彩在雪白的蜡烛上画出漂亮的鱼、贝之类的图案。这样一来,蜡烛销路大开,并且有人传说出海只要带上这种红蜡烛,就不会遇到灾难。人鱼姑娘念念不忘老人的养育之恩,日日勤苦工作。万不料一个马戏团的江湖艺人看出人鱼姑娘不是人类,要以重金买走人鱼姑娘,钱财把老夫妇心肝变成了铁石,老夫妻不顾人鱼姑娘的苦苦哀求,将她卖给了马戏团艺人。姑娘被带走的晚上,海上风暴骤起,恶浪掀翻了马戏团的船。此后,只要神社中点亮红蜡烛,那天晚上大海就会风浪大作。没几年,这座小镇就消失了。人鱼姑娘是东方民间童话中常见的人神合一的形态。当人们不辜负人鱼母亲的期望和信任而抚养她女儿时,幸福就来伴随人们；而当人们一旦为物欲所驱遣而昧了人性，辜负了人鱼母亲的期望和信任时，人鱼以母女天伦之乐为代价换得的却是失望和背叛时，神的愤怒便来将人的一切毁灭。这是对人类背信弃义的劣根性的否定和惩罚。这是一篇题旨鲜明的人道主义杰作。它向人们提示，践踏美、撕毁美是不能不受报复的。

母子之情是小川未明童话中反复出现的一个主要旋律。母爱在比较中显示了无可代替性。《爬上树的孩子》中的孩子相信天空很低，天空连着树尖，而且他相信死去的母亲已经变作了一颗星星住在树梢，于是他就脱屐上树。

辰吉开始爬树了。

大家都目不转睛地看着他的一举一动。四周完全黑下来了，只有树枝在随风抖动。星星在杉树顶上闪烁着，把夜空映照得非常美丽。

辰吉越爬越高，他那短小的身体很快就消失在黑暗的树枝丛中。

"大概已经爬到高高的树顶了吧？"孩子们在底下说着。

"谁知道呢，反正还不见他下来。"……

晚风吹动着树枝，发出微微的声响。夜深了，孩子们有些害怕……

树底下只剩下辰吉的一双小小的木屐！

小川未明用浪漫和神秘来创造独特的弥漫诗意的童话意境美。坪田让治说："在日本，在小川未明之前没有童话作家……日本由于小川未明先生的出现，才有了作为文学的童话。"这不是夸张、溢美之辞，读者不可能不被小川未明童话的美所征服。

二、新美南吉的童话

新美南吉（1913～1943）是一位特别具有童话文学天赋的才子。他的英年早逝给东方童话所造成了莫大的遗憾。1932年发表于《红鸟》杂志的《小狐狸阿权》《正方和库罗》是他的代表作。1935年因受到出版界的鼓励，一口气创作了30余篇低幼童话，风格独特，堪与世界最佳童话媲美。《小狐狸阿权》写了一只又淘气又善良又懂事的小狐狸，极富真实感，能久久动人肺腑，情节结构波澜起伏，频频出现戏剧性变化，结局也出人意料。这两篇童话被选收进国家审定的教科书中。

新美南吉是日本作家中童话想像力最丰富的一位。弥漫诗意的童话想像力是他文学天才的外现。他也很重视故事。他曾明确地说过：童话是写给孩子看的，而最能吸引孩子的就是故事。所以，童话必须强调要有精彩的故事。注重童话的故事性，决定着他的童话更符合童话文学的本质要求。他活学活用民间童话，把民间童话文学的精髓同现代人的现代观念融合而为一体。他的代表作是《小狐狸阿权》《小狐狸买手套》《去年的树》《盗贼来到花木村》。这几个童话故事中都安排了难于猜测的转折，而最后结尾总是耐人寻味——往往利用结尾把意味往深处大大推进了一层，从而唤起读者的睿思。他给低幼孩子创作的《小狐狸买手套》特别有感染力。它立意新颖、童趣丰盈，令人拍案叫绝。人和狐狸在买手套一事上达成了童话性理解，人的世界和狐狸的世界发生了童话性和谐。店主是次要人物，但作家寥寥数笔就把他刻画得妙肖传神：店主心里担心狐狸会用树叶来买手套，所以他接过铜钱后，"用手指弹弹，然后互相敲敲，发出'叮叮'好听的声音。他想这不是树叶，是真正的铜钱"。从这些绝妙细节的描写当中，可十足见到新美南吉笔到神传的艺术功力。

《去年的树》是日本童话在中国普及最广的一篇。它用饱蘸浓情的诗笔写一只小鸟追踪它的

好朋友——一棵树的经过。本来小鸟"天天给树唱歌","树呢,天天听着鸟儿唱"。小鸟告别树南去越冬,可当它北归时不见了树。树被拉进了山谷的工厂。它追到了工厂。在工厂它只找到了木条。木条又被做成了火柴。火柴被运到村里卖掉了。钟情于树的小鸟紧追到了村里,这时出现在读者面前的是这样一幅震撼人心的画面:火柴已经用光了,惟被火柴点亮的油灯还亮着,小鸟向着灯里的那簇火苗唱了一支去年唱过的歌,然后飞走了。这用散文诗语言描绘出来的隽永画面,向读者传递了多少忧伤,多少惆怅,多少幽怨,多少无奈,多少恋念,多少惜憾!但是毕竟灯盏的火焰也是生命的另一种形式,而且一位小姑娘正需要"去年的树"化作了一团小小的灯火来为她照亮,这样一路思量下去,似乎小鸟最后对着灯火唱的就不一定只是悲歌,说不定其中也有祈愿和祝福。一篇千字童话竟包蕴了如此多层次的内涵,迷迷蒙蒙的言有尽而意无穷,足见其童话天赋的魅力无限了。

《盗贼来到花木村》也是出人意料的,盗贼头儿在孩子的一份信任面前复苏了人性,复苏了人的天良,复苏了人的善心,引出了一个颇有回味的结尾。

第九章

林格伦时期：童话在繁荣中多元发展

　　童话的多元发展本不是新话题。19世纪中期以来，不同的志趣、不同的学养、不同的个性、不同的童话主张、不同的表现习惯、不同的艺术专长、不同的文学流派的作家，都到童话这片新的文学天地里来一试自己的才华，展现自己的想象力。他们的童话实践，说明了童话既可以从成人角度切入：强调童话的教化功能、导引功能、陶冶功能、认知功能；也可以从儿童角度切入：强调童话的娱乐功能、感染功能；甚至也可以上述两者都不强调，而强调作家在童话中表现自己，满足自己的表现欲望，或传达一种作家自己的渴望，一种儿童崇拜的哲思与情感。他们的童话成果，意味着童话只要善于模仿儿童的思维，其中饱蕴孩子乐于接受的真趣味，给儿童提供精神狂欢的机会和可能，对于儿童现在的生活和未来的人生方向发生有益的审美影响，那么在境界的开拓、意思的蕴蓄、想象的创新、角色的选择等方面，作家都有无限的自由。

　　童话多元发展的格局，在第二次世界大战前已经大体形成。20世纪的下半期，物质文明和精神文明已然提升到了一个更高、更新的层次上，儿童世界的独特性、丰富性在新的时代背景下，在新的观念支配下，再次在更高更新的层次上被发现了。这种儿童的新发现和再发现为童话的繁荣带来可能。

　　在发达的科学技术面前，在日益优越的物质享受条件面前，在便捷获得的爆炸性资讯面前，在变化着的道德标准、教育制度、家庭结构面前，童话怎样去贴近时代、贴近生活、贴近儿童，不同国家、不同地域、不同文化氛围中陶铸出来的作家，会有不同的理解和回答。由此，童话空间的开拓，童话表现策略的采取，童话接近儿童途径的寻觅等等，就必然都各不相同。童话的多元发展成了童话腾达和繁荣的前提。

　　瑞典女作家林格伦首先意识到，教育的刻板、枯燥只会压抑儿童的心灵，萎缩自由、活泼的想象力，她必须站出来，以儿童解放者和保护者的身姿站出来，为造就自由的人类而向残留着霉味的教育发起冲击。林格伦没有辜负自己的理想，她用"皮皮"和"卡尔松"两个系列，使童话文体在20世纪中期广受世人瞩目，童话的人物画廊里，连续增添了两个创意鲜明的童话形象；因了她非同寻常的艺术胆魄和艺术锐气，童话文学从她那里开始发生了革命性的变化。

　　林格伦无疑开创了一个童话新时期：童话的"林格伦时期"。

第一节　西方童话在繁荣中多元发展

一、富于幽默趣味的童话

幽默是西方童话普遍具有的美学品格，如前述的卡洛尔、吉卜林、米尔恩、格雷厄姆、劳森、瑟伯、特莱弗丝和科洛狄的童话，还有将在后面叙述到的扬松、达尔、亚历山大、怀特、萨尔登、奥布莱恩的童话也颇富幽默感。幽默在许多情况下是同讽刺紧密相连的。当它同讽刺相结合时，便轻易地指出人类或动物的缺陷，使得小读者又享受乐趣又获得教益。但许多幽默的运用旨意不在讽刺、嘲弄和奚落，像以林格伦为代表的北欧幽默，只是由一种天才转化而成的美学品格。

幽默分大众幽默和精巧幽默，前者多直截了当，引人开怀畅笑，后者多含蓄曲深，要求读者有相应的鉴赏水平。

1. 林格伦童话

战后的瑞典文学，是瑞典文学史上的黄金时代。标志之一就是儿童文学的繁荣昌盛。首先是阿斯特丽德·林格伦（Astrid Lindgren，1907年11月14日～2002年1月28日）因创造了"长袜子皮皮"的形象而一举成名，从此她在首都斯德哥尔摩一生为孩子写作，计有童话、小说及其他作品一百二十余种。这些作品中最受欢迎的部分被翻译成至少86种语言出版，重要国家的百科全书都收有介绍她的条目。她先后获"瑞典图书协会尼尔斯·豪尔耶松圆盘奖"（1955），"瑞典高级文学标准作家的国家奖"（1957），"第二届国际安徒生儿童文学作家奖"（1958），"《美国纽约先驱论坛报》春季奖"（1966），"德国青少年图书比赛特别奖"（1966），"瑞典《快报》促进儿童文学金船奖"（1970），"瑞典文学院金质大奖章"（1971），"威尔士文学艺术委员会国际作家奖"（1978）等。林格伦为世界儿童带来了一个又一个不会长大的童年伙伴。20世纪有林格伦是20世纪的幸运。

林格伦的童话是林格伦独一式的，其中蕴含的天赋才能是不可复制的。这种天赋才能的精神核心是对自由和正义的向往，对儿童天真想象力的勇敢卫护。

1941年林格伦七岁的女儿因患肺炎住在医院里，女儿要守在床边的妈妈讲故事。"皮皮"这个古怪的名字就是女儿取的。1944年冬季，林格伦把三年前给女儿讲的故事写出来作为生日礼物赠给女儿。林格伦因滑雪而伤了腿。她利用卧床养伤的两个星期，创作成了后来蜚声世界的文学名著《长袜子皮皮》（1945）。

和散发着奶油味的、娇滴滴的、循规蹈矩女孩相反，皮皮天不怕地不怕，邋里邋遢，翘着两条硬邦邦的小辫子，脸有很多雀斑，大嘴巴，蓝上衣拼上红布条。更显眼的是她的长袜子一只是棕色的、一只是黑色的。她的鞋正好比她的脚大一倍。她从小死了母亲，父亲是长年在海上航行的船长，生活无定，有一次被风暴席卷，从此没有了音讯。实际上成了孤女的皮皮，眼睛里总是带着做梦一般的表情。心里揣着孤独和委屈的皮皮，善于同猴子和马一起生活。作者给汉译本所作的序文中这样对孩子说：

皮皮是一个不寻常的小姑娘。她最不寻常之处是她非常强壮。全世界没有一个警察比她的力气大。她能举起一匹马。她那样强壮,却并不盛气凌人或高人一等,相反地,她非常友善。她的表现虽说不是十全十美,但是你不必在意。我的意思不是要你像她那样做。

这个力大如牛的皮皮小姑娘曾摔倒过马戏班中的大力士,降服了海盗和小偷,制伏了公牛和大鲨鱼。这诚如作者本人所说:"皮皮使孩子成为大力士的希望得到了满足。"她有用之不竭的善良,有一副乐善好施的热心肠,一切遭受委屈的孩子都可以从她那里得到热忱关爱和由衷同情,她那金币取用不尽的箱子可以任她展现慷慨。她统领一个属于自己的世界,她有一种能控制任何场面的能力……在那个僵死的逻辑和枯燥的条文统治的世界里,皮皮不顾一切朽旧的禁律,做着一切她想做的事,包括反对当时瑞典小市民的庸习和瑞典呆板的教育制度。林格伦以为这种野性、这种狂放、这种恣肆,正是孩子正常天性的外现,而皮皮是林格伦理想中各种天性都获得正常发展的孩子的一个假定性形象。

当时,已经有多人提出:对儿童长期推行盲从教育,在孩子身上滥用权威,让儿童无条件服从,会使儿童产生压抑和自卑感。林格伦的童话于推行现在自由教育思想大为有利,等于用童话作品参加了对权威教育与道德主义的批判。文明以爱的名义、以教育的名义僵化了孩子的天性,消解着童年力量,其实释放出来的是陈陋、伪善、谎言和恃强凌弱的避之犹恐不及的弊病。

皮皮这个形象是根据林格伦心中童年时代的自己,根据还活跃在她记忆中的童年时代的情性、渴望而创造出来的。她童年时内心渴望的就是不受管制,伸张正义,高兴快活。林格伦认为,童话就是儿童生活的假定性延伸,而儿童文学创作就是把自己童年渴望读到的书写出来。林格伦是从反顾自己童年生活中,获得塑造"长袜子皮皮"这个形象的灵感的。童话的每一个情节,都是女作家心中渴望(渴望独立,渴望冒险,渴望非凡,渴望动物伙伴,等等)所凝结的结晶。

人们习惯于教导儿童做"好孩子""模范儿童"的思路,来接受儿童文学读物,人们也熟谙安徒生童话的传统。对于突然出现在面前的皮皮那种非凡性、狂野性缺乏思想准备,在教育界、家长们之间掀起一股"皮皮旋风",认为熔铸在皮皮形象里的那种狂野性是非道德和反教育的。旋风过后,当人们已能从对儿童的一个新的理解来宽容地认识皮皮形象,人们的儿童文学观念已历经一番革新洗礼,儿童文学疆域的开拓又较马克·吐温的"顽童历险记"前进了一大步,童话的艺术空间大大地扩展了,世界儿童文学增添了许多新质,儿童文学画廊增添了一个不朽的形象。高尔基当年曾对才气蓬勃的楚科夫斯基这样说:"创作出一部您自己的、真正的、名副其实的文学作品来,它会不胫而走的。这是最好的争论了——不用言论,而用创作来争论。"

林格伦创作《长袜子皮皮》也许并无挑起争论之意,但是有一点可以肯定,那就是:林格伦是在无意中用作品进行童话艺术空间和儿童文学心理表现疆域的开拓。她所制造的儿童文学"陌生化",会使儿童文学理论家们觉得有必要重新思考自己的理论,或者,在这位女作家的艺术胆魄面前,理论显得黯然失色了。

皮皮不是楷模型人物,但皮皮却是一个讨人喜欢的人物,这个浑圆的形象中,体现着林格伦对皮皮这个孤女的理解:她渴望到一个充满正义和自己的奇妙世界去过幸福生活。她让自己的小女主人公拥有童话般的财富,难以形容的想象力和超人体力,所有这些使她能快活地生存在邪恶和冷酷的环境里。瑞典著名心理学家乌拉·龙克薇丝说:"关于皮皮的故事,我的理解是这是一种释放。""孩子们知道世界上竟还有像林格伦这样的大人,她的感情倾向总在孩子一边,这对孩子来说无异是一种福音。"

林格伦的童话名作,除了《长袜子皮皮》的续篇,还有一部中篇童话《小男孩和住在屋顶上的卡尔松》(《小飞人》,1955)。这是一部时代性很强、主人公与前一部童话的主人公性格相近,而又别具一格的童话。它真实地描述男孩和他的痛苦与欢乐,奇异的想法和语言,并将之与描述日常生活结合起来。童话是从一个男孩的幻想和臆象中生长出来的。作者不厌其烦地重复说书中所发生的一切是"极平常的","不太平常的"只是住在屋顶上的卡尔松。妈妈和爸爸、勃塞和贝坦都以为卡尔松只是男孩的一种臆象和幻想而已。惟有男孩自己毫不怀疑卡尔松确实存在。

背上安有螺旋桨的小飞人卡尔松是个任性、顽皮,整天千方百计设法找乐子,只求玩得热闹、玩得痛快、玩得尽兴,没有什么道德感,没有什么责任感,心中却充满狡智的小无赖型人物。教育家们对林格伦笔下这样的小无赖感到头痛:一是男孩总不可缺少他,二是作家对他总不作谴责。这个胖乎乎的"男子汉"用胡闹和恶作剧制造开心的时候,一心想的只是"好玩"。学校和家庭不能不按照社会的需要来约束儿童的狂野天性,而这种约束一方面是培养了适应社会需要的"好孩子",一方面也不免使他们因此而感到孤独寂寞,从而使孩子产生一种摆脱四壁、要飞向自由天地的强烈欲望。"小飞人"的象征性幻想,填补了这欲望所造成的心灵空间,使压抑、沉重、黯淡的生活变成光怪陆离的梦幻之园。在小飞人的所作所为中,孩子们被压抑的渴望获得了宣泄。"玩闹"的结果,多数情况下是玩闹到"坏事"上去,少数情况下偶尔也玩闹到"好事"上去;"宣泄",就会把馋嘴、好吹牛、胡来、捣乱、恶作剧、利己主义都宣泄出来。从上述意义而言,"小家伙"离不开卡尔松,他同卡尔松在一起,也就无异于同自由在一起。尽管卡尔松骂他"草包""笨手笨脚",弄坏了他的蒸汽机,抢吃他的东西,损坏了他家的窗帘,他还是离不开卡尔松。例如,卡尔松要玩吸尘器,给窗帘吸尘,就说自己是"天下第一吸尘大王",结果洁白的窗帘被吸进去了。这回,卡尔松又成了"天下第一拔河大王"。当卡尔松把窗帘从吸尘器拔出来,窗帘黑了一截,而且破了。可是卡尔松一、两句话就转移了小家伙的注意力。卡尔松转而要给小家伙吸尘。

卡尔松把吸尘器推过来。

"女人就这样,"他说:"整个房间都吸干净了,却忘掉最脏的一点点地方!来,我从耳朵吸起!"

小家伙从没让吸尘器吸过尘,现在被吸了,痒得哈哈大笑,哇哇大叫。

卡尔松吸得很仔细。他吸小家伙的耳朵、头发、整个脖子、胳肢窝,从上到下整个背部、肚子,一直到下面的脚。

"这就是人们通常说的'春季大扫除'。"卡尔松说。

小家伙和卡尔松是两个互补的形象。小家伙缺少的是卡尔松的了无牵挂、一无束缚和不需对任何事情负责,而卡尔松在意识深处还是觉得缺少像小家伙那样的家庭温暖,甚至愿意小家伙来充当他的"妈妈",以至胡诌出什么"最爱瞎操心"的奶奶怎么把他拥抱得鼻青脸肿。两个人物都缺少和需要对方拥有的精神滋养。

通过《小男孩和住在屋顶上的卡尔松》,读者可以了解大城市的生活,了解在外表看来是这般欢闹的世界里,却"还有犯罪,还有没人关照的孩子……"。小家伙渐渐懂事了,他知道应当积极地投入生活,应当去帮助弱者。在童话里,林格伦没有喋喋不休地教训孩子应该这样、应该那样,不为大人辩解,而是真实地用现实主义的笔触写着童话。不错,男孩的智慧有时超过了七岁孩子的水准,卡尔松的口气也大人化了些,虽然如此,童话以它细腻的心理刻画,以它真正属于儿童的语言、幽默和笑趣强烈地诱惑着读者,感到其中的乐趣无穷。《小男孩和住在屋顶上的卡尔松》的成功鼓舞着作者写了两个续篇,一样受到读者的好评。

林格伦的童话中还有三部堪称杰作的童话作品。第一部是被广泛传播的《米奥,我的米奥》(1954),这是一部具有民间童话色彩的作品。写一个失去了父母、被人领养的小男孩米奥,突然来到一个童话世界,他的父亲是国王,是一个玫瑰园的统治者。变成了王子的米奥用具有魔力的宝剑,把父王的臣民从残酷的骑士卡托手里拯救出来。卡托的丧心病狂使人联想起希特勒那副象征血腥的丑恶嘴脸。第二部是《狮心兄弟》(1973),写小男孩斯柯尔班克服了自己胆小的懦弱性格,勇敢地以顽强的斗争战胜了邪恶。第三部,也是常被提到的童话,就是《罗妮娅,一个强盗的女儿》(《绿林女儿》,1981),这是一部大自然赞美诗。这三部作品共同的特征就是具有通俗现实主义的品格,情节紧张,语言幽默风趣。

林格伦的创作理念中,真实性被置于第一的位置,她强调儿童文学作品是生活的延伸,即使写非现实、超自然的幻想作品,也一样需强调作品的真实感。她把使孩子在她的作品中得到快乐作为自己的创作使命。

林格伦的童话是儿童想象力的发酵剂,是点亮发现新世界的探照灯的最好工具。关于想象力的重要性和意义,她曾明确说过:"任何伟大奇妙的东西,都是先有想象,而后才变成现实的。""想象力就像一盏明灯,它会在黑暗中猛一下燃亮,照亮你的前方。"童话能帮助孩子点燃探索的明灯,使他们能"用心灵的眼睛去认识事物"。孩子有了想象力他们就"可能会发现解决饥荒和战争的办法",建立起"一个没有恐怖和仇恶的世界"(《披西班牙式黑斗篷的人》,1969)。

1971年,瑞典文学院为表彰林格伦在为儿童的文学这个困难领域里所作出的杰出贡献,授予她金质大奖章,在授奖仪式上,阿·隆德克维斯特院士感谢她的文学天才选择了儿童。他说:"您似乎有一种特殊的能力和令人惊异的方法认识他们和了解他们。""您赋予儿童文学以一种新的艺术风格、幽默和叙事情趣,赋予文学心理学以新的内涵。"

附录一

反顾你的童年时代
——林格伦访问感得录

[俄罗斯] 柳德米拉·勃拉乌苔

韦苇译并按:本访问感得录的作者是俄罗斯北欧文学的女翻译家,曾先后将200多种北欧文学作品译成俄语出版,其中180种是儿童文学作品。作者作为俄罗斯社会科学院的博士和教

授,对北欧、德国儿童文学的研究成果为世界儿童文学研究界所瞩目。并成为俄罗斯许多儿童文学理论工作者的立论依据。本文系作者为20世纪儿童文学泰斗林格伦80寿辰而作;作者曾多次访问林格伦,她在女作家80寿辰之际用随笔性文字真实地录写了她历次访问女作家的所得所感。

1987年11月14日,阿斯特丽德·林格伦这位瑞典最杰出的女作家年届80了。她一生只为孩子写作。因为她的心灵深处至今还活着一个孩子——那就是她从前的自己。林格伦的记忆中至今还活跃着她早年已消逝了的童年时代的情景、气息、趣味和笑闹声。所有这一切,她现在感觉起来还跟那遥迢年代所发生的一模一样!

像女作家一部名作中女主人公长袜子皮皮的童年永存那样,女作家的童年也是永存的。皮皮的两个伙伴汤米和安妮卡因不能将皮皮带入成人世界而苦恼,殊不知皮皮固执地认为成人是不会有欢乐的。成人总以为娃娃要是往嘴里塞进一把刀,那就非发生不幸不可了。

女作家对孩子有自己独特的看法。她认为孩子不仅是最懂得感激的读者,而且是要求最严的读者。作品中一有不真实的地方,他们就不愿意再往下读了。他们拿到书一翻,枯燥无味,就哗啦一下给扔得远远的,从此再不理会了。

"假惺惺的歌儿趁早别唱。"林格伦对此坚信不疑。这是一句古老的俗语。"这句俗语应当写入儿童文学作家们的创作法规。必须让孩子在作品中看到他们自己。"她强调这一点,"我希望儿童文学作品都能作为儿童生活的延伸部分而存在。我一生追求的就是这一点!"

常常有人这样问林格伦:她写作时是否在自己的孩子身上,在自己的孙子辈身上汲取灵感?女作家回答说:"……世界上,只有一个孩子能给我以灵感,那便是童年时代的我自己。给孩子写作品不一定自己要有孩子。为了写好给孩子读的作品,必须得回想你的童年时代是什么样子的。"

"纵然是进入童话的非现实世界,"女作家说,"我也力图做到真实。我写作品,我惟一的读者和批评者就是我自己,只不过是童年时代的我自己。那个孩子活在我心灵中,直活到如今。亏得有这个孩子,我才能为小朋友写作到现在。我总是让我心灵中的孩子过得快活。我就写我童年时代我喜欢读的书。"

林格伦是35部作品集的作者。她的作品的主人公用45种语言说着话,也就是说女作家的作品被译成了45种语言文字出版。她是许多瑞典国内奖和许多国际奖的荣获者。其间有她在祖国获得的"尼尔斯·豪尔耶尔松奖章",有波兰孩子们授予他们最喜爱的作家的"微笑勋章",她获得授予世界优秀作家的以汉斯·克里斯蒂安·安徒生命名的金质奖章,这种奖通常被叫作"小诺贝尔文学奖"。

1978年,她获得联邦德国书商联谊会所授予的和平奖金。林格伦在接受和平奖金时发表讲话说:"现在的孩子将来都要掌握世界的命运。未来的战争与和平都将由他们来决定……"

她在与记者的谈话中指出:"我们所生活的世界动乱不安,因此我作为一个母亲,常常想,亿万个摇篮边现在站着他们的父母,可等着这些孩子的又将是什么呢?孩子是我们的未来,他们的身上寄托着我们的希望。我们成年人的天职就是保卫他们的未来,给他们提供一个自由的世界,一个没有恐怖和仇恶的世界。"

瑞典一个省城的1907年11月的报纸的出生栏里,记载着林格伦的诞生。

林格伦的父母相亲相爱。他们的女儿感觉到,她过的生活比书里讲的还要更幸福。

林格伦的父亲像许多瑞典人那样,天生有一种幽默感,这种幽默感从父亲身上传到女儿身上。林格伦的姐妹兄弟都濡染了一种讲故事和写作风尚。她兄弟擅长于用揶揄笔调作辛辣的政治讽刺,她的两个姐妹是翻译家和记者。林格伦的父亲不无根据地这样说:

"我的孩子们连我都想不到,全都耍上了笔杆子。怎么会一个家庭里出了这么多耍笔杆子的人呢?"

林格伦童年时代最鲜明的印象是斯摩兰德省的情景。斯摩兰德省是林格伦的出生地,是她父亲承租庄园的地方。作家写道:"那里每一条乡村小径,每一块石头,那布满雪白睡莲的湖泊,那河流,那山丘和树木,我都十分熟悉。所有这一切,我回忆得比别人要多得多。"

女作家认为,大地上除了人和动物,就没有比树木更有生机的东西了。无怪乎,诗人都爱歌唱绿树,钟爱大树和小树,春天的树和秋天的树,夏季的树和冬季的树。庄园的孩子们也有一棵树,树上有一个猫头鹰窝,孩子们把它叫作猫头鹰树。童年时代的女作家周围有许多好心人,他们教她干活,首先是教她在危难之际怎样保持一个人的尊严。

庄园不远处有一片矮小的棚屋,那里头住着"穷得不能再穷"的不幸的人们,过着苦得不能再苦的生活。孩子们很熟悉难民收容所里靠救济过活的老人们的生活。这就是约凯·尤汗·格罗什(他从未得到过一文钱以上的施舍)和疯婆子艾莲(这些人物我们在林格伦描写勒奈贝尔亚的埃弥尔的中篇小说中可以见到)。这些穷苦人遭受多少欺凌啊!谁都知道,人们对无依无靠的穷苦人是冷酷无情的,从《淘气包埃米尔》三部曲的第三部小说《埃米尔的新花样》中,读者可以隐约看到林格伦童年时代的人们如何地嫌恶穷苦人。

林格伦1914年起在小城温密尔标上学。在那里上学的情景已经在许多书里写到了。淘气包埃米尔赶集就写的是这个小城的情形,他也就是从这里开始最后当上市长的。那本大侦探小卡莱的故事里所描写的警察局白房子,白房子里的皮约克也是这个小城里的人物。还有,那个外号叫(林格伦的乡亲们特别好给人取外号)"坐在木桶上的卡尔松"的制鞋作坊,到60年代末才被拆除掉。女作家的关于大侦探小卡莱的故事主人公玩"红白玫瑰之战"游戏的小城街道就是温密尔标的街道。看过这个小城的街道和居民,再去看长袜子皮皮故事中那群调皮娃娃,简直就难分彼此!

林格伦认识许多温密尔标做女佣的姑娘。这些女佣的女主人们饱食终日无所用心,不是你到我家闲坐,就是我到你家喝咖啡。在林格伦的《长袜子皮皮》中,对这些太太作了无情的嘲笑。

林格伦在温密尔标上学期间,有一次她写了一篇《一个瑞典的美国人讲的故事》的文章,故事叙述一条木船在进水下沉的危急时刻,故事主人公奋不顾身堵住了漏洞。教师在班上赞扬了这篇文章,并且在班上宣读了。女作家后来把这故事扩充纳入了好几个中篇小说中。林格伦1925年到斯德哥尔摩,在那里,她结了婚成了家,做了两个孩子的母亲,可她还是经常回到自己童年生活过的地方去。她借助于皮皮的笑声和孩子们的游戏,驱散了忧伤之情。

"我一写起作品来,忧伤就消隐了。"女作家这样讲述自己的写作体会。

当把"安徒生奖"授予林格伦时,评奖委员会说林格伦是从儿童的视点来写儿童作品的。评奖委员会特别指出林格伦的小说《流浪儿拉斯莫斯》是一部卓荦不凡的作品。作品写一个无家可归的男孩找到了家,找到了父母。这部作品的读者的想象都沉浸在女作家的幽默之中,沉浸在女作家对儿童心灵和智慧的理解之中。

"林格伦不像其他写儿童作品的作家。"一位21岁的瑞典姑娘安娜说,"因为她写了多种多样的作品,凡是世界上有的儿童文学样式,她都采用过。每一类作品又个个相异。当你读悲伤和恐怖的作品时,你的心情也就随之悲伤和恐怖。就说《狮心兄弟》这部作品吧,虽然读的时候让人觉着害怕,但读过之后让人觉得作品确实好极了。"

的确,林格伦的作品花样繁多。她写社会小说和侦探小说,写传统小说和现代小说。女作家本人也曾说过:她写人物,有时将其置身于大自然,有时将其置身于乡村,有时将其置身于省城,有时将其置身于名城斯德哥尔摩。她的作品既有现实主义的,也有童话幻想。她的作品里交织着欢乐和悲伤、幸福和痛苦。

有意思的是,用现实主义笔触写成的作品中,有的写布勒比村("欢乐村"之意)的孩子们,有的写勒奈贝尔亚的埃米尔,有的写流浪儿拉斯莫斯,有的写大侦探小卡莱,有的写男孩切尔文。这些人物的活动地点总是和林格伦在内斯、在温密尔标度过的童年时代密切相关。而更多的是和女作家在各种海岛度过的生活密切相关。这些作品所写的都是幸福安乐的孩子。虽然有时不免在有些地方写到了生活的阴暗面。其实有恬逸的田园诗格调的作品只有写布勒比村孩子们的三部曲。女作家把布勒比村写得那么美,以至于奥地利的一个孩子这样问自己的妈妈:"要是世界上有个布勒比,我干吗要在维也纳住呢?"

但是在淘气包埃米尔的三部曲中,女作家写了靠救济过活的穷苦人们可怕的困境。《流浪儿拉斯莫斯》是写一个受尽颠沛流离之苦的孤儿最后找到了亲人。卡莱和他的伙伴在假期玩"红白玫瑰之战"的游戏时,他们发现了一个正在作案的罪犯。在萨尔克罗克岛上,孩子们恬逸的生活被一个居民的贪心和金钱至上的思想罩上了一层烟云。

作品的氛围最欢快的是描写布勒比村孩子们和埃米尔的作品。一般人都认为这些作品中洋溢着林格伦关于自己童年生活的回忆。女作家进入城市的头些年是不幸的。所以把孤儿之类的主人公都放到城里来写。不错,写乡村生活的作品(例如童话集《阳光灿烂的林中空地》),林格伦也写到贫困、不幸、寂寞的孩子,但那是为了写出"那个多灾多难的岁月"。皮皮的故事在城市展开,还有小飞人的故事,还有《米奥,我的米奥!》,这些故事确切地说就发生在斯德哥尔摩。林格伦在这些作品中企图解决一个如何使自己作品的主人公感到幸福的问题。她的童话作品都参照自己的童年生活。

林格伦的童年世界里弥漫着善良和爱,充溢着神奇,往往还充溢着冒险、游戏和幽默。这样的世界对孩子来说是最相宜的所在。

林格伦认为,她的虚构根本就不是虚构,而是她童年生活的生动体现。她的成人生活体验都反映在林格伦的小说《我们在萨克罗克岛上》,以及其他林格伦的童话性小说上。女作家的所见所闻都能激发起她的创作欲念。女作家说过:"一有创作冲动,情节细节就源源往外涌泻!"

林格伦的孩子,后来是她的孙子,还有其他孩子的世界,都映现在她的作品里。

林格伦的小女儿卡琳喜欢想些稀奇古怪的事。有一次她想出了这么一段对话:

"您叫什么名字呀,皮尔松小姐?"丈夫问自己的妻子。

"好极了,要是您允许我给您提个要求。"她回答说。

丈夫乐于回答她的问题。

"你讲讲长袜子皮皮的故事。"她回答。

长袜子皮皮这个名字是她瞬间想出来的,因为这个名字听起来很不一般。于是林格伦就接过"长袜子皮皮"这个名字,并为它构想出一个非同寻常的小姑娘。

瑞典著名儿童心理学家乌拉·龙克薇丝说:"关于皮皮的故事,我的理解是作为一种释放。世界上竟有这么一个大人,她知道在遥远的地方有一个孩子,并且,感情总是在那个娃娃这边。"

有一次,卡琳突然向自己的妈妈要求说:"讲讲李伦克瓦斯特(后来演化成"小飞人"卡尔松——译者)先生。不过,他得是个好心肠的叔叔,他一定得在大人都不在家的时候飞进家来跟孩子玩儿。"

于是,林格伦开始讲关于李伦克瓦斯特先生,他从窗口飞进去探望病中的孩子,把孩子带往"光明与黑暗之间"的世界。在这世界里,树上可以采到冰糖,男孩会飞、会开电车,这个世界中,腿疼不算一回事儿。林格伦的会飞的主人公第一个草稿就这样出现了。后来,李伦克瓦斯特先生又发生了一些故事。他又飞起来,不过,这回背上有了一个螺旋桨,他的名字叫卡尔松,住在屋顶上的卡尔松。林格伦小时爱到一个外号叫"坐在木桶上的卡尔松"的鞋匠那里去玩。"当我需要给李伦克瓦斯特先生另起名字的时候,鞋匠卡尔松的名字显现在我的眼前。"童话女作家这样写着她的创作经验谈,"他成了住在房顶上的卡尔松,然而我的故事同那个老实巴交的鞋匠没有任何共同之处。"

卡尔松这个顽皮、狡黠和爱吹牛的形象又在1960年出版的中篇小说《疯丫头玛迪琴》中活跃起来。在这部小说中,这个形象的名字被叫作李卡德。

林格伦的创作可能从中间一个章节写起,从一个名字写起,从一个画面写起,从一个形象写起……她到出版公司去上班的路途中,要经过一个公园门口。有一次,黄昏时分,她下班回家,在公园门口看见了一个男孩。他孤零零一个人可怜巴巴地坐在一把公园长椅上。男孩依旧坐在椅子上,可林格伦已经把他带入了一个幻想境界,一个缥缈的国度。《米奥,我的米奥!》这部中篇故事就这样在1954年诞生了。

有一位批评家把《米奥,我的米奥!》誉称为一部"了不起的儿童文学杰作"。作品叙述一个孩子灵魂深处的孤独感与恐惧感,同时告诉成人:什么叫作孩子。

新词儿都是谁想出来的?当然,是那帮老教授想出来的!长袜子皮皮这么想。

可娃娃也能想出新词儿来。有一次,她的儿子小乌力,还总共只会说十来个词,他用"南——格!"来表示他的狂喜。

"有时候,正是从这样一种狂喜的表示开始写一部作品。"女作家说。

"南格"这个词到了林格伦笔下,就成了一个幻想奇境的名字,一个星国的名字,她带着她的中篇童话《狮心兄弟》(1973)的主人公游历了这个星国。

描写埃米尔的电影正在拍摄。扮演埃米尔的小男孩很累了。他走到自己也来参加拍摄的哥哥面前,一下跪了下去,哥哥立刻把弟弟一把抱了起来。

林格伦从这一情景想开去,一个描写兄弟手足之情、同胞之爱的创作构思就在瞬间完成了。"哥哥蹲下去,一把抱住了弟弟。而我却在这时看见了狮心兄弟!"女作家回忆说。

"你现在写什么,林格伦?"几年前,人们这样问她。

女作家这样说:"噢,这是记者的传统问题了。可这个问题却不容易回答!我是在构想一个新作。但我要说,每一个即将分娩的母亲都希望自己的孩子不是勇士就是美人,可她不爱从嘴里说出来……如果将一个正在创作的作家比作是一个远行的旅者,那么一个刚上路不久的旅者可以告诉你:我只看见一段路程:一个两个弯,一座小山坡,一片林子,银亮亮的湖的一角——接着,路就拐入了群山之间,我压根儿就看不清我将怎么走……"

其实,那时女作家正在写中篇童话《罗妮娅,一个强盗的女儿》(中译作《绿林女儿》——译者),这部作品已面世于1982年。女作家那时说她看见小山坡,林子,银亮亮的湖的一角……不是偶然的,因为这部描写罗妮娅的书是一部美妙的大自然的颂歌。大自然是人类的伴侣,人类的哺养者,人类的保护者,人类的合作者和人类的安慰者。林格伦热爱大地。关于大地,她曾说:"大地是人类的故乡,人类美好的故乡。"

林格伦热爱居住在这大地上的人们。她以为人类如果好自为之,那么人类是世界上最美好的善的基础。"可是,"女作家说,"如果人自甘堕落,那么许多残暴的、肮脏的勾当也都是人干

的。我总要告诉孩子们,应当满心真诚地对待周围的人们,应当做一个具有人道精神的人,应当热爱人们。只要有可能,我就总要教会孩子们成为这样的人。"

林格伦说她越写越慢了。但近几年她还是出版了《埃米尔的第325号木偶》《埃米尔宣称要打倒咎音》《小伊达怎么准备做一个淘气小姑娘》。

林格伦40年的创作历程向世界奉献了一大批优秀作品,这些作品都将是不朽的。有人这样问林格伦:"书有未来吗?"

林格伦回答说:"你倒不如这样问:面包有未来吗?玫瑰、儿童的歌声、五月的雨有未来吗?……你最好问:人类有未来吗?……人类有未来,书也就有未来。因为,要是有那么一天,我们教会了人从作品中汲取快乐和安慰,我们没有文学作品就不能过日子……许许多多的发明,有什么电视、电子计算机,以及其他种种代用品,可人脑所保存的文学宝库才是不朽的。这些不朽的作品是《奥德赛》《人间喜剧》《战争与和平》《大卫·科波菲尔》……"

林格伦由衷地对孩子们说:"我希望你们能像我这样深深地爱书。我不但喜欢它们,还喜欢轻轻地拍动它们,抚摸它们,要知道,它们是我的书……"

附录二

阿·林格伦著作年表

1907-11-14　林格伦出生于瑞典的斯摩兰德省。

1914~1925(7~18岁)　在家乡布勒比接受初级和中级教育。

1926~1930(19~23岁)　在首都斯德哥尔摩修完秘书课程,担任大会速记员和秘书工作。

1938(31岁)　冬天因滑雪致腿伤,养伤期间开始创作儿童读物,受到广大读者喜爱和赞赏。

1943(36岁)　《大侦探小卡莱》第一部出版。

1944(37岁)　《布丽特·玛丽心情舒畅了》出版。

1945(38岁)　《长袜子皮皮》(《穿长袜子的皮皮小姑娘》)出版,立即轰动文坛。

1946(39岁)　《长袜子皮皮》的续篇《长袜子皮皮远航记》出版。开始担任斯德哥尔摩"拉本·舍格伦出版公司"儿童读物部总编辑,长达24年。

1947(40岁)　童年纪事《欢乐村的六个孩子》出版。

1948(41岁)　《长袜子皮皮》的第二部续篇《长袜子皮皮游南海》出版。

1949(42岁)　童年纪事《欢乐村的春夏秋冬》出版。

1950(43岁)　《活泼的凯伊萨和孩子们》出版。

1951(44岁)　《大侦探小卡莱》第一部续篇出版。

1952(45岁)　《欢乐村永远欢乐》出版。

1953(46岁)　《大侦探小卡莱》第二部续篇出版。

1954(47岁)　《米奥,我的米奥》(《白马王子密欧》)出版。

1955(48岁)　《小飞人》《小男孩和住在屋顶上的卡尔松》出版。获第一届尼尔斯·豪尔耶松奖。

1956(49岁)　《流浪儿拉斯莫斯》出版。

1957(50岁)　《小英雄蓝普斯》出版。获瑞典高级文学标准作家国家奖。

1958(51岁)　《小洛塔的故事》出版。获1958年国际安徒生儿童文学大奖。

1959(52岁)　《小兄弟》出版。

1960(53岁) 《疯丫头玛迪琴》出版。
1962(55岁) 《小飞人》第一部续篇出版。《小洛塔的故事》的续篇出版。
1963(56岁) 《淘气包埃米尔》三部曲出版。
1964(57岁) 《我们在萨克岛上》出版。
1966(59岁) 获德国青少年比赛特别奖。
1968(61岁) 《小飞人》第二部续篇出版。
1970(63岁) 获瑞典《快报》促进儿童文学事业金船奖。
1971(64岁) 获瑞典文学院金质大奖章。
1973(66岁) 《狮心兄弟》出版。
1976(69岁) 《疯丫头玛蒂琴的故事》续篇出版。
1978(71岁) 获威尔士文学艺术委员会国际作家奖。
1981(74岁) 《罗尼娅,一个强盗的女儿》出版。
2002-1-28 林格伦于斯德哥尔摩家中病逝,享年94岁。
(2002年,瑞典政府设立了阿斯特丽德·林格伦纪念奖,为世界上奖金金额最丰厚的文学奖项之一。)

2. 达尔童话

如果说要在20世纪推举两位童话创作奇才,那就这样推举:第一,瑞典的阿·林格伦,第二,英国的也可以说是美国的罗尔德·达尔(Roald Dahl,1916年9月13日~1990年11月23日)。

达尔的父亲从挪威来英国就业谋生,于是达尔就出生在威尔士。第二次世界大战期间,他服役于英国皇家空军,1942年负伤后以英国空军武官身份派驻美国华盛顿,在那儿,他得以结识美国著名作家、文学评论家、新文学运动领袖诺曼·福斯特,从此开始了文学创作生涯。达尔童话的轰动效应和迅速流传,使他蜚声欧美,蜚声全世界,成为世界上最受儿童读者喜爱的童话作家。

达尔童话的艺术冲击力几乎是超过我们已经读过的所有童话的。如果我们看见孩子痴迷于达尔童话那种巧妙、恢宏的幻想,那种童话的悬宕、紧张、神奇和诡异,那么孩子是迷得其所。我们有的父母自觉不自觉的以"小绵羊模式"来培养孩子,于是自觉不自觉地规范孩子去读"甜蜜而又温柔的童话"。然而平庸正多在这类童话中!要发展孩子的想象力和创新力,得鼓励我们的孩子去读达尔的童话。

达尔童话小说的魅力在于他作品出众的想象力和奇特的故事构思、紧凑的结构、巧妙的展开叙事,以及使人一读就爱不释手的精彩、生动,并且还蕴含着深刻洞察人性的苦涩感。正是这种带点残酷的娱乐故事,赋予了达尔童话以奇妙的韵味。也正是基于对达尔童话这种韵味的感受,西方评论家们把他与沙基、丹塞尼、约翰·戈里亚、罗伯特·M·戈兹等这些世界级的作家列入同一系谱,而在《泰晤士周刊》举办的"十大童书"票选活动中,孩子们毫不犹豫地把传统的童话名作《爱丽丝漫游奇境记》《小熊温尼·菩》《指环王》等挤向一边,而写上了达尔童话的书名,从而跃登上了西欧童话之王的宝座。

当我们了解这个奇迹之后,再来联系着看他的生平,那么我们简直就会有些不可思议:他学生时代的作文得的是"C",也就是"丙等",是作文的"差生";他的理想是到非洲和中国冒险;他的职业是驾着战鹰翱翔蓝空,在第二次世界大战中九死一生。而当他偶然操起文学写作的笔,就被一位作家惊呼为"第一流的作家",果然,他创作的短篇小说被认为不输欧·亨利、莫泊桑和毛姆这些世界级的作家；而当他因为自己的四个孩子总是缠着他讲故事的时候，他写出来的童话就轰动并畅销欧美，连连给他颁发各种奖赏，把他的作品拍成电影，而被好莱坞搬上银幕的童话又引起了更大的轰动，饰演的女演员还得了奥斯卡奖。上帝把各种天赋才能如暴雨般倾泻在达尔身上。20世纪产生了林格伦，已经是20世纪儿童文学的骄傲，20世纪又涌出了罗·达尔，于是20世纪的儿童文学有了双倍的骄傲。

达尔迅速崛起为世界儿童文学巍峨的山峰，其内在的原因在于，他有一种做童话作家所必要的资质，就是达尔本人所说的，一是要有生动的想象力，二是要有一手流畅的文笔，三是要有一种与生俱来的幽默敏感；在于他的童话一开始就打破现实与幻想之间的某种常规对应，能产生一种或幽默、或荒诞、或机智、或悲壮、或优美的美感。达尔的出手不凡，胜人一筹，即在于他的想象总是如他的飞行生涯那样的富于冒险性。

更难能可贵的是，达尔的童话每部都是迥异的。《詹姆斯和大仙桃》《查理和巧克力工厂》《好心眼儿巨人》《女巫》《玛蒂尔达》……他的19部儿童文学作品不仅题材完全不同，而且构思和写法也都不同；足见他的想象力之丰富，表现才能之多样。这些童话中，最有代表性的是他晚年荣获英国"白面包奖"（英国儿童文学的最高奖）的《女巫》；它和《好心眼儿巨人》均作成于1983年，其时达尔67岁。

值得把长篇童话《女巫》的故事缩写在这里：

在我家花园里有一棵大七叶树。我爬到上面去造一间树上小屋。我的眼角忽然瞟到，一个女人就站在我底下。她抬起头，用最古怪的样子对我微笑，露出来的牙齿像是生肉。我注意到她头上戴黑帽，手上戴黑手套，手套几乎套到她的胳臂肘。

"我送给你一样你从来不曾有过的礼物，绝对最刺激的。"她说着，嗓音听着像金属声，仿佛她的喉咙里塞满了图钉。

她从她的钱包里拿出一条小青蛇。那碧绿的蛇绕在她的前臂上。我吓得浑身发抖。我回想起姥姥对我描绘过的女巫——我在树上看到的该就是女巫了！我又接着想起姥姥说的，女巫杀一个孩子所得到的乐趣，抵得上吃一盆奶油草莓。所以哪怕是很客气地给你送最刺激礼物的女巫，也是很危险的。

那年暑假里，我和姥姥去一个海滨城市避暑，那里正在举行"防止虐待儿童皇家协会会议"。我遛进一个大厅里去训练我的小白鼠。不料往大厅里来了一大批漂亮的女人。我赶忙躲到屏风后面去。我看到她们坐下后一个个就开始不停地搔后颈。

她们的头发里有跳蚤吗？更可能是虱子。我看见一位太太掀起了整个的头发——她戴假发！

站在讲坛上的女人把漂亮的脸整张地拉下来。露出来的真脸丑恶、腐烂、朽败，上头爬满了蛆。她的眼睛里闪烁着毒蛇般的目光。我一下明白了，这些都是女巫，台上这个是女巫大王。她让她们脱掉鞋子，我看见她们的脚全是方头的，完全没有脚趾，就像是一双双都被用刀切过。我知道，这是女巫都集中到这儿开会来了。我还知道她们当中每一个杀起孩子来都是行家里手。女巫大王开始宣布：她发明了"86号配方慢性变鼠药"，小孩吃了，26秒钟内就会变成老鼠。她们还当场骗来我的一个伙伴詹金斯,这个詹金斯我知道嘴馋。她们让他吃了含86号变鼠药的巧克力。真的！26秒钟内詹金斯就变成了老鼠。她们要用这个办法消灭全英国的孩子。

我最终没有逃过她们的眼。我被捉住了,她们立即把86号变鼠药灌进了我喉咙里。我开始收缩,开始变小,手成了毛茸茸的小爪子。我逃回姥姥的房间,姥姥看见外孙被女巫变成了老鼠,气得差点儿昏了过去！不过她更着急的是所有英国的孩子都将被女巫们变成老鼠。凑巧,女巫大王的房间在454号,我们的房间在554号,姥姥就把我装在一只袜子里,一点点放到女巫的阳台上。女巫大王不在家,我很快从女巫大王的床底下找到了那86号药水。

姥姥让我去把药水倒进女巫食堂的大汤锅里。最多半个小时吧,所有的女巫都将变成老鼠。嗨,女巫的药水还真灵,80几个女巫都来喝了汤,80几个女巫于是都开始尖叫,从座位上跳起来,好像屁股给钉子喳一下刺了,接着,很快安静下来,再接着,所有的女巫全不见了,只见两条长桌上趴满了小棕鼠。戴着白帽子的厨师们冲出来,举着菜刀向小棕鼠一刀连一刀地劈去。女巫在没有来得及消灭英国的孩子之前,自己却被姥姥的一个巧妙办法消灭了。

英国的孩子们得救了！

但是还有其他地方的女巫呢,她们还在害人呀。我姥姥又想起了变鼠药。

"你把药放到所有有女巫的城堡里去,把所有城堡里的所有女巫都变成老鼠。"

"但是,老鼠女巫又作起恶来,怎么办呢？"

"猫。给每个老鼠女巫蹿来蹿去的地方,都放进去半打猫。"

"只是有一件事,"我说,"在你放猫进去之前,要保证我不让它们碰到。"

"我保证。"姥姥拥住了我——就是她的老鼠外孙。

《女巫》出版当年被授予白面包奖时,其评议委员会所给予的评语是:"谐谑,机智,既趣味十足又使人震惊不已,是一部地道意义上的儿童文学杰作。整部书从头至尾都让我们觉得,它流泻自一位幻想文学的巨擘笔下。"这里的谐趣就是幽默。罗尔德·达尔是一位地道英国血统的幽默大师,只有他才能说:"女巫永远是女的。……女巫没有一个男的。"角色间对话每每机趣横生、谐趣喷溢,好笑好玩。达尔用幽默的语言系统把一个善良男孩变成小老鼠的故事写得像一场前路莫测、结果完全无法预知的神秘冒险。他充分利用了鬼故事特别能惊吓小读者的效果,读者被童话的故事情节所牢牢牵引,一行接一行、一页接一页地赶着往下读,紧张得连气都喘不过来。但是完全出于读者意料的是,故事经过诸番山重水复之后,变做小老鼠的男孩竟成了消灭全世界害人女巫的大英雄！这个故事在他的几部童话中给人的印象格外深刻,我想,其原因有五:（1）与他的儿童文学观有关。他认为儿童文学创作主要目的不在给孩子以认知和教育,而在于阅读过程中让孩子频频发生惊讶和快乐的感受。所以他总能在他的创作中把幽默才能发挥到淋漓尽致的境地。（2）与他积累了创作侦探小说的丰富经验有关。他曾因侦探小说创作的出色而于1952、1959、1980年三次荣获"爱伦·坡侦探小说奖"。（3）与他童年时同自己的伙伴一次对果子店老板娘的报复（为了报复他们讨厌的果子店老板娘,他们把一只死老鼠偷偷塞进了老板娘的果瓶里——见达尔本人回忆录《男孩:我的童年往事》）经验有关。这种体验给这部童话带来更多的真实感。（4）与他执着追求"想不出自己满意的情节誓不下笔"的创作习惯有关。他对故事情节的要求有一个很高的定位:色彩鲜明、构想奇特、引人入胜、激动人心、妙趣横生。他曾表白过:"写故事最重要和最难的是找到好的情节。"（5）与他曾研究过许多鬼故事有关。鬼故事中一切可利用的,他都用来构作震撼人心的童话情节。

《好心眼儿巨人》似乎更得成人的喜爱。书中的善巨人用吹梦的办法去对付九个打算去袭击英国的恶巨人。九个恶巨人要想抓一些男孩和一些女孩来饱餐一顿。但是女孩索菲和好心眼儿巨人联手,设法在夜幕降临后接近了女王,从而挫败了恶巨人们的企图。作品突出了善心巨人的善和恶心巨人的恶的对比,给读者以善美的震撼,给人们留下了深刻的印象,并在对比中把索菲小姑娘刻绘得很可爱。在有些评论家看来,譬如在安妮塔·希尔薇看来,《好心眼儿巨人》"是达尔最成功的作品"。

附录

罗尔德·达尔著作年表

1916-9-13　罗尔德·达尔出生于英国威尔士格拉摩根郡的兰达夫。父母都是挪威人。

1923(7岁)　在约克郡的莱普顿度过童年并接受小学教育。

1930～1935(14～19岁)　完成中学教育,19岁进入伦敦砚壳石油公司任职,没有继续就读大学。

1939(23岁)　四年后由石油公司派往非洲达累斯萨拉姆办事处。第二次世界大战爆发后参加英国皇家空军,担任战斗飞行员。在利比亚受伤,休养半年又回到战场。

1943(27岁)　根据二次大战服役空军的经历写成第一部儿童文学作品《破坏飞机的小精灵们》(The Gremlins)。

1945(29岁)　二次大战结束,回到英国,不久派驻美国担任情报官。早期作品《小顽皮》受华德狄斯奈欣赏,几乎拍成电影。罗斯福总统曾邀他到白宫作客。

1946(30岁)　开始在美国《星期六邮报》《纽约客》发表作品,展开创作生涯。在美国认识女影星派翠西亚·妮儿,结为夫妻后,育有长子理奥,4个月大时即因车祸受伤,备受折腾。女儿奥丽薇七岁因麻疹不治身亡。

1953(37岁)　出版犯罪小说《与你相似的人》等,并写过两部007电影剧本。获神秘小说爱伦·坡奖。

1959(43岁)　第二次获得神秘小说爱伦·坡奖。

1960(44岁)　出版短篇小说集《吻、吻》。妻子妮儿先后三次中风,在其悉心照顾护理下,重新恢复到能如常工作。

1961(45岁)　出版《詹姆斯和大仙桃》(James and the Giant Peach)。

1964(48岁)　出版《查理和巧克力工厂》(Charlie and the Chocolate Factory),大为轰动。

1966(50岁)　出版《魔法指头》《神奇魔指》(The Magic Finger)。

1970(54岁)　出版《狐狸爸爸万岁》(Fantastic Mr. Fox)。

1971(55岁)　《查理和巧克力工厂》拍成电影。

1972(56岁)　出版第二部曲《玻璃大升降机历险记》(Charlie and the Great Glass Elevator)。

1975(59岁)　出版《咱们是世界最佳搭档》(Danny: The Champion of the Wrold)。

1978(62岁)　出版《大鳄鱼的故事》(The Enormous Crocodile)、第三部曲《查理和威利·旺卡的冒险》(The Complete Adventures of Charlie and Mr. Willy Wonka)。

1980(64岁)　第三次获得神秘小说爱伦·坡奖。

1981(65岁)　出版《坏心的夫妻消失了》(The Twits)、《小乔治的神奇魔药》(George's

Marvelous Medicine)。

1983(67岁)　出版《好心眼儿巨人》(The B. F. G)、《女巫》(The Witches),后者荣获英国儿童文学"白面包奖"。

1984(68岁)　出版《男孩：我的童年往事》(自传)(Boy：Tales of Childhood)。

1988(72岁)　出版《玛蒂尔达》(Matilda)。

1990(74岁)　《女巫》拍成电影,女演员安洁莉卡·休斯顿因饰演女巫获奥斯卡最佳女主角之提名。11月23日达尔因白血病前期并发症逝世,享年74岁。

3. 扬松童话

幽默感往往依托于一种特定文化,因此要把一种幽默感从一个文化氛围移植到另一个文化氛围时,其幽默效果可能会丧失部分或全部。然而,芬兰女作家托芙·扬松(Tove Jansson,1914~2001)的童话,其幽默不仅是有口皆碑,而且经移植后仍保持着世界性。

扬松是赫尔辛基一个美术家的女儿,在浓浓的书香和浓浓的美术气氛中陶冶出来的扬松,也成了优秀插图画家,1943年就在赫尔辛基举办过她的画作展览。然而使她名扬天下的却是她的童话。她的以姆米(Moomin)为主人公的童话1938年最早出现,而以这个形象成名则在1946年。她一生共出版了113种童书,被译成30多种语言出版。她从20世纪40年代初开始模仿安徒生童话格调创作"姆米一家"的童话。"姆米"是扬松依据民间童话的林中妖精所延伸假设出来的小矮个子精灵。他们住在森林中,像直立的微型小河马,身上光滑,有尾巴,胖胖的,爱阳光。组成姆米一家的有爸爸、妈妈和孩子们。他们"既不是人,也不是动物,而是确实存在的"(扬松语)。他们和森林环境构成一个和谐的世界,他们在这个童话世界里历险。扬松有一种写故事的欲望,于是她从20世纪40年代到70年代陆续写了11本。直到1952年获斯德哥尔摩最佳儿童读物奖,1953年获塞尔玛·拉格洛芙奖,1966年荣膺国际安徒生作家奖,1995年获得瑞典艺术学院奖,作品被拍成木偶连续片,这一切都证明了她的创造才华确实给北欧世界儿童带来了幽默趣味,带来了欢乐。欧洲对她的童话评价很高,认为托芙·扬松的童话世界丰富多彩,"在安徒生以后的北欧还不曾见到第二个"。她的成功也体现在国际公认上,仅英国的伦敦晚报(The London Evening News)就从1953年到1959年一直连载她的童话。

扬松童话的创作特点是在传统的北欧精灵形象中注入现代意识,其审美特点是奇妙、别致、抒情。她的姆米一家实际上是一群孩子,他们爱好探求知识、善良好客、富有正义感、互助友爱,而且像女作家本人那样喜欢旅行、冒险、创造和幻想。

姆米一家的生活秘诀是：在发现未知中体验生活的乐趣,在实现理想中感受生活的魅力。这些故事追求的是快乐和冒险(瑞典女评论家艾·奇巴伊贝语)。

扬松童话的总体格调是欢快,欢快而有悠远的余韵。这与她童年的快乐生活和优雅的教养有密切的渊源关系。

扬松11部系列童话除了人物都是姆米一家外,还有共同的地点,就是"姆米山谷",它是带有寓言性的特定的社会缩影。这11部以同一群人物、同一个地点相贯穿的系列童话是：

《姆米特洛尔和大洪水》(1946)

《彗星来到了姆米山谷》(1946)

《魔法师的帽子》(Trollkarlens Hat,1948)

《姆米爸爸的回忆录》(1950)

《危险的夏天》(1954)

《神奇的冬天》(1957)

《爸爸和大海》(1965)

《十一月的姆米山谷》(1971)

另有短篇童话集《看不见的孩子》(1962)。

这些童话中流传最广的是《魔法师的帽子》——魔法师的一顶高筒黑礼帽失落在姆米山谷,冬眠苏醒的小姆米们在春光融融的日子里外出游逛时捡到了它。他们不知帽子有魔力,不料扔进帽子的一切就都出现了奇迹。小姆米"顺手把吃剩的蛋壳扔进了当废纸篓用的礼帽里","帽子里的蛋壳竟变形了"。"最初,蛋壳变得松软起来,像羊毛一样松软,一样洁白。不一会儿功夫,它就胀满了整个帽子。接着,只见五朵小白云从帽子飘了出来,飘到走廊上,又轻轻碰了碰台阶,然后就飘在挨近地面的空中。帽子空了。"小家伙就驾着白云四处飘飞。姆米妈妈上楼睡觉前,把一枝植物标本扔进了魔法师的帽子。当她睡得正香的时候:

它慢慢悠悠地从那顶帽子里一扭一扭地长出来,爬到地板上。髯须和嫩芽一爬上墙,绕着窗帘和百叶窗一个劲儿地爬,并且钻过裂缝、通气孔和钥匙孔。在潮湿的空气中,花朵开放了,果子成熟了,大片长满叶子的嫩枝铺满了楼梯,而且还没完没了地向家具腿下伸展,然后从枝形吊灯上垂下来,像彩带一样悬挂在空中。

最后姆米屋全被花枝和绿叶严严封了起来,在外头玩的小姆米竟不得其门而入。另外还有落进魔帽的蚁狮变成了小刺猬,放进魔帽里的樱桃粒变成了红宝石等等。这些童话奇观为爱欢闹、爱冒险的姆米孩子创造出一个表现乐天性格和历险精神的空间和条件。

扬松认为写作有两个方向。一个是借写作"以重返那个没有责任、没有管制的想当然的世界",这是她所不取的。她的写作是取另一个方向,那就是给儿童描绘一个色彩浓重、让人兴奋的世界。在这个世界里,安全与灾难比肩并行,相互补充;非理性的东西与最清晰、最逻辑的东西交融为一体。"那里有梦幻般超现实的东西,日常的真出现在怪异的环境中。"写童话给孩子看,就是让孩子在"善良与残酷并存、五彩光芒与无法刺破的黑暗并存的世界里历险",既要不断地吓唬孩子以迷住孩子,但又不要让好人被杀死。让危险恐惧和灾难成为光明、安全、欢乐的背景,却也不能不给读者"一个具有某种幸福的结尾"。最好的故事是"给孩子留有自己去继续构想余地的开放性故事"。

扬松童话中的一句话已成了世界儿童文学界的一个口号,那就是:"让我们彼此把尾巴紧紧地系在一起!"

解读她的童话的关键词,除了幽默、欢快、优雅之外,还一个词,就是自由。

扬松获得的主要奖项有拉格勒芙奖(尼尔斯·豪尔耶松奖,1953)),芬兰国家文学奖(1963、1971、1982),安徒生国际作家金奖(1966),Suomi奖(1993),瑞典科学院奖,鲁道尔夫·括依伏插图讲奖,波兰微笑奖章,其名字四次荣登安徒生儿童文学光荣榜。

4. 埃格纳、普廖申及其他北欧作家的童话

挪威著名童话作家、诗人、剧作家、作曲家和插画家埃格纳(Thorbjørn Egner,1912～1990)是世界童话名作《豆蔻镇的居民和强盗》(1955)的作者。1945年开始在挪威广播电台、电视台主持少儿节目,他的创作过程往往是先向儿童听众、观众演播,而后再写成书出版。他的童话作品还有《枞树林中历险记》(1953)、《城里来了一帮吹鼓手》(1978)、《小鸭游大城》等。他还将罗夫亭、米尔恩等人的名作译介给挪威儿童。他的作品多适宜低龄儿童阅读,曾在挪威、丹麦和瑞典获得各种褒奖。他谱写的乐曲三次获得格莱姆(三大艺术家之一)奖。

中篇童话《豆蔻镇的居民和强盗》写该镇居民和和乐乐,惟感遗憾的是离镇不远处住有三个盗贼。他们好吃懒做,不讲卫生,镇上惟一的民警又怕他们豢养的大狮子,所以他们无所忌惮地一到晚上就排着队唱着歌,提着桶,背起袋子到面包店、香肠店去偷东西,连管家婆也去偷了一个来。后来他们终于被当场捉住。他们在民警家中受温情感化,还在救火中立了功,最后他们各自都找到了正当的谋生职业。

埃格纳笔下的"强盗"是"幽默强盗",仅仅是生活里常容易有的一种"不完美"。作家写到他们时,依然是微笑着,不过是笔端略略流露一点柔婉甚至温和的揶揄,重点是揶揄他们的"懒"和"脏","杯子和盘子,罐子和饭锅,衬衫和鞋子,衣服扣子和钱币到处都是,乱成一团。强盗们只要一走动,就会绊着一些东西。""洗脸、洗脖子、洗脚不是我们的事,刷牙齿我们素来就非常讨厌。""我们再也不需去洗碗,这是我们人生的信念……打倒洗碗!"

这是一部与传统童话艺术联系较少的当代童话。它的当代性首先是在所包涵的意蕴上。它给人以这样的启迪:对于有精神缺陷的人,爱、善意、理解、谅解等等都是有用的。应该在孩子心灵中培养这样一种情操:以宽厚的爱去对待生活、对待周围的人,对待大自然,并相信自己有力量能把世界改造、营建得更完善,从而加强对人类美好前途的信念,加强他们准备将来改造这个世界和建设一个新世界的勇气和决心。它的当代性也表现在人物、情节的艺术处理上。作家不用魔法、宝物、仙妖,或从正面、反面、侧面来教训、感化有精神缺陷的人,作家只是把强盗和与强盗有关的豆蔻镇上的人充分儿童化、童话化;把情节充分地游戏化;童话的时空被作家作了主观化、乌托邦化的处理。人物童话化、故事游戏化是作家对儿童思维方式的一种趋近和模仿,收到的是真真假假、虚虚实实、假而真、真而假、实而虚、虚而实的童话效果。埃格纳的《豆蔻镇的居民和强盗》以独特的童话表现方式,在展现当代性主题上做出了一个卓杰范例。

作家用同样幽默的格调写了《小鸭游大城》,堪称是低幼童话中的绝唱。

阿尔夫·普廖申(Alf Prøysen,1914～1970)是与埃格纳齐名的挪威杰出童话作家。从1949年开始专为儿童创作诗、故事、童话。他在主持广播电台贝洛儿童节目的同时,自己编故事在电台演播,朗诵自己所写的诗,过后再成集出版。他的作品从《弟弟的歌》开始,陆续出版了许多种,代表作是一部名为《小茶匙老太太》(1957)的幼儿童话。这是一部堪与世界上最优秀的童话比肩的杰作。

一个普普通通的好心老太太,起早摸黑料理家务,照顾老伴和家畜。往往在她睡着时还是普通老太太,可醒来时已经变得像茶匙一般小了。她只好叫猫帮她洗杯盘,让狗为她擦地板,唤雨来为她洗衣服。呼风来把她洗好的衣服吹进了家,叫太阳来把它晒干,令锅子自己飞到灶上,吩咐饼子自己滚到锅里去煎⋯⋯总之老太太变成茶匙小人儿之后也没碍事,日子照样过。在《老太太领孩子》一节中,老太太受托替一位陌生的年轻妈妈看管孩子,可是老太太自己忽然一下变成茶匙小人儿了。小男娃娃老要去划火柴,茶匙老太太急了,想了许多办法才避免了一场火灾。但变小有变小的好处,变小能和鸟兽交谈。在《老太太去采越橘》一节中,变小后的老太太让狐、狼、熊为她采集一篮越橘。在《老太太和一样秘密的宝贝》中,变小后的老太太可以骑在母猫背上飞跑去看它产下的小宝贝。作品的幽默趣味也正是在变大变小中产生。

普廖申年轻时当过牧人、饲养员,做过买卖,他丰富的生活阅历使他对挪威民间文艺十分熟悉。由于《小茶匙老太太》既有浓郁的生活气息,又有民间童话的幽默趣味,所以这部童话极受世界儿童欢迎。作家因此又写了三本续集和两本图画故事。两本图画故事就是著名的低幼读物《半死半活》(1962)、《米凯里斯卡的杂技场》。童话中都有这位富于同情心的老太太,前者主要写一只小矮脚狗;后者写动物们凭借他们在杂技场所练就的本领夺取了杂技场,把粗暴的场主好好教训了一顿,让他从此再不敢粗暴地对待动物。普廖申写了一只叫"皮福"的淘气山羊的系列童话:《能数到十的小山羊皮福》《小山羊皮福历险记》《小山羊皮福新历险记》,在国外也很有影响力。

丹麦的西斯高尔德(Jens Sigsgaard,1910~1991)是心理学方面极负盛名的教授和专家,在幼儿教育学研究中有世界声望。1957年发表了幼儿童话《世界上只有小巴勒一个人》,随着情节的开展,读者看到一个被条律管制的小男孩,突然走进一个只有他一人的世界,此时一切约束都解除了,但童话主题的深刻性在于:孤寂、无助比必要的约束还可怕得多。作者自述道:

> 在《世界上只有小巴勒一个人》这本童话小册子里,我试图告诉孩子们的是,人只有在世界上惟独他一个人的情况下,才可能想干什么就干什么。然而,纵然我们只想在其中生活短暂的时间,在这短暂的时间里也就会让我们明白:离开他人的帮助和关怀,人是没法儿生活的。

桑德伯格夫妇(Inger Sandberg 1930~,Lasser Sandberg,1924~2008)为幼年儿童讲述一个小精灵和年幼妹妹的故事的《小精灵》,因为富于幽默趣味,很受国外儿童欢迎。

5. 艾肯、比塞特、洛贝尔、梅里尔、巴特沃兹及其他作家的童话

琼·艾肯(Joan Aiken⟨Delano⟩,1924~2004)幼时随双亲由美国迁居英格兰。1953年出版作品,1960年成为专业作家。作品以幻想丰茂、洋溢幽默为特色。《女孩与狼》(The Wolves of Willoughby Chase,1962)问世,她以幽默感特别强盛、想象力特别丰富而受文坛瞩目。随后,她开始创作以英国历史为背景的系列童话小说,这些幻想故事中的独特性,在于通过儿童主人公们解开了一个个复杂的古代谜团。其中,《克伦威尔时代的烟雾及其故事》(1970)是艾肯一个题材怪诞却非常精美的故事集。《讲悄悄话的大山》(1969)是一部稀奇古怪的历险讽刺故事,讲到一个孩子,一把魔琴、一个外国君主和一个住在山里的小矮人,情节轻松欢快。

艾肯格外幽默的作品是一些短篇童话集:《雨滴项链》(1968)、《少许坏天气》(1969)、《并非是你们所期望的》(1974)和《不忠实的洛利伯特》(1977)。这些幽默童话最让人忍俊不禁的是在《少许坏天气》中,描写一个苏格兰小城镇的世袭气象女巫——萝丝小姐,和一个从非洲巫医那里学会控制天气方法的退休主教之间的争执。艾肯在其他童话中描写曾进过女巫幼儿园的孩子的

经历,她们发现自己被卷入了种种魔术之中。艾肯专为幼童(女作家把他们叫作"聪明绝顶的动物")写童话,其中最为驰名的是描写小姑娘阿拉贝儿和她讲述的渡鸦莫·琼斯的故事。这些故事曾被拍成卡通片,其书于1972年出版。

艾肯作为最受欢迎的作家,其《面包房里的猫》《面里揉进了一块天》(《雨滴项链》中的两篇)令人拍案叫绝。

《面包房里的猫》奇妙荒诞却合情合理、无懈可击。琼斯太太有一只名叫"莫格"的猫,因为喝了点掺酵母的牛奶,身体发酵了,胀得越来越大,起初像一只绵羊,继而像一头驴,继而像一匹马,继而像一头大河马。最后,把墙都撑裂了。

琼斯太太提着篮子和雨伞回家一看,不禁大叫了起来:"天哪!我的房子怎么了?"

整座房子都膨胀起来,歪七扭八的。厨房窗户里伸出粗大的猫胡子,大门里伸出橘子酱色的大尾巴,白爪子从卧室里的窗户伸出来,另一个窗户里伸出带白边的耳朵。

这样大的猫只好让它到山上去住。在山上,它做了件大好事:它用它硕大的身躯救了一个城镇:

雨下得太久了,莫格突然听到山谷上边传来洪水的咆哮声,巨大的墙向它扑来。河水泛滥了。越来越多的雨水灌进了河里,从山上奔流直下……

它一下坐在山谷中间,把身体舒展开,活像一块又大又胖的大面包。

洪水被挡住了……

镇上的人都往山上跑……

他们看到什么了呢?

喔唷,莫格在山谷中间坐着,它身后是一个大湖。

于是镇长往莫格大猫的脖子上挂了一枚镌有"莫格救了我们的城市"字样的奖章。

比塞特(Donald Bisset,1910~1995)是英国现代别具一格的童话作家,供低龄孩子阅读的短篇童话高手,以怪诞、幽默、丰富、多样著称于世,以为低龄儿童创作短小童话而广受欧美儿童文学界注目,随后遍传世界各地。他在童话创作中所表现出来的卓越才华与波特、特莱弗丝齐名。比塞特的怪异想象方式是从民间荒诞故事、儿歌中汲取的,而又能和谐地把英国人的日常生活现象揉和进童话构思之中,简洁的语言是格言式的,文字功夫十分到家。他的童话令人神往之处常不在于情节的紧凑,而是在于童话思路的跳跃性。他的故事读来有趣,而捉摸其中的意味却要困难得多。他的童话从30年代至今已发表逾百篇。比塞特原是职业演员,他写的童话多半由他本人画插图、本人朗诵,通过朗诵与电视观众见面。这百余篇的童话中,《一个唬老虎的男孩》和《黑熊的愿望》可算是他的代表作。前者写一个唬老虎的男孩反而使老虎佩服他,于是彼此成了好朋友。看来还是勇敢的人讨人喜欢。后者写黑熊好不容易有了实现愿望的机会,但此时看见一只老鹰去扑抓天鹅,他情急之下就把老鹰变成了麻雀,于是天鹅和黑熊交上了朋友。

洛贝尔(Anold Lobel,1933~1995)是美国童话作家中最以幽默著称的幼儿童话奇才。他出众的才能表现在作品量多且优异。他能以简练的文字和图画创造出各种谐趣角色来。1973年代因《青蛙和癞蛤蟆是好朋友》(1970)获纽伯瑞奖。这一套由八篇童话组成的书赞颂了纯真的友谊——它可以跨越文化、年龄和背景而永恒。所以作家本人坦言说,他是蓄意借两种小动物(他们可以属于所有人,属于所有地方的所有孩子,属于富孩子,也属于穷孩子,属于白人孩子,也属于黑人孩子)来做无暇友谊的载体。不过在这两个"孩子"间必须存在明显的个性差异,故事情节才能构成矛盾冲突:青蛙开朗、外向,癞蛤蟆忧郁、内向。不同性格的"孩子"间的友谊才情味悠长、动人心魄。其中以《信》最具代表性,这部作品描写青蛙见癞蛤蟆总不开心,一打听方知癞蛤蟆是因等不到朋友的来信而伤心不已。青蛙为了让癞蛤蟆开心起来,就自己跑回家给癞蛤蟆写了一封信托蜗牛送给他,而青蛙又自己跑到癞蛤蟆家去告诉癞蛤蟆他将收到一封信,还忍不住说出来信就是青蛙自己写的。这样,两个不同性格的幼儿形象就跃然纸上了。在另外的作品里又成功塑造了一个老鼠形象(Soup)。

梅里尔(Jean Merrill)的童话杰作是《手推车大战》(1964),其人物刻画不同凡响,故事背景多彩多姿,情节安排严密紧凑,写作风格轻松活泼,笔调幽默流畅,表现了一个意味隽永的主题,可谓当代最具独创性的童话作品之一。为了解决交通拥挤问题,三个大人物决定清除手推车。小人物们仍不甘屈服,用大头针治住了大卡车,最后手推车主齐心联合,组成勇敢小军队以智慧胜了大老板,击败了一心向着垄断资本家的市长。童话用温和幽默揭露了政府的腐败和商业的垄断,特别耐人寻味的是其中的对话和虚构的历史学家预言。

巴特沃兹(Oliver Butterworth,1915～1990)的《一个特大特大的蛋》(The Enormous Egg,1956)是获得美国"不可忘怀的好书"称誉的童话名作。叙述一只母鸡生下了一个特大特大的恐龙蛋,一个男孩把它孵化了出来,于是美国现代社会的各色人等都被卷入了这个事件,从而幽默地讽刺批判了美国社会丑陋的一面。他的《珍妮耳朵的毛病》(1960)中的故事也轻松有趣。

6. 凯斯特纳、克吕斯、米切尔·恩德、普雷斯勒、涅斯林格的童话

德国20世纪儿童文学巨擘凯斯特纳(Erich Kästner,1899～1974)就学于莱比锡、罗斯托克和柏林大学,攻读文学、历史、哲学,获博士学位,1927年在柏林开始文学创作生涯,1929年即以儿童小说《埃米尔擒贼记》一书成名,饮誉欧美,广布世界,从此他一直为孩子写童话和小说。纳粹上台后其作品被焚,作家两次被捕入狱,但战后立即为孩子创办了杂志《企鹅》。1952至1962年任德国笔会中心主席,任职期间,他为国际儿童文学事业孜孜不倦,做出了不可磨灭的贡献,"IBBY"授予他国际安徒生儿童文学作家奖(1960)。没有第二个作家的成功像凯斯特纳这样堪与格林兄格相比。

他对儿童文学作家提出了这样的要求:"在我们当前这个世界里,只有对人类持有信心的人才能对少年儿童有所帮助。他们还应当对良知、榜样、家庭、友谊、自由、怀念、想象、幸福与幽默……的价值有所了解。所有这些就像恒星一样在我们上空闪耀,并一直存在于我们当中。谁能把它们展现给儿童并讲给儿童听,谁也就能引导儿童从沉寂中走出来,跨入充满友爱的世界。"(1953,《IBBY第二届大会的主题报告》)

凯斯特纳非常热爱儿童,他以为,"只有那种虽然已经长大成人,但仍然葆有童心的人,才算是一个真正的人"。当他从第一次世界大战的战场归来,他认为成人已没有完善之可能,惟有儿童是人类得以拯救的某种保证。天真的儿童身心没有受暴利世界的那些丑习恶德的污染——他们才是有希望培养成理想人类的人们——懂得勇敢、友谊和成功的重要性的人们。

凯斯特纳坚持写孩子所熟悉的人物,写孩子所关心的事件,写孩子容易理解的问题,不是用说教,而是用有趣的情节表现积极向上的主题:教育孩子努力学习,善于思考,要团结友爱,要勇于迎接困难的挑战,把自己培养成对人类有用的人。

中篇童话《5月35日》是凯斯特纳的童话名作及代表作。写一个名叫康拉德的小学生在5月35日这个奇怪的日子里的旅行经历:康拉德每逢星期四和叔叔共进午餐,5月35日正逢星期四,这一天,康拉德的老师要求康拉德及所有数学成绩好的学生写一篇关于南太平洋的作文,来锻炼他们的想象力。康拉德正苦于对南太平洋一无所知,想象无法展开之时,他和叔叔新结识的大黑马给马戏团大马旅行社的大骏马打电话,打听到从走廊的大橱子前往南太平洋的路途很近,

当天即可往返。康拉德、叔叔和大黑马便走进大橱子,就此开始了奇怪的旅行。他们途经"懒人国""古城堡""颠倒世界""自动城"到达海边,接着来到南太平洋的一个小岛,领略了南太平洋新奇、美好的自然风光,受到当地土人的热情款待。黑人酋长又变出个大橱子,使康拉德和叔叔很快回到家中,康拉德把一路所见所闻写进了作文。

值得注意的是,凯斯特纳比英国童话作家C·S·刘易斯更早采用以一道橱门来隔开现实世界和童话世界,透过这种新颖、别致的模式,不费多少周折,一走就从现实进入了幻想境界。"懒人国"里,果树能提供水果罐头和果酱,母鸡的屁股后头拖着一个闪闪发亮的小煎盘。

> 它们在路上窜来窜去,一见有人来,便马上站住,咯咯、咯咯,一个劲地往煎盘里下荷包蛋,有的还下煎蛋饼。

懒人国的总统是康拉德的同学,他小学留级11次,好不容易念到了小学二年级,就结婚了。这位总统嫌吃饭太麻烦,就看着映在墙上的油炸沙丁鱼、松脆烤鹅等吞药丸,吞过药丸,就算用过美餐了。

> 总统像个大皮球似的从床上滚了下来。他穿着一条三角裤,别的衣服,如上衣、裤子、衬衣、领带、衣领,甚至袜子和鞋子,统统都是画在皮肤上的。
>
> "这是我的发明,用不褪色的颜料画的。"他得意地咕哝,"衣服嘛,老是穿上脱下,多浪费时间!烦死了!"

凯斯特纳用幽默的笔触,在一个个大胆的艺术假定中,把儿童心理和愿望具象化了,把儿童天生的特性和爱幻想的特性写得畅快淋漓。

第二次世界大战后,凯斯特纳的优秀童话尚有《野兽会议》(1949)和《小男人》(又名《从火柴盒里跳出来的小男孩》《世界最伟大的最小的杂技演员小不点》)。《小男人》写一个睡在火柴盒里的、世界最小的小人皮歇尔吉施,在皮库斯教授教导下,成为一名声誉煊赫的、世界最伟大的杂技演员。

克吕斯(James Kruess,1926～1997)在1946年开始发表作品。他在凯斯特纳的影响下从事儿童文学创作,1956到1957年间出版了20多本长短篇小说和大量的图画书、诗歌、广播剧和翻译作品。克吕斯儿童文学全集很受社会重视,1968年获国际安徒生儿童文学作家奖。其代表作是《蒂姆·塔勒,或被出卖的笑声》(Timm Thaler oder Das Verkaufte Lad,1962)。这部故事作品构思奇特,情节出人意料,笔触幽默诙谐,给人以启迪和教益。它用幽默和荒诞讽刺了资本主义社会如何用金钱和权势毒害年幼的下一代。童话叙述鬼怪老头以让从小受到继母虐待的蒂姆过快活日子为条件,换取了蒂姆的笑声。从此蒂姆每赌必赢,成了名噪一时的人物,继母、邻居、同学都对他另眼相看。他本该笑,但由于他不会笑,大家都误解他。蒂姆没有笑声就像那史彼得没有了影子不能过日子一样,他感到快活不再属于他,他尝到了生活没有笑的苦头。后来他从一出木偶剧里学到一句话:"把人和动物区分开来的是笑,笑就像钻石般灿烂。"这下,他从"理论"上认识了找回笑的重要。整个故事的奇险情节迭连出现,读者都为蒂姆能否坚持到底而担心。蒂姆毫不松懈,毫不泄气,经过英勇顽强的斗争,终于战胜了神通广大的鬼怪老头,把他被买走的笑声夺了回来。在作品的扉页上,作家题着这么几句话:"能笑的人就能得救;谁会笑,谁就能制伏魔鬼。"事实也的确如此:想要被爱,不是要拥有漂亮的脸孔,而是要拥有美丽的笑容。

克吕斯的这部中长篇童话以大量荒诞、幽默的笔墨,奇特和大胆的构想,写出了西方的金钱世界,儿童的天真感情遭受摧残,而热爱生活的儿童也正是在这样的环境中锻炼并日渐成熟。

克吕斯的童话诗也十分精彩,常被国内外选家选收。他的作品都体现他的儿童文学观,他曾

指出儿童文学的功能在于以"想象、感染和创造的诸种力量"抑制和消除孩子的某些缺陷,填补孩子的语言、思维和生活经验上的种种不足。

米切尔·恩德(Michaele Ende,1929～1995)曾做过演员,1954年开始剧本写作。尽管1979年出版的《讲不完的故事》发行量很大,1961年获奖并一度被定为少年必读文学作品,而恩德的代表作还是《莫莫》(又名《毛毛》或《时间之谜》,1973)。它写一个孤女莫莫很得大人和同伴的喜欢。有一天城里忽然来了一些灰先生,他们劝诱人们加快工作速度,减少、取消与人们交往和娱乐、思考的时间,灰先生就把这些从人们寿命挤出的时间据为己有。灰先生们破坏了人们生活的滋润因素,使他们工作枯燥、生活单调、精神空虚,人与人之间变得冷漠无情。莫莫发现了灰先生们的秘密,在一只乌龟的帮助下和灰先生们展开斗争并使自己成了胜利者。这个有乌龟相助的小姑娘是恩德笔下浪漫主义乌托邦的象征:善能够拯救世界,人道终将占上风。作品如警钟向人们鸣响:即使是虚假的和平幸福还是有诱惑力的;天真的好心人们,千万别让"灰先生"假和平幸福之名从你们手中夺去最宝贵的财富——时间。恩德这部为少年儿童而写的幻想小说,其主题触及了当代社会实际中许许多多严肃的问题。童话中塑造莫莫形象开始出现时,有些像林格伦笔下的皮皮,但莫莫没有皮皮那样怪癖丛丛。这部童话小说被译成了30多种文字出版,发行量达数千万册,风靡全世界。

恩德因幻想文学的成功而数度获奖。他的童话把游戏性想象与严肃的人间性思考统一起来、融合起来,在思想内涵和艺术内涵上都别开生面,独具一格。

德国的幽默童话作家中,名驰欧亚的还有普雷斯勒(Otfried Preusler, Aufide Plehslie, 1923～2013)。他的《小水怪》(1956)、《小女巫》(1957)、《大盗霍真普洛兹》三部曲(1962—)都成了世界儿童文学经典,屡屡被授予国家级文学奖金,并在国外获奖。1971年又因童话《克拉巴特》(汉译作《鬼魔坊》)大获成功,并于次年得奖。从1947年专事童话创作、翻译以来,各类作品在世界各地的出版量无以胜数,又通过广播、电视、唱片的渠道家喻户晓。然而,尽管有出版量和奖金数肯定着普雷斯勒的成就,有人还是三番五次地向普雷斯勒提问:"你为什么在我们这个加速器时代尽写些什么巫呀怪的?童话作家们把孩子们都引向那些远离人间现实的问题上去了!"有一位批评家站出来为普雷斯勒反驳说:"他的《小女巫》就是他对你们所提问题观点的反驳。事实上,他已经用并不脱离生活的童话成功地解决了争论。我们还要说,他的童话不但没有脱离生活,有些还比当代的生活更超前。"普雷斯勒认为,当今的孩子在家里有两个世界:一个是新技术的世界,一个是童话之类的幻想世界。这些童话,孩子不但会读,他们还贪婪地试图从童话故事中,读出作家的言外之意。

德国的童话作家确信:甚至还一字不识的小不点儿都可以而且应该通过童话接触一些严肃的课题。例如周围人们对他们的关心爱护问题,与此同时,他们的眼前就开始展现大自然富于诗情的美姿。

荣获德国儿童图书奖特别奖的《小水怪》的最大特点是,站在居住水中的精灵的立场,用一个小水怪的视角写童话,用小水怪的眼光看待,用小水怪的感觉去感受一切事物,写出了一个形象鲜明的小水怪——小男孩。蜻蜓在空中飞,在小水怪看来也是在水上"游";在小水怪看来,人的"指头之间没有膜"实在是太奇怪了;"小水怪非常奇怪,竟然有盖在轮子上的房子"(指车);小水怪第一次看见雨,还以为是有人将大把大把的石子往池塘里撒;船则被看做是"会游水的箱子"。写得最有男孩趣味的是《哇呀,哇呀呀》一节。小水怪把人们扔进池塘的东西全收集起来,有空罐头、坏灯泡、破拖鞋和别的更宝贵的东西。这些终于在捉弄一个钓鱼人时用上了。

垂钓人身边的草地上是只水桶，不时有水花从桶里溅出来……

垂钓人又一探身……然后用力一甩鱼竿。

"唉呀呀，我的天啊！"鲤鱼库普里奴斯浑身发抖，"这个可怕的家伙又钓到谁了呀？"

一个很大的东西随着钓丝被甩出水面，哗啦的一声落到钓鱼人身后的草地上。

……那是一只破皮靴！一只左脚穿的旧靴子！钓钩上挂着一只破破烂烂的旧靴子！

垂钓人先是莫名其妙，后来便开始破口大骂……

过了一会儿，钓鱼人把一只生了锈的炉钩子钓上了岸。哈，他又开骂了，这叫鲤鱼大为高兴。他幸灾乐祸地划着鳍想："亲爱的，你这回可要过够钓鱼的瘾啦！咱们来看还能钓上什么……"

倒霉的钓鱼人又下了七次钩，每次的收获都叫他莫名其妙。炉钩子之后他钓上了一个啤酒瓶，啤酒瓶之后是一只烂拖鞋，在这之后依次从池塘里钓起了破筛子、老鼠夹子、一把沾满泥的木锉、一个灯台。最后，鱼钩钩起一只没底儿的陶土罐，罐里竟然坐着水怪！小水怪的红帽子扣在后脑勺上，他张牙舞爪地大嚷大叫："哇呀！哇哇呀！哇呀呀呀！"

这太吓人了！

垂钓人吓得把鱼竿一丢，撒腿就逃……他拚命逃着，就好像后背上骑着一个魔鬼。

"太好了！"小水怪叫道，从陶罐里钻了出来，"我看我们在这儿再也见不到这家伙了！你说呢，库普里奴斯？"

这种场面和情景描写已可毫不夸张地说：令人绝倒！

《小女巫》写一个127岁的小女巫把逾千页的魔法宝书记得滚瓜烂熟，应用自如，并用魔法为人类、为孩子们做好事，决心做一个把好事做得"好上加好"的好女巫。当然小女巫做好事都是站在孩子的立场上"开着玩笑"做的。这部中篇童话在一个妙趣横生的开头后，就糖葫芦串的方式展开一个个不相关联的故事。故事里始终有一只乌鸦相伴——乌鸦在欧洲是一种智慧鸟，它的伴随对于故事的推进是不可缺少的。这是运用欧洲早已存在的"反过来写"的模式写成的童话：女巫本来尽做坏事才是好女巫，而这个小女巫叛逆了，倒过来解除了大女巫们作恶的法宝——魔法。反过来写的童话常容易出新——《小女巫》也是。

同为三"小"作品中的"小精灵"魅力要稍弱些。

普雷斯勒的长篇童话《大盗霍真普洛兹》是写一个用胡椒手枪抢劫的大盗，捉大盗的活动自然也被游戏化了。它只是通过一个半正经的故事告诉孩子们：一个人如果不在生活中找到一个恰当的位置，那么他也就无法找到幸福。此类童话还有《戴礼帽的许尔别》。《卡拉巴特》的主人公原是个民间传说人物。这部童话把神话和诗意交织起来，同他以前的作品相比，现实生活的气息更浓，人物的灵魂更凸露了。

普雷斯勒童话风格幽默，有益有趣，有很强的可读性。日本还成立了"普雷斯勒童话研究会"，可见其审美感染力和影响力之强大。2000年国际儿童节前夕，爱德诺基金会授奖予76岁的普雷斯勒时说："在电动玩具和电视动画充斥于世的时代里，奥特弗雷德·普雷斯勒的儿童文学作品仍能给孩子们一个充满幻想的空间，一个富有创意的世界，甚至能激励孩子们阅读作品后去克服自己内心深处某种莫可名状的恐惧感。"

德国以幽默诙谐见长的作家还有雷恩、罗德林、考特、米席尔斯、雅诺什和马尔等。

刘德维格·雷恩（1889～1979）在这一时期出版了中篇童话《诺比》（1955，又名《黑人诺比》），写英勇的男孩诺比和他的朋友们——大猩猩、河马、智蛇一起，把躲藏在非洲丛林里的黑奴贩子全都赶出了丛林,读来大快人心。其他作品还有《赫尔纽和盲人阿斯尼》(1956)、《赫尔纽和阿尔敏》(1958)和《卡米洛》(1963),曾被授予原民主德国国家文艺奖、德意志和平奖章、祖国金质奖章。

弗莱德·罗德林(1926～　)的童话从城市生活中汲取题材,其童话世界不仅有很强的当代生活气息,且有诗意氤氲其间。他有适应幼儿的幽默童话《克莉斯齐娜燕子》《一朵白云似的绵羊》等传遍欧洲,其特点是人道主义内容用充满诗情的故事传达出来,幻想和现实、幽默与严肃彼此结合得很好,曾获当时"民主德国"的文化部奖。

一幢破房子里有个燕子窝,但房子非得重建不可了。小姑娘克莉斯齐娜不忍看到燕子的不幸遭遇,她让全城人都来为保全燕子窝而想方设法。学生、建筑工人、消防队员、飞行员都为抢救燕子窝而动员起来,但是救火梯太短,挖土机的挖斗太宽,最后开来直升飞机,才把燕子窝连同雏燕送到了小姑娘慈爱的手掌上,从此她的名字就叫"克莉斯齐娜燕子"(《克莉斯齐娜燕子》)。他的另一篇童话名作《一朵白云似的绵羊》,主角仍是克莉斯齐娜,她的一只白羊原来是一朵白云。她就帮助这朵迷失了方向的白云重新回到天空。罗德林童话以抒情著称,是典型的抒情童话。

艾丽丝·考特和塔德·米席尔斯都以小精灵电视童话投合儿童心理,娱乐儿童;在启发儿童想象力、解放儿童天性方面取得成功,因此深受孩子欢迎。

德国儿童小说家、绘本画家和作家霍尔斯特·雅诺什(Janosch,1931～　)住在一座小岛上,享受着和煦的阳光和蔚蓝的大海。他为孩子写了150本书,以图画故事书风靡世界,被译成了30多种语言且一再重版,在德国则更是童叟皆知。70年代出版的《哦,美丽的巴拿马》(Oh, Wieschön ist Panama)和《走,咱们寻宝去》是以一头小熊和一只小老虎为主人公的幼儿童话,内涵深刻却极富幽默趣味。《小老虎,你的信》写待在家中的小虎写信给出外觅食的小熊,后来其他的小动物们都要互相通信,从而发明了邮政系统,发明了电话,交流的渴望得到了满足,友谊被证明可以消除孤独。

保罗·马尔(1937～　)以童话剧《刺过花的狗》(1968)闻名于世。同年,《箱子里的国王》成了他的代表作。后来出的《李伯尔的梦》写孩子在白日梦中变成了国王和王后。马尔的作品怪诞、幽默、轻松、欢快,是德国很有创作潜力的作家。

国际安徒生儿童文学作家奖1984年的获奖者,奥地利的杰出女作家克莉斯蒂娜·涅斯林格(Christine Nöstlinger,1936～　)的创作宗旨是不要让自己的童年从记忆中消失。她的童话都贯穿着关切少年儿童在日常生活中遭遇的困难与忧虑,并强调生命的真实面,如:人与人之间的相处与冲突、了解与误会、孩童内心的恐惧及成人的偏差行为等,涅斯林格从不刻意去掩饰问题的严重性,她认为,孩子有权利从书中体会事实的真貌,他们应该学习去思考、并面对生活周遭的真实状况。

涅斯林格的童话《黄瓜国王》(Wir Pfeifen auf pen Gurkenkönig,1972)赢得很高声誉。她用诙谐幽默的文笔、奇妙精彩的童话艺术,勾画出一个读者见所未见的黄瓜国王形象,让孩子通过离奇幻象来了解现实生活。黄瓜利用"我"父亲的善良和信任,用谣言、欺骗扰乱了一家人的生活,弄得父亲(养父)与子女、"我"与老师、夫妻、兄弟之间关系紧张、矛盾百出。作品旨在告诉孩子要学会独立思考,而不能盲目服从。作者以敏锐的洞察力深刻揭示社会阴暗面,从而帮助孩子学会警惕欺诈和伪装,抛弃保守、庸俗的陈旧观念。

童话《罐头里的孩子》(1975)写一个被输入了"模范儿童"程序的机器孩子,他甚至能教妈妈怎样教育孩子,由于他天生学不会说谎、干坏事,在现实生活中处处被孤立。故事很能发人深省。涅斯林格同类的童话还有《学童矫治机》《抢救交换学生》《善良的魔鬼先生》等,均以孩子最熟悉的学校及家庭生活为主题,幽默的想像加上趣味的情节,充满了奇妙的创意,部部读来扣人心弦,轻松地引领孩子适应真实的世界,同时更深刻地理解生命、生活和人性,并从中获得无穷的阅读乐趣。

1987年的童话新作《狗来了》把一条热心、善良的狗,还有猪、熊、羊、猫放到与人生活的同一平台上加以刻画,十分新颖、别致而又幽默可读。

涅斯林格的作品思想容量大,故而大人也喜欢和孩子一起读。她一生创作成果丰、作品多、品种繁、受益面大、影响深广,1984年被授予安徒生作家奖,2003年被授予新设立的林格伦儿童文学奖。

7. 昂格雷尔、罗大里、比莱利、阿尔瑞里的童话

居住在法国的汤米·昂格雷尔(Tomi Ungerer,1931~)生于法国,就其职业说,他是编剧和演员,但是驰名世界的是他从1957开始创作的70多个儿童故事绘本,传世的是适合低龄儿童阅读的自绘童话,其中早已传遍世界的名作有四本,一本是《三个强盗》(The Three Robbers),另一本是《飞来的黑礼帽》(The Hat),还有两本是《章鱼埃米尔》和《儿子的礼物》,都幽默可读,极富趣味、耐品嚼,他带引孩子在广泛的领域里探索生命的真相,让人类的新生一代深刻地体会和理解人生。他的短篇童话多年来一直被所有选家看好。昂格雷尔的名作还有《辛爷爷的怪兽》(1972)、《月亮先生》(1966)、《魔法音符》(1998)。他的童话不落俗套,故事结局都出人意外,具有很强的思想震撼力和艺术震撼力,1998年安徒生国际儿童文学评议委员会(IBBY)授予他安徒生绘本大奖。安徒生大奖的评审团称赞他作文并作图的童话说:"汤米·昂格雷尔是儿童图画故事创作者中的巨擘。他颠覆幽默,总是喜欢嘲笑自以为是又缺乏想象力的大人们,让人耳目一新。他的风格大胆、鲜颖、创新、叛逆又独特,40年来他的作品创造出一种'昂格雷尔人'的国际性标志。"

《飞来的黑礼帽》中的大礼帽是颇具灵性的活帽。这顶活帽屡屡给把一条腿丢在了战场上的流浪汉贝尼带来好运,在作家笔下活起来的礼帽所昭示的是作家心中汪洋着和汹涌着对善和人间和谐生活的热烈追求。作家心中的善意赋予了这顶帽子以生命以灵性。至于出场主干人物选择了流浪汉贝尼,也是一种善意——他的腿已经在战争灾难中丢失了,他已经成了战争的一个牺牲品,而毫无疑问,他是无辜的。他不应该失去更多了。他理当在人世间得到一份同情。因此活帽飞呀飞、转呀转,就找到流浪汉贝尼的脑袋上落下来,并且用飞起来接住了一个从高楼阳台上翻落的花钵的化险为夷大善举,告诉他,帽子是一件能为他也为大众带来利益的宝物。昂格雷尔在活帽上作尽了开发之能事,创造了飞去接花钵、飞去兜雏鸡、飞去盖烟囱、飞去兜水灭火、飞去套住惊马的马头五大奇迹。五大奇迹显示着作家的爱心、善情和正义感,是作者对闪光人性的一种褒赞。

《三个强盗》开头是按照传统的模式来描写他们的形象的:宽大的黑斗篷,戴着圆黑帽子,帽子很高,帽檐耷拉下来,差不多遮住了眼睛,然后再是喇叭枪,喷射胡椒粉的喷粉器,巨大的红斧头,等等。遇上这样的强盗,谁不害怕,谁不吓得心惊肉跳?作家写来就更绝了:"连狗都夹起尾巴,一声不叫地遛了。"他们的藏身之处也是非常传统的——平常悄悄躲在山洞里不出来;山洞里堆放着很多他们长年累月抢来的财宝。但是这样凶恶的强盗同样也可以还原成人。他们一看到需要倍加同情、倍加关爱的小孤女芬妮时,他们心中埋藏着的善良就像心中蕴着的汽油,砰的一下被点燃了。由此我们恍然悟到,强盗们抢来的财物只堆放在山洞里,是为后半截故事所做的一个伏笔。

这个童话原是一本图画书,好像是给幼儿看的,但是哪个大人看了都对这个童话赞叹不已。这个童话因为有后半部分由恶转善,我们没有准备受感动的心,被三个强盗关爱所有无助孩子的举动深深地震撼了!

作家把人的复杂性用故事告诉了我们,传达了他对人性的深度理解。解读"人"是个大难题。我们无妨试着像昂格雷尔这样来解读"人"。

战后的意大利童话引起重视,最早的自然是罗大里(Gianni Rodari,1920～1980)童话。他的童话以游乐性、幽默感和对历史、社会生活的概括力,以及理想之崇高,在童话史中获得了很高的地位,被公认为是20世纪童话的泰斗级作家,于1970年荣膺国际安徒生儿童文学作家奖。

罗大里生长在面包师之家,童年"在面粉口袋和煤炭口袋之间"度过。17岁开始谋生,曾长期在小学任教,是一个"快活的老师"。别致的游戏,荒诞的想象,有趣的故事,这一切已显示了罗大里作为一个诗人和童话作家的素质。第二次世界大战中,他积极参加反抗法西斯运动,1950年开始在少年刊物作编辑,1951年出版他的头一部长篇童话名作《洋葱头历险记》,1959年写下了代表作《小茉莉游说谎国》(Gelsomino nel Paese dei cugiardi Edifori Riunifi,又名《假话国历险记》),1962年写下了《电视机里的吉普》,1964至1974年间写下《蓝箭号列车历险记》,晚年有《圣诞枞树星球历险记》(饶有科幻色彩),短篇名作有《二十一个加一个》《有三个结尾的童话故事》(Jante Slorie per giocare,1969～1970)。关于这些书,作者自己说:"我希望我的书像玩具一样快活有趣,希望它们生命力强,孩子永远玩不够","它们应该帮助家长接近自己的孩子。通过它们大家可以笑,可以争论","如果这些故事还能使孩子说出自己的意见,向大人提出问题,并且要求大人回答,那我就更加高兴了。"

罗大里在童话和生活的关系上自觉地继承了安徒生的传统。罗大里在《幻想的法则》这部创作经验谈中曾这样说:"安徒生可以被认为是现代童话的奠基人。这种现代童话的主要特征在于:童话主题和来自奇幻世界的童话形象,都落脚在布满罪恶的土地上。"罗大里大力赞赏安徒生"最好的童话是人的生活"这句名言,将其引以为座右铭。如果说,把罗大里的童话和安徒生童话相比的话,那么会发现他们的差别就在于:安徒生以成批有艺术力量的童话打破了童话不直接描绘现实生活的古代童话传统,而罗大里则勇敢地把童话的笔触深深地探进了现实社会的客观存在,在童话可能的范围内描绘社会上严重存在的多数人无权无利、贫穷困顿,少数人暴虐无道、作威作福,一切都真假莫辨、黑白颠倒的社会现状。罗大里把墨索里尼统治时期的意大利概括为"假话国",于是有了《假话国历险记》。

《假话国历险记》中的主人公小茉莉是个孤儿,他生来大嗓门,说话能震碎玻璃,能叫球射进球门。他"正直,真诚,心地纯洁得犹如透明的泉水"。他本来可以做一个好学生的,现在却因大嗓门只好停学了。可是他在家帮忙工作也不行,因为他用嗓音收取成熟的果子(他一声吆喝,"树上的梨就噼哩啪啦像雨点一样掉下来了"),而被村里人说成是"巫师",实际上就是把他当成了鬼怪,他在村里也待不下去了,他决意去争取当个歌唱家,还用嗓子为自己寻找到一分快乐和幸福。他走了几天,走进了假话国。假话国的国王原是海盗,他侵占了一个自由的国家后,怕人们知道他的底细和"海盗"的真正涵义,登基头一件事就是修改字典,把"海盗"解释成"好人","早上"得叫"晚上","花"得叫"草","面包"得叫"墨水","玫瑰花"得叫"胡萝卜","蝴蝶花"得叫"荨麻",狗得学猫叫,猫得学狗吠。小茉莉在假话国同一个小姑娘画出来的瘸腿猫结成了好友,后来又联合小画家小香蕉,把海盗真实的面目给揭露出来。猫想爬上最高一层楼到国王卧室去看看,小茉莉就鼓励他上到最高一层,进到还亮着灯的国王卧室。他看见了国王那头"漂亮得让人吃惊"的头发。

"他多么关心他的头发呀",瘸腿猫心里想,"这倒是有道理的。这头头发的确漂亮。一个人有这么一头漂亮头发,真不知他怎么会变成海盗的?他理应成为美术家或者音乐家。"

可是贾科蒙国王这时放好金梳,仔细抓住两边太阳穴上的两绺头发,然后……一,二,三……手一扯,就露出了他的秃脑壳,那上面一根头发也没有,活像一块卵石。他动作之快,连印第安人给他们的不速之客剥皮也赶不上。

"假发!"瘸腿猫惊讶地咕噜一声。

……国王陛下整个秃头是粉红色的,看了叫人恶心,而且长满了大大小小的疙瘩。贾科蒙国王一面蒙着这些疙瘩,一面苦着脸哼哼叫。接着他打开柜子,于是瘸腿猫一下子看见他收藏了整整一柜子五颜六色的假发……

瘸腿猫眼看国王陛下一口气换了几十套假发。国王在镜子前面动来动去欣赏自己的尊容,看看前面,看看侧面,再用小镜子照着看看后脑勺,就像芭蕾舞女主角临出场时的那个样子。

这里,读者又一次感受到了安徒生童话《国王的新衣》那样的神来之笔。

猫的腿本是粉笔做成的。猫用他的粉笔爪子在显眼处全写上"贾科蒙国王戴假发",还在断头台的板子上写"贾科蒙国王是秃脑壳",于是,小茉莉的歌唱震坍了监狱和国王的宫殿,说谎国才在地球上被抹去。

这个说谎国的故事,让意大利读者感受到了更多的真实,因为意大利法西斯头子墨索里尼声嘶力竭的谎言煽动,把众所周知的道德观念和社会现象于光天化日之下颠倒过来,这种灾难是首先落在意大利人头上的。

《假话国历险记》中写到了一个收破烂人的儿子本书努托,这个人物是罗大里审美理想的集中体现。本书努托不能坐,一坐就飞快长大,几个星期就变成一个白胡子老头。他继承父业收破烂,但这个最让人瞧不起的人,却"时刻准备着帮助别人",所以"大家都喜欢他"。"有一回大家甚至想推选他当市长"。他为了帮助别人而坐下来,因为久坐而"头发全白了,像覆盖了一层雪"。他的生命都分给了大家,"他的每根白发都使他想起一桩好事",他不为白发而后悔,不为死亡来临而痛苦。解析本书努托,就找到了理解罗大里童话的金钥匙。

这部童话卷后所附的"面包诗",融入了他少年时期的体验和想望:"如果我是做面包的,我想烤一个全世界人都吃不完的大面包。"

罗大里在接受安徒生奖时谈他对童话的认识说:"童话是一切假设的栖息地,可以给我们钥匙,帮助我们找到通往现实的新途径;童话可以帮助儿童了解这个世界并赋予他们评价世界的能力。""从某种意义上说,写童话是件娱乐工作,而且很少有这样的工作:既能娱乐自己,又有利可图,还值得给个奖。"如果用激情、真诚和幻想写成的故事能逗孩子们大笑,那么世界一定会变得更美。罗大里70年代曾到中国访问,不幸当时中国有良知的知识分子都陷在十年文革痛苦的人祸和噩梦中,整个儿童文学界竟不知有此事!

意大利文学家乔万尼·比莱利(1918~)出版于50年代的《男孩和跳蚤》是一部优秀的中篇童话。有一天,一只跳蚤爬进男孩小乔万尼的耳朵,要他"到外头去看看世界"。于是小乔万尼离开穷僻山乡,到大城市里去开眼界,在那里他挨过饿,遭受过困苦,但正是在艰难困苦中,小乔万尼表现了正直、善良和机敏。童话中写得最富喜剧性的是跳蚤一个劲做富贵梦,例如他为了弄得一辆轿车而出尽了丑,读来让人捧腹。

马尔切洛·阿尔瑞里(1926)和加布里耶拉·帕尔克(1926)合作的《阔狄诺历险记》在《少先队员》杂志上发表后,很受小读者欢迎。"阔狄诺"意为"小钉子",这是皮鲁卡教授制造的一个机

器人的名字,老教授制造出来是为了让他帮忙做些加汽油、擦机器之类的杂活的。大老板一见机器人就想要利用这宝贝发大财。但阔狄诺让大老板不仅发不成财,还大受损失,于是大老板就叫警察把教授抓起来关入监狱。阔狄诺把教授从监狱救了出来,大老板就调动大炮和坦克来对付阔狄诺,但大炮和坦克都是铁做的,被同是铁做的阔狄诺感化了,于是敌人终于因大炮、坦克罢战而宣告失败。继而写成的《马戏团里的阔狄诺》新鲜感就差了些。阿尔瑞里用同样的格调写成了《四十座城市》《爱好鲸鱼的潜水艇》(1968)。

二、含有传统超验故事元素的童话

利用民间童话的成分进行童话创作,已积累了一个多世纪的艺术经验,其中包括夏米索和安徒生这类大作家的童话文学遗产。许多作家都这样做,并屡屡获得成功。前一章中提到名作《一百万只猫》就是一个好例子:老头子和老太婆要想得到一只猫是则老故事,作者只是加上了从一百万只小猫中挑选一只的幻想;劳伦斯·耶普的《死海里的龙》(1982)利用的是中国神话;维吉尼亚·汉弥尔顿的《珍珠历险记》则是把非洲和美洲的民间童话用幻想糅捏出一个新故事。瑟伯的童话名作也多是这样产生的。利用民间童话成分的最大成功者是托尔金和路易斯这两个牛津大学的同事和好友。

1. 托尔金和刘易斯的童话

托尔金(John Ronald Reuel Tolkien,1892~1973)年少时曾受过安德鲁·兰、麦克唐纳、安徒生等作家童话的影响,在牛津大学就学期间研读古英格兰神话和古斯堪的纳维亚的神话史。后长期任牛津大学哲学——盎格鲁撒克逊学教授,继而任英格兰语言文学教授。在第一次世界大战的壕沟里,他产生了写诗史的激情。1929年他已有了四个孩子。1930年开始创作《霍比特人》(The Hobbit, or, There and Back Again,1937),到1937年才完成并出版,公评为杰作。其续集就是后来的《指环王》(三部曲,1949~1955)。《指环王》在英语世界的畅销竟比《霍比特人》尤甚,虽然它长达一千五百页。托尔金在1939年的一次题为"论童话故事"的演讲中,指出童话故事对各种年龄的读者的想象力有无可争辩的感染力,数百万成人沉醉在《指环王》的"第二世界"里,就应验了托尔金教授的论证。

《霍比特人》和《指环王》是托尔金的传世名作。作品展现了一个色彩斑斓、头绪纷繁、人物众多的奇幻世界。自汉弥尔顿以来,还不曾有人如此成功地创造出一个如此气象恢宏的"第二世界"!它使中世纪罗曼传奇复活了,简直是一部现代神话百科全书!《霍比特人》作为《指环王》的序曲,主要是写霍比特人比尔博的探险经历,表现的是托尔金对人性、对现代社会的深刻认识和思考。它告诉读者:每个人内心都沉睡着英雄主义的激情,谁能唤醒它,谁就可能实现自己的人生价值。比尔博善良、慵懒,耽于安逸,但一旦卷入了险恶斗争,原本就存在于自身的勇敢和顽强就迸发出来,从而成为智勇超群的英雄。比尔博的英雄主义不仅表现在同妖魔决斗时从妖魔手中夺取隐身指环,更在于他能放弃出生入死而赢得的最华贵的无价大宝石,以缔结两个部族之间的和平。这表明,真正的英雄主义不是夺取,而是奉献,真正的宝物不是闪闪发光的珍宝,而是宽厚博爱之心灵。这部童话小说是寻宝母题中的一部杰作,它童真童趣,用无穷无尽的历险丰富了传统主题,透露出作者对新的时代精神的独到思考。

《指环王》叙述一只黑暗之王索伦制作的魔指王落到了比尔博的侄儿少年孚洛多手中,孚洛多为了阻止黑暗之王索伦夺回指环王,避免让索伦利用它的邪恶力量控制一切,他必须把它投入火焰山上的"命运之口"中去。孚洛多怀着把人类从深受剥削和权势压迫之苦,甚至死亡的威胁中解救出来的良好愿望,向以索伦为首的黑暗王国摩尔多尔发起征讨,其间善恶和正邪的反复较量表现为智勇的反复较量,其场景之壮阔,考验之严峻,令人惊心动魄。在这场正义与邪恶的大较量中,搅动了整个魔幻天地,少年孚洛多在其中凭着自己的英勇气概和友人的帮助,最终战胜了黑暗。这是战争与和平、友谊和叛卖、良知与权力的斗争。托尔金用童话表现莎士比亚曾在《奥赛罗》中表现过的主题。读者一页一页、一章一章地披阅,不自觉地好像随着主人公孚洛多一起登攀高峰,越往上则看到的地平线越远,看到的背景越开阔,终于放眼俯瞰到这部巨著所涵盖的世界和人类,看到其中蕴含着一些反法西斯主义的社会和哲学思考。这两大部童话受史蒂文生、哈格德、麦克唐纳、格雷厄姆的作品影响较深。

这部想象宏丽、逻辑严密、意旨深邃的 20 世纪魔幻文学经典,格调严酷、峻拔,充满英雄主义和美丽的希望,读者可以作品细密的奇幻构思中加深对生命和命运的理解。

托尔金由于以上两部史诗规模和史诗气魄的巨著,在童话文学史上被称为"现代神话的创始人",成为后崛起的幻想文学作家的创作源头。

刘易斯(Clive Staples Lewis,1898~1963)是牛津大学的高材生,先后在牛津大学和剑桥大学任教授。他写童话,是受荷马史诗、北欧史诗、《格列佛游记》、库珀、麦克唐纳、内斯比特的影响,而直接动力则来自对托尔金的仿照。他的童话想象中既融入他童稚的心灵,也融入了他的宗教思想,即"基督精神"。他的童话有强大的生命力,堪与托尔金一同于英国幻想文学史册中永垂不朽。

刘易斯专心致力于借虚构和幻想创造一个幸福、自由的理想社会模式。他要通过他的寓言性的童话创作让人们由衷地相信:从善以及为善的本领,是世间最难学的本领,却也是世间最美好的本领;只要为人诚恳、善良、勇敢,听取逆耳忠言,坚持奋斗不懈,那么善终将可以胜恶。本着这样一个宗旨,他一连创作了关于"纳尼亚王国"的七部童话:《狮子·女巫·魔衣橱》(The Lion, the Witch and the Wardrobe,1950)、《卡什宾王子》(1951)、《"黎明踏浪者"号远航记》(1952)、《银椅》(1953)、《能言马和王子》(1954)、《魔法师的外甥》(1954)、《最后一个战役》,这七部系列童话的总名为《纳尼亚王国纪事》。童话的成功使作者实现了通过纳尼亚王国的兴衰史鼓舞儿童为建立光明、自由、幸福的生活而团结奋斗的目的。

纳尼亚不是刘易斯的当代乌托邦。事实上孩子们成为纳尼亚的国王时,他们马上发现自己陷于对善恶无休无止的分辨之中,使人很烦恼。在这个国度里,宽厚温和的巨狮象征善的一方;凶狠歹毒的女巫象征恶的一方。善恶在被女巫引诱的男孩艾德蒙身上交织起来。艾德蒙贪吃、撒谎、轻信、自私,善恶在他身上交织产生了故事的合理性。孩子们治理了纳尼亚王国许多年以后,重新回到了原来生活的世界,此时他们惊讶地发现:他们竟然不曾被人们惦挂、寻找——纳尼亚的时间体制与他们的世界迥然相异。

刘易斯相信童话也是属于成人的,事实上,他的童话成人也喜欢翻读。

纳尼亚系列有的情节显得陈旧,缺少独创性,有些部分有粗制之嫌,但总体瑕不掩瑜,它们还是 20 世纪较有生命力的童话。

2. 赖特森、亚历山大、勒奎因、库珀的童话

赖特森((Patricia Wrightson,1921~2010)是澳大利亚唯一获得国际少年儿童书籍协会(IBBY)颁发国际安徒生儿童文学作家奖(1986)的女作家。生于澳大利亚的新南威尔士,1964

年起在悉尼任《校园杂志》编辑，频繁接触少年读者。1955年以儿童文学作品崭露头角，以1960年出版的《蜜岩》成名。《蜜岩》写一家白人来到土著居民的农场，于是白人的儿子与农人的儿子交为好友。两个少年外出寻找并真的找到一把神秘石斧。石斧的发现使他们的种族差异表面化。这是澳大利亚第一部将现实和超现实两者成功结合的童话性小说。在赖特森的作品中，小说《我有一个跑马场》被誉为"英语文学的一部杰作"。

赖特森的主要童话成就是《纳尔贡的星星》(1974)，写一块能走会叫、会伤人的巨石孩子和古代精灵仙怪的生活，两者不着痕迹地交织在一起，从真实可信中见艺术匠心。《冰来了》(1977)、《黑亮泉》(1978)、《逆风旅行》(1981)构成三部曲，写土著英雄与神魔所掀起的自然灾害搏斗，在斗争过程中得到了石精灵、水精灵的帮助，后来还得到水精灵的爱情。《一种古老的魔法》(1972)写的是几个孩子用魔法来挫败一个预备摧毁他们常去玩耍的植物园的罪恶计划。

赖特森的童话在孩子中间流传的还有《达卡婆婆和小精灵》《魔云的同伴》《食人妖的洞穴》《海星》等。

赖特森把幻想作为探索某种观点的主要手段来运用。"我急于要做的是两件事：一是把丰富的幻想当作一种表现观点的手段；二是以土著的精灵（仙人和妖怪）来丰富澳大利亚当代的幻想。"她的童话作品读来津津有味，而象征中则蕴蓄着更为深刻的内涵，所以往往孩子和成人都喜欢读它们。

活跃在20世纪后半期的知名度很高的美国童话作家劳埃德·亚历山大(Lloyd Alexander, 1924～2007)，以牧猪人的助手塔伦为主人公的童话丛书(The Prydain Books, 1964～1968)成名。塔伦(Taran)和伟大勇士一起对魔鬼赫兰德国王开战。其中刻画得特别深刻有力的是半人半兽杰琪，他狡智过人、口齿伶俐、爱发牢骚却又对团体十分忠诚，读来颇感轻松愉快。这套由三本组成的丛书的最后一本《高王》(The High King, 1968)，写塔伦与死神领地之王的最后决战，获一年一度的纽伯瑞奖。

劳埃德·亚历山大的童话源于民间传奇，容纳了大量自然的或超自然的人和物，有些是神人统一的生命体，其中包括像杰琪这样亦人亦兽的角色。这些角色来自古苏麦尔国，他们都长生不老。亚历山大常沉湎于幻象中，他塑造了许多性格相异的人物，其构想之成熟、文笔之老练、对白之轻快，堪称童话作品中的上乘。他故事中所有情节、细节都经得起推敲，书中的幽默也提高其艺术品味。

劳埃德·亚历山大的《塞巴斯蒂安遭遇记》(The Marvelous Misadventures of Sebastian, 1970)获国家图书奖。写的是18世纪一位年轻音乐家经历的一场罗曼蒂克的冒险。这里的幻想成分已有所减弱，代之以对现实的变形夸张。在《镇上的猫及其他故事》(1978)中，精致的幽默中含蕴着敏锐的洞察力。魔幻和现实结合得很好的作品还有《树上的巫师》(1975)、《想做人的猫》(1973)。

劳埃德·亚历山大80年代推出的三部曲《西马克》(1981)、《茶隼》(茶隼：产于东半球北部之鹰——笔者)(1982)、《乞丐女王》(1984)都是幻想题材的佳作，内容为女孩梅克尔凭着自己的机智勇敢，当上了奥古斯都的女王。

娥素拉·勒奎因(Ursula K. Le Guin, 1929～)和托尔金一样是善于创造自己的科幻性童话世界的作家，她的奇幻文学《一个地海巫师》(A Wizard of Earthsea, 1968)、《最远的海岸》(1972)、《阿图尔的坟墓》(1971)等"地海传奇"六部曲确也被有的评论家置于同托尔金、刘易斯的神魔文学作品相提并论的崇高地位。她创造的魔幻世界都十分可爱。"六部曲"中塑造了盖德（"雀鹰"之意）这个能呼风唤雨、能和龙对话的魔法师形象。她善于用最时尚的语言叙述非常古老的故事,叙事风格严谨而简洁,颇见力度。《最远的海岸》写了与巴比特《塔克的永生》同样的讨论生死的主题。

英籍美国女作家库珀(Susan(Mary)Cooper,1935~   )所写的童话都以善恶斗争为主题。她以三个孩子和威尔·斯坦顿为主人公的系列童话是:《海那边,石底下》(Over Sea, Under Stone,1965)、《黑暗正在升起》(1973)、《绿女巫》(1974)、《灰国王》(1975)、《树梢银光》(1977)。其中《灰国王》获1976年纽伯瑞奖。故事描写主人公威尔·斯坦顿因患重病,被送往威尔士休养,途中与亚瑟王派来保护威尔的拜伦(亚瑟之子)相遇。拜伦把亚瑟王时代沉睡的骑兵全都唤醒,跃马扬鞭参加征讨邪魔的残酷战斗。

库珀的童话系列吸收民间传奇、传说的成分越到后来越多。她创造的古老故事具有一种接近现实且真实可信的氛围。她笔下的童话都能有血有肉地活跃在传奇色彩浓厚的环境中,故事富于动作性,故事有非凡的震撼力,语言丰茂且幽默。有评论家指出她写作上不够成熟,作品内部聚合力不够强。但她的独到之处是她长于描绘英格兰和威尔士的景色,使之产生温馨的情调。

库珀的《杰茜罗和朱姆比》(Jethro and the Jumbie,1979)是为低幼儿童写的童话杰作,作家用幽默的笔触叙述一个不屈不挠的孩子在加勒比岛上战胜了当地的妖魔的故事。1983年出版的《向大海》写的是催命魔同攫命神之间两个年轻人的斗争。

3. 加纳、梅恩、皮卡德、亨特、哈里斯的童话

艾伦·加纳(Alan Garner,1934~   )是英国20世纪60到70年代最具名望的作家之一,在牛津马格达莱学院修习拉丁语和希腊语。没有读过托尔金的《指环王》的艾伦·加纳却写出了近似托尔金《指环王》的魔幻故事。他于1956年利用神话创作的第一部童话《布莱辛门的魔石》(《宝石少女》)于1960年出版,其情节就是"托尔金式"的,大约欧洲人特别喜欢这类故事,1970年因他的这部成名作而被授予"刘易斯·卡洛尔书架奖"。随后于1963年又出版了续作《戈姆拉斯的月亮》,试笔尽管不算成熟,但也受到孩子们的喜爱。他的童话作品中,神话和现实作了有机结合的是1967年出版的《猫头鹰图案的盘子》(The Owl Service),少女故事、悲剧故事和神话故事三条情节线互相扭结,叙述了一个取材于威尔士神话传说的复杂曲折的故事,其中弥漫着威尔士传奇的神秘色彩,使神话产生了净化感情的作用。这部作品给加纳带来卡内基奖和瓜迪亚那奖,并很快被搬上了电视荧屏。加纳的《宝石四部曲》(1979)被作家本人说成是"这是我想永远拥有的书",布赖恩·奥尔德森说它们是"几乎超越任何杰作"的作品,所以获奖频频:两度获卡内基儿童文学奖;英国守护者儿童小说大奖;费尼克斯奖。2001年,鉴于他40年来对儿童文学的卓越贡献,被封为四等爵士。

加纳终日苦苦构思童话,必到成熟时方自然涌泻。他以为孩子写童话而自豪。他说:"成人的观点不能像孩子们的观点那样使我敏锐地看问题,因为孩子善于发现世界,而许多成人却不能。"

梅恩(William Mayne,1928~2010),这位医生的儿子在20世纪50年代就以儿童寻宝小说《五月的蜂群》探讨了人类关系,从此以心理恐惧作品名闻英格兰。1954年出版的《追踪》被文学史所记载。后来1956年的一部小说成功地描写了沼泽地(泥塘放出沼气的吱吱声,草茎开裂的声音)而被誉称为"大师·当代英国儿童文学大师·写景大师"。1957年因寻宝小说《草绳》而获卡内基奖。梅恩的作品因其独特性和不同凡响而引起越来越多的评论家关注。到60年代末开始由于小说被注入了更多的心理幻想成分而成了童话。名作《地球斋戒》(1966)是这类童话的第一部佳作精品。它写一个男孩小鼓手于1742年为寻找亚瑟王的墓地而进入了一座山,直到

20世纪60年代才走出来。走出来时,他手中拿着一支永不熄灭的冷冷白光的蜡烛。这个故事离奇却可读,荒诞却可信。其后幻想作品《一场黑暗游戏》又引起广泛的注意。

梅恩的童话作品也像他的小说一样的多产并且总因形式翻新而给人们带来惊喜。发表于1989年,其单行本出版于1991年的《生活在鹰群中的安塔尔》(Antar and the Eagles),写一个名叫安塔尔的小男孩被带去与一只鹰一起养大,鹰把一项只有人类才能完成的探寻任务交给了他。小男孩在这一过程中学会了与鹰们沟通,还制作了他可以借以飞翔的翅膀。鹰对他来说是通了灵性的翅羽动物。想象在梅恩笔下高高地飞腾起来,做着最危险最刺激的飞行。由于梅恩描写的成功,人与动物的关系和人与动物的冒险都变得十分可信。在梅恩66部幻想作品中,这是儿童最可读的作品之一。

皮卡德(Barbra Leonie Picard,1917～2011)向以改编传统故事著称,她创作的《农牧神和伐木工的女儿》(1964)、《金翅雀的花园》(1965)、《椴树小姐》(1962)、《美人鱼和傻瓜》(1969)等的主题似曾相识,细读则感想象弥新,文辞庄重朴素,颇适宜诵读。

亨特(Mollie Hunter,1922～2012)以一部叙述公元前1世纪奥克尼部族抵御罗马人的《大本营》(1974)获卡内基奖。而含有苏格兰民间童话成分的作品《陌生人上岸了》和《会走路的石头》,将超自然的人与背景氛围配合得很好,从而增加了作品的真实感。

哈里斯(Rosemary Jeanne Harris,1923～　)的头一部儿童文学创作《云中的月亮》(The Moon in the Cloud,1970)就赢得卡内基奖。故事叙述诺亚和大洪水的古老故事,却写得很有趣。1971年出版的《海豹的歌声》写一个悲剧在苏格兰一小岛上重演。

法国著名小说家和诗人皮埃尔·加马拉(Pierre Gamarra,1919～2009)的《喀尔巴阡山的玫瑰》(La Rose des Carpathes)是一部富于诗意象征的美丽童话。小姑娘得了一朵会唱歌的喀尔巴阡山玫瑰,于是她为美丽的大自然歌唱,为人类勤劳的美质歌唱。由于她不为财主老爷歌唱,所以财主老爷把她抓进了城堡,但向往自由生活的玫瑰使小姑娘逃出了城堡。

奥地利女作家薇拉·菲拉·米库拉(1932～　)在20世纪60年代创作的成名作《华连丁吹草笛》是其代表作,写一个男孩子一吹草笛,心里想要的东西就能出现在眼前。华连丁不断为符拉乌夫夫妇吹奏,于是不劳而获的东西堆满了他们夫妇身边,他们为守护这些财产而终日提心吊胆,不得安宁。童话里最妙的一个情节是吹草笛人给幼小的女孩子乌尔莉卡吹了一个小气泡,这个气泡倒真是当即就给小女孩带来真正的快乐。

三、以纯幻想构建而成的童话

童话的多元发展给作家带来无限多的选择机会,当有的童话作家一心从民间传统童话中选用主题,利用形象、情节和表现手段而享受成功喜悦时,另一些童话作家则弃传统而去,专意致力于神奇、非凡的人、事、物的创造,他们的故事很难找到对传统童话的承袭和借用。19世纪的金斯莱、卡洛尔和20世纪的巴里已经为这样的童话创造开辟了各自的途径。

1. 诺顿、波士顿、皮亚斯、法玛的童话

英国20世纪中期的著名童话作家诺顿(Mary Norton,1903～1992)居住在纽约期间为儿童写了《奇妙的床把手》(1943),回英国又写了《篝火和扫帚把》(1947),被迪斯尼电影制片厂拍成了卡通片。她的最高成就则是"博罗斯(Borrowers意为'借用')系列"。1952年出版的《博罗斯一家》(又名《地板下的小矮人们》)被认为是英国童话的翘楚之作。它情节有趣,悬念重重,人物

富有感染力。"博罗斯"是诺顿创造出来的人物,他们居住在旧宅院大厅里祖先遗留的大钟下面。其中一个叫爱丽蒂的女博罗斯还与一个男孩交了朋友。后来作者又继续写了《博罗斯一家在田野里》《博罗斯一家漂泊记》《博罗斯一家升空记》《博罗斯一家复仇记》。童话人物个性写得令人过目难忘:那个头发歪歪斜斜的可怜的荷米莉,她遇事总是奋勇承担并努力去做;波德则是个有头脑、有理智的现实主义者,是一个哲学家,也是勇士;爱丽蒂是冒险、青春和希望的化身,她对生活总是富有热忱和激情,连对庞然大物也无所惧怕。原文可供作欣赏性朗读。

波士顿(Lucy Maria Boston,1892~1990)也是英国20世纪中期的重要童话作家。她先后在英、法居住,44岁归返英格兰,定居在一个庄园住宅里。正是这个宅院给了她灵感,于是以生动优美的文笔、引人入胜的故事创作了童话《绿诺威庄园的孩子们》(The Children of Green Knowe,1955),遂使自己成名。这部童话从现在追溯到17世纪,曾祖母给孤独的小男孩托利讲述原先居住在这栋房子的孩子们的故事,于是托利就在幽冥中看到原先生活在这庄园的孩子们,并跟这些孩子游玩,这使托利心里感到恐怖。书中的托利是根据波士顿自己的儿子塑造的。

后来,波士顿围绕"绿诺威"写了20年,构成7部作品的系列。1961年出版的《到"绿诺威"来的陌生人》(A Stanger of Green Knowe),写一个小男孩带着从动物园逃出来的大猩猩到绿诺威逃难,其中插入了许多动物童话的描述。这部特别感人的童话荣获卡内基奖。

波士顿"绿诺威"系列外的童话中,享誉最盛的是《海蛋》(The Sea Egg,1967),书中对庄园和海的描写已被认为达到相当高的艺术境界。

皮亚斯(Ann Philippa Pearce,1920~2006)是这一时期世界级的童话大家。就学于剑桥大学,专习历史,1960至1967年在伦敦任儿童读物出版社的编辑。1958年以《汤姆的午夜花园》(Tom's Midnight Garden)一举成名,获卡内基奖,1960年被IBBY授予安徒生作品奖。

皮亚斯1966年后为低龄孩子写了不少童话,但主题变化幅度都不大,其中的代表作是《学校里的狮子》,写一头狮子用自己的威猛给一个因胆小而遭欺负的女孩以精神支持。

法玛(Penelope Farmer,1939~2006)的童话极见喜剧性,其童话角色被塑造得别出心裁,并以此赢得人们的钦佩。她以女孩夏绿蒂为主人公贯穿童话的系列有《夏天的鸟》(1962)、《爱玛的冬季》(1966)等。其中以《夏天的鸟》(The Summer Birds)最有魅力。它写一个陌生的男孩教夏绿蒂姊妹飞行,接着,全校学生都开始喜爱高飞,认为这是极大的快乐和极度的自由。当夏季结束,他们知道男孩的身份,魔力就消失了,他们于是又被牢牢束缚在地面上,再也不能飞起来了。全书笼罩在神魔气氛中,而结尾则全然是古希腊戏剧的模式。在《朋尼的城堡》(1972)中,四个孩子发现了一宗秘密:一个看起来普通平常的碗柜,却能把放进里面的东西都变成原先的模样。一个猪皮钱包放进碗柜会变成一只嗷嗷叫的小猪,一个男孩进去就成了婴儿。

2. 桑达克、巴比特、莱芙莉、克莱斯威尔的童话

桑达克(Maurice Sendak,1928~2012)第一位安徒生插图大奖得主,曾五度获美国图画故事奖,即凯迪克奖。他的父母是波兰犹太移民。他自幼喜好绘画,1951年在为法国埃梅童话绘制插图中初露画才,后来成为美国最有个性的插图画家。他说他画的孩子"看上去好像头上重重挨了一棒,这一棒打得是如此之厉害,以致从此他们就再也长不大了。"他用这样的幻想人物传递对幼年孩子的爱。

桑达克将幻想世界和现实世界融合得十分成功的图画书,表现孩子对这个陌生的新世界既兴奋又复杂的心理。他的童话艺术顶峰是《野兽国》(Where The Wild Things Are,1963)。穿狼皮外套的小马科斯总感到烦闷压抑,为了安慰自己,他将自己的房间想象成一个怪兽王国,他是

至高无上的国王,那些兽不兽、鸟不鸟的怪物凶视眈眈,十分可怕,却都向他俯首称臣,鞠躬致敬。当他庄严宣布"玩闹开始"就立即嚣叫狂欢,顿时天覆地翻。但他不愿与他们为伍,不要再做他们的国王,怪兽百般挽留,但他还是回到"有人疼爱他的地方",回到现实中。这本图画书情节单纯,但透视了孩子的心理,表现得恰切含蓄,又能带给孩子快乐。它被认为是无与伦比的,在英语世界赢得最广泛的读者,成了十足的家喻户晓的童话。

桑达克的另一本杰作是《乱七八糟的音乐》(Higglety Pigglety Pop! 1967,副标题是"生活中肯定会有更多的东西")。珍妮狗小姐老想着她还没有得到应得的东西,所以不管主人多宠爱她,她还是要出走,去当了"鹅妈妈"剧院的一名演员,但最后她还是又回到了主人家。童话以珍妮给老师一张感人至深的便条收尾,便条上写的是请老师去找她。完全是白描手法,只娓娓道来,却浸润在一种幽默温柔的童话氛围中。

桑达克把自己的画技发挥到炉火纯青的地步的是《夜间厨房》(In the Night Kitchen,1970)。大楼矗立在午夜的天空中,鲜美的烹调香味从下面的屋子里升上来。小男孩米帝在梦中坠落在夜间厨房里。厨房里,三个面目相同的面包师要把米帝搅和进蛋奶面浆里做成面包。

桑达克把自己的童话图画书以《坚果图书馆》的名字出版(1962),新颖别致,世人见之,无不赞叹。

巴比特(Natalie Babbitt,1932～)是美国具有新奇表现才能的童话女作家和插图画家。她的作品中总是氤氲着强烈的喜剧色彩,她能巧妙地将荒诞的情境或窘迫的情境与温和天真的笔调相结合。其中给人印象最深的是《塔克的永生》(《不老泉》,Tuck Everlasting,1975)。塔克一家即塔克、塔克的妻子、两个孩子迈尔斯和杰西,他们都像盐巴一样普通,但他们都喝过从一个秘密的泉眼汲来的长生不老水,因而他们87年都一个样。而这个永生秘泉就在一个叫温妮的十岁女孩家不远的森林里。温妮发现了泉水。塔克一家为了防止秘泉之所在外传,便把温妮带走了。温妮在永生和死亡之间作了抉择,她拒绝喝不老泉水,她宁愿要有限的生命,做个好姑娘、好妻子、好母亲。温妮将杰西给她的礼物——生命泉水——浇在一只蛤蟆的背上。这部作品让孩子理解了孩子原本很难理解的长生不老和死亡问题,是美国内容独特的名作,故事把读者带入形而上思辨的哲学渊想。它是20世纪最值得推崇的童话文学作品之一。

巴比特的《魔鬼的故事书》(The Devil's Storybook,1974)写一个狂妄自大的魔鬼向那些通往天国的人玩弄阴谋诡计,结果被弄得智穷力竭。另一篇《永久的食物》(1975)同样逗人发笑,很受人喜爱。

活跃在英国20世纪70～80年代的才情卓越的女作家莱芙莉(Penelope Lively,1933～),在埃及度过童年,在牛津圣安那学院接受高等教育,1970年才迟迟崛起,但几部作品都受儿童欢迎。莱芙莉的卓越才情主要表现在《托马斯·凯普的幽灵》(The Ghost of Thomas Kempe,1973)和《诺汉姆花园的房子》(1974)上。前者曾获卡内基奖,故事讲一个男孩住进一幢老房子后,受尽一个永不餍足魔鬼的折磨。另外,引起人们重视的《QV66航程》(1979)写一群动物如潮水般涌入伦敦一个旅馆的热闹童话。

克莱丝威尔(Helen Cresswell,1934～2005)是因文笔优雅、才思敏捷而驰名的女作家。《鸟的冬天》(1976)写的是一只锻造出来的钢鸟总在夜间飞来,很是恐怖;品质高尚、大胆勇敢的少年斐恩帮助了一个被这只钢鸟吓坏的孤独老人。在《接球游戏》(1977)中,有两个女孩和凯特一起玩球——但她们不是现实中的人,而是从展览馆墙上的油画里走下来的孩子。当凯特又一次注视墙上的油画时,球已从一个女孩传到另一个女孩手中。作家把整个故事组织得很好,现实生活和幻想成分令人悦服地交织在一起,如水乳之交融。1968年出版的《做馅饼的人》,1972年出版的《爬上防波堤》,和1973年出版的《傍篱草》都是纯幻想作品,富于幽默感,结构严谨,适合中年级儿童阅读。

伊恩·弗莱明(Ian Fleming,1908～1964)原是为成人写侦探小说的名作家。但是当作家把荒诞注入了他的侦探故事,就能让一辆小汽车随意飞升到高空进行侦探,抓住了一帮法国走私犯。故事的滑稽风格使这部作品大受少年儿童读者的欢迎。这部童话的书名叫《彩彩——彭彭》(Chitty-Chitty-Bany-Bany,1964)。这部童话的成功,为侦探童话创作提供了一个范例。

3. 贝克、德刘温、杜·波依斯、兰顿、温格林、科兹华茨等的童话

出生于瑞士、成名于法国的女小说家贝阿特丽丝·贝克(Béatrice Beck,1914～　),其父是比利时作家,其母是爱尔兰人。1952年出版的《莱昂·莫兰教士》是一部杰作,获龚古尔文学奖。在女作家不多的作品中,有一集名为《讲给好运气孩子听的故事》(1953),是专门奉献给儿童的短篇童话集。

贝克的童话呼唤着真善美,以恶衬善,以正克邪,以美抑丑,讴歌正义和友谊,赞美对不幸者和贫弱者的同情。其表现的特点是想象特别丰富,幻想奇特,很有童话魅力(《小熊星》等);字里行间弥漫着母爱的温暖,通过美丽的故事勉励孩子培养聪明、诚实、勤勉、谦逊、胸怀宽广、大公无私的品格(《月光宝剑》等);具有散文诗的清丽和优美(《蒂丽玲河》《公主怨鸟》等);动物特征和孩子性格复叠得特别好(《水盆里的小岛》等)。贝克的童话就怡情益智方面说,是十分优秀、符合法国童话传统的儿童读物。

童话史还应该着重提到龚古尔文学奖获得者,法国现代主义小说家、剧作家莫里斯·德刘温(或名杜翁,杜恩,Maurice Druon,1918～2009)的法国童话名作《齐士托——一个绿指头的男孩》(Tistou,les pouces verts,1957)。这是德刘温按贝洛、乔治·桑、法朗士的传统写成的童话。它描写男孩齐士托的大拇指具有触到花木种子即能使其发芽开花的特异功能。男孩纯洁无瑕的灵魂使他成了父亲——一个军火工厂老板、全城头号大财主——的天生敌人。男孩利用他的特异功能把监狱变成花的城堡,使苦难之地群芳吐艳,武器被草蔓缠绕,大炮射出了花弹。它表明:幽默的道德故事一旦融入了现代人的思考和人道主义,就可以成为令当代人陶醉的艺术品。这是20世纪用荒诞喜剧方式来概括历史和时代的一部杰作,儿童和成人可以从不同层面收获美和意义。

法国作家和人类科学文学系教授罗贝尔·艾斯卡尔贝(1918～　)的《圣格郎格郎童话集》是专为少年儿童而创作的。作品以丰富的想象力对法国约定俗成的词语杜撰出一个个饶有趣味、富有教育意义的故事,其中有各行各业的人物,也有动物,都被刻画得栩栩如生。作家通过他们歌颂了纯真的友谊和爱情,正直、善良、助人为乐的高尚品质,赞美了追求理想、追求科学、热爱事业、不避困难的执著、坚定的精神,揭露了统治者穷兵黩武和商人惟利是图的丑恶。故事叙述了许多国家民族的风光、习俗,也讲了有关几个大陆的许多文学、历史、地理知识。

《大英百科全书·儿童文学》在提到杜·波依斯(William Pene Du Bois,1916～1993)时这样

写道:"创作丰富的作家兼画家威·佩·杜·波依斯的《二十一个气球》(Twenty-one Balloons, 1947)融合了凡尔纳和萨米尔·伯勒作品中某些吸引孩子的东西,再加上他自己的幽默和机智,是他献给孩子们最热闹的作品。"《二十一个气球》(1947)是杜·波依斯1948年获美国纽伯瑞儿童文学奖的一部代表作。杜·波依斯的作品像数学一样有条理,逻辑严密,他的插图也像故事一样精美;他有不同寻常的爱好,包括他对法兰西的热衷,对马戏团的喜爱,对各式各样机械化运输工具的关注,对岛屿、乌托邦、爆炸的爱好。他的名著《熊的舞会》(Bear Party, 1963),讲述了几只争争吵吵的熊,通过了一个化装舞会之后变得相亲相爱,这是一个合情合理的寓言性童话,它的结果是形成了一个熊的乌托邦。《巨人》(1954)则是一个逻辑性很强的故事,讲的是一个八岁的巨人,他已经长到七层楼高了,人却很和蔼。他为了细看一下街上的人和物,随手抓起街车和正在行驶的汽车,或是街上行人,这使全城陷入一片混乱,人人惊慌失措。他所描写的一切就像建筑师的方案一样准确无误。在《懒惰汤米·南瓜脑袋》中,作家用健康的笔触描写了电子时代,以及当大机器衰落时所可能发生的事情。在《禁林》(1979)里写一只袋鼠、一位阿德莱德小姐阻止了第一次世界大战,作品嘲讽了战争,对战争"英雄"进行了调侃。

他的最佳作品是《二十一个气球》,书中的主人公威廉·华尔特门·谢尔门教授,厌倦了教授孩子们数学课程,于是他乘上气球飘飞着俯瞰世界,这样他可避免跟任何人打交道。后来他讲起他降落在卡托岛,发现岛上居民全都是发明家。他们居住的是座活火山,所以设计了一种逍遥机,供火山爆发时逃难用。后来火山果然爆发了,他们就乘上逍遥机随风飘荡。故事悬念叠起,直到最后一次爆炸才终场。杜·波依斯笔下的人物都和蔼可亲,作品言简意明,尤长于对机械的描绘。

杜·波依斯幽默新颖的纯幻想童话名作还有《鳄鱼案》等,也令人读来津津有味。

麦克卡芙莉(Anne McCaffrey, 1926~2011)和兰顿(Jane Langton, 1922~?)写的纯幻想童话引起人们的兴趣。前者以流畅而活泼的文笔对龙做了想象描写:《龙歌》(1967)、《龙歌手》(1979)、《龙鼓》(1979)。女作家兰顿则设计了一系列的冒险活动,作品欢快而优美,较有代表性的是:《窗户里的钻石》(1962)、《别墅里的秋千》(1967)、《令人震惊的镜子》(1971),这三部曲都写孩子在发现魔幻事物中体验神奇时空的心情。兰顿的《雏鸟初飞》(1980)中,乔治娜和一只天鹅一起历险,体验了飞行的欢趣,故事十分优美。

杰雷尔(Randall Jarrell, 1914~?)的《动物世家》(1965)是部富于诗意的力作,情节有很强的吸引力,文字流利平和。故事描述一个独身住在海边的猎人与一条美人鱼相爱,而且这条美人鱼从海里走上岸来和他一起生活。这个家的成员还不断地扩大,先是从遇难船上救起的幸存男孩,后来加进了七头熊、一只猫,一家人和和乐乐,相亲相爱。这部作品天真中带着幽默,情节新异却真实可信。他的《蝙蝠诗人》(1967)也让人喜爱。蝙蝠的诗描绘出猫头鹰、反舌鸟(北美洲南部及墨西哥的一种鸟)、花栗鼠(产于北美)以及蝙蝠的形象。这部童话含蓄着诗的训诫。

温格林(Walter Wangerin)的《黄牛的书》(1978)写雄鸡领导家畜们同魔鬼指挥的蛇群作殊死搏战,显示家畜们的英雄气概。其作品颇诙谐可读。

科兹华茨(Elizabeth Coatsworth)写过《蟋蟀和皇太子》(1965)、《上过天堂的猫》(The Cat Who Went to Heaven)等成功之作。后者获纽伯瑞奖,写一只猫从日本年轻有为的画家所作的油画中走下来,走在朝拜神佛队伍的最前列。

四、以能言动物为主人公的童话

以能言动物为主人公的童话在传统童话中占一大类。不过传统童话中的动物性格都是扁平的——聪明的、愚钝的、笨拙的、伶俐的、狡猾的、机警的、善良的、凶残的……于是聪明的猪造了坚固的房子，机敏的山羊刺死了狼，得到了长满青草的山坡，如此等等。而安徒生的《丑小鸭》则不同了，他会沉思默想，会悲伤忧郁，经受种种精神的熬煎。至于《兔子彼得》和《柳林风声》这两部脍炙人口的 20 世纪英国童话名著中，动物的性格是浑圆的，他们的局限性被描写得淋漓尽致，会犯错误、做傻事，又会带着愉快的心情改正错误，比起《丑小鸭》来，就其性格描写而言已推进到了更高的一个层次。以能言动物为主人公的童话中，动物性和人性被统一在人类形式的生活环境中，作家在这种假设的童话空间里炮制幽默，造出儿童喜爱的趣味来，吉卜林、劳森也当属此类高手。在此还必须提到 1957 年出现的爱尔莎·明纳莉克的以小熊为主人公的系列短篇低幼童话，都是世界顶级图画故事书，其奇想中氤氲的诗意令人陶醉。

1. 怀特、萨尔登的童话

美国作家 E·B·怀特(Elwyn Brooks White，1899～1985)以为《纽约人》杂志撰写幽默文章著称，曾获普利策奖，但以卓然不凡的动物幻想作品传世。他的文笔明快，文字通俗易懂。他的童话不一定专为儿童而写，但是他的童话是美国儿童文学的"山峰"。他的童话中，以写小猪威伯在灰蜘蛛夏绿蒂的帮助下智胜人类的《夏绿蒂的网》(Charlotte's Web，1952)为其代表作，据调查，这是最受美国孩子喜爱的儿童文学作品之一。

芬是一个农家小女孩，她劝说父亲把一只发育不全的小猪送给她。她爸爸本想要杀掉这只小猪，她如果不阻拦，小猪就要成为斧下的牺牲品了。芬把自己的宠物取名为"威伯"，还用一个洋娃娃的奶瓶来给威伯喂食。威伯长大以后被放逐到了农场仓房的地窖中，于是就在那儿发生了奇怪的事情。芬每天都花费很长时间观察威伯，她看出了动物之间怎样相互交谈。威伯听说了屠夫和杀猪的事儿，他不想去死。夏绿蒂是一只足智多谋的灰蜘蛛，为傻小猪的前程感到难过，于是允诺设法救他。她的建议相当独特，并且是很有趣的，她把威伯变成了一只容光焕发的猪。夏绿蒂在实施自己救猪的计划过程中，把两个农场的人们和里面的动物都卷入了故事之中，包括那只十分自私的大老鼠谈波顿。夏绿蒂在大家的帮助下，将搜罗来的美好词语一一织在网上，夸赞威伯。主人先是惊异，继而引以为荣。夏绿蒂、谈波顿和威伯配合行动，还一举使主人得了一笔奖金。这时主人不想杀掉能为他赢得荣誉和奖金的猪了。威伯得救了，而夏绿蒂却因用丝过多，心力衰竭而死。为了表示对她种族的忠诚，她留下了几百个小蜘蛛，小蜘蛛又来帮助威伯。夏绿蒂为帮助威伯而表现的机智勇敢，深深地感染了小读者。读者对夏绿蒂精力耗尽而将死去、将离开这可爱世界的时候向威伯说的话，是不能无动于衷的：

友谊本身就是件了不起的东西。我为你织字,是因为我喜欢你。生命本身究竟有什么意义呢?我们生下来,活一阵子,然后去世。一个蜘蛛一生织网捕食,生活未免有点不雅。通过帮助你,也许使你的生活变得高尚些。天知道,任何人的生活都能通过帮助别人而增加一点意义。

夏绿蒂把云雀歌唱、青蛙鼓鸣、和风送香的日子留给了威伯。来参加给威伯授奖典礼的"数百人中,没有一个知道,典礼上最重要的角色曾是一个大灰蜘蛛。她死时无人在旁"。这样的文字,读来确实让人不能平静!

《夏绿蒂的网》这部纯幻想故事一开始就受到成人们的普遍欢迎,孩子们更是对它钟爱无比。威伯是一头真猪,他有滋有味地吃着厨房里的残菜剩饭,也喜欢拱软乎乎的污土;但他又是一个小孩子,一个孤苦伶仃的小孩,没有一个朋友,他是多么渴望得到一份友情来温暖他孤寂的心灵啊。他接近夏绿蒂,希望从夏绿蒂那里得到理解、宽容、快乐和爱,希望有人帮助他驱赶走到他面前的死神,这种心情孩子是很能体会的。而蜘蛛夏绿蒂那种忠诚于友情,为朋友而牺牲的情操,也是每个孩子所向往、所追求的。作家让他的童话闪耀着真诚、恳挚的至情至理的人性光辉。

作者深深了解儿童心理,并且将自己对生活的体验和认识注入其间,再加上笔墨的洗练畅达,明爽简洁,写来丝丝入扣,读来感人肺腑——尤其是夏绿蒂之死。

《夏绿蒂的网》多少年来一直是美国孩子最喜欢读的一部作品(不单指童话类),据统计数字表明,它一直受到孩子们由衷的青睐和宠幸。但这部作品一传到东方,观念和阅读习惯使它无法让东方孩子以美国孩子那样热烈的情怀来对待它。这是一个超出童话史范围的研究课题。

《夏绿蒂的网》的开头被作为构成"悬念"的好例子。童话开头一句"爸爸拿了宰猪的斧头上哪儿去了?"——这么简单明了的一句普通的话,一下子就勾住了小读者的魂。

怀特于1945年出版的喜剧童话《小老鼠司徒亚特》(Stuart Little),叙述纽约某夫妇生了一个拇指大小的婴孩,"实际上他就是一只老鼠"。作者就以幽默的笔触描述了家中养有一个老鼠孩子的利弊,并通过这个老鼠孩子把"动物即人"的思想引进了文学。

有人认为以上两部美国童话偏离了美国儿童文学的传统主题。1970年出版的《天鹅的喇叭》(《哑天鹅的小号》,The Trumpet of the Swan)虽然不像上两部那么"怪",但风格一仍如旧。它描写一只聪明伶俐的哑天鹅和男孩山姆的友谊以及丰富多彩的生活。铜喇叭是哑天鹅的父亲撞破乐器店的玻璃橱窗抢来的。他为了挣钱还清这笔喇叭钱,就去夏令营当吹小号的号手;为了能用脚趾按键吹出各种各样的乐曲,他让山姆将他的蹼膜割开!结果先后被请去波士顿和费城演奏,所得的工资便拿去偿付了喇叭钱。故事中哑天鹅学得文化,用挂在脖上的小黑板与人交谈,他在自己换毛不能飞翔的情况下,踏着浪花去救起了一个叫"小苹果"的落水小孩子,这些都写得动人心弦,使人强烈地觉得故事是优美的,哑天鹅是可爱的。这部作品也带有些许喜剧色彩,通过一个洋溢爱意的故事传递了作者"人和动物本来就存在亲缘关系"的思想。

怀特写童话就像是与读者促膝娓娓而谈,让人感受他的幽默风趣和他对善良主人公的强烈情感。他的童话就这三部,但已为美国童话赢得了令人仰止的高峰地位,使世人对美国童话从此刮目相看。

萨尔登(George Selden,1929~1989)是美国的为儿童提供过许多优秀童话的著名作家。作品主要有三部:《蟋蟀奇遇记》(The Cricket in Times Square,1960,又名《时代广场的蟋蟀》)、《塔克的乡村》(Tucker's Countryside,1969)、《亨利·凯特的宝贝小狗》(Harry Cat's Pet Puppy,1974)。《蟋蟀在时报广场》中以纽约为背景,为童话提供了坚实的现实主义基础,使这部极富奇趣的超现实作品富于真实感。美国康涅狄格州乡下一只名叫齐斯特的蟋蟀,因贪嘴爬进了旅客的食物篮,无意中被带进了火车,来到美国最大的都会纽约。地铁车站的老住户是一只满口粗话的城市老鼠,名叫塔克,他特别重义气,还有另一只名叫哈里的猫,既聪明又机敏,他们俩都成了乡下蟋蟀的好朋友。后来,齐斯特也成了卖报童马里奥的朋友。三个动物朋友闯了许多祸,惹了许多麻烦,但后来齐斯特发现了自己的价值:这只富于人性的蟋蟀的演奏轰动了纽约城。纽约人听其悠扬的乐曲声涟漪似的荡开,于是奇迹发生了:

> 公共汽车、小汽车,步行的男男女女,一切都停下来了。最奇怪的是,谁也没有意见。就这一次,在最繁忙的心脏地带,人人心满意足,不向前移动,几乎连呼吸都停止了。在歌声正荡漾的那几分钟里,时代广场像黄昏时候的草地一样安静,阳光流泻进来,照耀在人们身上,微风轻拂着他们,仿佛轻拂着深深的茂密草丛。

刊载蟋蟀演奏轰动全城的新闻给马里奥家带来了好收入。这部童话歌颂了温柔善良品格和忠诚友谊,写得轻松活泼,颇多笑趣,作者所创造的温馨、美好、清新的意境都引人遐思。

《塔克的乡村》里,蟋蟀齐斯特回到乡下,请求他的老朋友来拯救他们生活的草地。

像 E. B. 怀特一样,萨尔登把他的动物描摹得惟妙惟肖、个性鲜明,而且赋予了令人难忘的人性。

2. 奥布莱恩、亚当斯、戴维斯、夏普、邦德、斯泰格、莱昂尼、雷埃等作家的童话

奥布莱恩(Robert C. O'Brien,1918~1973)在儿童文学诸体裁上都有相当分量的建树。一部由老鼠叙述自己故事的《弗利施比太太和尼姆的老鼠》(Mrs Frishby and the Rats Nimn,1971)其实是一部长篇动物寓言。"Nimn"是国家健康研究所的缩写。故事中的大老鼠们被当作实验室的实验动物,以检测注射多少量的某种药物能增进多少学习智能,而大老鼠们竟成功地从国家健康研究所里逃亡而出,建立起自己的国家。这部童话中特别有趣的章节是老鼠具有了人的智慧后,他们偷接电源、自来水,安装电话,享用电冰箱、电风扇,过上了看看书、听听音乐的现代生活。它们还到图书馆去查阅了人类关于老鼠的描写,说它们有偷东西吃的习性,它们则认为:人喝的牛奶不也是人从牛身上偷的吗?作者精于细节描写,事情一桩一桩,衔接紧凑而合乎情理。这部童话曾获包括全美图书奖、纽伯瑞奖(1972)在内的多项奖,是 20 世纪最引人入胜的童话,人见人爱,人读人赞。

后来写到能言老鼠在破坏性的科技社会与自然生活之间选择了自然生活。为了这种选择,他们以友情为重,团结互助,自我牺牲,其精神很是感人,所以各种年龄的读者不约而同地乐于接受它。艺术家们还曾将它搬上银幕。

亚当斯(Richard Adams,1920~   )的《沃特希普高地》(Watership Down,1971,汉译书名为《兔群迁移大战》)是荣膺卡内基奖和瓜迪亚娜奖的一部童话名作。主人公大白兔也同上述的尼姆老鼠那样预感到需要为自己寻找一个安全的新家作归宿。为寻找新家,他们历尽种种险难,给孩子留下许多富于传奇趣味的故事。人类以为他们渺小无助,而他们却是同人类一样的认真严肃,其业绩之伟大可媲美于史诗。作品中嵌入了许多格言。亚当斯由此名扬欧美。

希德尼·K·戴维斯的系列童话《大灰狼阿洛伊修斯》是美国 80 年代的童话精品之一。童话写一只人情味十足的好狼,他不但会替知更鸟妈妈照料小知更鸟,还请母狼为小鸟织毛衣。"狼"被写成是个"孩子",聪明、机智,会吹牛(他把一只公野鸡说成是能下复活节彩蛋的鸡),会骗伙伴的糖果吃。这样富于童趣、有一副好心肠、性格浑圆的狼,才是真实可信的。这个童话题材和内容便于作者表现幽默和诙谐。

以能言动物为主人公的名作还有:

考林·达恩的《大森林里的动物们》(1980),写林木被伐,动物被迫搬往动物保护区,获英国最佳儿童文学读物奖。

蓓蒂·倍克的《都帕》(1976),写一只能说会道的大老鼠,很富艺术感。

纳撒尼尔·本奇利的《吉劳埃和海鸥》(1977),写一只聪明贤能的大海豚成功地实现了与人类交流的愿望,为童话中的大手笔。(吉劳埃为游历甚广之意。)

兰德尔·杰雷尔的《蝙蝠诗人》(1967),蝙蝠写的诗描绘出猫头鹰、反舌鸟、花栗鼠等北美动物。

玛格莱·夏普(Margery Sharp,1905~1991)的《比安卡小姐》,写一只大胆的白老鼠惊人的历险,故事紧张,扣人心弦。

以《亲爱的汉修先生》而荣获1984年美国纽伯瑞奖的贝弗莉·克莱蕾(Beverly Cleary,1916~?)的《老鼠和摩托车》(1965)及其续篇,写一只有胆有魄的老鼠的故事,堪称中篇童话名作。

露易丝·凡提奥和劳杰·邓佛辛夫妇所作《快活的狮子》,其情节之有趣,构想之巧妙,表现之幽默,结尾之出人意料,使幼年读者对它爱不释手,是短篇童话传世之作,已广布于世。

低幼童话大家米歇尔·邦德(Michael Bond,1926~?)的系列丛书《帕丁顿熊》(1958)出版后被赞为佳构,被辗转译介,流布甚广。童话写一只小熊在火车站寻求收养人,布朗一家把他收养了,把他领回了家。1966年开始写"星期二"系列,主人公是一只没有父母的老鼠。1969年开始出版一套以雄狮为主人公的系列。

美国图画书作家威廉·斯泰格(William Steig,1907~2003)的《驴小弟变石头》(1969),这部低幼童话写一头逗人喜欢的小驴,获美国儿童图画书奖。另一本《老鼠牙医地嗖头》(Doctor De Soto,1982)写一只当牙科医生的老鼠和一只前来拔牙的狐狸之间周旋并惩治欲加害地嗖头夫妇的狐狸。故事极富趣味,获纽伯瑞奖,很得孩子喜爱。1976年出版的《阿陪尔的海岛》写一只老鼠鲁宾逊。

玛格丽特·怀兹的《晚安,月亮》(1947)和麦加莉·弗兰克的《去问熊先生》(1958)一直畅销不衰。

李欧·李奥尼(Leo Lionni,1910~1999)是荷兰籍美国人,47岁才开始创作绘本童书。其代表作《费德瑞克》(Frederick,小田鼠名,1967)和《小黑鱼》,都是20世纪最好的绘本故事。它们新颖别致,诗意葱茏,余味无穷,足以代表20世纪低幼儿文学的成就。

雷埃(Hans Augusto Rey,1898~1977)的"好奇的乔治"(Curious George)系列丛书(与R·玛格丽特合作),虽没有让动物开口说话,但仍属童话,从20世纪40年代至今在全世界一直畅销不衰。

3. 黎达的童话

法国女作家黎达(1899~1955)用捷克文于1931到1939年间写成8个动物知识童话,分别以松鼠、野兔、刺猬、棕熊、海豹、野鸭、杜鹃、翡翠等八种鸟兽为主角,写了他们的生长、形貌、习性、适应环境的能力和为自己的生存、繁衍后代而斗争的方式。同时附带介绍和描述了其他130多种动物、70多种植物。此外还穿插描写了一些大自然现象。这套丛书50年代后在全世界传播甚广。《人道报》曾评论说:"这些读物是富有教育意义的智慧产物,在法国出版的儿童读物中,要数它们最适合儿童的需要,最适合儿童的兴趣了。"

五、戈丁、霍本和克拉克以玩偶、物件为主人公的童话

以玩具、物件充当童话主人公,开拓童话创造的空间,首功自当归于安徒生和科洛狄两位童话大师,米尔恩对玩具的自如描写又使玩偶童话登上了一个新台阶。孩子们把他们的书视为珍宝,可见利用玩具和物件创造童话魅力大有潜力。值得一提的是,到了20世纪后半期,这类童话中的主人公已不像安徒生的牧羊女、锡兵那样的感伤。他们是快活而可爱的。前述中维吉尼娅·李·伯顿的"小房子"就是这样的成功形象。

戈丁(Rumer Godden,1907～1998)是英国20世纪中期擅长以孩子最喜欢的玩具为题材,将玩具拟人化写入童话的作家。她以玩具为主人公的童话创造了一个新高峰。他们各自扮演成人社会中的角色,他们所想、所说、所为都让人联想到社会的情形。他们生活着,有的得意,有的失意;只有一点是共同的:他们都是无助,得不到主人的理解。她的玩具童话组成一个系列叫《玩偶们的家》(1947～1962)。这套丛书"在表现成年人的处境和冲突方面是极为成功的"(弗兰克·埃尔语)。

1954年出版的《摔不坏的珍妮》中的珍妮是个勇敢的布娃娃,她的主人并不因为她摔不坏而喜欢她。她被扔在满是旧玩具的房里,过了好几年凄孤、备尝艰辛和险恶的日子,直到一个名叫吉弟奥尔的小男孩把她装进了口袋,她才开始了新的生活。与勇敢的珍妮相异其趣的《快乐的小姐和花儿小姐》(1961),写的是两个热心的日本小姑娘的故事。

戈丁除了玩偶童话之外,还曾改编过一本叫《老鼠的妻子》的童话,写一只老鼠和一只笼中鸽的情谊。

美国专为儿童写作的霍本(Russell Conwell Hoban,1925～2011)在1969年前从事电影、电视、广告的策划工作,1969年后移居伦敦从事写作。他编创的图画故事书很多,以幽默见长。他的艺术顶峰是《老鼠和他的孩子》(The Mouse and His Child,1967),作品与埃·怀特的著名童话相似,想象力惊人地丰富,却不太属于"儿童读物"。他在这部童话杰作里创造了一个玩具的独特世界。"老鼠"和他的"孩子"都是装有发条的锡铸玩具,他们被人遗弃了。当他们被一个流浪汉修好后,又继续去寻找爱和安全的生活,写得温情脉脉、幽默感人,玩具的人性令人难忘。同年出版的知识童话《偏食的小熊》也颇受人称赏。1980年出版的一本描写超人式的猫和老鼠的故事,诙谐可读。

克拉克(Pauline Clarke,1921～2013)于1964年出版的《十二人归来》获卡内基奖。童话描述了一打木制士兵,他们曾属于门第高贵的勃朗特家族的孩子们。勃朗特家族消逝多年后,一个名叫马克斯·莫里的男孩发现了这12个士兵。木头兵们对男孩讲起过去光荣的士兵生涯,于是马克斯和妹妹就让士兵们徒步行军。这部童话写出了木头兵们各自鲜明的个性,栩栩如生,很有吸引力。

巴雷(Carolyn Sherwin Bailey,1875～1961)的《山胡桃小姐》(Miss Hickory,1968)获纽伯瑞奖。山胡桃小姐是一根苹果树枝上长着一颗胡桃壳脑袋的小姑娘,她为自己具有人性而自豪,她像人一样在农场里经受了危难的洗礼。

琼·奥·康尼尔的《玩具房里叹息声声》(1976)以流畅的文笔写一个被抛弃了的玩具家庭,对角色的刻画下了很大的功夫,情节也引人入胜。

第二节　童话在包括俄罗斯在内的苏联

一、概说

包括俄罗斯在内的苏联童话发展受到过严重挫折,20世纪20～30年代童话被庸俗社会学疯狂围剿,被"左"倾幼稚病患者无情扫荡,于是童话创作长期积贫积弱,给孩子提供游乐世界与精神狂欢的童话乏例可陈。第二次世界大战胜利后的数年中,纪实性的英雄主义题材小说倒是得到了极大的发展机会,而童话被挤到一边。所以,苏联诸国的童话且不论其品质,即使以数量论,也不能与西欧、美国、北欧同日而语。然而从另一面看,俄罗斯和它的许多邻国又是一些有着独特优秀童话传统的国家,独特传统之一,是民间童话数量众多,根基雄厚;独特传统之二,是童话多染有俄罗斯特质的幽默。所以,苏联童话在20世纪60～80年代间得以复苏,涌现了一批有世界影响的优秀作品。

二、拉乌德、万格利的童话

艾诺·拉乌德(1928～1996)是爱沙尼亚童话小说作家和诗人,他的童话书和动画片都受到孩子们由衷喜爱。他被自己的祖国誉称为"功勋作家";曾获得全苏儿童文学创作比赛一等奖;两度获得爱沙尼亚以亚斯穆尔命名的文学奖金;1974年因其《三个小矮人》三部曲的头一部(1972)而荣获安徒生国际儿童文学图书评议会的荣誉证书。三部曲的第二、第三部分别出版于1975、1979年。拉乌德在20世纪70年代为苏联童话赢得了国际声望。

《三个小矮人》三部曲是相互联系而又彼此独立的三部中篇童话。第一部写三个名为"大胡子""手笼子"和"半截鞋"的小矮人善良、高尚的品格;第二部写他们之间的真挚友谊,其中成功地刻画了动物园的职员、助人为乐的沃里季马尔的形象;第三部写他们开车到海滨去游玩,不料于茫茫密林之中迷了路,小矮人"手笼子"落入了狼穴,成了母狼训练小狼捕猎的对象,母狼带着四只小狼向"手笼子"做扑咬撕吃的游戏,"小狼们把他摔过来摔过去","幸好有厚厚的皮外套保护着他,小狼那尖利的牙齿才没伤到他的皮肉"。后来,小矮人患难与共,凭着智慧、勇气和毅力,一次次转危为安,最后一同来到大海边,享受友谊和涛声给他们带来的欢乐。这套童话用幽默的笔触,透过奇趣横生的人物描写及引人入胜的故事情节,含而不露地传达出"人与人之间的真诚友谊是人类不可或缺的精神财富"的内涵,讽刺了某些不良社会现象,鞭笞了把快乐建筑在别人痛苦之上的强盗逻辑。童话熔教育、知识和趣味于一炉,让读者在轻松愉快的阅读中提升其精神境界,增长知识,享受幽默。

拉乌德还有一批低幼童话也传播甚广,例如写具有男孩性格的布娃娃的《西普西克》,以及《一只想咕哒叫的小鸡》《狐鹿换工记》《松鼠和獾》等。

斯皮里敦·万格利(1932～　)是摩尔多瓦著名的作家和诗人。1954年开始从事儿童文学创作,1974年因《爷爷的使臣》而被安徒生国际少年儿童图书评议会授予荣誉证书。《古古采当了船长》获摩尔多瓦国家文学奖,1989年因中篇童话小说《古古采和他的朋友们》获苏联国家文学奖。《古古采和他的朋友们》是一部诗意盎然的低幼童话,以古古采为中心人物,贯穿着许多故事,有的是小说性的,有的是童话性的。如《古古采的魔帽》就是可以独立发表的精彩童话,它写古古采的魔帽变大后可以让所有女小学生遮挡风雪,当魔帽变得更大的时候,就可以让整个村庄的人都生活在暖洋洋的魔帽底下。"古古采"这个男孩形象可以说人见人爱,因而在国际上引起热烈的回响,世界各地的小读者都为古古采高尚的灵魂和宽广的胸襟所感动。俄罗斯诗人、作家和翻译家伊丽娜·托克玛科娃曾就古古采这个形象发表评论说:"斯皮里敦·万格利成功地将属于民间童话的品格,融入这个来自摩尔多瓦乡村的当代男孩形象中。因为万格利善于吸收民间童话的精神内涵……所以古古采这个形象中交织着可信性和假定性。"

三、乌斯平斯基的童话

爱德华·尼古拉耶维奇·乌斯平斯基(1937~   )1966年以洋溢喜剧趣味的中篇童话《鳄鱼盖纳和他的朋友们》一举打红,接着70年代连连出版包括以鳄鱼玩具、费多尔大叔、狗、猫为主人公的多部童话,同时,这些主人公又在屏幕上常常与小观众见面,实实在在地做到了家喻户晓。他的作品先后被译成25种以上的语言在国外出版。由于他的童话观念和西方世界同步,叙事方式也与欧美没有多大差别,所以连美国的孩子也喜欢读他的童话。他坚持不懈的创作努力为俄罗斯的儿童文学赢得了巨大声誉和荣耀。乌斯平斯基从事儿童文学创作以来三四十年,著有包括童话、剧本、电影剧本的各类作品50余部,是20世纪60年代后的俄罗斯儿童文学中代表性最强的作家,在美国、日本、法国、英国、澳大利亚、土耳其、荷兰、芬兰等国读有的儿童幻想小说流传。乌斯平斯基的童话代表作除《鳄鱼盖纳和他的朋友们》系列(1966年起)外,其他的童话名作有《费多尔大叔》系列(1974~1995)、《小丑学校》系列(1983年起)、《漂游魔幻河》(1972年起)等,在俄罗斯国内行销累计已在1 000万册以上,并且数字还在年年攀升。相应的,他在国内外所荣膺的各种奖项也展现了他的童话俘获读者的强大力量。

《鳄鱼盖纳和他的朋友们》是一部以三个玩偶为主人公的童话。鳄鱼盖纳是橡皮做成的,洋娃娃格丽亚是塑胶做的,小动物"绊绊倒儿"则是天鹅绒做的。"绊绊倒儿"是作家创造的"科学上未知的"动物。作者将玩偶注入了使儿童感到十分亲切的当代生活气息。"绊绊倒儿"是装在橙子箱里从大洋彼岸乘轮船到俄罗斯的,在还没有在儿童公园找到工作前,一直住在自动电话亭里;在动物园里工作的鳄鱼盖纳天天给他送咖啡来。作者把孩子带入了一个玩偶的迷人世界:这里有高尚的行动;有与邪恶的斗争;有一个个的喜剧场面——尤其是鳄鱼盖纳代替卧病在床的格丽亚上台演出"小红帽",充当"小红帽"小姑娘这一角色,那场面可真是精彩得让人叫绝。盖纳老把小红帽应说的台词给忘了,临时想着随口胡编乱造,又总忘了自己在演戏,于是出现了下面的喜剧场面:

> 迎面走来一条大灰狼,
>
> "你好,小红帽!"大灰狼装腔作势地招呼了一声,然后愣住了。
>
> "您好!"鳄鱼回答。
>
> "你这是去哪儿?"
>
> "不去哪儿,我随便走走。"
>
> "你一定是去你外婆家吧?"
>
> "对,当然。"鳄鱼这才想起来自己是在演戏,"对,我是去她那儿。"
>
> "那你的外婆住在哪儿?"

"外婆吗?在非洲,尼罗河畔。"

……

"您好!"鳄鱼敲了敲门,"谁是我的外婆?"

"你好!"大灰狼回答,"我就是你外婆。"

"外婆,为什么你的耳朵那么大?"鳄鱼问,他这次总算把台词说对了。

"为了听你说话呀。"

"那你身上的毛为什么那么长?"鳄鱼又把台词给忘了。

"我总没时间刮。孩子,我跑累了……"

大灰狼凶相毕露,从床上跳下来,"我要吃了你!"

"来吧,咱们倒要看看谁吃了谁!"鳄鱼说着,朝大灰狼扑去。他把戏当了真,以至于忘了他是在什么地方,该做什么。

乌斯平斯基还有一部中篇童话《费多尔大叔,狗和猫》,写的是个喜爱动物的男孩被取了个绰号叫"费多尔大叔"。"费多尔大叔"的妈妈不喜欢动物,于是费多尔一气之下就带着猫、狗到乡下去住。童话就叙述孩子和猫、狗在乡下的生活,以及与城里的联系(费多尔给爸爸妈妈写信,猫狗对信做补充)等等,同样洋溢喜剧趣味。

乌斯平斯基的童话与西方童话的艺术观念较为接近,不以教化功利为自己的创作动因,而是以儿童心理、儿童思维方式、儿童兴趣为自己的幻想依据,构建崭新的童话艺术世界,引领儿童游戏,在欢乐中让他们的精神得到健康有益的熏陶,因而受到东、西方儿童的热烈欢迎,在瑞士甚至以《盖纳和绊绊倒儿》作为一份儿童刊物的名称。

四、米哈尔科夫的童话

谢尔盖·符拉吉米罗维奇·米哈尔科夫(1913～2009)是前苏联重要的文学活动家,也是寓言、童话作家和诗人。他在20世纪70年代两度获得列宁奖金,1972年因在发展儿童文学中建有殊功而获国际少年儿童图书协会授予安徒生荣誉奖,1973年被授予阿列克斯·韦德金奖章,1978年荣获"微笑"国际勋章。米哈尔科夫还于1967年获得"俄罗斯联邦共和国功勋艺术活动家"的光荣称号,1971年被选为苏联教育科学院院士。他还因国际性社会活动获得"和平战士"金质奖章、乌申斯基奖章和克鲁普斯卡亚奖章。也是现用俄罗斯国歌歌词的作者。

米哈尔科夫才23岁就被文学前辈法捷耶夫誉为"才情沛然的诗人",说他的诗"燃烧着一种温暖、严肃、天真的幽默,透映着青春的明媚之光。"这种幽默和青春光彩表现得最为充分的是1935年发表在《少先队员》第七期上的童话诗《史焦帕叔叔》。

这首两百多行的童话诗一发表就受到前辈诗人楚科夫斯基的热情称赞,说它"调皮有趣,读来令人忍俊不禁,和谐,抒情,堪称力作。"诗人用欢快、轻松、响亮的诗句塑造了一个人见人爱的正面人物"史焦帕叔叔"——一个个儿高大的好心巨人,他坚定果敢、见义勇为、聪明快活、爱开玩笑。

史焦帕叔叔的巨人形象并没有使读者产生距离感,因为他在孩子们需要他帮助时有求必应。魁伟的身躯成了他为孩子们做好事的必要条件。

像他那样的个儿,

从电线杆上取个风筝,

只是抬抬手的事儿。

当一个小学生掉进了河，"史焦帕叔叔二话不说，/纵身一跃进了河。"可是河水最深的地方，也才淹到他的膝盖哩。当一幢楼房失火，孩子们心爱的鸽子眼看着要被火舌吞噬……

>史焦帕叔叔在人行道上，
>
>一抬手就碰到了顶楼。
>
>顶楼的窗口滚出团团浓烟，
>
>烈火这时已经封住了窗口。
>
>随着小窗哗啦打开，
>
>一群鸽子嘟嘟飞出，
>
>一只一只共是十八只，
>
>最后得救的是一只小麻雀。

米哈尔科夫在童话长诗《史焦帕叔叔》中，用欢快和聪颖的诗笔，在真实的生活中发现童话主人公的非凡才能，他特别善于捕捉儿童心理特征、使用儿童语言，从而让自己的作品受小读者欢迎。

米哈尔科夫的童话作品还有两类，一类是童话剧，如两幕剧《骄傲的兔子》，十场童话剧《胆小的小尾巴》；另一类是散文童话作品，如中篇童话《不用听大人管束的节目》、中篇童话《一个卢布的奇遇》《别扭的小山羊》《熊捡到了一个烟斗》，还有据英国著名童话改写的精彩童话《三只小猪》，据法国童话改写的《独眼鸟》，和中篇童话《梦中奇遇记》。《梦中奇遇记》曾获社会主义国家国际高尔基奖。其短篇童话《熊捡到了一个烟斗》传布甚广，故事叙述一头熊捡到一个守林人戒烟时扔下的烟斗、烟袋和打火机。熊抽枯叶抽上了瘾，身体越来越瘦弱，越来越衰败，当他不得不下决心戒烟时，已经戒不掉了。于是他下决心把烟斗扔了，但又去找了回来；又下决心扔掉，又去找回来……就这样戒烟，从夏天戒到秋天，从秋天戒到冬天，结果在熊无力抵抗的情况下，被守林人捉到城里去展览，让大家见识见识老烟鬼熊萎靡不振的模样。他取法国民间童话来创作的《独眼鸟》和取"三头小猪"的著名故事来创作的童话都获得了巨大成功。

《梦中奇遇记》（《连续做的梦》，1982）是年近70的米哈尔科夫后期的重要作品。其主人公小姑娘柳芭所做的梦，已不是安徒生笔下卖火柴的小女孩的梦，她需要的是理想和愿望的实现。作者用梦的方式开拓一个实现梦想和追求的世界，将其嵌插在现实生活中，形成梦想与现实、诗与散文的对照，有力地表现了小姑娘苦闷的内心世界，收到扣人心弦的艺术效果。

作为一个著名的寓言作家，米哈尔科夫发表了150首寓言诗。他曾自述过他之所以写起寓言诗来，是由于阿·托尔斯泰从他为孩子写的讽刺诗中感觉到：他应当写寓言诗。"你学习民间童话、民间幽默写出来的那些作品很成功。你倒是不妨在寓言诗上显显你的身手。认为寓言这种体裁已经僵死的说法是一种无稽之谈。寓言必须获得新生。你的寓言创作会成功的，试试吧！"阿·托尔斯泰以米哈尔科夫的创作素质和特点为依据的指点是正确的。米哈尔科夫后来发表的许多寓言诗都获得了巨大的成功。成功的明证就是他的一批寓言诗家喻户晓，许多人将它们熟读成诵，许多人记住了其中最尖锐有力的诗句。

五、梅德维杰夫的童话

华莱里·弗拉吉米罗维奇·梅德维杰夫（1923～1997）是多部畅销童话书的作者，其发行量高达900万册。鉴于他的童话广受孩子们青睐，他被安徒生国际儿童文学图书评议会授予了荣誉奖。他的童话代表作是长篇童话《巴兰肯，愿你好好做个人！》（《巴兰肯，活出个人样儿来》，

《想入非非的巴兰肯》,1962)。童话写小学生巴兰肯盼望遇到一种不用工作、不用尽职,能逃避艰苦学习的生活。先是按照巴兰肯的心愿变成麻雀,随后变成蝴蝶,继而变成雄蜂,接着弄错咒语变成了蚂蚁,经过这么多方折腾,到头来才深信:世上没一个人的生活全然是快活逍遥而一无挂虑的,而更重要的是巴兰肯终于承认和接受了这样一个真理:人的智慧和劳动,就是奇迹和幸福!巴兰肯的好吹嘘、惰性重、成绩差,作者不能不用含蓄的笔墨幽默他,对他做些善意嘲笑,但他毕竟是个富有朝气、天真活泼的孩子。这部蕴含严肃认真于幽默趣味之中的童话,1980年获IBBY颁授的安徒生儿童文学奖荣誉证书。梅德维杰夫在这部名作前曾出版《三只小鹅》(1960)。

梅德维杰夫的《巴兰肯,愿你好好做个人!》这部名著"生不逢时",主要的惋憾在于童话开头过分拘泥于当时苏联小学的学习方式。

六、诺索夫等作家的童话

尼古拉·诺索夫(1908~1978)是以中篇小说《维加·马列耶夫在学校里和在家里》赢得世界声誉的大作家。他为孩子奉献了他一生的喜剧幽默天才。1954年开始发表出版的童话著作,也曾引起广泛重视。但是三部以《"小无知"和他的朋友历险记》为总名的童话没有像他的小说那样成功,篇幅最长的《小无知月球历险记》其思想意蕴是教苏联孩子"认识万恶的资本主义社会",所以满篇都是"穷人"对"富人"的嫉恨和斗争,因此,这部当年曾获俄罗斯共和国奖、曾多次译传到国外的作品,今天读来已深觉"过气",大有明日黄花之概。

倒是诺索夫的童话短作《狗客》(《博比克和巴尔博斯》,1958),其中的儿童情趣之道地令人赞赏不已。诺索夫被誉称为"快乐的天才"。评论家拉斯沙金说:"他的独特性和魅力不只在于幽默,还在于他有一种深入童心的特殊本领,在于作家和小读者之间能够超乎寻常进行心灵沟通。"诺索夫的这篇童话和他的小说一样,保持了童年的欢愉性。

与诺索夫童话风格近似的其他童话佳作尚有:

托明的《魔术师在城里走》(1965);

阿列克辛的《在永远放假的地方》(1966);

普罗科菲叶娃的《一块云和一片云》(1972)等;

包郭金的《从屋顶一步跨下来》(1968);

杜勒波尔德(爱沙尼亚)的《绿太阳王国》等;

维特卡(白俄罗斯)的《童话》(1978年获IBBY颁授国际安徒生儿童文学作品奖);

图里钦的《长成巨人的依凡》等;

齐耶陀尼斯(拉脱维亚)的《彩色童话》(1976年获IBBY颁授的国际安徒生儿童文学作品奖);

波维克(爱沙尼亚)的《老巫婆肯克什》等;

阿肯姆的《塔克塔克老师和他的彩色学校》等;

托克玛科娃的《弗雷克尔和太阳兔》(1982年获IBBY颁授的国际安徒生儿童文学作品奖)等;

沙罗夫的《小杜鹃,我们院子里的一个王子》等;

普拉东诺夫的《憨人依凡和智人叶莲娜》《多彩的蝴蝶》等;

札霍吉尔的《小灰兔》等;

勃拉基妮娜的《魔钟》等；

古尔巴巧夫的《奇妙的眼睛》等；

沃罗宁的《勇敢的小丑》等；

苏捷耶夫的《蘑菇的秘密》等。

七、乌萨乔夫的童话

安德烈·乌萨乔夫(1958～　)，俄罗斯当今最具实力的低幼童话作家之一。从事包括电视台主诗人等多种职业。1985年开始发表作品，至今已出版作品60多部，动画剧至少10部，主要有《母牛的儿子依凡》《聪明小狗索尼亚》《老熊看牙》《小绿人的故事》，还有与人合作的电视剧《玛霞家的恐龙娃》等，还在电视台主持儿童娱乐节目，其诗歌被谱上曲后在儿童中间传唱，在俄罗斯广有影响。

乌萨乔夫的童话完全挣脱了过往数十年俄罗斯当局对童话作家的种种意识观念的禁锢，同时突破了艺术表现的局限，以放松、活泼的心态构创童话，充分体现了俄罗斯人素有的诙谐和幽默，世人于是看到他的童话更容易被各种意识形态的人所接受，以更快速度传播到世界各地。他的代表作是《聪明小狗索尼亚》中的部分篇章《做大狗好还是做小狗好》《芥末》《索尼亚捕鱼》等。

小狗索尼亚忽然对"水龙头里的水是从哪里来的"这个问题发生了兴趣。于是小狗同主人依凡开始了这么一段对话：

"水龙头里的水哪里来，这不是很清楚的嘛——从水管里来的呀。"

"那么水管里的水是从哪里来的呢？"

"水管里的水，从河里来的呀。"

"那么河里的水是从哪里来的呢？"

"河里的水嘛，从海里来的呀。"

"那么海里的水呢？"

"从大洋里来的呀，还能从哪里来！"

等主人依凡去上班，小狗索尼亚就立刻奔去把浴室的水龙头打开，把渔网接到水龙头下面，想着，它说不定能捕到一条大鲸鱼！

《做大狗好还是做小狗好》说的是小狗索尼亚蹲在儿童广场上，它想：我是大些好还是小些好……"有时候是大些好，当然是大些好，"索尼亚想，"我长得大大的，就猫也得怕我，所有小狗都得怕我，连过路人看见我一个个都提心吊胆的……""有时候又是小些好。"索尼亚想，"因为你小，就谁都不用怕你，谁看着你都不用提心吊胆，这样就谁都会跟你玩儿。要是你是条个儿大大的狗，那就一定得给你拴上铁链子，还把你的嘴给套起来……"就在这时，儿童广场旁走来又高又大的马克斯，它是一条样子非常凶猛的大狼狗，嘴巴大得惊人，胸脯宽得吓人。

"请您告诉我，"索尼亚很有礼貌地问大狼狗，"您的嘴巴被套起来那会儿，您心里准不很愉快的吧？"

索尼亚的问题让马克斯顿时火冒三丈。它怪可怕地呜呜叫着，要挣脱牵狗链冲过来……它猛一下撞倒它的女主人，向索尼亚直追过来。

"喂喂喂！"索尼亚听着身后传来的呜呜声，吓坏了，它于是想："还是做大狗好！"

幸好，前面不远处有一个幼儿园。索尼亚就从幼儿园篱笆的一个小洞里吱溜一下钻了进去。

大狼狗个儿太大,不能跟着钻过篱笆洞,只好在篱笆外头呼啦呼啦大声喘气,就跟火车头一样响……

"到底还是做小狗好,"小狗索尼亚想,"要是我的个儿大大的,就怎么也不可能一跳就从一个小小洞里钻过来。"

"可如果我的个儿很大很大,"它又想,"那么我又从洞里钻过来干吗呢?"

俄罗斯曾因体制性的原因,其童话固有的幽默性被教育功利性的强调淹没了。现在,在乌萨乔夫的童话里,俄罗斯幽默又笑迎读者而来!这只傻乎乎的小狗索尼亚竟会去问大狗最蒙受窝囊、最不堪细加思量的问题:"您嘴巴被套起来那会儿,心里准不很愉快的吧?"于是引出了下面的精彩故事:被大狗追逐的小狗钻过篱笆洞,逃到了篱笆的那一面,而直追小狗以为捉拿小狗是易如反掌的大狗,却被挡在了篱笆的这一边。小狗获得了自身安全的条件,大狗失去了拿小狗出气、逞威风的可能。篱笆洞小小的,却是这篇童话的金点子所在。这篇童话既充分地体现了小孩的"稚拙",又引出了一份哲学意味的思考,很有趣又很有意思,篇幅短小而余味无穷。

八、别尔米亚克等作家的童话

叶甫盖尼·别尔米亚克(1902～1982)从30年代开始发表作品以来,出版的诸多儿童文学作品集有一部分是童话:《丑杉》《第一次微笑》《有魔力的颜料》《价值的秘密》《宠儿的教训》《关于吉拉·费罗的童话》等。他的童话构思新颖,童话与现实、知识性与趣味性、抒情性与哲理性都统一得相当完美。

尼娜·帕甫洛娃(1897～1973)是生物学博士,她带着对大自然深挚的爱,叙说植物的童话。以植物为主人公的童话要写得有灵气、有艺术并不容易,而帕甫洛娃的童话却饶有诗意,富有情致。她的著名童话集有《花中的谜》。其中有一篇《像一朵白云》,写的是"猪秧秧"这种野草。这种野草小小的,她将开什么颜色的花?小蝇子告诉她,她将开的是小白花,她一下子难过得哭了。因为她希望开大而鲜艳的花,让蝴蝶飞来同她玩。雨滴安慰她说:"别难过,你将来开的花倒真是小,但却很多很多,白白的,像一朵云。"其他如《蒲公英的故事》《矢车菊》也都是常被收选的名作。

格·斯克列比茨基(1903～1964)以大自然为题材的童话继承了比安基的丰富写作经验和技巧。他能把动物写得富有灵性,有写一年四季的《四个画家》,有《幸福的小甲虫》。"春天把各式各样的美丽服装分发给不同的蝴蝶和各种甲虫,分发给伶俐的蜻蜓和快活的蚱蜢。""春天赐给萤火虫一盏蓝莹莹的小灯笼。"这样的童话除了给孩子以认知意义外,也教孩子感受生活中的美。

维·华日达耶夫(1908～1978)认为:"童话,是在儿童刚形成世界观的幼小年龄里所接触到的第一种文学形式。"这样解释童话的作家,其责任感一定会反映在他的童话创作中。华日达耶夫从30年代开始创作童话,他的《苹果籽儿》(1968)和《七兄弟一条心》(1972)主要是表现儿童与大自然的关系。动物也常被作家用来表现人类的各种性格。这类童话中特别能唤起读者的美感的有《一个枞果和一只灰老鼠》(1969)、《两头驴》(1971)等。

九、施瓦尔茨、纳吉什金的童话

叶·施瓦尔茨(1914～1958)在30年代到50年代间利用本民族和世界各国的童话创作许多童话剧,在幻想和现实紧密结合、丰富少年儿童的想象方面,他的童话剧是很有个人风格的。如

《宝藏》(1932)、《国王的新衣》《小红帽》(1937)、《冰雪女王》(1938)、《两棵枫树》(1953)等,以及电影剧本《灰姑娘》(1947)、《唐·吉诃德》(1957)在培养少年儿童的勇敢、善良、热爱人民、热爱生活、为公众利益不畏艰难、不怕牺牲诸种优秀品格方面,发挥积极的作用。

在施瓦尔茨的作品中,《失去的时光》和《两兄弟》一再被选收而成为名作。前者写孩子因失掉时间而成了"小老人",而孩子失掉的时间却被坏魔法师利用来做坏事;后者写鸟兽师帮助哥哥找回失踪的弟弟的故事。

德·德·纳吉什金(1909~1961)对于阿穆尔(黑龙江)地区、远东一带的民间文学、历史、风俗、习惯有很深的研究,并将其融入了他的童话创作。这类童话成集的有《却克乔——男孩》《勇敢的阿兹蒙》《阿穆尔童话》等。他出版的各类作品计有51部,被译成多种语言流传。他的作品是远东原始森林、稀有动物和传奇性格人民的史诗。纳吉什金的童话,有的是描写远东各民族的勇敢猎人、渔民的故事,有的是传统的动物故事,有的是讽刺故事,有的是描写爱情、友谊和描写严峻大自然的故事,其名篇有《狐鹿换腿记》《勇敢的阿兹蒙》《穷汉莫诺克托》等。

《狐鹿换腿记》写麋鹿同狐狸换了腿后,才发现原来拥有的腿脚有多好。

狐狸换得了麋鹿的腿。

狐狸一看四周,腿长身高望得远,周围有人没人全望得一清二楚。他走进猎人的房子,看看那里能不能逮上只肥鸡吃。他想钻进仓库里去看看,那里面通常都有鸡在打盹儿的,可是长腿碍着他。他想把脚插进墙缝里去抓鸡,但麋鹿脚有硬蹄,怎么也伸不进墙缝去。狐狸长叹了一声,想起了他原来的爪子,尖尖的,多锋利,抓鸡什么的多方便,而且抓到以后,三两下就能把鸡肚子扒开……

与此同时,麋鹿发现换上了又软又短的狐狸腿后,根本吃不到树冠的嫩树叶。最后各把自己的腿换回来时,就觉得自己原来的腿脚好极了。

第三节　童话在日本

一、概说

战前的日本儿童文学用粗制滥造的文字,向日本孩子灌输军国主义思想,宣扬日本民族"优越"因而理当成为东亚霸主,遂完全堕落成了强化日本军国主义和侵略意识的工具。这是一段令日本人民耻辱、令亚洲各国人民愤怒的文学史。战后,由于日本军国主义的覆亡,拯救了日本儿童文学。日本童话作家含蕴着反战意识的好童话一部接着一部出现:如佐藤晓的《神秘的小小国》、乾富子的《树荫下那家的小矮人们》(《小矮人奇遇记》)、松谷美代子的《两个意达》。这些接受过欧美儿童文学作品和儿童文学理论滋养的作家们,以与小川未明和滨田广介全然不同的新姿活跃在日本童话文坛上,虽然他们的童话作品有的还缺少些幽默,在趣味上缺少些扣人心弦的力量。

战后日本首先对童话做出贡献的是石井桃子(1907),她倡导"生动有趣、明白易懂"的儿童文学,在儿童文学界广有影响。她的长篇童话《阿信坐在云彩上》塑造了一个健康、聪明、快活纯朴、勤学而有正义感的阿信形象。

在年长一辈的作家中对童话有些许影响的还有与田准一(1905～1997)、久保乔(1906～1998)、冈本良雄(1913～1963)、濑田贞二(1916～1979)、齐藤隆介(1917～1985)、前川康男(1921～2002)。在40、50年代崛起的则有岩崎京子(1922～)、今西佑行(1923～2004)、乾富子(1924～2002)、长崎源之助(1924～2011)、神泽利子(1924～)、大石真(1925～1990)、松谷美代子(1926～)、古田足日(1927～);崛起于50、60年代的有高士与市(1928～)、佐藤晓(1928～)、寺村辉夫(1928～)、安藤美纪夫(1930～1990)、山中恒(1931～)、阿万纪美子(1931～)、神宫辉夫(1932～)、今江祥智(1932～)、中川李枝子(1935～)、角野荣子(1935～)、立原惠理佳(1937～)、小泽正(1937～)、齐藤惇夫(1940～)、安房直子(1943～1993)、佐野洋子(1938～2010)等。

其中的名作有:

神泽利子的《小卡姆历险记》(1960)、《熊孩子乌夫》(1969)。

大石真的《看不见的阿黑》(1953)。

寺村辉夫的童话集《我是国王》(1961),其中有一篇《煎大象蛋》,其主人公为融和儿童与国王的角色,极富荒诞趣味。

安藤美纪夫的《蜗牛赛马》(1972)有强劲的艺术生命力,当时曾获多种奖。

阿万纪美子的《熊绅士》(1965)以及《天蓝色的出租车》(1968)。

今江祥智的《海的星期日》(1966)。

角野荣子的《魔女宅急件》(1985)是一部想象丰富的长篇童话。这位50年代就读于早稻田大学教育系英语科的童话女作家,所采用的是欧洲"扫帚飞天"之类的魔物形象。一个叫"琪琪"的小魔女坐上扫帚就能随意飞行,她利用这个方便救起了一个漂在大海中央的男孩,从此名声更大,一会儿帮老太太把衣服晾到半空中去吹干,一会儿给女孩送礼物,忙得手脚不停。作品把幻想和现实融合得天衣无缝,极富情趣,为儿童所喜爱。

立原惠理佳的长篇童话《百合花和巨人、矮人的故事》(1961)、《木马乘坐的白帆船》(1960)。后者写公园里被废弃的木马,在孩子和未失童心的大人们的目送下,从公园的高塔上乘着白帆船,飞向星光闪烁的夜空的故事,受到很高的评价。

小泽正的《醒醒,虎五郎》(1965)等多部童话作品,善于捕捉幼儿的感受和思维,拥有众多读者。

二、乾富子、松谷美代子的童话

乾富子是日本战后最有代表性的童话女作家之一。1944年毕业于平安女子学校保育系,曾担任编辑工作,并开办过私人图书室,受西欧童话影响较大。1954到1956年间发表的长篇童话《长长的长长的企鹅的故事》显露了她童话创作的才华,从此,一部又一部的童话佳作给她带来安徒生佳作奖、日本国内安徒生奖、野间儿童文学奖、每日出版文化奖,随之名驰欧美。乾富子的童话中,当时特别受重视的是《树荫下那家的小矮人们》(1959),但能吸引孩子的童话还有《长长的长长的企鹅的故事》(1957)、《北极莫希佳、咪希佳》(1964)、《雪夜》《来自天空的歌声》(1963)、《海鸥的天空》(1964)、《黑山谷中的小矮人》(1972)等。

《北极的莫希佳、咪希佳》则以现实虚构交互融和的笔法,写出北极白熊两兄弟及天鹅、海豹等一年的生活,同时也描写了爱斯基摩少年与动物的友谊。当少年的父亲想要生擒小白熊时,少年拼命反对,保护了北极熊。最后,当一年一度的"夏季节"来临时,少年作为人类的惟一代表,受到邀请,与动物一起联欢。她的这部童话以动物喻人,描写他们战胜困难,在与困难斗争中茁壮成长,以此来培育孩子的良好品格。

乾富子上述两部童话体现着她反对把动物过分人格化,反对用动物拟写人的生活准则,她的描写总是严格贴合动物生态特性,避免人与动物随意交谈。乾富子的作品始终表现一个正直的儿童文学作家的社会责任。

松谷美代子是成绩卓著的童话女作家。她生于东京神田,1942年毕业于东洋高等女子学校,战争期间尊著名作家坪田让治为师,从而走上了儿童文学创作、整理民间童话的道路。1947年,21岁的松谷美代子写成并出版了作品集《变为贝壳的孩子》,1951年获得儿童文学新秀奖。1960年出版的《龙子太郎》获得讲谈社儿童文学新人奖,次年,又获产经儿童出版文化大奖,1962年获国际安徒生佳作奖,1964年出版《小小的桃孩儿》。松谷美代子因描写反对核战争的童话《两个意达》(1980)获得为国际儿童年而设立的特别安徒生奖,并于国际残废人年又获奖。松谷美代子因多次获国际性奖誉而受世人瞩目,从此名声日隆,成了日本少数饮誉世界的作家之一。

长篇童话《龙子太郎》中的"龙子太郎"是个男孩子的名字。这个男孩的形象是松谷美代子根据信州地区小泉小太郎的民间传说为基础而塑造出来的。"龙子"的来历是由于男孩太郎的妈妈因吃掉了原属大家的三条鱼,而不幸变成了龙,妈妈盼望儿子长大后去找她。龙子太郎后来果然背井离乡去寻找妈妈。在这部利用民间童话中人物情节写成的童话中,女作家显然在这位心地善良、不畏艰难、敢于同邪恶势力做斗争、一心为大众造福的龙子太郎身上,寄托了日本人民的美好理想,而这个形象也确实体现了日本民族所具有的顽强不屈、矢志奋进的精神。

中篇童话《两个意达》初版于1980年底。一出版即引起重视,受到儿童读者的欢迎。这部童话特别受到世界关注,是因为它的内容有强烈的现实意义,而童话性荒诞表达又很新颖。东京小学生直树因为喜欢安徒生的《小意达的花儿》而给自己的妹妹勇子取名"意达"。一次他们来到花浦镇,兄妹俩在丛林中发现了一把神奇的小椅子,小椅子咯噔咯噔地边走边嘟哝着寻找他的小主人意达。当勇子这个也叫"意达"的小姑娘骑到他身上,这场充满着悲酸的误会是多么让人动心啊!"勇子使劲儿摇着木椅,木椅咔嚓咔嚓地像一匹小马载着勇子又蹦又跳。"欢快地嬉闹。直树渐渐明白了椅子天天走着,是在寻找一个叫"意达"的小主人。后来,直树终于弄清楚这椅子是一位老爷爷做的,"老爷爷是位有名气的艺术家……所以,他做的椅子也有了灵魂。不用说,老爷爷为了给婴儿制作椅子,倾注了全部的心血,他把椅子组合得那样牢固,雕刻得那样精美,又打磨得那样光亮……"椅子的主人失踪了,她是在1945年8月6日那天由老爷爷带着到广岛去的,在那里遭到原子弹的轰炸,从此没有再回来。椅子朝思暮想的小主人在那天成了孤儿,后来被人收养了。当年椅子的主人,现在已是20岁的姑娘了,"脸像透明的白玉,和那长长的披肩长发显得很协调。"她患了由原子弹辐射引起的白血病。她虽然很悲哀,但和平毕竟使她感到充满了生的希望,让她憧憬着美好。她对直树说:

　　这把小椅子咔嚓咔嚓在家里踱来踱去,成年累月地等待着我,这就足以使我感到欣慰了。

　　直树,我一定会恢复健康,一定的。我绝对不会死的。我还想住进那所房子,我要把龙柏修剪得整整齐齐,要在池子里养欢快的金鱼,让那小淘气鬼(指一个"撒尿童"的塑像)活活泼泼地喷出水柱,房子也要重新粉刷。太阳花将托起又沉又圆的紫色花朵,蔷薇花一齐开放,藤架上将垂下山藤花。

　　我要生个小女孩让她坐在小椅子上。这样,椅子才会高兴,才会说,是意达,真的意达回来了……

这是一部抒情色彩浓烈的童话。作者在珍惜和平生活的情绪中,幻化出了一把会自己走路去寻觅小主人的小椅子,这种"寻寻觅觅"的幻象本身就凝结着、寄托着作者对第二次世界大战中日本所充当的角色的遗憾和深沉的哀怨。

这部童话成功地利用了悬念。为什么这个小城镇的空气让直树感到黏稠得像"走在果子酱里"?为什么美丽的风景地却这样荒凉、这样笼罩着死气?为什么"这把小木椅拖着四条腿在护城河畔白色的道路上咔嚓咔嚓地走着"?小椅子说,他已经找到他的小主人"意达",而直树说"意达"是他妹妹,这是怎么回事?小椅子说他找的"意达"背上有三颗痣,而直树妹妹"意达"的背上没有痣,那么背上有三颗痣的"意达"如今又在哪里?这样,一层进一层地把一场应当避免而没有避免的悲剧揭示出来。所憾的只是童话没有把日本遭到原子弹轰炸的内在而本质的原因作些文学性的暗示,致使亚洲人民在控诉日本军国主义的血腥罪行,而日本人在哀诉被原子弹袭击的伤痛。这种哀诉掩盖了日本作为一个岛国的民族劣根性,而童话文学的使命本应当是借机呼唤对这种民族劣根性的彻底铲除。

三、佐藤晓、中川李枝子的童话

佐藤晓战后以长篇童话《神秘的小小国》(1959)成名,此作品先后获每日出版文化奖、国内安徒生奖,被誉为50年代划时代的童话。这位童话作家是关东学院工业专门学校建筑科的毕业生,做过教师和编辑,1950年曾与人合办儿童文学刊物《豆之木》。佐藤晓以创作纯幻想童话著称,中篇童话有《豆粒大的小狗》《星球上来的小矮人》《黄鼠狼的信》《我是魔法学校三年级学生》《魔背心》《狐狸三吉》《婴儿大王》,短篇童话有《外婆的飞机》等。

长篇童话《神秘的小小国》把东方传统童话里部常有的"小精灵""小矮人"之类引入自己的童话创作。它以"我"为童话主人公,帮助小矮人们建立理想王国为故事框架,写出了一个作者所向往的宁静而充满光明的乌托邦。

《外婆的飞机》也是佐藤晓的代表作,获厚生大臣奖和野间儿童文艺奖。童话写外婆织毛线时忽然想到织一架飞机,而这飞机竟然会飞。月圆之夜,外婆坐上飞机,飞往外孙住的城市,当飞机无法降落时,她急中生智,把飞机翅膀上的毛线慢慢拆开,于是徐徐降到地面。从此外婆和外孙生活在一起。

中川李枝子的幼儿童话无疑是日本童话中最具世界性的部分。她生于扎幌,毕业于东京高等保姆学院。她1962年出版的幼儿童话《不不园》,以其幽默童趣受西方童话界认同,使日本童话缺少幽默的状况有所改观。这本童话集出版后引起震动,国内国外同声称好,不啻是低幼童话的东方典范。这部童话集的成功给作者带来了"厚生大臣奖""NHK儿童文学鼓励奖""野间儿童文艺推荐奖""产经儿童出版文化奖",日本全国学校图书馆协会将它列入"必读图书"。

《不不园》由七个相对独立的小故事组成,以小男孩茂茂相贯穿。这些童话的新奇之处在于女作家把孩子们现实的日常生活虚幻化,用幻想拟写真实的生活;明明是有教化意蕴(遵守纪律、团结友爱、讲卫生等)的故事到她笔下,都成了幼儿十分愿意接受的童趣、奇趣和新鲜别致的儿童游戏。中川李枝子深谙幼儿生活,她所捕捉的儿童心理特征准确贴切。童话语言简洁、浅易,为幼儿所喜爱。《不不园》七篇童话中,《大狼》一章最为大胆幽默。故事中的大狼即使肚子饿得发慌也不吃脏孩子,怕吃了肚子要疼——童话角度和构思的新鲜别致,已使童话成功了一半,而把大狼的稚拙劲儿表现得很充分,成了一条可笑而不可怕的傻狼,他慌慌忙忙,跑来跑去,又是取肥皂、刷子,又是提热水,顾了这头,那头又丢了。整册童话里,茂茂接触的动物都被做了幼儿化处理。"大狼"也是"幼儿"。其中,《捕鲸鱼》也是开风气之先的产生过革命性震撼的作品。"捕鲸鱼"写星星班(大班)的男孩子们用积木搭了一只船,给它取名为"大象狮子号",阿茂还很欣赏地"用手摸了摸三角形的船头"。他们准备了铁鱼竿和一罐蚯蚓,决定出海去钓鲸鱼。他们钓得的鲸鱼十分生气,"从脊背那儿猛地喷出一大股海水",他们衣服湿透了。他们好不容易捕到了一条大鲸鱼,船装不下,就把鲸鱼拴到船尾,结果,鲸鱼还是喜欢大海,回到海里去了……男孩子们的捕鱼活动自然是幼儿园玫瑰班班上的一场游戏经历,呈现的是热闹的场面。中川李枝子写幼儿游戏,孩子们总是那么投入,"忘我"地把自己当成是捕鲸鱼的渔人,完全把游戏的过程当成是真实发生着的事。

中川李枝子的童话还有《桃花色的长颈鹿》《小胆大侦探》《小胆大探险》等。

四、安房直子的童话

安房直子1965年毕业于女子大学国文科,出版童话几十册。她善于将传统童话的营养,化作自己童话的血肉,构思新颖、想象奇特、语言优美,特别巧于运用象征,而且观察细致,所以写颜色、味道、声音、气息等都有其独特手法,读来引人入胜。《手绢上的花田》是她的代表作之一,写一个邮递员良夫从一个白发老妇那里得到一块手绢和一壶,她一念歌谣,壶中就有指甲般大的小人鱼钻出来在手绢上种菊花,再把菊花放到酒壶里酿成菊花酒,其味之芬芳纯正,为世上少有。老妇把这魔壶给了良夫,但告诫不得以酒谋利。心地善良的小人们为良夫种花酿酒,却不料良夫夫妇利欲熏心,小人们不但每天都被叫出来酿酒,而且将手绢扩大成包袱布、桌布,使小人们不胜劳累,小人们于是悄然离去。作品把现实和幻想错落交织,时幻时真,充分显示了现代童话的特点。其他还有《花椒子》(1970)、《风和树之歌》(1973)都曾获奖,另外,《北风忘了手帕》也有一定的代表性。充满理性和新鲜感觉的静谧和谐,成了安房直子童话风格的主要特征,她的柔细、巧妙、美丽、独特的童话世界也受到称赏。

五、佐野洋子的童话

1938年生于中国北京的日本童话女作家佐野洋子,是一位曾到柏林造型大学深造过的版画艺术家,自创作图画故事书以来,《活了100万次的猫》第一次把她自己创造的艺术震撼传送到国外,传送到世界。这本由佐野洋子自写自画的图画故事书,被誉为"被大人和孩子钟爱的、超越了世代的图画书","描写了生与死,以及爱,读了一百万次也不会厌倦的永远的名作"。有人说读《活了100万次的猫》是在享用"精神的盛宴",这样来描述读这篇童话的感受是并不过誉的。

童话一开始就点出作为图画故事的主人公的猫是一只虎斑猫。因为是虎斑猫,所以被各种人"玩弄",才和100万个人相处。但是作者只采选了6个生活断面:和国王,和水手,和魔术师,和小偷,和老太太,和小女孩一起生活的经历。作者刻意选来的这六种人,身份、地位、贫富都非常悬殊,包括了男女老幼、三教九流,艺术地涵盖了大千世界的众生相。与100万种人共同生活过的虎斑猫懂得了一个道理:人爱的都是自己,却让它来承受无爱。它只是被玩弄,100万次的生死(虎斑猫100万次的生死是有猫的动物学特性作支持的——猫的命在动物中是最硬的:猫的生命特别顽韧)是100万次被玩弄的过程。当然,它也没有爱过100万人中的任何一个人。它傲岸的生命追求着爱的尊严。它知道,在人丛里,它是找不到真爱了。于是它到森林里去做一只天马行空、独来独往的野猫。它头一次做"成了自己的猫"。它虎斑的漂亮现在是只属于它自己

了。它自己可以来利用这份漂亮了。它不只是漂亮,还有一笔死过 100 万次活了 100 万次的历史资本,所以它敢把许多前来向他示爱的母猫都不放在眼里。这一节童话里,显然更多被贯注了人的生命状态:人的情感状态,人的取舍标准,人类爱的激情的唤起。也是人的爱恋情态的童话性注入,才有虎斑猫对白母猫情有独钟的描写。白猫端庄、轩岸、雅倩,不轻佻,不卖弄风情。虎斑猫以为非如此者不足以与自己般配,于是在拒绝了许多次情爱机会以后对白猫一见钟情。虎斑猫愿意屈尊用翻跟头来向白猫示爱,实在是因为他对白猫爱得销魂,爱得投入了生命的全部激情。虎斑猫为猫一生,能够这样摇天撼地地爱一次,足矣。所以当白猫死在他怀里以后,他也就失去生的意趣,遂随白猫而去。

虎斑猫真正地爱过才算真正地活过。真正地活过,它可以无憾地死了。

这个猫世界里的故事有点像猫世界里的"梁山伯与祝英台",或猫世界里的"罗密欧与朱丽叶"。

佐野洋子把成人世界中许多微妙的情事潜隐在这个猫故事的背后,作为这个童话的底衬。幼儿的阅读是图像阅读,稍长则开始概念阅读,成人的阅读就大都是抽象阅读了。图像阅读其实是模糊阅读,雾里看花,似懂非懂,明白多少算多少。憨痴的父母才指望幼儿读图画故事能明白个透透彻彻。这个猫故事可以让购得者从小读到老,如此仿似清晨大雾迷蒙,到时近中午就大雾渐渐散去,潜隐在背后的一切也便会渐渐清晰起来。

佐野洋子还有一些其他童话,如《五岁老奶奶去钓鱼》《绅士的雨伞》《大树,我饶不了你》等,都具有佐野洋子所特有的童话魅力:故事温婉有趣、画面简洁质朴,经过情节的曲折和反复而细想却又合情合理的叙事最后推出引人思索的结局,为读者预留了多层次、多角度的理解空间,让孩子面对问题时学会弃绝思维的绝对和单一——而这正是孩子所十分需要的。

第十章

中国童话简史：
童话从纵向积累到横向借鉴

第一节　史前史简说

一、概说

1. 被排除在正统文学之外的超验故事

中国多少个朝代从确立到完善的八股取士科举制度，决定着中国古代儿童求知求学的取向。凝结着封建伦理道德的儒家经典成了我国古代知识分子全部学问的核心。儿童所有的培养、教习活动也围绕着这个核心来展开和进行。接受了儒家经典规范并为之宣扬的文学被认为是正统的文学。统治阶级、上层贵族为了保持自己的利益和权威，千方百计地以文宣维护这种"正统"，把正统文学以外的文学（纵然是生命力很强的文学）力加排斥。由儒学中熏陶出来当权者对"太古荒唐之说"和"怪力乱神"避之犹恐不及。所以许多草野文人的以超验想象为内容的作品都被疏离、远置。而我国古代草野文人的文学创作有许多是具有童话元素的，有一部分其童话性描述还很精彩，即使以流传至今的文本为据来进行考察，许多超验故事虽然只是个框架，却已经很值得中国童话史研究者重视并认真纳入自己的探究范畴，进行价值重估。但是，在历朝历代以排斥态度对待所有正统外文学的情势下，宫廷里的孩子自然读不到童话元素较多的文学作品，纵然是贵族阶层的孩子也很难读到它们，更何况广大普通百姓的子弟了。严格地说，当时不曾在孩童中间传读过的超验作品，就不能称为"童话"。因而"中国古代童话文学史"是不能堂而皇之、名正言顺去建构的。

西方儿童文学的历史事实表明：民间童话故事的价值是毋庸置疑的；饶有趣味的传统童话故事本来就应该是儿童想象的食粮、精神的食粮。那些西方古代儿童最乐于接受的文学作品，孩子在传读中间最后把书读成残片的故事书，率多是来自民间的奇幻故事，譬如英国的《杀巨人的杰克》《三只小猪》，法国的《列那狐故事》和鹅妈妈的故事，德国的《敏豪生奇游记》等，它们在各自国家里都被认为是本国古代文学的经典，被尊为文学瑰宝，有的还被认定为是"史诗"，例如

《列那狐故事》就被认定为是法兰西的动物史诗。然而类似《敏豪生奇游记》这样荒唐不经的故事,在我国则一定会因为它不"载"封建道统之"道",而被远远放逐于正统文学之外,不会给它的生存以任何可能,更不待说保存、加工、张扬如"鹅妈妈的故事"的作者夏尔·贝洛之所成就,以供孩子们阅读了。像《西游记》《聊斋志异》中来自民间的十分聪明、侠义的作品,尽管猴王、狐仙之类甚是可爱,却也只是因其创作宗旨没有从根本上颠覆道统伦理的倾向而被允许在正统文学的边缘生存。

世界公认的儿童文学理论权威著作李利安·史密斯的《欢欣岁月》中有一段话说:"在民间故事以外,要找到另一种比它更能吸引孩子阅读兴趣的东西,已经很难了,有些故事存活了好几百年,无疑的,我们应该认定它们具有不朽的生命力。因此民间故事在儿童文学的范畴里占有恒久的地位,是理所当然的。"这无疑是不易之论。它对于儿童文学的经典性意义,在一个真正了解儿童心理世界的人来说,是很容易领会的,并且一定会认为它是一种普遍经验的精当归纳。

对整理、加工民间童话故事的执笔者,史密斯提出的要求是:加工者应对他可使用的材料要充满亲切感,对童话故事发生的背景、环境等等都要琢磨透彻,做到如历其境,如触其物,如数家珍,站在产生故事的人类群体的生活立场上,准确地把握他们此情此景中会怎么想、怎么说、怎么做;加工者在落笔之前对民间童话所关涉的一切都要成竹在胸;并且在加工过的故事中要注入加工者的认识和思考,使作品具有加工者的某种思想和灵魂,以利于儿童素质的提升;语言要简洁、有气韵,句子要反复推敲,把本来比较粗朴的民间童话故事这个璞玉雕琢成具有高度鉴赏价值的艺术品。法国夏尔·贝洛向孩子奉出的由民间童话故事加工重创而成的《鹅妈妈故事集》就大体达到了这个要求,故而后来成了西方儿童的一个精神乐园;一个多世纪后,德国格林兄弟整理、润色过的民间童话故事也大体达到了这个要求,至少在数量上获得了比法国贝洛更大的成功,一时间,"格林兄弟"几成"童话"的代名词和同义词。再后来,俄罗斯的阿法纳西耶夫和意大利的卡尔维诺同样性质的作为又赢得了欧洲广大的儿童读者。而中国的古代、近代却没有在封建道统之外,有民间童话故事集大成者和文人耗费终生心血、才智和精力去对极具儿童阅读趣味的作品进行整理、加工而成为历代儿童阅读并沿传的文本。是的,《聊斋志异》多是短篇故事,但它主要还是迎合了成人胃口的消遣性书籍,且语言上对孩子也有诸多障碍。

在我国儿童阅读史上没有一部作品其影响可与《鹅妈妈故事集》和格林兄弟童话相提并论。甚至今天国人中,也是知道"格林童话"者甚众,而知道本国历史上存在过的故事集者甚寡。连同样是东方童话故事名著的《一千零一夜》,在儿童阅读魅力上能与之相匹的短篇集也还说不上来。这种尴尬局面造成的原因固然很多,但是与民间文学被排拒于封建道统文学之外,轻视、漠视其存在的意义,甚而至于被轻鄙、被贬损因而文人多不愿意投入其加工、创写的智慧,有着直接的关系。由于劳作于社会底层的种种人群就叫"草民",无人权、民权可言,民间童话性的超验故事生存条件恶劣、生存环境不利由此可想而知。实际上对儿童阅读具有强大魅力的童话集丛,在我国,在发生的源头就被阻断了。然而这不等于今天不该去对古代的超验故事作些发掘工作和梳理、记载工作,以诉示后人:中华民族的神话智慧和故事智慧是不逊于世界上任何一个民族的。所以,对过往已经做出过"中国古代童话史"编写努力的都应该受到正面的价值评估,作为中国古代幻想文学的整理和研究,无论是资料性的呈示,也无论是略成系统的展述,对于儿童文学研究而言,都有其不可抹杀的意义在,至少其成果可资后人参考,因而其劳绩应该受到足够的尊重。

本童话史不采取将中国古代民族性的超验故事,包括几千年文明史上至秦汉、下至晚清散见于古籍中的历代神话故事、寓言、笔记、传奇、志怪小说、戏曲故事以及民间传说加以搜集、扒梳、筛选,进而予以笼统地追认它们为"中国古代童话",遂而按出现先后次序对之加以整理、编辑,然后用儿童文学的粗浅理论稍加阐析,就以"中国古代童话史"名之。

首先,这样的古代童话编纂工作成果不符合今天我们给童话所作的界定。本童话史给童话下定义的时候,强调的是儿童思维方式、儿童想象轨迹,在儿童心理层面上具备一种天然的吻契性和可接受性,它多半是为了发展儿童的游戏思维能力、想象能力、审美能力和引导儿童的欣赏趣味而创作而被推介的,其中大量的是专意为儿童的童话阅读而创写的。

其次,这样的古代童话编纂工作成果是以当今儿童文学研究工作者从自己的编写童话史需要逻辑出发点,以成就文学史理论著作为明确目标和最终归宿;他们用现代人的眼光把凡类乎幻想故事的一概拿来扔入"中国古代童话"的筐内,以中国古代童话丰富多样而暗自欣喜。他们的具体操作办法是全方位地到我国古代典籍中去寻觅、发现和挖掘符合自己判断标准的幻想性故事。通俗地说,就是煞费苦心到故纸堆里去寻找看起来像童话的所有故事。童话史著作不应该是以"千方百计寻找童话"为工作基础的。

再次,按照西方建构童话史的严格标准,其被童话史研究和论说的应该是历史上有记载的先是在贵族儿童中后是在广大平民百姓孩子中曾经广泛传读过的童话。它们在历史上原本就是被公认为是"童话"——儿童爱读和儿童读过的超验故事。例如,欧洲的伊索寓言、列那狐的故事、杰克和魔豆的故事、吹牛大王的历险故事,等等,它们在历史上本来就是作为廉价读物在儿童中间广受青睐、不胫而走、常读常新。

2. 中国古代超验故事简说

作为悠久文明传统重要组成部分的我国古代超验故事的存在,是中华民族富有想象力、蕴有开创力、拥有灿烂文化的有力证明。我国古代无以胜计、异彩纷呈的神怪故事和志异故事是中华文明、东方文明的一个重要组成部分。凭了它们的魅力,凭了它们丰富的积存,中华民族才有了凝聚人气的精神文化核心,中华民族才得以在世界上巍巍矗立五千年。我们历经的劫难不比其他民族少,但是我们因为有我们的文化瑰宝一路相伴,我们的民族始终不仅没有被种种殖民者、侵略者、来犯者所撼动,而且今天还辉煌到了令世人瞩望而无不敬而仰之——我国登月工程项目的名称就叫"嫦娥",其命名渊源即为我国古代的一个美丽传说。

就我国古文化的性质和特点论,当属伦理型的农耕文化。我国古代城市文明和工业文明发展缓慢,对儿童作为未来劳动生产者、组织者的知识能力、想象能力的培养,使思想家、文学家、科学家从幻想的摇篮里脱颖而出这一点说,其迫切性自不及城市化、工业化进程较早、较快的欧洲诸国,这就影响到我国古人对孩子多不以幻想性、童话性故事来诱导、教育孩子,以充分激发他们的想象力、幻想力。但是就其冬日围拥火炉、夏天树荫下纳凉时孩子听大人讲人间故事、魔幻故事、动物故事而言,则凡有人类的地方其情形都是共同的。也就是,从广义说,凡是有人类生产活动、生活活动在发生的地方,就有童话故事在形成、在流布、在传播,有孩子在接受幻想性故事的陶冶和影响,在故事的陶冶和影响中成长。在我国,按照古代童话研究专家陈蒲清先生的研究成果,确实也证明了中国人的故事智慧源远流长,它悄悄珍藏在不被今人关注的古代民间性文学典籍中,许多经得住时间筛汰的篇章若是拂除其时光尘埃,则中华古代民间文学会顿即放射出奇魅的光芒。这些故事能告诉孩子们什么是爱,什么是勇气,什么是善良,什么是信念,其良好的人文底蕴能灌溉一代又一代的童年稚子。这类经成人中介或被儿童接受的古代超验故事,宜分为五个时期来描述:

(1)秦汉:酝酿期。

超验故事中的神话是彼时重要的文化形式,它承载着大量中国人的精神形态和意识形态。

它和汉语言的发达和中华伦理的形成相辅相成。发轫期的汉文化和哲学观念就潜掩于神话形式之中。同欧洲各国一样,神话是我国先民精神活动中最早创造出来的文化现象。从我国迥异于欧洲的独具个性的神话中,可以洞见我国先民的直观思维和概念思维。

我国神话传说主要分创世神话、神祇神话和英雄神话两大类。这两类神话传说在流传过程中都或迟或早地被历史化,即被纳入了我国的远古历史描述,成为我国史前史一个有机组成部分。譬如关于"盘古开天地""后羿射日""伏羲氏的传说""神农尝百草""炎帝和黄帝的传说""蚩黄之战""大禹治水"的传说等等,都被我们用来充作建构中国的远古史的故事性材料。历来,上古神话被假定是历史真实的一部分。在这里,假定和真实是融为一体的。它们最初被用文字记载的是在《山海经》《水经注》《尚书》《史记》《礼记》《楚辞》《吕氏春秋》《国语》《左传》《吴越春秋》《淮南子》《墨子》《庄子》《说苑》《新序》《世本》《列女传》《灵宪》《神异经》《风俗通义》里,这些从古老典籍中发现的神话性叙事,从文学的角度来说,其原发的基点都是万物皆有灵知,万物皆有生命,万物皆有意志,万物皆有语言。先民们把大自然拟人化,把一切不能认识、不能解释的事物都归结到了神身上,他们的期许、梦想和愿望也都用一种不自觉的艺术方式加工为神和神的活动。

神话(包括由神话演变而来的传说)是人类童年期的产物,这在我国本土、在异域都是一样的。我国的神话与异域神话、欧洲神话比较起来,其鲜明的民族性特点在于,其一是,我国的神话全与劳动、与生产活动密切相关,我国神话所讴歌的神化英雄几乎都与劳动有关、与生产有关,都是先民与自然力的斗争——开天辟地的盘古、炼石补天的女娲、发现药草的神农等等都是如此。其二是,这些神话都表现了中华民族勇于牺牲、自强不息、不屈追求、为他人谋福利而不计个人得失与安危的精神和美德,夸父追日、精卫填海、大禹治水、羿射九日、刑天舞干戚等等都是体现这种伟大精神和优秀美德的好例子。各类文明不分高下,但是中华神话的精神优异之处是不言而喻的。

神话因与孩子心理上的某些同构关系,而使孩子成为神话,首先是"女娲补天""嫦娥奔月"之类的神话故事最热心、最忠实的听众。神话在用幻想和假定表现人类的理想和愿望这一特征而言,它们虽然本身不是童话,但是它们是童话的母体,是浪漫主义文学的一大源泉。它们在故事中反映的积极进取精神和由此产生的感染力和激励作用,与现今的优秀童话其阅读价值在本质上并无二致。

产生于初汉—西汉年间的《山海经》,是三万一千多字的奇书,它虽然原本是地理性的著作,但因为函藏了大量的神话故事,所以也可以说是一部最早有文字可稽的我国古代华夏故事大全。它简要地记载了农耕工具、车船舟楫的发明者,因此它也是一部被神话了的中国远古发明史。只是,由于它因其语言载体的原始和简陋,其所叙都过于简单,往往只是一个个故事框架,但它们的存在,已足可证明我国先民丰富的想象力。

此一时期值得重视的第二部故事著作是西汉时期由刘安主编,由经学家、文学家刘向校定的《淮南子》。刘向因是《说苑》《新序》《列女传》的编撰者,所以是本时期里一位重要的幻想故事集大成者,虽然可以被今人重视的童话性元素不多。

(2)魏晋南北朝:成型期

这是一个中华民族大融合的时期。由于印度的梵文、尼泊尔的巴利文、中亚细亚的土火罗文传入中国,也就随语言带进来南亚次大陆和中亚的佛经故事,遂使中国幻想叙事趋于活跃和丰富,使我国故事的内容、形式和模型更加多样,在外来故事本土化的过程中还衍出了一些新故事。《山海经》里的精卫鸟的故事,到了本时期就增加了一些新的情节——精卫鸟的故事因而更神奇、更完整了。

本时期里,郭璞对《山海经》加以注释,他本人也是个嗜谈神怪的人物,有的就保留在他著作的《玄中记》里。

《搜神记》和《续搜神记》是本时期的重要故事遗产。南朝时期刘义庆所著的《幽明录》保存了许多神怪故事,他的故事模式对后世很有些影响。

这一时期还出现了童话元素较为明显、密集的超验故事,《列异传》《博物志》《博异志》《列子》《华阳国志》《抱朴子》《神仙传》《拾遗记》《世说新语》《齐谐记》《续齐谐记》《述异记》《荆州记》等民间性典籍里搜集、存录了许多童话性的奇思妙想。后世流传最广的是假托魏·曹丕著的《列异传》里的《宋定伯》,即"宋定伯卖鬼"的故事,《搜神记》里的《白水素女》的故事,即田螺姑娘的故事,晋·祖冲之《述异记》和六朝梁·殷芸的《小说》里记载的牛郎织女的故事,相传也是刘义庆著作的《世说新语·自信》里所保存的"周处除三害"的故事,现今已成为古代故事名篇。

(3) 隋唐:繁盛期

隋唐时期的背景是时局相对稳定,佛道思想盛行,文化比较开放,汉文化在与西北、西南非汉文化的交流融合中,在与日本、朝鲜和阿拉伯诸国乃至欧洲的交流中,融入了异质文明的中华文化异彩呈放。随着我国文化的兴盛,随着对外来文化的吸收、消化,涌现了具有更多新颖童话元素的超验故事作品,例如,段成式的《旁祂兄弟》里第一次写了"反两兄弟型"的故事,不是哥哥心肠坏恶,而是弟弟安了歹心,将蒸过的蚕卵和谷种拿给哥哥,结果是弟弟不但没有害到哥哥,反倒是弟弟自己受到魔鬼的惩罚。魔鬼"拔其鼻,鼻长如象",于是弟弟成了见不得人的丑八怪。这个故事模式是典型的"两兄弟型",只是段成式所记载的暹罗国(660～935)的民间故事,所以故事里出现了中国人未曾得见的"鼻长一丈"的奇观,以今人的童话标准权衡,它也是一个极精彩的童话情节。这个故事由于童话元素新奇有趣,到20世纪被日本童话作家小川未明挪借了去,改编成了童话《两个生瘤的老人》。

唐代的贵族阶层把民间发展起来的神怪故事称为"传奇"。以"笔记小说"的形式写出来的传奇故事,题材和写法都较过往多有创新,故事创作于是被推进到了一个新阶段,其标志就是故事艺术上的自觉和成熟。此一时期里,传奇体的成就是有这样一批作家取得的:牛僧孺(《玄怪录》),段成式(《酉阳杂俎》),李复言(《续玄怪录》),裴铏(《传奇》),戴君孚(《广异记》),皇甫氏(《原化记》),张读(《宣室志》),薛用弱(《集异记》);保存这类故事的还有这样一些典籍:《柳毅传》《枕中记》《南柯太守传》《大唐西域记》《潇湘录》《河东记》《灵怪集》《逸史》《开天传信记》《大唐奇事》《敦煌变文》《松窗杂录》《古镜记》《闻奇录》《三水小牍》《原化传拾遗》《仙传拾遗》《玉堂闲话》《录异记》《神仙感遇录》《墉城集仙录》《北梦琐言》《稽神录》《魏叔子传》《林登博物志》《离魂记》《独异志》等。其中,《玄怪录》里首见从妖怪手里夺回少女的故事。这样的故事对后来的《西游记》《聊斋志异》都有影响;王度的《古镜记》里第一次使用了法宝。此一时期的核心故事常被后人提起的是两个梦故事:其一梦是唐·沈既济《枕中记》中"黄粱美梦",今天已衍成一个尽人皆知的成语和典故"一枕黄粱",其荣华也骤焉,其屈辱也忽焉,把复杂的浮世人生和警世、醒世、劝世的佛道思想浓缩在一场短暂到黄粱未熟的梦境中;由于这篇故事思想上内涵丰富、艺术表现上出神入化,所以元代戏剧家一再将其改编成剧搬上舞台,元·马致远改编者其剧名为《黄粱梦》,明·汤显祖改编者其剧名为《邯郸记》。另一梦是唐·李公佐的《南柯太守传》中的"南柯一梦"。常被今人提起的还有唐·李朝成的《柳毅传》,唐·段成式的《叶限》《大铁锥传》,唐·玄奘口述、辩机记录的《西域记》中的《龙女招亲》。

(4) 宋元至明中叶:中衰期

这个期段里流传至今的幻想故事遗产数量较少,其原因在于此时高扬的程朱理学被封建统

治者们遵奉为官学。程朱理学的核心观念"存天理、灭人欲",就从本质上扼杀了想象力。"人欲"被认为是超出维持人之生命的欲求和违背礼仪规范的行为,与天理相对立。禁欲主义压制了人们对美好生活的追求,也就必然导致幻想性作品生产力的萎缩。两宋文网太严密,宗教迷信盛行,幻想文学不被朝廷鼓励,官方舆论冷落了神仙魔怪故事。成集流传下来其通常可见的有《梦溪笔谈》《玉壶清话》《癸辛杂识续集》《异闻记》《异闻总录》《续墨客挥犀》《舆地广记》《三教源流搜神大全》《湛渊静语》《张生煮海》,其中规模最大者为洪迈的《夷坚志》,计四百二十卷,收五六千则故事,可惜都没有保持飞扬想象力的盛唐气象,倒是金·元好问的《续夷坚志》还保留了《李铁捕狐》的好故事;二郎神和钟馗的故事也尚可一读。不过,奇妙好故事不一定都来自幻想,像北宋末年彭乘的《续墨客挥犀》中有一篇寥寥五行字的《香山寺猴》,所述的一个纪实性故事倒比幻想故事还要精彩、还能解颐:一群猴子蹿进寺庙,竟把尿撒到了佛头上,遂惹得僧人们狂恼;僧人们于是想出一个治猴办法:逮住一只小猴,将其通身涂黑,变成了小黑猴,其他猴伴见之,以为妖逆近身,便吓得吱吱乱叫,纷纷远避,逃出寺庙。这故事里,对被逮的小猴是残忍了些,但僧人无奈之中的治猴之策实是机巧——至少他们没有破戒杀生却复得了庙宇之宁谧。

(5) 明中叶至清代:复兴期

我国元朝是一段大战乱的岁月,而文人则趁机觅得了较多的文学自由,文网明显疏松。到明代,以苏州为中心的城市工商业经济得到发展,市民社会逐渐形成,程朱理学的价值观念体系普遍受到质疑和挑战,尤其是祝允明、徐渭等个性比较鲜明的文人知识分子,他们怀疑圣人权威的天定神授,质疑其天然合理性,他们在人的解放上开始提出自己的要求,体现了社会思想的历史进步。人性束缚的松动体现在有的文人如李梦阳者将元·王实甫的杂剧名著《西厢记》推高到与《离骚》相提并论的地步。顺应市民阶层文艺需求的日益增长,出版印刷业空前繁荣,于是在民间走过千年已趋成熟的口述文学,到此时都纷纷被记录,继嘉靖年间就广泛刊刻之风,继《水浒传》和《三国志通俗演义》的流布,《西游记》的版本也逐渐定型并迅速播传,随后《封神演义》和清代的《聊斋志异》相继成为包括少年在内的大众读物。

此一时期,在民间产生并流传的还有《郁离子》《燕书》《剪灯新话》《南游记》《东游记》《列仙全传》《五杂俎》《耳新》《醒世恒言》《后西游记》《续西游记》《西游补》《笠翁一家言》《履园丛话》《觚賸续篇》《虞初新志》《广虞初新志》《姑妄听之》《阅微草堂笔记》《镜花缘》《夜雨秋灯录》《挑灯集异》《萤窗异草》《谐铎》《济公传》、陈鼎的传著、《诺皋广志》《义虎记》《红梅记》《山斋客谭》《集说诠真》《义猴传》《娇红传》《守一斋笔记》等。

二、作为代偿性童话读物的《西游记》和《聊斋志异》

《西游记》和《聊斋志异》这样的作品被指称为我国古代的代偿性童话读物,在西方是早有先例的。譬如法国拉伯雷的《巨人传》、西班牙塞万提斯的《堂吉诃德》;英国作家江奈生·斯威夫特出版于1725年的讽刺小说《格列佛游记》在19世纪就以《小人国和大人国》为书名在欧洲各国儿童中间流传,在《爱丽丝漫游奇境记》还没有为儿童文学开辟出一条迈上轻松欢快之路时,没有出现大规模童趣化叙事之前,儿童的确是不可能有比它们更好的童话读物了。比《小人国和大人国》产生更早的约翰·班扬的《天路历程》也被作为欧洲的儿童作为代偿性童话读物广泛传读。循此西方例子,比前面诸例子早得多、早了2~3个世纪出现的《西游记》却应是更有资质被叫作我国古代的一部代偿性童话读物,并且,自来也有研究者称它为"童话小说"(袁圣时,1948)。

1. 《西游记》

（1）《西游记》是我国神话文化常青藤上的硕果

神话是人类精神活动最早创造的文化现象。我国神话是我国初民的文化成果，是中华民族祖先的生命形态、经验形态、梦幻形态和语言形态的载体。对它的研究所涉学科多多，"举凡天文、地理、历史、动物、植物、矿物、医药、宗教、哲学、风俗、文学、艺术、语言文字学等等，一句话，整个文化领域，莫不有它的踪影。"（袁珂：《中国神话传说词典·序》）中国的神话里所包含的东方民族特性，如果说创世神话与西方神话有共同一面的话，那么日、月、星辰神话和仙乡传说以及对石头的古代信仰，就只有东方民族的神话里才有了。破译华夏初民如何从直观思维过渡到概念思维，就必须从我国的神话入手。

神话是一种文化，可称为"神话文化"。"神话"有一个相对俗成的范围。而神话文化则绵延悠长，俨如一根长长的文化青藤，《西游记》则是这根青藤上结出的一个文学硕果。

迄今为止的研究成果早已表明，《山海经》——《搜神记》——《玄怪录》——《西游记》的步步演进历程，证明《西游记》所蕴含的神话文化是多么幽深。

《西游记》主人公孙悟空形象本源的考论，20世纪20年代就有"进口"和"国产"两说。"进口说"的祖师爷是胡适，他认为"哈奴曼是猴行者的根本"。胡适也不是信口开河，印度确有猴神的传说，只不过神通远不及吴承恩塑造、定型的孙悟空广大，但作为一种形象渊源据为推测的"胡适说"，还是值得一提的；"国产说"是满清时期就存在的，不过作为此一说的代表人物则常被说成是鲁迅。鲁迅在《中国小说史略》里指出，孙悟空的形象是袭取了唐人传奇的无支祁。既有"进口""国产"两说，当今研究者也就各持各说。确实两种说法都能找到某种说得通的对应点和联系点。这也说明，印度的先民和中国的先民有着近似的理想、追求和创造，那么也就可以说明，孙悟空这个世世代代迸射着魅力光芒的艺术形象，乃是东方文明的复合体。

其实，《西游记》在形成定型本以前，我国曾有多少部"西游"故事被遗佚在时间的长河里、淹没在兵荒马乱中从此再无消息，今人已无从查证。现在被明确考稽出来的，其"西游记评话"、《大唐三藏取经诗话》（《大唐三藏法师取经记》，宋刻本）、《西游记杂剧》三者只是影响过《西游记》神魔小说定型的三种典籍而已。

当代有关研究者已经从《山海经》、鲧与尧的斗争、羿射十日、刑天舞干戚、蚩尤不死等传说中找到了孙悟空大闹天宫的原始创意，考证出这部神魔传奇的作者吴承恩是吸收、完善了这么多神话人物再进行艺术加工，才成功形塑出孙悟空这一独具个性、法力无边的英雄人物的；也已经考证出《西游记》里诸多兽身人语的角色可以在蚩尤兄弟八十一人中找到些许影子；并且，还找到了鲁迅所本的、由夸父演变而来的无支祁，确实是孙悟空的本源之神：唐人传奇中的无支祁被压于龟山底下与孙悟空被压于五行山底下，应是前者为后者之情节源，又，无支祁"双目忽开，光彩若电"与石猴出世时的"目运两道金光，射冲斗府"极为相似。有这样一双眼睛的石猴，连玉帝也不能不承认其确系"天地精华所生"。如此一路推论，夸父便成了孙悟空的根本。也就是说，孙悟空乃由远古传说中的夸父逐渐演变而来，其间，经由无支祁的中介，最后形成为吴承恩笔下神通广大的、形象丰满的齐天大圣。由此也可见，文学作品中一个典型形象的诞生，总是作家汲取了前人的智慧创造和汇聚了悠悠万民的想象菁华方得以告成的。

如所周知，猴性、人性、神性三者互渗互融，是理解和把握孙悟空形象的一把钥匙。从孙悟空生物性一面看，猴性是孙悟空形象的重要资源；从传奇性一面看，那么，神性是孙悟空形象的重要资源；而人性体现的是孙悟空社会性的一面。就儿童文学的本体特征看，猴性和神性无疑给年轻读者带来可读性和可看性。而从学理意义上考察,则猴性只更多在外貌特征上:尖嘴缩腮、毛脸雷公嘴,火眼金睛,罗圈腿,外加红屁股、长尾巴,天性灵活好动,攀树爬枝、采食花果;然而他一出生就不是普通的猴子,他不是由父精母血孕育而成,而是从一坨石卵蹦出,是大自然的产物,是一只石猴。这就使孙悟空天性中被赋予了神性:他的本领远远超过人间擅武者精通十八般武艺,他能七十二般变化,一个筋斗能翻出十万八千里,更神通者,孙悟空所操的武器金箍棒可以瞬间大到顶天立地,又霎时可以小如绣花银针藏进耳朵。这就是孙悟空的神性。没有他的神性一面就构不成孙悟空的形象。而孙悟空形象让读者觉得他的可爱,从根本上说还是因为人性,是人的社会心理状态,是他的喜怒哀乐,如秉性骄傲、好胜好名、爱出风头、爱戴高帽子,如急躁冲动、喜调侃人、爱捉弄人,这就如西方同行圣典《木偶奇遇记》里的皮诺乔,因为他的不爱念书、爱撒谎、轻信坏人,反而受到儿童大众的喜爱一样,孙悟空反倒因为有这些看来是"负"的性格特征而撤除了他与读者的心理距离,在读者那里赢取高度的亲切感,读者会因此由衷地关注他的命运,会把他当作是自己人,当成是自己社群生活当中的一个人,在他受惩遭罚时会为他担心,这样一来,作品就具有了丰富的社会现实意味和人文意义。这也就是圆型人物比扁型人物更活、更真的原因。总之,只有当孙悟空的形象中被灌注以大量的人性,把孙悟空塑造成一个"人",他的形象才是有血有肉的,才不是一个正面的或反面的形象符号,才可能是一个有魅力的艺术形象。由此可见,吴承恩作为这部书的最后完成者,他对于神话文化的消化吸收,对于古来神话创造性的改造和发展,他的文学观、他的艺术追求、他对于读者阅读心理的把握,仍是具有决定意义的。

(2)《西游记》是取宝(寻宝)母题的典范之作

取宝、寻宝是文学、主要是儿童文学的一个母题。寻宝的文学母题在世界古代名著《一千零一夜》里已经有大量作品为其奠基了。辛巴达航海的故事,阿拉丁神灯的故事和阿里巴巴的故事等,都是在财富追求欲望驱使下的冒险。至于英国在资本积累期里,这样的寻宝、取宝作品就更是名著迭出,斯蒂文森的《荒岛探宝记》(《金银岛》)和哈格德的《所罗门的宝藏》(《死神的宫殿》)就是其中煌煌的两部。不过,中亚细亚和欧洲的寻宝故事都是对物质的寻宝,反映的是在航海贸易兴旺发达、商业高度繁荣的背景下,对财富和通过财富的积累过富裕生活的渴望中发生的;而《西游记》里的"取经",获取"真经",则是精神性取宝、寻宝。"经"就是"宝"。

《西游记》虽成书于明代,但故事的背景却设置在大唐。我国的唐代佛教因被朝廷提倡而昌盛。佛教兴盛的初因在李世民幼年多病。他七岁时感染了"时疫",病情很重。当时,民间流行求神许愿。其父李渊到荥阳大海寺求佛。李两次生病,两次求佛,两次病愈。于是李世民成了虔诚的佛教徒。而法名玄奘的唐僧颇得李世民之信任,贞观三年,唐僧在李世民的属意下从长安出发西行去天竺求法取经。在《西游记》中,"真经"乃是一切向往获得善、美的精神象征,而一切美好的目的倘欲达成,就都需付出巨大代价;一切崇高目标的达到都要做出巨大的努力才能实现。作为显露在浅层的《西游记》意蕴,就是宣扬"历经磨难,终成正果"的信念,从而在这种信念的鼓舞下取经者克服困难、勇往直前。唐僧取经团队之所以能历经九九八十一难而终达天竺,就是因为他们自始至终都具有取宝以造福人类的信念。这是小说的思想核心。没有这个象征性意蕴,这部小说就没有精神线索贯穿,大量的情节就捏不拢,这么一大部小说就没有筋骨,就结构不起来,其小说的理想主义光彩也就不能得以焕发,其古代英雄人物的美好品质就不能得以彰显,孙悟空积极的人生态度,他满身正气、乐观诙谐、永不气馁的性格就得不到传神的体现。(至于取来的精神之宝能否真的造福人类,那就需我们始终不要忘记吴承恩写的是一部小说,而小说的一个作用是发生精神影响力。)小说的成功,正在于孙悟空所代表的真善美极具说服力地显示了正义,从而把读者都吸引到孙悟空一方,正在于小说做到了使读者将自己全部的同情都倾注在孙悟空身上,为他喜,为他急,为他忧,为他悲。

吴承恩把《西游记》撰成结构完整的小说时,吸纳、融汇了多少从民间得来书面记录的和口头流传的神魔妖怪故事,已不能猜度。"我总确信,或者也可以说我在这样猜测,也有许多是从民间的故事拿来糅和在八十一难里的"——赵景深1929年在《〈西游记〉在民俗学上的价值》里这样说。这众多的民间故事,现在《西游记》的定型本里也还能看出些痕迹来,例如高老庄降魔、三打白骨精、收降红孩儿、真假美猴王、三借芭蕉扇等明显都是可以独立作为短篇小说来阅读的。而全书读来并不感到散碎,读完掩卷,感觉总局上一体浑然,这就全赖小说有"取宝"作为线索在统领整部神魔小说结构的缘故。

(3)《西游记》是一部丰沛着童真想象的魔幻故事杰作

《西游记》的人物画廊中,最见艺术亮度的自数孙悟空和猪八戒两个。作者浓墨重彩地把他们刻画得比其他的人、妖、魔、怪都要生动、丰满和深刻。

小说开头一截的前七章,即,从孙悟空出世到他大闹天宫失败,集中表现了孙悟空的鲜明性格。他在花果山破石而生;他一来到世间就以炯射金光的双眼震慑了玉皇大帝。在他的心目中就没有不可犯的"上":为了得到金箍棒,他大闹龙宫;为了不受冥司的管束,求得"不生不灭,与天地山川齐寿",又大闹了冥府,强令阎君从生死簿上一笔勾去"猴属之类";他偷蟠桃、盗御酒、窃仙丹、败天兵,一而再、再而三地大闹天宫——这一个"闹"字,传递出来的信息当然是他对所有传统中常人以为不可冒犯的神圣之不承认、不买账、不屈从、不臣服。他不甘做天宫的弼马温,径自回到花果山自封为"齐天大圣",顾自立起一个山头与天庭相抗衡。玉帝调兵遣将、兴师动众,发起对孙悟空的剿除,当二郎神奉命来剿,大圣见势不妙,就"把金箍棒捏做绣花针,藏在耳内,摇身一变,变做个麻雀儿,飞在树梢头钉住";当二郎神变作个饿鹰儿,变作大海鹤,大圣应势变作一条鱼儿,淬入水中;当二郎神伸嘴啄他,他又变作一条水蛇,游到岸边,钻入草中……当大圣被老君擒获,被投进八卦炉中炼仙丹,结果反炼出了他一双火眼金睛,让他受用一生。孙悟空闹腾得老君目瞪口呆时,如来佛生气了,出来问孙悟空之罪,不料他竟说出:"皇帝轮流做,明年到我家!"小说就用这样毫不含糊的彻底语言剥去了貌似不可挑战的神圣的外衣,让他们从麒麟皮下露出马脚来。

对此,多有研究者归结为孙悟空的"叛逆精神"。其实,这是小说把孙悟空的非理性、把他的童真表现推演为一个会成熟思考问题的人的作为。孙悟空的无视神圣,并非有清醒的理性认识和判断作基础,其举动并非是有任何革命意识的造反。并且与游民、农人揭竿而起是为的要有朝一日自己登上皇帝宝座的夺权意志大相径庭。孙悟空这"皇帝轮流做"是从童真、蛮野心态出发,是为了要争取到本该属于自己的自由。作为"猴",生来是自由的。在《西游记》里,孙悟空像一个任性惯了的孩子,有智慧、有能力,却不知道高低、轻重、安危,他只顾自己痛快、过瘾,从不虑及自己行为的后果。小说以主人公孙悟空的率性、舒放、纵恣、肆意把自己的形象和性格烙刻在读者心坎里——如在柱子上写了"齐天大圣到此一游",接着在柱子上头撒了一泡尿,才洋洋自得地扬长而去。这类描写所提供的阅读快感,是超越中国历史上任何一部小说的。

(4)《西游记》是独具审美亲和力的喜剧性名著

《西游记》的读者无不感觉到它的魅力无穷。那么它的美学特点到底是什么呢?它对我国古代小说传统美学表现空间有哪些拓展?其创造性的突破又有哪些?

关乎此,我国现代文学的两位文豪在20世纪20年代恰有近乎一致的说法。胡适的说法是,《西游记》被道士、和尚、秀才弄坏了,"道士说,这部书是金丹妙诀。和尚说,这部书是禅门心法。秀才说,这部书是一部正心诚意的理学书。"这些说法"都太聪明了,都不肯领略极浅极明白的滑

稽意味和玩世精神,都要妄想透过纸背去寻那微言大义。"他坚决反对"把一部《西游记》罩上了儒释道三教的袍子。"他认定"这部书起于民间的传说和神话,并无'微言大义'可说",他指出,《西游记》作者吴承恩是一位"放浪诗酒,复善谐谑的大文豪"。他的"玩世主义也是很明白的",他对其"并不隐藏,我们也不用深求"。鲁迅也在自己的《中国小说史略》里指出作者写这部小说"实出于游戏"。鲁迅此说也是明显是看透了作者著作它的一大目的是给世人以娱乐。延续两位文豪的观点,袁圣时到40年代末又与两位文豪遥相应和,说"《西游记》纵恣谐谑,独呈胸臆,其调诙之所及,至于仙佛同仁,神魔一体,其他神话小说中固未见此种格调也。"而林庚80年代出版的《〈西游记〉漫话》里,再取胡适、鲁迅调意,指出:《西游记》与市井文学息息相关,孙悟空的喜剧性格来源于"市民戏曲中的喜剧传统";他阐述:《西游记》与其他三部明清小说经典相较,其童话精神是独具的,"这种童话精神产生于《西游记》已有的神话框架,"并且与明代后期李贽的"童心说""所反映的寻求内心解放的社会思潮相一致"。

《西游记》的喜剧美,正与"它以儿童天真烂漫的情趣讲述着动物世界的奇异故事,以及它所赋予孙悟空的活泼好动、富于想象和轻松游戏的乐观性格,都正暗含着当时社会思潮中寻求精神解放与回到原初状态的普遍向往"(林庚语)相关,与明末当时流行的浪漫文风相关,也与当时市民中流行的世俗喜好和风习崇尚相关。欧洲最早的儿童文学经典《列那狐的故事》和《吹牛大王历险记》也正巧是缘起于市井。这就是说,世界上的三大喜剧性杰作都不约而同以市民文学打底,都源发于民间。这三部世界名著的实例都证明着:市民文学天然存在一种喜剧倾向。那么,《西游记》以喜剧品格受到赞赏,就绝非偶然了。

《西游记》的审美亲和力,其渊源就在于它全部叙事的喜剧品格。

世间,人的忧惧之根唯在宿命性的死。而孙悟空已经闯入地府,勾销了所有神猴的死籍,已经消去了自己对死亡的后顾之忧,从此不再惧怕毁灭在命运的前路。这就说明,对于孙悟空来说,不开心就没有理由了。行善和快乐在孙悟空这里互为因果。一次行善得成,一份快乐自来,收获了快乐,又鼓舞他继续行善,从而形成善乐互因互生。巧妙地钻入妖精的肚子里"竖蜻蜓,打斤斗","踢四平,踢飞脚"使妖魔俯首认输,岂不快哉!瑶池酒香扑鼻,孙悟空要在酒宴举行前先事享用,但奈何有一干人守着酒宴,他便拔出几根毫毛,丢入口中嚼碎,喷了出去,叫声"变!"那守着酒宴的一干人就立刻都成了瞌睡虫,他便管自饕餮起来,岂不快哉!孙悟空与二郎神斗法时,为了使二郎神上当,便变成了一座小庙,眼、口、舌、牙等各种器官都变了,只有尾巴没法藏匿,慌乱中遂将猴尾巴变作一根旗杆竖在庙后,岂不快哉!读者阅读快感的获得,多在孙悟空在处于逆境、绝境的时候能凭借自己的本领出人意料地翻转过来,反败为胜。在这过程中,幽默、调侃、俏皮、滑稽和笑,其飞扬的都是孙悟空的喜剧性格。

自然,《西游记》喜剧品格的造成,也还因为其第二号人物猪八戒。他对于读者的亲和力甚至于超过孙悟空。因为他的贪吃好睡、傻呆笨拙,好色鲁莽,却又不失本性之善良。人们更愿意与这样一个不完美却更真实的角色为友。所以,《西游记》的阅读亲和力也许更因为生性"好色"的猪八戒常来与孙悟空搭配为戏。

2.《聊斋志异》

志异叙事、鬼魅叙事在中国民间素有传统,虽受封建正统体制的排斥,但仍也还以"通俗小说"的名义顽强存在着,仍也还是中国传统文学的一个向度。鲁迅在他的《中国小说史略》里把它称为"灵异"叙事,说它是中国古典小说的重要文化土壤——六朝志怪文学,唐人传奇,宋代话本,元鬼魅杂剧,明清神魔小说,渲染幻魅、奇异、诡谲的超验故事在民间一直有它们的读者、迷恋者,有心研究者不难从中理出一条"志异"叙事的脉络,"发明神道之不诬"(鲁迅语)。这种"神道""志异"传统一直对抗着儒家理性的一统天下,不只是草蛇灰线而已。鲁迅的《故事新编》里就几乎都是超人叙事,其中不乏"人与鬼的纠葛"。

《聊斋志异》集超人叙事之大成,计500篇,虽多采集自当时民间和下层文人之间流传的故事,但它不像《西游记》在作者究竟为何人问题上始终存疑,而是明确的,《聊斋志异》是蒲松龄所采集、撰著的一部清代文言短篇小说集。其中的故事大多富于幻想,能把读者带进一个足以消除人间不平、社会灾难和生离死别痛苦的奇妙超验境界中,把人带进幽渺深邃的生命想象中。它长期受到人们的喜爱,最主要的原因是其中的各种各样狐鬼与人恋爱的美丽故事,还因为故事中的人物被塑造得栩栩如生,因为在性格冲突中表现形象,把情节和细节和对话写得很有人情味,似幻似真中既有传奇感又有亲切感,为后世的童话创作留下了诸多宝贵的创作经验。

《聊斋志异》是产生时就被儿童阅读且有文字记载的一部文学名著。先后有多人忆及"髫龄"时,自己曾痴迷于其中多具人情的仙妖狐魅的浪漫故事,说明这部述异志怪之作的盎然情趣,已经俘得了粗通文言的孩子。以儿童文学尺度评衡,则"种梨""偷桃"等传奇故事确已是令读者耳目一新的童话性作品。

这些儿童喜爱的幻想故事人物形象被儿童所接受的事实,说明我国不是文人的文学智慧不能创造优秀的儿童文学,而是"儿童"这一广大的人类群体被封建桎梏死死禁锢着,他们没有作为"人"被发现,更不可能作为"人生特殊年龄阶段的儿童"被发现。我国儿童的被发现要待到20世纪。

《聊斋志异》中与童话较为相近活可读性较强的篇章,是这样一些:《种梨》《偷桃》《崂山道士》《画皮》《促织》《聂小倩》《贾儿》《雷曹》《竹青》《王六郎》《陆判》《阿宝》《翩翩》《罗刹海市》《阿纤》《黄英》《晚霞》《粉蝶》等。

第二节 20世纪前半期的中国童话

一、《童话》的创办标志着中国童话的出现

中国封建王朝的本质决定了它只能是封闭的,即使开放也总是带有被动的性质。但是到了19世纪中期,西方殖民主义者早已拥有了丰富的资本扩张经验。他们用当时人类最先进的武器轰开了中国严严封闭的大门后,就把带有浓重血腥味的资本扔进了中国,却同时也把某些代表着世界前进方向的、富有朝气的、具有强劲生命活力的西方教育文化带进了中国。许多先进的中国知识分子对中国传统几乎在一切方面都发生了怀疑和动摇,痛苦地进行了反思,随之也就发现了西方教育制度的先进性和西方文化的合理性。在康有为、梁启超、严复、谭嗣同、黄遵宪、徐念慈、周桂笙、孙毓修、李叔同等人的呼号、推动下,中国的教育观、文化观、儿童观发生了带有根本意义的变革,甚至连"国民教育""义务教育"这样现代的教育口号也被提了出来,继而是白话和白话文的推行,继而是伊索寓言、欧洲著名民间童话、格林童话、安徒生童话、王尔德童话和《一千零一夜》故事中部分篇章被用流畅的汉白话文译入。

中华民族的文学创造力是毋庸怀疑的。即使在想象领域、在艺术假定领域也不是羸弱的。大家也注意到中国延续数千年的封建文化是在不断量变和质变着的,从儒家祖宗的"子不语怪、

力、乱、神"到集神、猴、人于一体的孙悟空的沸反盈天、暴力抗争,到生动可爱的花妖狐魅对于封建礼教的冲突,敢于追求人生幸福和情感满足。但是亿万儿童的具有显著年龄特点的文学阅读期待,始终未被文化人认真关注过。他们只在"修身、齐家、治国、平天下"的层面上,从对儿童进行道德训诫的层面上关注儿童,《三字经》《龙文鞭影》《童蒙训》《幼学》等,还有更值一提的比夸美纽斯的《世界图解》还要早得多的明代的《蒙养图说》,可以说,在体现道德说教意图上,它们都做得很努力并有所成绩。但这些成果充其量是从成人角度对儿童的道德和知识传输,而不是符合孩子生理、心理和审美需求的文学满足和精神满足。

儿童文学觉醒的驱动力首先来自教育的发达和教育的平民化。民国元年(1912)九月以"部令"方式昭告:"儿童自满六岁之翌日起,至满十四岁止,凡年为学龄。学龄儿童保护者,自儿童就学之始起,至于终期,负有使之就学之义务"(蔡元培:《小学教育令》第五章第二十九条)。这体现的是民国反对封建制度、提倡民主国家制度所形成的一种教育趋势。陈独秀在1915年在《青年杂志》(即后来的《新青年》)上发表《今日之教育方针》里则反对关门主义、反对特权阶级,提出"惟民主义"的教育方针,强调新教育应以人民大众为对象,要求"引车卖浆之徒瓮牖绳枢之子"都有同等接受教育之机会。1919年杜威来华宣传平民主义教育,鼓吹"德谟克拉西的人生观",于是,平民教育遂成当时最流行的口号。蒋介石、毛泽东、邓小平、周恩来、许德珩等人就是在这样的时势和语境中学成了知识者。

教育发达以后,自然带来对教材的重视和研究。儿童文学教育也就在此一时期里被提到日程上来,到1923年,竟有两位中等师范毕业不久的年轻教师魏寿镛和周侯予出版了儿童文学的教育研究著作《儿童文学概论》(上海,商务印书馆),其中就有一段文字描述了当时的儿童文学情景:"年来最时髦,最新鲜,兴高采烈,提倡鼓吹,研究试验,不是这个儿童文学么?教师教,教儿童文学,儿童读,读儿童文学,研究儿童文学,演说儿童文学,编辑儿童文学,这种蓬蓬勃勃勇往直前的精神,令人可惊可喜。"儿童文学教育图景从这段描述中可以窥见一斑。再则,儿童文学教育蓬勃发展以后,儿童的文学阅读就水到渠成而成为一个庞大人类群体的需求。这种儿童的文学阅读期待因为是在包括平民家庭的儿童大众中发生,被关注度必然就会大幅度提高。

儿童观的现代化正在推动着中国的包括童话在内的儿童文学的勃兴。"国语教育的新使命是养成儿童阅读的文学趣味"作为一种国语教育主张提出来,儿童文学在小学教育中的地位也就在此鼎定了。

中国童话发生比较明确的标志应该认定为是孙毓修(1862~1922)。孙毓修是清末秀才,目录学家、藏书家、图书馆学家。他于1909年用白话编辑出版的《童话》连丛。他在为《童话》所作的序中指出:"儿童读物不同于教科书,宜most趣味性,以适应儿童的天性。"显然,儿童读物"趣味性"的明确提出,已经标志着中国儿童文学的真正觉醒。《童话》连丛涵纳广泛,几乎集中外古今儿童文学读物之大成,其中包括创刊当年发表的据欧洲《泰西五十轶事》编写的《无猫国》(茅盾后来断言:"这是中国历史上第一次有儿童文学"),给中国儿童以耳目一新之感,对于童话来说,这应该已经是中国现代童话产生的前奏。在随后的岁月里,它收载了大量经茅盾等人译写、改制的外国故事。

二、叶圣陶童话和黎锦晖童话歌舞剧的出现标志着中国现代童话的发轫

1. 作为"五四"新文学一翼的新生中国儿童文学

"五四"文化运动的最大功绩是在中国响亮地提出人权、民主、科学的口号,是在促成现代意识的觉醒,并同时由一批先知先觉者领头发起对中国现代文明的建构。妇女解放作为人——个

体的人——的解放的一个重要方面,作为人的彻底解放的一个标志,被真正提到日程上来。儿童的解放是同妇女的解放同时提出来的。从西方引入的现代儿童观,在儿童教育和儿童文学先驱者们的努力下,普泛地被接受。中国的文化人开始懂得,儿童作为有独立人格的人,应该从生理到心理全方位得到尊重;他们与成人不同的精神世界开始被关注被研究。这种尊重儿童的新风一开始就在1918年1月出版的《新青年》上吹刮,它所刊登的征稿启事中就包括了儿童文学。郭沫若在1921年末发表的《儿童文学之管见》中简括又明确地说:"人类社会根本改造的步骤之一,应当是人的改造。人的根本改造应当从儿童感情、美的教育着手。"鲁迅则发出呐喊:"完全解放了我们的孩子!"周作人写道:"小孩呵,小孩呵,/我对你们祈祷了。/你们是我的赎罪者。"著名散文《寄小读者》的作者冰心写道:"最可爱的只有孩子。"叶圣陶写道:"文艺家有个未开拓的世界是最灵妙的世界,就是童心。"……我们可以从这些言论中想见,新文学的倡导者们是多么如痴如醉地向往着童心世界。

儿童文学开始自觉的社会氛围和文学氛围形成了。

标志着中国现代儿童文学诞生的叶圣陶第一批童话和黎锦晖的童话歌舞剧,在这样良好的氛围中生长出来。

具有标志意义的还有三种刊物:《小朋友》《小说月报·儿童文学专栏》和《儿童世界》。

《小朋友》周刊于1922年4月由黎锦晖创办。周刊宗旨是实现"建造一所小小的乐园。……让亲爱的小朋友们逍遥游玩于园内"的理想。

《小说月报》,1921年1月创建的文学研究会(这是对中国儿童文学的草创立了头功的作家组织)代用机关刊物。1924年由郑振铎开辟了"儿童文学"专栏,刊载外国儿童文学作品及信息,发表儿童生活题材的作品。

《儿童世界》,1922年1月由郑振铎创办的一种儿童周刊,为现代中国最早的儿童文学刊物之一。郑先生的"用意是把学校、教育和家庭生活通过《儿童世界》的发行密切结合……寓娱乐于读刊物,度过一个有文化的星期日"(盛巽昌:《郑振铎的编辑匠心》)。

2. 叶圣陶的童话

(1) 叶圣陶的第一批童话

叶圣陶(1894~1988),现代著名作家、教育家、儿童文学家、我国现代艺术童话的首创者和奠基人。名绍钧,字圣陶。叶圣陶的童话创作中,我国自然乡土特色和时代社会特色都空前鲜明,从而一举开创了人物角色和景物描写都有别于西方的、独立的、具有中华民族风采的童话新局面。

叶圣陶在童话集《稻草人》之前的童话创作,诸如《小白船》(1921年11月,叶圣陶的首篇童话)、《傻子》《燕子》《一粒种子》《芳儿的梦》《梧桐子》《地球》等多为描写孩子们天真无邪的诗意幻想,充满美、真、善、爱的空灵世界,具有浓郁的理想主义色彩。然而叶圣陶所处的社会、时代毫不留情地把他的理想世界击碎了。战乱频仍、民不聊生的社会现实促使叶圣陶从梦幻走向现实,把笔触伸向血泪人生、不平世界。《鲤鱼历险》《瞎子和聋子》《画眉鸟》《克宜的经历》等都反映了叶圣陶创作的变化。

叶圣陶的童话集《稻草人》(1921~1922)发表、出版,标志着:"五四"对儿童文学的提倡已经不再是停留在起而效法、追赶西方的焦虑上,也不只是停留在一批通晓外文的先知先觉者对中国儿童文学的呼唤(译介外国儿童文学经典作品风起,也可算作是一种对中国儿童文学的呼唤)上。它的面世,意味着中国儿童文学的自觉如今是看得见摸得着的真切的实在了。从这部童话集问

世开始,专意为孩子创写的儿童文学就在中国大地上开始有意要与成人文学叉道而行,独自上路了。这无疑是中国儿童文学从无到有的历史性事件。这份历史功绩就其催生作用说,郑振铎编办的《世界儿童》周刊起了助产士的作用。

为欢呼这中国第一部童话集的诞生,郑振铎为这部童话集做了一篇长达近五千言的序文。他以为,通览《稻草人》里诸篇童话,大多他都"喜欢阅读",认为"几乎没有一篇不是成功之作";他赞成儿童文学"把成人的悲哀显示给儿童",而不能在儿童文学操作中过分重视和强调儿童性,不能过多讨论描摹冷酷现实情景(当时有人认为叶圣陶不应该在童话里把人世间"丑恶的石子"投给心灵稚弱的儿童)与儿童是否相宜。郑振铎在这篇序文里透露出,过分强调儿童文学的儿童性会影响到当时文学研究会宗旨在童话创作中的表达和贯彻,即影响文学更多传递"为人生"的信息。其实,这就是为什么叶圣陶童话由本时期初作《小白船》轻快格调转到本时期终作《稻草人》沉重格调(稻草人亲眼目睹了20世纪20年代中国农村风雨飘摇的三齣人间悲剧)的转型缘故。文学"为人生"没有错,童话"为人生"也没有错。但是叶圣陶拿童话去为表现文学研究会"为人生"的宗旨,就把他早期《小白船》等童话已俘获的读者群无意中甩开了,靠《稻草人》这样的童话决然拉不住儿童读者。儿童文学有自己的不可违逆的本体性要求;儿童文学阅读的目标人群就是儿童。在艺术表现上,如果作家自己的功力与文学追求不匹配,那么对研究会"宗旨"的体现越努力,伤及童话文学质地就势必越深。《稻草人》的作者模仿了王尔德的《安乐王子》(《快乐王子》)是显而易见的。模仿经典写成的作品也可能成为衍生性的经典,但是《稻草人》远没能与《快乐王子》媲美其文学魅力,更没有成为如意大利童话《木偶奇遇记》那样被出版家长期用作积累出版资金的优质资源。它只是在中国儿童文学史著品里被一再提及——说到中国现代童话的发轫,自然是绕不开《稻草人》的。

(2)叶圣陶的第二批童话和第三批童话

叶圣陶童话还有20年代末到30年代前期出版的第二批。这第二批童话的总集名为《古代英雄的石像》,收童话九篇。结集出版的叶圣陶童话还有第三批,总集名为《鸟言兽语》(1936),收童话七篇。这些童话,多用对人生的思索来开掘人生,思索人生的方法多为儿童尚可理解的哲理,这样就表现风格而言就大幅度寓言化了。从童话的教育意义上说,他们的收获应是如作者所预期的。1949年前的小学教科书里就常把《蚕和蚂蚁》收作课文,被千万小学生熟记。"拿出自己的力量来,跟大家的力量融合在一起,铰结在一起,交织在一起,生产出一些东西来供大家享用,这是(人生——韦注)最正当的方向。"这样的说教有一个作用,可以明白而集中地把童话的题旨、意蕴扼要地指点明白。蚕和蚂蚁两种动物,蚕正好可以说教,蚂蚁正好可以被说教,构思不无巧妙之处。把童话写成寓言不一定戕害了童话,更不会从根本上毁坏了童话。在童话和寓言都稀缺的我国当时,这些童话都发挥了自己的形象化教育孩子的作用。但是就游戏精神和童趣丰沛的要求而言,那么不难发现,叶圣陶童话比之于400多年前的《西游记》(尤其是前七章)可惜是倒退了十万八千里。这多半是时代的遗憾,国情的遗憾,当然更与作者对待政治风尚的态度和所抱持的文学观念、所具备的文学天赋有关。

3. 黎锦晖的童话歌舞剧

在童话剧创作和流传方面,其成功者应首推黎锦晖(1891~1968)。

黎锦晖1920年完成了他的第一部儿童歌舞剧《麻雀与小孩》,全剧分教学、引诱、悲伤、慰问、忏悔、团圆六场,写了老麻雀对小麻雀的"舐犊"之情;通过曲折情节,展现了小孩与麻雀的友谊。1922年发表了《葡萄仙子》。"冬季刚完的时候,花园里有一位葡萄仙子,正想要预备抽芽、发叶、开花、结果,恰好雪花、雨点、太阳、春风、露珠——五位仙人陆续来访问她,并且说明,愿意随时来帮助或保护她"。正是在他们的爱的哺育下,葡萄仙子得以发芽、长叶、开花、结果。五个小动物来求仙子帮忙,要她的枝叶花果吃。但他们都听从了仙子的劝告,心生怜爱,一起来保护葡萄生长。待得果实成熟,仙子慷慨表示愿把自己的果子分给小朋友吃。全剧共八场,几乎没有什么矛盾冲突,自始至终都处在一种温暖色调的超功利的理想主义氛围中,是一部"爱与美"的歌舞剧。

《葡萄仙子》的广泛传播,标志着童话歌舞剧这种艺术形式在中国开始被确认被接受。在中国儿童文学史上,它具有里程碑意义。于1924年创作的《三蝴蝶》,也沿这一艺术风格写成,也取得了可喜的成功。

黎锦晖童话剧在当时影响很大。《可怜的秋香》当时被所有有条件演出的学校作为周末余兴节目。童年时期被黎锦晖的童话歌舞剧陶醉过的中国文化人,数十年后还作为一段美好的记忆保留在自己心中。这种例子在中国儿童文学史上甚为鲜罕。黎锦晖在童话剧艺术的成功和在学校里、在社会上广泛传播的实绩,应说是长期被革命文学、革命教育文学、工农兵文学、红色文学遮蔽了,这给后来的研究者留下了大量的祛蔽工作——为黎锦晖当年的童话歌舞剧的艺术成功祛蔽。

4. 周作人渊源于欧美的童话理论

周作人(1885~1967),中国现代儿童文学理论和实践的先驱,中国最早、最完整的童话理论建树者。1904年,周作人在江南水师学堂学习期间,翻译了《阿里巴巴和四十个大盗》和美国爱伦·坡的《黄金虫》。1906年随其兄鲁迅赴日本留学至1911年间,受到英国安德鲁·兰著作中关于神话、童话学说的影响,接受了人类学派的神话阐释法,对民间故事产生了浓厚兴趣。后来他接触到了理论性更强的哈忒兰的《童话之科学》和麦扣洛克的《小说之童年》等著作,逐渐形成了他以童话(儿童文学)拯救孩子之精神的思想。1909年他在中国第一次对王尔德及其童话《安乐王子》作了译介;1911年4月回国后,翻译《国王的新衣》,发表《丹麦诗人安兑尔然传》,向中国读者首次详细介绍了安徒生及其童话;以后还译介了安徒生的《卖火柴的小女孩》、列夫·托尔斯泰的童话《空大鼓》;1932年11月翻译童话剧《老鼠会议》《乡间的老鼠与京城的老鼠》《青蛙教授的演讲》等,此外,他还撰文介绍《爱丽丝漫游奇境记》《伊索寓言》《昆虫记》等世界儿童文学名著。周作人的儿童文学译介工作,在当时算得上是颇见绩效的,但人们重视的、事实上影响大些的却是他儿童观和儿童文学观研究的表达,尤其是他的童话研究成果的发表,可以看作是那个时代儿童文学研究状况的一个缩影。

只有伴随着发现儿童的深入,周作人的儿童文学研究才得以逐渐深入。1914年,周作人在其《儿童问题之初解》中说:"一国兴衰之大故虽原因复杂,……然考国人思想视儿童重轻何如,要亦一重因也。盖儿童者,未来之国民。"在中国漫长的封建社会里,儿童被当作"缩小的成人"而存在。19世纪末由于中国面临亡国灭种的危险,人们才逐渐意识到儿童是"未来之国民"。由于受西方儿童文学影响,人们意识到儿童"仍是完全的个人,有他自己的内外的两面的生活"(周作人:《我的杂学》)。1914年7月,周作人在《成绩展览会意见书》中写道:"今对于征集成绩品之希望,在于保存本真,以儿童为本位。"从而在中国教育史上第一次揭起了"以儿童为本位"教育思想的旗帜。1918年12月周作人在其《人的文学》中着重强调了"人"包括女性与儿童。1919年5月美国实用主义教育家杜威来华宣讲其以"儿童本位论"为核心的西方现代儿童观,影响巨甚,"五四时期中国凡对儿童及儿童文学感兴趣的人几乎全接受了杜威的学说"。一时传播儿童学、倡导"以儿童为本位"的儿童文学热潮遍及神州大地。1920年10月26日周作人在他的演讲

稿《儿童的文学》中,第一次旗帜鲜明地倡导"儿童的文学",从此中国儿童文学以一种独立的文学形态出现在中国文苑。周作人的《儿童的文学》标志着中国文学历经自发、觉醒阶段迈入了中国儿童文学基本上可以说是自觉的时代,从此在中国也揭开了"20 世纪是儿童的世纪"(E·凯伊语)的历史篇章。

最能代表周作人儿童文学观的是他的童话观。周作人经过一番考证,得出"童话"一词是从日本借用的结论。他还首次将童话从神话、传说中剥离出来,把"童话"确立为一种独立的儿童文学样式。在其《童话研究》《童话略论》《童话释义》等专门的童话论著中,周作人对童话的特征、功能、艺术标准等作了开拓性的探究。他还主张童话作家必须有一颗童心。他的研究成果在中国现代童话研究上占有不容忽视的地位。

究其实,周作人的儿童文学理论功绩在于他洞彻西方经由日本而传入中国的儿童观和儿童文学之要义与真谛。没有欧美儿童观和儿童文学观以及大量从 19 世纪到 20 世纪初经典童话的先在,也就不可能有周作人的儿童观、童话观和儿童文学观的鼓吹与践行——而取西方先进儿童观、童话观和儿童文学观在中国推介,在推介中消化吸收,乃是时代社会发展之亟须,是我国加快儿童文学现代化发展进程之亟须。在这个意义上说,周作人是擎起先进的儿童观和儿童文学观火炬走在时代前列的人。的确,周作人不厌其烦强调儿童的生活需要文学,强调 10 至 12 岁时应以诗歌、传说、写实的故事、寓言、戏曲为主,阐述儿童文学在小学语文教育中的价值和作用,对于小学教育的儿童文学化是功不可没的。

不过,发现(或说是"重新发现")周作人儿童文学理论、童话理论的先锋性及其重要的时代意义与影响以及它在现今的研究价值,则已经到了我国的 20 世纪末了,先有王泉根,继有韩进、刘绪源、朱自强等人对此表现出了研究的热忱,并取得了相应的成绩;他们的研究成果表明,现今远看周作人反而比周作人当年的同时代文化人近看周作人要更清晰了。

三、童话被纳入政治斗争和文化斗争的轨道

生气勃勃的"五四"新文化运动张扬了人权、民主、科学,把儿童从千年封建桎梏中解放出来,开辟了中国儿童的新纪元。随着社会形势的不断变化,在完成了反封建儿童观这一历史使命之后,儿童文学的先驱者们对如何进一步发展和建设中国的儿童文学产生了分歧。一是走向社会,走向革命,并最终确立了无产阶级的儿童文学;一是走向童心,偏于玄美。因前者声势毕竟强大些,所以实际上儿童文学主流被逐渐纳入了革命斗争的轨道。那些年,文化界曾经发生过三次论争:1. 儿童文学与政治关系之论争;2. 关于童话中"鸟言兽语"的讨论;3."儿童年"与儿童读物的讨论。在 1923 年发生的那场讨论中,周作人显示了儿童文学专业的立场,他说"近来见《小朋友》第七十期'提倡国货专号',便忍不住要说一句话——我觉得这不是儿童的书了。无论这种议论怎样时髦,怎样得庸众的欢迎,我以儿童的父兄的资格,总反对把一时的政治意见注入到幼稚的头脑里去"。"我读了那篇宣言(引者注:指《小朋友》倡导国货专号的《宣言》),真不了解这些既非儿童的复非文学的东西在什么地方有给小朋友看的价值";"我相信精魂信仰(Animism)与皇帝起源等事尽可做成上好的故事,使儿童得到趣味与实益,比讲解那些政治外交经济上的无用的话不知道要好几十倍。""希望现在儿童杂志,一年里请少出几个政治外交经济的专号。"周作人始终坚持"儿童的文学只是儿童本位的,此外更没有什么标准";"艺术是人人的需要,没有什么阶级性别等等差异。我们不能指定这是工人的,那是女子所专有的文艺,更不应该说这是为某种人而作的,但我相信有一个例外,便是'为儿童的'"。(周作人《儿童的书》)这些言论张扬了

他作为一个童心主义者的清醒。在1931年发生的第二次讨论中,鲁迅和陈鹤琴都参加了保卫儿童阅读"鸟言兽语"权利的斗争。1935年发生的第三次讨论,其诱因是国民政府确定1935年8月1日至1936年8月1日为"全国儿童年";这场讨论的结果是从"五四"新文学运动前后师从欧美浪漫主义儿童文学的方向朝苏联式现实主义儿童文学方向易辙。

四、以革命教育为主要内涵的政治童话

1. 张天翼的《大林和小林》

如果说叶圣陶的《稻草人》是中国艺术童话的开端,并为中国的儿童文学创作开辟了一条现实主义道路,那么在这条道路上继起的张天翼创作的《大林和小林》《秃秃大王》等,则标志着中国现实主义艺术童话的成熟,迄今为止,它们还是中国艺术水准最高的革命教育童话。

张天翼(1906~1985)的《大林和小林》(1932)是长篇童话。作品以一对孪生兄弟大林、小林的不同命运为线索展开故事情节,讲当时张天翼认为迫切需要孩子明白的"真的道理",即阶级的分化、阶级的剥削、阶级的压迫、阶级的不可调和性等道理。这部童话从政治宣教的理念出发,急政治寓指之功利,妨碍了作者切实地去体认儿童的本体世界和童话艺术本身的要求,如果它的闹剧安排不一定影响童话艺术水准的话,那么童话过分的漫画化倾向是注定要影响童话的艺术表现质量和童话的美学质量的,一定程度上,这也削弱了这部童话的鉴赏价值和时空穿透力。不过,在中国童话的历史上,张天翼是第一次大规模地、成功地在童话创作中运用了文学刻绘的游戏性原则。张天翼是中国第一个心领神会了儿童文学游戏性原则的作家,也足见其童话写作的天赋才能。

> 唧唧越长越胖了。……三千个人也拖他不动。唧唧本来住在楼上的,现在不能住在楼上了,因为怕唧唧一上楼,楼就会塌下来。你要是对唧唧笑,唧唧可不能对你笑,因为唧唧脸上全是肉,笑不动了。唧唧要是一说话,牙床肉马上会挤出来。(引自《大林和小林》)

这是张天翼描写大林一心想发财,时时做着当富翁的迷梦。在这部童话里,荒诞、幽默象征、寓蕴并举的故事情节颇具娱乐意味,从审丑的眼光看对大林的描画,张天翼是成功的。作为政治寓言性童话和社会寓言性童话,《大林和小林》达到了我国童话(甚至整个儿童文学)的峰极水准,后继的贺宜、陈伯吹等一批人的童话都不能望其项背了。虽然,张天翼童话的戏谑性谐趣、夸张同西方童话地道的幽默比远不能相媲其美。同样是夸张,在《木偶奇遇记》里那皮诺乔撒谎时的鼻子,一再撒谎便一再往前延伸,直长到像根长长的树枝,上头可以停落一千只鸟,皮诺乔要转动一下身子都不能够了!神妙,绝倒,极富创新力,还沁散出一种别样的诗意,入木三分,意味深长。说张天翼童话里的夸张描写值得称道,是就现代童话范围内纵向作比较而言。以夸张作为文学的艺术表现手段,张天翼式的夸张缺少诗性深度,鲁迅嫌其"油滑"是很有道理,也是一针见血的。

张天翼的童话名作还有1933年创作出版的长篇童话《秃秃大王》。它和《大林和小林》都算"是从《稻草人》以来的一个突跃的进步"(杨晋豪:《近日之儿童文学》,1936)。

2. 与革命时代潮流相呼应的童话

当通过改造国家机器以求解决国弱民穷的问题成为中国知识分子的使命的时候,他们应和革命的涛声,响应革命的召唤,集合到民族解放的旗帜下,都是自觉的,而不是盲从的。童话创作也是如此。此时的童话最有影响的是这样一些作品:陈伯吹的《阿丽思小姐》(1931)、《波罗乔少

爷》(1934)、《歼魔记》(1936),《新木偶奇遇记》(1940),贺宜的《凯旋门》(1939),巴金的《长生塔》(1934)、《隐身珠》(1936)等等。巴金的童话应视为是巴金依政治需要而作出的一个文学应景动作。

这些童话的共同特点是明显的社会寓言性质。巴金的童话是小说家的社会寓言性编创。他们的创作表面上是成人对儿童,而实际上要打入儿童的本体世界、心灵世界,距离着实还远。究其根由,不能不指出,它们在艺术上也远不是足够精致的。

3. 凭借自身的艺术能量生存和流传的童话

20世纪30~40年代也有一部分逸出革命政治教育性质的童话,它们即使暂时埋没于50~60年代的意识形态统辖的文学制度中,但童话自身的艺术能量是更能显示其持久生命力的因素。它们顽强地提醒着人们:过往的中国童话史实际上忽略了许多应该被纳入研究视野的好童话。

创作于20世纪30年代中期的米星如童话是游离于"革命童话"的童话。他的童话集《仙笔王良》是民间传奇基础上培植起来的艺术花枝,他用传统的童话内容呼唤人间的真善美,其感情丰沛自然,其想象纵恣淋漓,娓娓道来,而令国人回肠荡气,是一束通俗文学型的童话奇葩。这说明,童话有自己的艺术规律,不是"革命"就好,当然也不是"革命"就不好。

20世纪30年代的童话中,仇重的《苹儿的梦》值得单独提出来讨论它的新童话品格的难能可贵。它在幼儿心态的把握、幼儿情事的捕捉、幼儿语言手段的运用、诗意的表达诸方面,都对"五四"以来的儿童文学水平有所超越。

20世纪40年代最切合童话文学所要求的叙事情调和想象方式的有这样三篇童话:严文井的《南南和胡子伯伯》、黄庆云的《月亮的女儿》和金近的《黄气球》。它们都应当被刮目相看,其中尤以《黄气球》(1947)为最——它在童话构思和艺术表现上,昭示着中国童话在现代儿童文学审美进程中已经达到了十分可观的水准。

第三节 20世纪后半期的中国童话

一、意识形态化文学制度中的中国童话

1. 共和国建立之初的儿童文学理论建设

1949年,中国土地上第一次建立了以"共和国"标明其性质的国家,少年儿童如何培养成为新中国需要的理想人才的问题被提到日程上来。1950年春,共青团中央召开第一次全国少年儿童工作干部大会。会上,郭沫若号召全国作家和少年儿童工作者"多多创作以少年儿童为对象的好的文学艺术作品",以培养他们正确的思想、高尚的情操,增长他们的知识。于是涌现出一批作家如任大霖、刘厚明等,成为能够适应需要的儿童文学的创作骨干。1953年11月2日,第二次全国少年儿童工作会议召开,团中央作了《培养社会主义的新人》的报告,希望各地团组织,除了办好儿童报刊外,"还应当与文学艺术和科学等有关部门以及出版机关加强联系,推动和帮助作家、艺术家和科学家为儿童创造更多更好的儿童文艺和科学作品"。其中特别强调了文学艺术在

培养社会主义新人的工作中的巨大作用。这为新中国儿童文学的发展奠定了思想基础。

然而，此一时期中国正面临着严重缺乏健康的、进步的儿童文学读物的局面。1952年中国作协就上海出版的23 000多种儿童读物中抽查了200种，发现只有约百分之十是适合于新中国儿童阅读的。1955年7月27日，人民日报发表社论《坚决地处理反动、淫秽、荒诞的图书》，9月16日发表题为《大量出版发行少年儿童读物》的社论。10月18日，中国作家协会向所属各分会发出《关于少年儿童文学的指示》，24日，在中国作家协会召开的少年儿童文学座谈会上，张天翼作《关于作家深入少年儿童生活问题的报告》。1956年3月，袁鹰在全国青年文学创作者会议上作题为《争取少年儿童文学创作繁荣》的报告；同年7月开始，叶以群、魏金枝、李琅民、李楚城、包蕾、任德耀给上海业余儿童文学研究小组讲学，讲学的一个主要内容是介绍苏联儿童文学的各类作品。在这种情势下，与配合"向苏联学习"的一整套决策相适应，一鼓作气把大批俄罗斯儿童文学读物介绍给了中国少年儿童读者，以解他们的精神饥渴。1958年前，第一流和接近第一流的俄罗斯儿童文学作品大都被译成了汉文出版，其间立了头功的是上海的两位儿童文学台柱：一位是任溶溶，一位是陈伯吹；其次是中国青年出版社。论及外国儿童文学对中国儿童影响之深广，50~60年代间是没有第二个国家可与苏联相匹比的。正如陈伯吹所言，中国儿童文学是"在学习苏联儿童文学的道路上"前进的。

中国儿童文学理论也深受苏联儿童文学理论的影响，特别是它的突出教化功利的、将儿童文学纳入教育框架的理论，我国儿童文学作家和理论工作者无保留地全盘接受。苏联自己的理论倒还没有把自己的文学完全导向死胡同，而有过之无不及的中国儿童文学则逐渐地推到了非文学的边缘，最终陷入了非文学的泥淖。中国儿童文学在此阶段的两个代表人物是陈伯吹、贺宜。陈伯吹从20世纪30年代开始从事儿童文学研究，其理论专著有《儿童故事研究》《儿童文学研究》(1932)、《师范学校儿童文学讲授提纲》(1956)、《作家与儿童文学》(1957)《漫谈电影、戏剧与儿童教育》(1957)、《儿童文学简论》(1957)、《在学习苏联儿童文学的道路上》(1958)等。1956年，陈伯吹在《谈儿童文学创作上的几个问题》中，强调了"儿童文学从属于政治而为政治服务"的，认为"社会主义现实主义的创作方法，是儿童文学不是唯一的，但是是最好的创作方法。在创作中，应该、必须掌握和照顾儿童年龄特征。儿童文学并不是教育学的一部分。但是儿童文学要担负起教育的任务……就需要动用多种多样的体裁，为它的读者对象揭示社会生活现象，扩大知识范围，培养他们唯物主义的世界观，以及高尚的道德情操和艺术兴趣……在强调儿童的思想性和教育意义的同时，也要反对忽视和轻视它的艺术性，不把它看作艺术品的错误观点……儿童文学有它的'特点'，或者说是儿童文学的'特殊性'。儿童文学特殊性在于具有教育的方向性，首先是照顾儿童年龄特征"。这一广有影响的论述为20世纪50年代中国儿童文学理论搭起了框架：注重儿童文学儿童性、教育性、文艺性、知识性。

贺宜主张儿童文学要儿童化，儿童文学要为儿童服务：不应在儿童中划分阶级；作家在创作时心中要有儿童；要按照儿童文学的艺术规律行事。贺宜也注重儿童文学的教育性，但反对把儿童文学的教育性与儿童文学的政治性等同起来，混为一谈。

2. 把中国儿童文学推向沙碛化的理论批判

1950年以来由政治制度、社会制度、文化制度衍生而出的文学制度，让作家随政治气候的瞬息万变而难辨南北东西，1957年，一阵黑色旋风刮晕作家们的头，文学创作自由度的汞柱从一个看上去还可以的高度瞬间跌落到了冰点。作家的主体意识纷纷被动地失落了。精神环境的自由和文学创作的独立性是滋润文学之根不可或缺的水分。我国20世纪50年代文学自由度的萎缩

原先也与苏联的文学制度存在事实上的相关性。但到20世纪50年代中期我国愈来愈把文学纳入二元对立的以阶级斗争理论为核心的政治斗争之中,文学创作就愈来愈与文学需要遵循的规律背道而驰,也就愈来愈与苏联文学制度没有关系。

  1960年7月,儿童文学界掀起批判陈伯吹的"童心论"的风潮。陈伯吹在1956年《谈儿童文学创作上的几个问题》中指出:"一个有成就的作家,愿意和儿童站在一起,善于从儿童的角度出发,以儿童的耳朵去听,以儿童的眼睛去看,特别以儿童的心灵去体会,就必然会写出儿童能看得懂、喜欢看的作品来。"1958年他又强调审读儿童文学作品要从"儿童观点"出发,"从'儿童情趣'上体会,怀着一颗'童心'去欣赏"。陈伯吹一再声明,他零星表达过拥有一颗童心对儿童文学作家的重要性,但没有系统地建立过"童心论"。然而,彼时的儿童文学界,首先是上海的儿童文学界就按住陈伯吹,批判本不属于他的"童心论"。当文学不再能容忍有人性、个人人格表现的时候,陈伯吹这些为维护教育的文学还得是文学的说法遭受践踏是必然的。一场无情的批判就以虚拟的"童心论"为目标,对儿童文学已经可怜之极的一点文学味、一点儿童味进行斩草除根式的挞伐,其中最典型的是对据亚洲流传已广已久的民间童话改编的《老鼠嫁女》(另有《九色鹿》,是当时最可读也最具生命力的两件配图童话)的批判,已是一种民族之不幸、国家之不幸、父母之不幸、儿童之不幸。儿童文学越来越沙碛化乃势所必然,越来越脱离文学轨道也乃势所必然。深究起来说,文学的沙碛化就隐蕴在当时的文学制度之中。在那种文学制度里,包括儿童文学在内的文学沙碛化自难逃其厄运。

二、以教育为己任的童话创作

  从1949年开始,中国新建立的政权要求作家为巩固、发展政权服务,要求文艺必须服务于政治。童话创作也不例外。于是我国涌现出一批为当局所倡导所认可的童话作品。这些童话作品纵向继承30年代革命文学和毛泽东《在延安文艺座谈会上的讲话》精神,横向全方位接受苏联童话文学的创作经验。新的童话主题和新的童话形象在童话创作中迅速取得了主宰地位,这批体现了新政权的是非观念、爱憎观念、教育观念、文化观念、文学观念的童话作品,形成了居支配地位的、育人主张鲜明的、通俗易懂的、乐观向上的、晓畅明朗的童话创作风气和格调。在这种情势下创作的童话,略有代表性的有张天翼、严文井的作品。1955年《人民日报》发表了一篇题为《大力创作、出版、发行少年儿童读物》社论。作家们意识到这是一种"顶层设计"。作家们的理解没有错。"百花齐放,百家争鸣"在当时的确不是阴谋也不是阳谋。东边日出西边雨,道是有晴却无晴。后来"双百"口号的真诚度弱减到无是后来的事。十月,中国作家协会就召开主席团会议,专门就儿童文学繁荣创作问题进行了讨论。出席会议的作家中有原来不涉儿童文学的,如郭沫若、贺敬之者,他们尚且被要求为孩子写作品,那么原来在儿童文学领域里曾显过身手的,无论有没有出席这个会议,如张天翼、严文井、贺宜、陈伯吹者,都需迫不及待为孩子写作品就自觉是责无旁贷的了。于是,贺宜的《小公鸡历险记》、张天翼的《宝葫芦的秘密》、严文井的《唐小西在"下次开船港"》、陈伯吹的《一只想飞的猫》纷纷相继出炉,点缀出了似可遥看的一抹春色。

1. 任溶溶和包蕾的童话

  在1949~1965的16年时间里,几乎无人不遵奉"儿童文学是教育儿童的文学"这一创作信条的。任溶溶和包蕾走的当然也得是这条其时唯一可行的创作路子。旨在教育,把教育功能放在创作使命的第一位来考虑,不一定就宿命地写不出好童话。《木偶奇遇记》就是教育童话,而它却是童话的圣典。就着意在教育的童话而言,现当代童话中也留下了少许耐得住时间筛汰的作品。任溶溶和包蕾这两位作家在这一时间期段里写的童话,就大都有持久而活跃的生命力——虽然任溶溶写童话只是偶作。

任溶溶(1923～),诗人、作家、翻译家,他的童话代表作《"没头脑"和"不高兴"》《一个天才的杂技演员》创作、发表于50年代中后期。《"没头脑"和"不高兴"》中的"没头脑"并不是不聪明,只是做事马虎,丢三落四;"不高兴"则惯于任性,总不愿意同他人配合。"没头脑"当了工程师,可想而知他会设计300层的摩天大楼而忘了给设计上一部电梯,到250层楼去看一场"武松打虎"的戏得背上干粮、被褥,上下一次需一个月。"不高兴"身上的故事更精彩,他跟人搭档演"武松打虎",他扮演老虎,却总不高兴按情节要求在几个回合里让武松打死,结果急煞了台下看戏的小朋友。这是任溶溶的一个急就篇,却是中国最得欧美优秀童话精髓的作品,却是20世纪第一次成功地运用了欧美童话创作中的nonsense(匪夷所思)思维,其幽默叙事之地道,其谐趣中透散的对孩子的真诚关切,其揶揄中饱蕴的对孩子的脉脉温情,在中国20世纪儿童文学里几无出其右者。《"没头脑"和"不高兴"》是20世纪50～70年代可以传之世界、传之后人而无愧的童话。它以强大的艺术生命活力雄辩地证明着自己已经是鹤立在中国现当代童话中的经典。大浪淘沙,现今反观1958年前后,上海彼时的文学艺术乏善可陈,却在音乐艺苑留下了《梁祝协奏曲》,在儿童文苑留下了《"没头脑"和"不高兴"》。把《"没头脑"和"不高兴"》放置到当时的具体时代背景里去考察,方可知其难能可贵。

包蕾(1918～1989)的《小熊请客》《火萤和金鱼》已成了低幼文学的两篇名作。而其童话影响最大的还是《猪八戒新传》。它是借《西游记》两个主要形象的一种全新创作,包括《猪八戒吃西瓜》《猪八戒探山》《猪八戒学本领》《猪八戒回家》。作者根据现实生活中某些少年儿童的思想行为和心理特点,对猪八戒的形象进行改写,使它既保留了《西游记》中的性格特点,又增添了几分孩子气。《猪八戒新传》所包蕴的幽默、谐趣,第一次给中国儿童带来了地道意义的轻松、愉快和欢笑。包蕾童话可视为中国童话趋于成熟的标志,至少是童趣派风格童话的标志。从包蕾童话创作的《猪八戒新传》中我们不难发现:植根于中华传统文明,从本民族幻想文学中去发现儿童喜闻乐见的童话元素并利用它们是可能的。《猪八戒吃西瓜》在长期而广泛的传播过程中没有流失它的经典感,反过来也说明,问题不全在当时的童话作家们抱持的是"儿童文学是教育儿童的文学"的创作理念。

2.《宝葫芦的秘密》

1956年,童话创作正逢其时。就是说,1956年和1957年上半年这一年半是从1950年以来文学自由度汞柱升得最高的短暂时段。作家们都感受到了"早春天气"的融融暖意。这样精神舒放的时日是作家们早在翘首期盼的。文学气候的宽松暗示着作家们可以按照自己的心愿创作。《宝葫芦的秘密》于是在此时面晓于儿童大众。

张天翼的《宝葫芦的秘密》是利用传统宝物写成的童话,不仅可视为是张天翼后期儿童文学创作的代表作,而且在中国童话史、中国儿童文学史上都具有某种里程碑意义。它通过主人公王葆对"想要什么就能给什么"的宝葫芦的由爱到恼再到愤的情感变化,来展现王葆对"不劳而获"的思想转变历程,塑造了一个有缺点的好孩子的圆型形象。它承袭了张天翼《大林和小林》对孩子进行人生观和幸福观教育的热衷。张天翼在这部童话中把常态的现实和超现实的幻象糅合在一起,借助于"梦幻"这一童话表现手法,展现王葆的内心世界与现实世界之间的矛盾冲突。这篇童话为后来的儿童文学创作提供了利用古已有之的传统经验的一个成功范例。张天翼的宝葫芦

是个寓言式的隐喻,从艺术上说,这个隐喻还是过于直接地对应了现实生活。当我们拿这件童话名作去与世界同类作品做比较,那么就会发现读者从这件作品里得到的满足感不多:把现实内容往民间传统故事框架里填充的时候,要填充得有足够的文学创造性,显示作家丰沛的文学才智,要若即若离,要雾里看花、水中望月——就是说,要有艺术的朦胧美,即,从现实出发无妨,却仍要求意蕴和意蕴的文学表达都须耐得住美感的品嚼,久久品嚼而仍能余味无穷。止于传旨达意的文学作品,急功近利的文学作品,断乎是走不远的。

3. 《唐小西在"下次开船港"》和《小溪流的歌》

严文井(1915~2005)的长篇童话把教育意蕴寓于人物形象的塑造过程。主人公唐小西贪玩,总觉得"玩儿不够",最讨厌做算术题,对妈妈、姐姐的耐心教育置若罔闻,当他亲身经历了"下次开船"港以后,开始懂得了时间的重要性,改掉贪玩的习性。童话的教育用心与张天翼的童话异曲同工。童话把主人公小西引入了时间停止的游戏世界,现实与幻境被融糅起来成为一个托尔金教授所说的"第二世界"。作品发挥了作者善于把诗和哲理渗入人物和故事的艺术优长,但是往往是这样的童话,在当时就只能从一个不算新颖的理念出发,归宿点在让小读者接受一份善意的诫劝。这样的作品要成为后人积累出版资金的优质资源,是不能够的。

严文井适应低龄孩子阅读的《小溪流的歌》,清丽,明畅,悠然沁散着哲理美和诗意美,常被作为严文井的代表作收进各种各类选本,甚至包括课本。而作为我国童话文学的一个标杆,纵然只是一个时期的童话文学标杆,它显然欠缺作家个人的艺术创意,它没有独属作家的新意,不免让读者失望于题旨的现代性和开放性期待。

4. 从民间童话元素中结胎的童话

在以题材为先决的文学时代里,革命历史题材、工农兵生产生活题材是最容易被重视的,其时,民间文学中的积极元素也受到儿童文学作家的青睐。对民间文学元素的利用造就了一批其阅读价值较为久长的童话作品。洪汛涛(1928~2001)的《神笔马良》(1954)、张士杰的《渔童》、任德耀的童话剧《马兰花》以及田海燕父子以藏族民间童话为蓝本创写的童话、葛翠琳(1930~)的《野葡萄》(1956)、阮章竞的《金色的海螺》(1955)先后现世并受到好评,就是有力的佐证。

这些作品中,《神笔马良》被国外研究者引为中国童话的一个标本,在国内则长期被收作小学语文课文。就广为人知这一点说,它无疑位居当时童话的最前列。然则,对它原创性的认定一直时有所议,这主要是因为我国唐代确有《神笔廉广》在,20世纪30年代确有米星如的《仙笔王良》在,不管洪汛涛有没有读到过它们,这个故事框架的传统性和民间性却是一个隐在的事实(这也包括了《野葡萄》,米星如童话集里就有与《野葡萄》相类似的童话情节),且,随着时光的迁移,这篇童话的阅读魅力也在减弱。

5. 其他童话

金近(1915~1990)的代表作是《黄气球》(1947)、《小猫钓鱼》(1950)、《小鸭子学游泳》(1952)、《小鲤鱼跳龙门》(1956)和《狐狸打猎人》(1963)。"这小猫、小鸭子、小鲤鱼的'三小'形成了金近50年代这一时期童话创作的风格"。"这些童话,有个明显的特点,作者很注意浅显……作者从内容和故事、形式和手法、遣词和用字,都很注意,低年级、中年级的儿童读起来很有兴趣。在童话作家中,这样注意读者对象,并刻意为低、中年级儿童写作的,首推金近"(洪汛涛:《金近童话概论》)。

《狐狸打猎人》(1963)讲的是在一个小山村,有人将岩石上画的狐狸传说成是一只凶狠的生了三只眼、四个耳朵、五条腿的恶狼,大家非常害怕。山上有只狡猾的狐狸,便从老狼那里借来一张狼皮,扮成一只怪狼,大模大样地守候在山路上。山上有个独家村,村里有一个好吃懒做的年轻猎人,他被乔装的狐狸和老狼吓得魂不附体,丢下猎枪,逃回家里。狐狸和狼捡到这支枪,就去向猎人要子弹。可要到了枪又要到了子弹的狐狸不会装子弹,又把猎人押去了,看到那只怪狼,年轻猎人终于被吓昏过去了。正在这时,来了一位老猎人,"砰砰"两枪,把狼和狐狸全打死了。金近在《喜爱这个工作》中曾说过:"这一组童话,都是用相反的意思来写的,我作为一种尝试,想做到比一般的讽刺童话更能引起读者的注意,让题目提出问号,叫故事内容来答复,比如我们只知道猎人打狐狸的,哪会有狐狸打猎人的呢?我觉得用这个手法来讽刺会更有力些。"《狐狸打猎人》一定程度上代表着20世纪50～60年代我国努力体现教育功利的童话文学的高度,具有了一种标本意义。

《小鲤鱼跳龙门》是在民间传说基础上、在大跃进特殊背景里写成的,是20世纪50年代末我国文学沙碛化时期里留下的一件童话珍品,所塑造出来的热情活泼、机智勇敢、积极进取的鲤鱼形象映现了当时的时代精神。2000年,其形象还被制作成邮票。

孙幼军(1933～2015),以一部《小布头奇遇记》和一篇《萤火虫找朋友》在60年代出道。《小布头奇遇记》借小布头的遭遇,主要说明两点:什么才是真正的勇敢;为什么要爱惜粮食。叶圣陶曾中肯指出这部童话的不足在于"有些段落比较拖沓,情节的进展不多","有些故事没有编好"。但这是一部孩子比较愿意接受的作品,其主要原因在于语言简洁、活泼、有情趣,是孩子语言,却又没有孩子常有的种种语病。它被认为是中国继张天翼的《宝葫芦的秘密》和严文井的《唐小西在"下次开船"港》之后的又一佳作。孙幼军借此确立了自己在中国童话文学史上的地位。

三、开放气象中挚繁的中国童话

1. 开放气象中已成名的孙幼军等作家的童话

20世纪50～60两个年代里已成名的童话作家在挤压中坚持,在逆境中抗争,只要活着,即使在死劫中也潜涌着生命。他们庆幸着自己终于等到了世纪末期文学惊蛰季节的到来,喜悦和激奋促使他们重又拿起了笔。

(1) 叶君健(1914～1998)在儿童缺乏优秀童话读物的20世纪70年代末80年代初为孩子出版了《潘朵娜的匣子》《磨工、修道院长和孩子》等一批借用外国题材的童话,以解中国孩子无好书可读的文学饥渴,1979年出版据安徒生生平写成的《鞋匠的儿子》,1979年出版了《王子和渔夫》《真假皇帝》两个童话集,晚年还出版了《盗火者的遭遇》。

(2) 金近在开放气象中坚持童话创作,新作有童话集《春风吹来的童话》《爱听童话的仙鹤》《最后一本童话》《金近文集》。其中《小白杨要接班》发表于1977年的《人民文学》,是文革黑暗退去时第一声公鸡的啼唤,颇受众人瞩目。20世纪80年代初期的金近创作勤奋,适合低龄孩子阅读的短篇童话代表着老一代童话作家的劳绩。其中《凤凰的秘密》《王子和毛驴》其思想颇见深度、艺术颇见功力。这一时期问世的新作体现了创作环境和氛围的宽松,显出了比《狐狸打猎人》更多的幽默讽刺意味。

(3) 郭风(1919～2010)捧着一颗受伤的诗心进入了开放气象中新的历史时期,写起了诗性童话。其童话集《木偶人水手》,把中国和外国,传统和现代,散文诗艺术和散文艺术融会在一起,创造性地给孩子献出了一个又一个美丽的故事,让我们体验一种很有距离感的悠远却亲切的、优雅却可接近的童话氛围。老年郭风对童话的认识是"童话中出现看似幻想的世界,其实是你们的生活和心灵之认真的写照"。

(4) 年届花甲的任溶溶以充沛的精力迎来开放气象中的大好时光。他写诗、出诗集的同时,也在翻译的百忙中偷闲给低龄儿童创作童话。相继发表的童话如《奶奶的怪耳朵》《听青蛙爷爷讲故事》等,与20世纪50～60年代他本人的童话相比,明显可见出其教育意义负荷大大减轻,作为低龄童话就更趋地道了。读《听青蛙爷爷讲故事》甚至于会有这样的印象:任溶溶不出手,一出手就任溶溶最好。这个短童话是典型的"有意味的没有意思"的作品,这样的作品由本来是写教育童话的任溶溶来写,一样出类拔萃。一个将近百部世界上最优秀的儿童文学作品迻译给中国孩子的爷爷、曾爷爷级人物,他转身自己来创作童话,就能用自己的中国话讲好自己的故事,就能往故事里注进他具有天赋感的仙灵之气,就能出彩。只可惜中国这样的奇才稍嫌寡少了。

(5) 鲁兵在童诗、儿歌、童话、理论、编辑著作方面均有斐然成就。鲁兵写给幼年孩子的童话诗名作《小猪奴尼》,是他的"儿童文学是教育的文学"的精彩注脚,他的童话《写童话的爷爷和看童话的耗子》等,其人物、故事、语言在中国是最地道的儿童本位的文学,浅显、质朴、明快、简洁,显示着纯真的美学品格,那童心、童趣之渗透纸背,在中国可比肩者已不多。

(6) 包蕾在这一时期里出版了《包蕾童话近作选》。80年代据包蕾童话脚本拍摄的《三个和尚》大获成功,在国内和国际评奖中获奖。

(7) 葛翠琳取材于民间的童话,诗情洋溢、文如流水、细腻委婉、楚楚动人。她的新作《问海》《小海蟹》《海蚌》等一改民间色彩浓郁之风,却仍保持着优美童话的风格。

(8) 洪汛涛在本时期里除出版《洪汛涛童话新作选》(其中包括《神笔牛良》《狼毫笔的来历》等),还在海峡两岸出版了童话研究著作《童话学》《童话艺术思考》,并编辑《中国童话界》《童话选刊》等,为我国最早出版童话研究著作的人,因而获得台湾首届杨唤儿童文学特殊贡献奖。

(9) 孙幼军的主要童话创作成就是在开放气象中获得的。他在创作体验中形成了他自己明确的童话观念:童话创作的目标人群主要是幼儿,所以,不写则已,写就要让幼小的孩子喜欢读。而要做到让幼儿爱读,就一落笔心目中就有面向幼儿的针对性,要尽心竭力照顾到"幼儿思维特征","童话是具有幼儿思维特征的幻想故事"——他这样给童话下定义。

从大一统体制阴霾中走出来的孙幼军,一迈到阳光下就拿出了大受小读者青睐的童话《小贝流浪记》《小狗的小房子》《怪老头》等,这些童话也就成了他的代表作,冲淡了制度制约中产生的《小布头奇遇记》留下的时代印象。《小贝流浪记》大胆地与成人展开对话,"可谓开了新时期探索童话的先声";《小狗的小房子》摒弃教训,淡化情节,对传统的童话创作思维产生了巨大的冲击;《怪老头儿》则在小说化的叙事中得体地张扬着游戏精神。

(10) 金波(1935～)60年代以童诗诗人著称,在儿童歌曲的歌词创作方面成就显著。但是80年代中期爆发性地以诗人的诗笔、诗人的情愫写了一批幼儿童话,一时很有气候,后来结集出版了《小树叶童话》《大狐狸》,其中《一只蓝鸟和一棵树》《雨人》审美感受特别独特,而且当这种独特的感受用意味深长的浅语表现出来时,甚具美魅之力。

2. 开放气象中成名的郑渊洁等作家的童话

从20世纪80年代开始,我国童话有了比此前宽松许多的社会氛围和艺术氛围,大一统的政治语境一去不复返。"忽如一夜春风来,千树万树梨花开"。童话作品在暖暖春意中如雨后新笋般丛现。童话生产力被空前激发出来,老、中、青三代尽显风流。刘厚明、郭风、鲁兵、呆向真、路展、李楚城、冯宗璞、吴梦起、邬朝祝、吕德华、赵燕翼、彭万洲、戴臻、郑允钦、陈秋影、盖壤、佟希仁、张秋生、葛冰、李仁晓、郑渊洁、周锐、金波、汤素兰、朱奎、赵冰波、王业伦、绍禹、王一梅、安武林等,在他们的童话中不难觉察到童话的教育性质已经被重新认识和理解,童话的游戏性质和娱乐性质得到了应有的张扬,童话更像童话了。我国的童话自觉或不自觉地同世界接上了轨。风格各异的童话琳琅满目。开放气象中的童话创作和出版出现了勃兴的喜人局面。

(1) 郑渊洁(1955~)是荒诞型作家。他的作品数多量大,主要有:《皮皮鲁外传(写给男孩子看的童话)》《鲁西西外传(写给女孩子看的童话)》《荞麦皮外传(写给不爱看书的孩子的童话)》;《开直升飞机的小老鼠》《舒克和贝塔历险记》等,有"童话大王"之誉。郑渊洁本着"丰富孩子的想象力;让他们解除一天学习的疲劳;让他们笑,让他们高兴"的宗旨去为少年儿童创作,贪玩、活跃、冒险、爱作恶作剧的淘气包取代顺从、听话、乖巧、规矩、拘谨的好孩子形象,契合了时代的需要,摒弃了用艺术形式包装的道德、认知主题,以游戏精神建构其创作内核。

(2) 继郑渊洁之后,荒诞型童话作家中创作基础最坚实、成就最突出的一位是周锐(1953~)。代表作有《特别通行证》《鸡毛鸭》《勇敢理发店》《虱王》《元首有五个翻译》《阿嗡大夫》《光头大将军》等。周锐童话成功地运用了夸张、变形,使童话显出离奇、荒诞、滑稽的幻想文学品格。周锐的童话已经把平庸尽可能地洗涮干净,他用机敏和精致营造的童话艺术已经有一种扑面而来的超凡脱俗之气。幽默而能给读者以一种隽永的回味,是周锐一贯的文学追求。

(3) 冰波(1957~)的代表作有《秋千,秋千》《长颈鹿拉拉》《狮子的苹果树》《神秘的眼睛》《白云》等,前期童话明丽、细腻、纯真、稚拙之态可掬,美善之意盈篇;后期童话多探索色彩,感觉有一种凄凉、迷惘在其中氤氲,给人以陌生感。

(4) 葛冰(1945~)其童话创作一开始就见意蕴深邃且有新意,一出道就收到普泛的肯定。代表作有《绿猫》《舞蛇的泪》《小糊涂神》《小狐狸的爆米花机》等,其质和量一开始即引人注目。

(5) 张秋生(1938~)50~60年代以童诗成名,开放气象中创作的"小巴掌童话"明显是一种诗派风格,他的童话以其琳琅满目开辟出了一条短小、诗意、熨贴、丰饶的童话路子,其数量之众为我国童话文苑之冠。

(6) 汤素兰(1965~)是结束了剥夺创作自由的大一统体制后新出道的童话作家。她是在可以读到世上最好的许多童话时崛起的诗性童话青年。她自20世纪末期出版了《笨狼的故事》以来,《小巫婆真美丽》《小朵朵开心奇遇》等系列童话和《阁楼精灵》《奇迹花园》《小老虎历险记》《寻找快乐岛》等长篇童话以及《驴家族》《红鞋子》《奶奶和小鬼》等短篇童话佳作源源靓人眼目,成为孩子绕不开的作家。汤素兰的童话作品透出一种经由世界经典童话熏陶出来的、富于现代感的新意和新味,一种与世界接轨的怪诞、清秀、美丽、雅致。《笨狼的故事》是汤素兰以小笨狼为主角创作的一系列童话故事。笨狼是一只笨得可爱的小狼。他善良可爱,乐于帮助人,但总闹笑话。这是一部能让孩子和大人一起真正感受到童心美好的童话。汤素兰的童话创作以儿童为本位,同时又融入了自己的生命感受和对生活的思考,因而内涵丰富,读者可以做出多重解读。汤素兰的童话幻想奇特,人物形象塑造往往颠覆传统的类型化。她能够深刻地洞察幼儿的心性,并且借助童话中的动物形象表现出来,从而形成一种独特的幽默和智慧。汤素兰的童话文字清丽典雅,它们像一些圆润美丽的珠子,串起了作家笔下那个丰饶的童年想象世界,闪烁着童话诗性的光芒。

(7) 王一梅(1970~)从起点相当高的《胡萝卜先生的胡子》《书本里的蚂蚁》起步,在童话文苑里上已经让大家看到她像样的身影,听见她不低弱的声音,以至于成为当代童话一个研究对象,她已经用自己响亮的《有爱心的小蓝鸟》《鼹鼠的月亮河》《手绢送给小野兔》《第十二只枯蝴

177

蝶》《蔷薇别墅的老鼠》《住在楼上的猫》《木偶的森林》《大狼托克打电话》收获了各种好评和奖项。从这些童话里，可以看到王一梅笔下有着我国前辈作家中不多见的机趣和谐趣才能，摇曳着别样的风姿。

3. 开放气象中方轶群等作家的低幼童话

低幼童话是儿童文学中最能体现儿童文学本质特征的、最具标志性意义的一块文学。它的质量某种程度上决定着整体儿童文学的水准。国外从事这类文学创作的往往是一些天赋才能很高的作家（其中相当一个部分还首先是画家），如俄罗斯的列夫·托尔斯泰、马尔夏克、楚科夫斯基，如意大利的罗大里，如英国的斯蒂文生和米尔恩等，当今美国的洛贝尔、德国的昂格雷尔、雅诺什和日本的中川李枝子更是幼儿童话创作的奇才。中国从事低幼文学也有一些大家，如黎锦晖、包蕾、严文井、郭风、鲁兵、任溶溶、金近、金波等。开放气象中的中国低幼童话，是儿童文学中最有成绩并且利用最广的一块，它的代表性作家是沈百英、方轶群、嵇鸿、冰子、常瑞、郑春华、汤素兰、杨向红、李仁晓等。

（1）方轶群（1914～2007）　1946年开始发表作品。长期任出版社编辑。有童话《萝卜回来了》等精品传世。他的童话简洁流畅、清丽活泼、机智优美、想象丰富，50年代就受到好评。他是认真"用孩子的眼睛来看，耳朵来听，脑子来想"（作家本人经验谈）的作家，写得也格外用功夫。他的童话《你喜欢谁》《老狼请客》（剧本）也广有影响。新时期里创作的《开玩笑的大风》《月亮婆婆》《小床变成大轮船》等有较高的艺术品位。

（2）嵇鸿（1920～　）　长期任语文教师。1951年开始发表作品。其童话氤氲着一种诗意的美感，纯净、明媚、安详。有《雪孩子》传世，并译传到国外。出版童话30余种，另有《雪兔》《洞箫声起》《最珍贵的礼物》也属名作。《冰雕姑娘》获第二十届陈伯吹儿童文学奖。

（3）冰子（1939～　）是20世纪末期知识童话作家中最见亮度作家。1962年毕业于上海第二医科大学，1981年获硕士学位。长期从事医疗工作。为孩子写的具有科学内涵童话在全国多次获奖，多篇作品被拍成美术电影。其代表作有《小蛋壳历险记》《没有牙齿的大老虎》《彩色的梦》《淡蓝色的小鸟》等。他的《骄傲的黑猫》被译成5种外国文字出版。

（4）郑春华（1959～　）是开放气象中涌现的有为作家。她熟悉幼儿生活，熟悉幼儿语言，最能用经过艺术提炼的浅语写作，文字都单纯明快、质朴平实，执着地追求爱心、智慧、诗意的交织，想象、趣味、幽默的融合。其代表作《大头儿子和小头爸爸》深得儿童读者的喜爱，童话集有《紫罗兰幼儿园》《贝加的樱桃树》等，先后获多种国内大奖。

四、开放气象中外国童话的译介和童话选集的编辑

1. 外国童话的汉译

欧美童话经由汉译文学家的艰辛劳作得以引入我国，我国原创童话的优质发展遂获得了强大的助推力量，使我国童话在品质上与世界级的优秀童话趋齐成为可能。外国童话汉译在20世纪后半期取得喜人的杰出成就，尤其从80年代伊始以惊人的步伐加快了西方经典性、楷模性童话著作的译介，使我国童话作家和童话读者方便地、欣喜地将世界童话珍宝览收眼底，于是我国童话作家的创作有了可靠的准绳和圭臬，改造了和提高了我国童话读者的鉴赏口味和鉴赏标准，学习童话写作也有了方向和榜样，除郑渊洁对外国童话借鉴稍少外，其他童话作家都有吸收外国童话创作经验的痕迹。我国童话在品质上的突进与成绩的取得，是与外国童话汉译工作者的辛

勤劳动分不开的。其中功勋卓著者首推任溶溶、安伟邦、叶君健、徐朴、倪维中、杨静远、杨武能、韦苇、王志冲、李馨亭、梁家林等。

2. 童话选集的编辑

就优质童话和精品童话的推广和保存,使部分文学生命力特别强大的童话作品获得经典化的认可这两方面而言,优秀童话编选者、选评者、编辑者、出版者厥功甚巨。这类工作做得有识见、有功效的依次是鲁兵、张美妮、浦漫汀、韦苇、柯玉生、白冰、张秋生、洪汛涛、汤素兰、金燕玉、巢扬、金波等。

首版后记

　　写一部浏览一下目录即能略知童话发展轨迹的专史，是我立存已久的志愿，台北天卫文化图书有限公司赐我以实现这一志愿的良机。我试着采用既不借助地域国别、也不借助世纪年代的史章标示法，而纯粹凭借几位童话大名家和几部童话大名著来建立一个童话发展史的坐标体系，即完全用童话自己的成绩来呈现童话发展的历史。这是前人不曾做过、别人不曾做过，却允许我进行的一种尝试。给各章专史取一个名副其实的题目颇费斟酌，沉重的责任感使我对其三推四敲，虽许多夜转侧难眠，其结果仍也不敢霭霭。

　　写外国童话史而要兼带些辞书的效能，那么首先受到的挑战是知识。我近十年来一直为完备外国儿童文学史和中国儿童文学史而不断进行相关知识的研习和探究，并修撰有关的文学史著作，还译介了一批世界经典儿童文学作品。其间感触、教训之多甚至够我写一本书。

　　还有多少、大小陷阱我不能察觉，只请方家们不吝赐示了！这里应着了"学海无涯"四字。要在学海中乘风破浪是非有大舟不能成其事的，而我是大舟吗？

1994年，春意渐浓时节，于浙江师范大学儿童文学研究所

　　附记：最后写完的是"绪论"和"后记"。后记写成后近十天，国际儿童文学研究会理事长暨斯德哥尔摩大学教授玛丽亚·尼古拉叶娃从瑞典给我寄来了我请她赐撰的本书序文。读着尼古拉叶娃的电脑打印稿，心中的窃喜真是无可言喻——要知道，这篇绝对认真的文章是为我、为这本书而直接撰寄自遥远的北欧名城斯德哥尔摩的啊！

二版后记

能为同一本书第二次写后记,对于一部理论著作来说,在今天的中国是很有些奢侈了。我唯倍感幸运耳。

这部书的繁体字版在台北行销已经告罄。台湾的许多儿童文学的学人备有这本书。我原来也不甚了然这些情况。是世纪末年的春节年初四那天,台湾的一大批儿童文学研究者、学习者在台东师范学院林文宝教授率领下,来到浙江师范大学洽谈儿童文学学术交流事宜,当我前往出席欢迎会时,在等待欢迎会开始的几分钟里,台湾的年轻学人们纷纷邀我同他们合影留念。这种场面令我不解,也令在场的同事们看不懂。我婉问其原委,却原来是他们都曾研读过我的这本书,并说,为了考试,还背过它。

我被深深感动了!

如果人不被需要是一种悲哀。那么我的著作被需要,而且这样情形的一种被需要,无论如何是一种幸福了。要是说"幸福"这个词在这里太俗,那么说"个人生命意义的被体现"或者说"学术生命价值的被体现"也行。

还有一件事,我总耿耿于心:人家斯德哥尔摩大学的尼古拉叶娃教授身兼国际儿童文学研究会理事长,不说日理万机吧,那总该是头绪繁多,却为我拨冗作了长序,其学术态度之严肃、对待同行学术著作之认真,足为我楷模。她的这篇序文也得到台湾大学同行郑雪玫教授的热忱肯定和由衷好评。这样有见地的文字中国大陆的同行竟无缘读到,这应是我的努力不够了。现在由于心胸宽豁的福建教育出版社的成全,我终于有机会将它呈奉给国人。巧的是,当我为这本书的修订版写后记时,我已经在汉城(首尔)世界儿童文学大会上与尼古拉叶娃相逢,我于是有机会当面感激她赐序的善情友意。我们高兴得相互拥抱了。我送她多方印有娇嫩小鸡子的杭州绢帕,她一一摊开在她的床上,嘴里喃喃用英语轻轻叫着:Chieken! Chieken!

趁这次修订和增订之际,我加上了几个特别有参考和研究价值的附录;并加上"中国童话简史"一章,以示接受郑雪玫教授之严肃批评——她在台湾的媒体上批评我的这部书时指出:"世界"怎么能没有"中国"呢?台湾大学的教授这样的批评,我一直很感动。趁这次修订的机会我补上了,补上才合理。这部世界童话史才名副其实。

秋野明明,江水潺潺。我把这部书献给在儿童文学这个比较困难的领域里劳耕过和劳耕着的人们!

2000年秋意渐浓时节,
于浙江师范大学儿童文学研究所
2002年夏定稿于昆明西

三版后记

我的20世纪90年代初在南京出版的《外国童话史》印行后,引来了多方面的注意,其中大感意外的有二,一是国家新闻出版总署注意到这本书,四方辗转寻觅其作者,意欲委托我编辑《世界经典童话全集》(20卷),为我们国家的世界文化积累做个奠基工作;二是台湾海峡彼岸台北的天卫出版公司要我为他们写一本"世界童话史"作为高校教学用书。这两件事我都乐于做。前者,国家新闻出版总署的信赖毕竟是在寻求一种专业的眼光、识见和能力,我理当无条件配合以襄其成。后者也是为寻求一种专业的眼光、识见和能力而将信托的目光由台湾投向了大陆,而我之乐于接受这份颇具挑战性的任务,是觉得台湾海峡彼岸没有间断过欧美学术的著作路数和风格,学术较为自由,对实现我逐渐形成的外国童话史著作构想而言,这无疑是个良机。譬如,我把20世纪的童话发展期划称之为"世界童话的林格伦时期",这样来确立林格伦童话现象的划时代意义,20年以后来看虽仍能感觉出当时的某种学术性冒险性质,而我以为我这样来认定林格伦童话的文学史地位是确当的,是经得住时空检验的。

如此,我才敢把我的这本童话史再交给复旦大学出版社出第三次修订版。

这本文学专史是与国家新闻出版总署委托我编辑的《世界经典童话全集》相配套、相印证的。那全集虽浩浩20卷,当年顶着风险印了数千册,出版社和我都没有吆喝,可现在却连"孔夫子旧书网"上都难觅踪影了。由此思之,我也大可不必从"世风不古""物欲横流"直一路感慨下去——不是还有中华复兴的大志、大智、大勇、大力和旺旺的人气在吗,不是还有20大卷早已售罄的事实在吗!

2015年初夏于浙江师范大学丽泽湖畔

图书在版编目(CIP)数据

世界童话史(第三版)/韦苇著. —上海:复旦大学出版社,2015.11
ISBN 978-7-309-11573-4

Ⅰ. 世… Ⅱ. 韦… Ⅲ. 童话-文学史-世界 Ⅳ. 世界 I106.8

中国版本图书馆 CIP 数据核字(2015)第 148668 号

世界童话史(第三版)
韦 苇 著
责任编辑/谢少卿

复旦大学出版社有限公司出版发行
上海市国权路 579 号 邮编:200433
网址:fupnet@fudanpress.com   http://www.fudanpress.com
门市零售:86-21-65642857   团体订购:86-21-65118853
外埠邮购:86-21-65109143
常熟市华顺印刷有限公司

开本 890×1240 1/16 印张 12.25 字数 299 千
2015 年 11 月第 1 版第 1 次印刷

ISBN 978-7-309-11573-4/I·931
定价:30.00 元

如有印装质量问题,请向复旦大学出版社有限公司发行部调换。
版权所有   侵权必究